本书列入

2017年国家社会科学基金重大委托项目

"十三五"国家重点图书出版规划项目

中华传统文化百部经典

西厢记

王实甫 著

张燕瑾 解读

国家图书馆出版社

图书在版编目（CIP）数据

西厢记／（元）王实甫著；张燕瑾解读 . — 北京：
国家图书馆出版社，2019.12（2025.8 重印）
（中华传统文化百部经典／袁行霈主编）
ISBN 978-7-5013-6452-7

Ⅰ . ①西… Ⅱ . ①王… ②张… Ⅲ . ①杂剧－剧
本－中国－元代 ②《西厢记》－注释 Ⅳ . ① I237.1

中国版本图书馆 CIP 数据核字 (2019) 第 107789 号

国家图书馆出版社官方微信

书　　名	西厢记
著　　者	（元）王实甫 著　张燕瑾 解读
责任编辑	廖生训
重印编辑	张　也
特约编辑	潘　玲
封面设计	敬人设计工作室

出版发行　国家图书馆出版社（北京市西城区文津街 7 号　100034）
　　　　　010-66114536　63802249　nlcpress@nlc.cn（邮购）
网　　址　http://www.nlcpress.com
印　　装　北京科信印刷有限公司
版次印次　2019 年 12 月第 1 版　2025 年 8 月第 2 次印刷

开　　本　710×1000　1/16
印　　张　23
字　　数　248 千字
书　　号　ISBN 978-7-5013-6452-7
定　　价　62.00 元（精装）

本册审订

刘彦君　　廖可斌　　杜桂萍

中华传统文化百部经典
编纂办公室

张　洁　　梁葆莉　　张毕晓　　马　超　　华鑫文

编纂缘起

　　文化是民族的血脉，是人民的精神家园。党的十八大以来，围绕传承发展中华优秀传统文化，习近平总书记发表了一系列重要讲话，深刻揭示出中华优秀传统文化的地位和作用，梳理概括了中华优秀传统文化的历史源流、思想精神和鲜明特质，集中阐明了我们党对待传统文化的立场态度，这是中华民族继往开来、实现伟大复兴的重要文化方略。2017 年初，中共中央办公厅、国务院办公厅印发《关于实施中华优秀传统文化传承发展工程的意见》，从国家战略层面对中华优秀传统文化传承发展工作作出部署。

　　我国古代留下浩如烟海的典籍，其中的精华是培育民族精神和时代精神的文化基础。激活经典，熔古铸今，是增强文化自觉和文化自信的重要途径。多年来，学术界潜心研究，钩沉发覆、辨伪存真、提炼精华，做了许多有益工作。编纂《中华传统文化百部经典》（简称《百部经典》），就是在汲取已有成果基础上，力求编出一套兼具思想性、学术性和大众性的读本，使之成为广泛认同、传之久远的范本。《百部经典》所选图书上起先秦，下至辛亥革命，包括哲学、文学、历史、艺术、科技等领域的重要典籍。萃取其精华，加以解读，旨在搭建传统典籍与大众之间的桥梁，激活中华优秀传统文化，用优秀传统文化滋养当代中国人的精神世界，提振当代中国人的文化自信。

这套书采取导读、原典、注释、点评相结合的编纂体例，寻求优秀传统文化与社会主义核心价值观之间的深度契合点；以当代眼光审视和解读古代典籍，启发读者从中汲取古人的智慧和历史的经验，借以育人、资政，更好地为今人所取、为今人所用；力求深入浅出、明白晓畅地介绍古代经典，让优秀传统文化贴近现实生活，融入课堂教育，走进人们心中，最大限度地发挥以文化人的作用。

《百部经典》的编纂是一项重大文化工程。在中宣部等部门的指导和大力支持下，国家图书馆做了大量组织工作，得到学术界的积极响应和参与。由专家组成的编纂委员会，职责是作出总体规划，选定书目，制订体例，掌握进度；并延请德高望重的大家耆宿担当顾问，聘请对各书有深入研究的学者承担注释和解读，邀请相关领域的知名专家负责审订。先后约有 500 位专家参与工作。在此，向他们表示由衷的谢意。

书中疏漏不当之处，诚请读者批评指正。

2017 年 9 月 21 日

凡　例

一、《中华传统文化百部经典》的选书范围，上起先秦，下迄辛亥革命。选择在哲学、文学、历史、艺术、科技等各个领域具有重大思想价值、社会价值、历史价值和学术价值的一百部经典著作。

二、对于入选典籍，视具体情况确定节选或全录，并慎重选择底本。

三、对每部典籍，均设"导读""注释""点评"三个栏目加以诠释。导读居一书之首，主要介绍作者生平、成书过程、主要内容、历史地位、时代价值等，行文力求准确平实。注释部分解释字词、注明难字读音，串讲句子大意，务求简明扼要。点评包括篇末评和旁批两种形式。篇末评撮述原典要旨，标以"点评"，旁批萃取思想精华，印于书页一侧，力求要言不烦，雅俗共赏。

四、原文中的古今字、假借字一般不做改动，唯对异体字根据现行标准做适当转换。

五、每书附入相关善本书影，以期展现典籍的历史形态。

第四套雙調曲二十一章　用蕭豪韻

一套　今本第一折

遇豔

紅恭

老夫人引二旦上開：老身姓鄭，夫主姓崔，官拜前朝相國，不幸因病告殂。年一十九歲，針指女工，詩詞書算，無不能者。先夫在世，曾許下老身之姪，乃鄭尚書之長子鄭恆為妻。因我兒父喪未滿，未得成合。又有一個小妮子，是鶯鶯的侍妾，小字紅娘。又有個小廝兒歡郎，雖是乳哺，過繼與先夫為嗣。只因路途有阻，不能得去。來到河中府，將這靈柩寄在普救寺內。這寺是則天娘娘香火院，乃先夫相國修造的。有一個法本長老，是我先夫剃度的和尚，現如今住持這院。我待今日不做好事，如之奈何。便好道一百二十行，行行出狀元。人也呵，至如我者，則是命也呵，如之奈何。則今日好天良夜，不免叫紅娘至前，分付他這一樁事去。

仙呂賞花時　夫主京師祿命終，子母孤孀途路窮，（四）

此上旅櫬，在梵王宮，盼不到博陵舊塚，血淚灑杜鵑。

紅旦唱：

水流紅葉愁萬種，無語怨東風去（借叶）聲（前叶）。

幺　可正是人值殘春蒲郡東門掩重關蕭寺中，花落

水流紅淚愁萬種，無語怨東風去（前叶）。

紅旦唱：

塚，　塚音腫。

此上旅櫬，在梵王宮，盼不到博陵舊塚，血淚灑杜鵑。

亞下生粉骑馬引僕人上開：小生姓張，名珙，字君瑞，本貫西洛人也。先人拜禮部尚書，不幸五旬之上，因病身亡。後一年，老母又喪。小生螢窗雪案，刮垢磨光，學成滿腹文章，尚在湖海飄零，遊於四方。即今貞元十七年二月上旬，欲往上朝取應。路經河中府，過蒲關，小生有一故人姓杜，名確，字君實，與小生同鄉同學，後棄文就武，遂一舉武狀元及第，官拜征西大元帥，統領十萬大軍，鎮守著蒲關。小生就望哥哥一遭，然後上朝取應，未為晚矣。

三四口兒見：好生傷感人也呵！唱：

傷感人也呵唱。

新校注古本西廂記六卷　（元）王德信撰　（明）王驥德校注
明萬曆四十二年(1614)王氏香雪居刻本　國家圖書館藏

正宮端正好　碧雲天黃花地西風緊北鴈南飛曉來

誰染霜林醉總是離人淚

滾繡毬　恨相見的遲怨歸去的疾柳絲長玉驄難繫

恨不得倩疎林掛住斜暉馬兒迍迍的行車兒快快隨

恰告了相思迴避破題兒又早別離猛聽得一聲去

也鬆了金釧遙望見十里長亭減了玉肌此恨誰知

裏

紅娘姐姐今日怎麼不打扮鶯紅娘阿你那知我心

第二三四句
俱多二字

叨叨令　見安排着車兒馬兒不鏤人熬熬煎煎氣甚

心情花兒靨兒打扮的嬌嬌滴滴媚準備着余兒枕

兒眼索昏昏沉沉睡

盞涙兀的不閃殺人也麼哥閃殺人也麼哥此後

書兒信兒索與我恓恓惶惶寄

到見夫本科夫張生和長老坐小姐這壁坐紅娘

將酒來張生你向前來自家骨肉不須迴避我今

將鶯鶯配你你到京師休辱沒了俺孩兒爭揣一

倘狀元回來者　生小生托夫人餘蔭蔑着胸中之

十二

张深之先生正北西厢秘本五卷　（元）王德信、关汉卿撰　（明）张深之校正

明崇祯刻本　国家图书馆藏

目　录

西厢记五剧第五本

张君瑞庆团圞杂剧

导 读

  唐德宗贞元（785—805）年间，中国文学史上产生了一个哀艳动人的爱情故事，从此历代相传，出现了颗颗明珠，有的成为传世名作，深深影响着后世文学，甚至改变着现实生活中人们的婚恋观念。这个故事的主人公就是崔莺莺和张生，而演绎这个故事的巅峰之作乃是元代王实甫的《西厢记》。

一、"西厢"故事的衍变

故事的源头——元稹《莺莺传》

  盛唐气象体现的是蓬勃向上、积极进取的精神面貌，追求建功立业，或厕身朝廷，或立功异域，以实现人生理想。经过"安史之乱"的打击，繁盛局面不再，时代精神随之一变。用李泽厚《美的历程》的话说便是："时代精神已不在马上，而在闺房；不在世间，而在心境。"杜牧《感怀》

诗说："至于贞元末，风流恣绮靡。"好不容易战乱平定，有了太平时日，要享受生活了。据卜孝萱《元稹年谱》，元稹之《莺莺传》作于贞元二十年（804），正是"风流恣绮靡"的时期。

元稹（779—831），字微之，行九，世称元九，祖籍洛阳（今属河南），六世祖迁居西京万年（今陕西西安）。本为皇族，是北魏鲜卑族拓跋氏之后，北魏孝文帝（471—499年在位）改族姓为元。家世早衰，父祖已成庶族。元稹仕途沉浮不定，是与白居易齐名的大诗人，世称"元白"。有《元稹集》。作传奇二种，一是《崔徽传》，原作已佚，今传已非原作；另一篇就是艳传人口并蔚为文学大观的《莺莺传》。

《莺莺传》是西厢故事的源头，本名《传奇》，收入《太平广记》时改名《莺莺传》①，因传中有《会真诗》，也称《会真记》。写贞元年间张生寓居普救寺，与携幼子欢郎、弱女崔莺莺返长安途中的孀居姨母相遇。适逢兵乱，崔氏无以自保，靠张生请吏护之才幸免于难。在答谢张生的筵宴上，张生见莺莺美艳动人，遂托莺婢红娘相助，与莺相通。后张生追求功名，赴京赶考，抛弃了莺莺，"始乱终弃"，并为自己辩解说，莺莺是害人尤物，不祸害自己，就祸害别人，自己承受不了妖孽，所以才抛弃她。时人还称许张生这种文过饰非的行为为"善补过者"。

据王性之《〈传奇〉辨证》、陈寅恪《元白诗笺证稿》等考证，《莺莺传》是元稹根据自己的经历写出的自传体"非虚构"小说，张生形象的原型就是元稹自己。莺莺的遭遇，典型地表现了唐代文人的心路历程和妇女追求爱情的悲剧命运，具有鲜明的时代烙印。唐代社会承南朝旧俗，通过婚、宦二事评量人物高下。为了做官，张生一是凭借自身才华走科举之路，二是联姻，找一个高门显宦做靠山。崔家已经衰败，显然不能满足张生的要求，时代注定了莺莺的悲剧命运。社会压制了人性，张生的背信弃义是被时代认同的，这就是张生不仅没有受到谴责，反被许为"善补过"的原因。张生与莺莺的儿女真情被世俗所重的功名利禄所扼杀。客观地说，莺莺、张生为爱情付出了历史性代价，启迪着后人为自身的幸福去努力追求。

作为小说，《莺莺传》并非上乘之作。过多的诗歌穿插妨碍了叙事的流畅；由于是自传体，为了掩盖丑陋，张生对莺莺由狂热追求到忍情抛弃的心理变化过程，交代得不很清楚，还没能达到后世说话艺术那样，为了塑造形象而任意虚构的阶段；张生"女人祸水"的道德说教也倒人胃口。但作为传奇文，却又体现了赵彦卫《云麓漫钞》中所说的"文备众体"，可以见史才、诗笔、议论的特点。《莺莺传》所开启的西厢故事之所以能繁衍成文学大观，是由于其蕴涵的丰富和深刻，又辞旨顽艳，颇切人情。应当说，张生抛弃莺莺，选择的是婚姻，而不是爱情，趋从于社会却压抑了人性，莺莺始终是他难以忘怀的初恋情人，这从元稹的艳情诗可证，正是"曾经沧海难为水，除却巫山不是云"（《离思》），"夜夜望天河，无由重沿溯"（《梦游春》），再没有一位女子可以代替莺莺在他心中的地位，《古决绝词》所谓"相见故心终不移"，直到生命终结都未能忘怀。当莺莺形象浮现在作家脑海的时候，"依稀似笑还非笑，仿佛闻香不是香"（《莺莺诗》），那种清风明月般的绰约之美，"都愉淫冶之态"（赵令畤〔蝶恋花〕鼓子词），给他带来的是温馨和柔情，于是刻骨铭心的爱恋之情流注笔端，塑造出一个清水芙蓉般美慧绝伦的形象，可亲可爱而不可怕，感召着后世作者去探索去挖掘。

唐宋文人笔下的"西厢"故事

唐代杨巨源、王涣、李绅都有诗作歌咏其事。杨巨源的《崔娘诗》和王涣的《惆怅诗》写得很简略，都只有短短四句。《崔娘诗》只写到莺莺寄环缄愁为止，表现了对女主人公命运的同情，"风流才子多春思，肠断萧娘一纸书"，着一"多"字，便含有对张生移情的不满，没有理会《莺莺传》中"尤物害人"的说教。《惆怅诗》只选取了幽欢一节来写，对莺莺的结局、对张生都没有表示什么态度。可以看出，诗人是歌颂欢会而怨恨别离的。描写比较详细的是李绅的《莺莺歌》，成为后来《董西厢》写作的根据之一。从情节上来看，也只写到欢会为止，表明了诗人的愿望，即不愿意让莺莺以悲剧结局。但一则所有这些作品都采用诗歌形式，没有超出传统士大夫文学的范围；二则在故事情节上没有新的发展，对崔张故事的主体思想没有大的影响，原作《莺莺传》中的艺术形象也没什么改变。

到了宋代，西厢故事出现了新的变化：一是流传范围更广，不仅士大夫以为美谈，倡优女子也能调说大略。二是形式多样，已经突破书面文学形式，开始与音乐、说唱等表演艺术相结合，走向市民文艺的广阔天地，成为供普通大众观赏的艺术作品。三是据所传名目推断，故事情节应该有所丰富和发展。在唐代，张生本无名字，宋王楙《野客丛书·用张家故事》中出现了"张君瑞"这个名字。周密《武林旧事》所记官本杂剧中有"莺莺六幺"、陶宗仪《南村辍耕录》所载院本名目中有《红娘子》《拷梅香》、徐渭《南词叙录·宋元旧篇》里有《莺莺西厢记》等戏曲作品；罗烨《醉翁谈录·小说开辟》中有《莺莺传》、同书"舌耕叙引"记有《张公子遇崔莺莺》等说话作品。可惜这些戏曲、小说作品全都佚失不存，难知其详。四是主题思想有所发展。秦观、毛滂都用"调笑转踏"这种形式歌咏其事。"转踏"也作"传踏"，转、传指用同一曲牌连续传歌，转唱不同的内容；踏即踏歌，依歌的节拍而舞，是北宋歌舞表演的一种形式，演出分若干节，每节一诗一词写一个故事。秦观、毛滂采用的是一首诗和一首〔调笑令〕词。秦观写到欢会、毛滂写到莺莺寄环缄愁，都表现了对莺莺的同情和对张生的不满。叙写比较充分的是赵令畤的说唱作品〔商调蝶恋花〕鼓子词。赵令畤（1051—1134），字德麟，是燕王德昭的玄孙。说白用散文，除首尾两段是他自己的创作外，中间各段都是根据《莺莺传》"或全摭其文，或止取其意"写成的；唱的部分则用十二首〔蝶恋花〕敷衍。在赵令畤的笔下，是张生的负心造成了莺莺的悲剧结局，"地久天长终有尽，绵绵不似无穷恨"。他非但没有称许张生"善补过"，也抛弃了"女人祸水"说，而且对张生进行了责备，"最恨多才情太浅，等闲不念离人怨"。张生为了追求"浮名"而薄情背盟的行为是作者所"最恨"的。

金代董解元《西厢记诸宫调》

院本、杂剧、南戏、小说等，都是敷衍故事的艺术品类，据所载名目，宋代西厢故事应有不少丰富和发展，起码有了"拷红"的情节，惜皆佚失不传。而现存作品却没有新的情节、新的内容和新的人物形象，其影响力远不能与元稹的原作相提并论。只有到金代董解元《西厢记诸宫调》（以下简称《董西厢》）的出现，才从根本上清除了"尤物害人""女人祸水"的腐朽思想。

关于《董西厢》作者董解元的生平资料很少。据钟嗣成《录鬼簿》记载，他是金章宗（1189—1208 年在位）时人，名不详，解元是对读书人的敬称，是一位颇有名气的民间艺人。他活跃在一个战争平息相对稳定的时期，从《董西厢》的"引辞"和"断送引辞"中我们知道，他性情疏狂，放浪不拘，不管别人的议论，任性而行，流连于秦楼楚馆，是一位"教惺惺浪儿每都伏"的颇有声价的风流才子。

诸宫调是一种有说有唱的讲唱文学形式，据王灼《碧鸡漫志》、吴自牧《梦粱录》等记载，这种形式是北宋中期泽州（今山西晋城）一个叫孔三传的民间艺人创造的，说的部分用散文，唱则用韵文，用鼓、板、笛、锣等伴奏，后来也用弦索如筝、琵琶等伴奏，所以《董西厢》又称《西厢记挡弹词》或《弦索西厢》。唱词取同一宫调的若干曲牌联成首尾一韵的短套，再用不同宫调的许多短套联成长篇，演一个完整故事，故名"诸宫调"。

　　董解元对西厢故事进行了全面改造，作了新的诠释。首先是塑造了全新的人物形象。从现存作品看，此前的张生都是作为负心汉形象出现的，在董解元的笔下则变成了一个多情才子，从四海游学的穷书生，到中探花、授翰林学士的得志男儿，一直追求莺莺并终成眷属。崔莺莺也由原来的任人宰割、受人同情的弱女子，增强了反抗性，为了报答张生在普救兵乱中的救命之恩，她甚至想同张生一起悬梁自尽，以死殉情；最后又在法聪建议下与张生私奔，借助白马将军之力实现了自主婚姻。老夫人在故事中原本是个没什么作用的道具性人物，在《董西厢》里则变成了掌握儿女婚姻命运的一家之长，成了矛盾冲突的一方。红娘、法聪的作用也大大增强，都成了积极支持并促成崔张婚恋的人物。人物决定矛盾冲突的性质和故事的结局，《董西厢》把原本是在婚姻当事人之间的冲突，即莺莺冲破礼教束缚追求爱情，同张生为功名而背盟负心的冲突，改造成了以婚姻当事人为一方与专断家长为另一方的冲突，即莺莺、张生与老夫人之间的冲突，也可谓之自主婚姻与家长包办婚姻的冲突。斗争的结果也变成美满团圆的喜剧结局，才子佳人如愿以偿。

　　但是自主婚姻并不都是以纯洁的爱情为基础的。《董西厢》里崔张姻缘就是建立在报恩基础上的。直到斋祭道场时，莺莺对张生还没有产生感情，张生只是在单相思，当张生"觑着莺莺，眼去眉来"时，莺莺却"不睬，不睬"，使得张生埋怨"短命冤家薄情煞"！双方的感情，是在张生施恩之后才由恩而爱的。所以故事结尾作者以八字概括全书——才子佳人、施恩报德："从今至古，自是佳人，合配才子"，"方表才子施恩，足见佳人报德"（卷八）。这种观念近似唐人，又加入了施恩报德和功名富贵的因素，还没有达到男女平等自愿、无附加条件的纯爱情的标准。艺术上也有很多不足。为了突出"报恩"思想，"兵乱"一节过长，且多次重复，远离了矛盾冲突的主线，影响了叙事的流畅；男女主人公的性格也有不统一、不完整的地方；莺莺有些地方的表现与身份不合、张生在追求莺莺的过程中也出现过犹豫等等。

《董西厢》在西厢故事的流传过程中，无疑是一次大飞跃、大突破，但在思想和艺术上又存在种种不足。真正把这个题材处理得完美无缺，还要等到元代王实甫《西厢记》的出现。

二、《西厢记》的作者

著作权之争

关于《西厢记》的作者，历史上有过多种说法，影响较大的有：

（一）王实甫作。见于元及明初记载：成书于元至顺元年（1330）、元统及至正间（1333—1368）作过修订的钟嗣成《录鬼簿》、成书于明洪武三十一年（1398）的朱权《太和正音谱》、永乐二年（1404）贾仲明为《录鬼簿》补写的〔凌波仙〕吊曲等，都记载《西厢记》为王实甫作。而《录鬼簿》又是经过钟嗣成之友吴弘道、陆仲良参与的，并非一人之见。

（二）关汉卿作王实甫续（第五本）。最早提出此说的是明成化七年（1471）北京金台鲁氏刊本《新编题西厢记咏十二月赛驻云飞》："汉卿文能，编作《西厢》曲调精。""王家增修，补足《西厢》音韵周。"此后弘治十一年（1498）金台岳家刻本《奇妙全相注释西厢记》等亦持此说。

（三）关汉卿作。明正德八年（1513）刊刻的都穆《南濠诗话》："近时北词以《西厢记》为首，俗传作于关汉卿，或以为汉卿不竟其词，王实甫足之。予阅《点鬼簿》，乃王实甫作，非关汉卿也。"明言关作只是"俗传"，并无实据，且以《点鬼簿》（《录鬼簿》）的记载否定了"俗传"。嘉靖二十年（1541）金陵刘丽华《口传古本西厢记题词》、万历十七年（1589）汪道昆《水浒传叙》等认为《西厢记》作者为关汉卿。

（四）王实甫作关汉卿续。成书于嘉靖三十七年（1558）的王世贞《艺苑卮言·附录》即主此说，此后徐士范《重刻西厢记序》、朱孟震《河上楮谈》等及近人王国维、吴梅、王季烈等均持此说。

持关作王续或王作关续说者，又认为《西厢》原作止于第四本第三折"长亭送别"或第四折"草桥惊梦"，其后乃是续作。

明人王伯良在其《新校注古本西厢记》附《王实甫关汉卿考》中驳之曰："《艺苑卮言》谓《西厢》久传为关汉卿作，迩乃有以为王实甫者，且引《太和正音谱》载实甫词十三本以《西厢》为首，汉卿六十六本不载《西厢》为据。然《正音谱》系国朝宁藩臞仙所辑，实本之《录鬼簿》。二人生同时，居同里，或后先踵成不可考，特其词较然两手。"《卮言》又谓：或言至'邮亭梦'止，或言至'碧云天'止，则不知元剧体必四折，记中明列五大折，折必四套，'碧云天'断属第四折四套之一无疑。又实甫之记，本始董解元，董词终郑恒触阶，而实甫顾阙之以待汉卿之补？所不可解耳。"这一是说《西厢》为王实甫作的记载很早，不是近来才有，因为《正音谱》本之《录鬼簿》；二是说王与关的创作风格明显不同，《西厢》断非关作或关续；三是说《西厢记》五本乃完整作品，无续作之可能。

《毛西河论定西厢记》"附词话"则曰："元周高安论曲有云：《西厢》〔麻郎儿〕'忽听、一声、猛惊'、〔太平令〕'自古、相女、配夫'为六字三韵，最难。今按，'自古'六字在末剧。然则在元何尝分末剧为续《西厢》耶？且亦何尝不并许耶？"是说元人视《西厢记》五本二十折为一个整体，即使第五本第四折也未被视为续作，且同样受到称许。

从创作上说，到第四本还有两大悬念尚未解开：一是郑恒与莺莺的婚约，戏方开场即已提出，以后又反复提及，且已附书京师唤郑恒；二是张生赴京科考，张生出场即自言其志，到"拷红"折科考成败更升为与莺莺婚姻成败的关键。这两个问题不解决，就等于没有回答剧情发展中所提出的问题。因此，无论是终于"送别"还是"惊梦"，都等于腰斩《西厢记》。此乃作剧常识，作家万无于此止笔之理。

应当承认，在描写心理之细腻与文辞之华艳方面，与前四本相比，第五本稍显逊色。这有两个方面的原因。

从故事本身来说，《西厢记》本是双线结构，自第四本第二折莺莺酬简幽会之后，由莺莺的"假"与张生的"傻"与"懦"所引起的莺莺、张生、红娘之间的误会冲突宣告结束。"长亭送别"之后，生旦分离，没有了好看的男女主角对手戏，没有了少男少女恋爱中复杂微妙的心理描写，剩下的只有自主婚姻与包办婚姻一条冲突线，文笔便不像前四本那样花团锦簇、落笔生辉。但关目上也颇有可观，已足见并非凡手所能为。

再有，《西厢记》止于何时，实质上是《西厢记》应当如何结尾的问题，而戏剧作品的结尾向称难事。在剧情演进中，剧作家提出人生或社会问题，最后一幕戏就要解决冲突，拿出解决问题的答案；而且每一个剧中人都应当思考自己经历的种种事件，为自己的舞台生命作出总结。这是相当不容易的事，也因此最后一幕戏向来饱受诟病，并且注定要遭到修改，这是中外戏剧家的普遍遭遇。王实甫不是用格言警句，而是用人物命运来解答提出来的种种问题，有诸多争议也便不难理解了。

总而言之，在关于《西厢记》作者的诸多说法中，以王实甫作的说法最早，与《西厢记》产生年代相近，其他说法则是一个多世纪、甚至两个多世纪以后的事了，且未能提出足以推翻王作说的证据。由此可以得出结论：《西厢记》全五本的著作权属于王实甫。

王实甫的生平

王实甫创作了光耀史册的艺术瑰宝，而关于他的生平材料却极少留传下来。这一是因为元朝实行重吏轻儒政策，二是因为杂剧在当时尚属新兴文艺样式，并不为传统文人所重，也就少有人留心其作者了。有感于此，钟嗣成才作《录鬼簿》，把这些"门第卑微，职位不振"的散曲和杂剧作家们记录下来，传其本末，以免岁月弥久，湮没无闻。

据《录鬼簿》载，王实甫名德信，实甫是他的字，大都（今北京）人②。与关汉卿、白朴、马致远等同属"前辈已死名公才人"。元代周德清《中原音韵》引《西厢记》曲文后曰："诸公已矣，后学莫及。"周氏后序作于泰定甲子（1324），其时王实甫已谢世。可见王实甫为元代前期作家，与关汉卿同时而略晚，创作活动主要在元贞、大德年间（1295—1307）。

最早对王实甫进行全面评述的是贾仲明（1343—1422）为《录鬼簿》补写的〔凌波仙〕吊曲：

> 风月营，密匝匝列旌旗；莺花寨，明飚飚排剑戟；翠红乡，雄纠纠施谋智。作词章，风韵美，士林中等辈伏低。新杂剧，旧传奇，《西厢记》天下夺魁。

风月营、莺花寨、翠红乡都是官妓聚居的地方，这些官妓同时也是杂剧演员。由于元代科举考试时行时止，但行时少而停时多，一共只举行过16次科举考试，总录取人数不足1200人，占《元典章·内外诸官员数》的不到1/22，实际所占比例更小③。而入职台省者只是万分之一④。其官员来源主要靠军功、血统世袭和吏员出职，于是有大元典制人分十等、一官二吏三僧四道五医六工七匠八娼九儒十丐的说法⑤。十等人之说虽不见于律令文献，但与元杂剧中感叹的"儒人颠倒不如人"（石君宝《秋胡戏妻》）、"这壁拦住贤路，那壁又挡住仕途"（马致远《荐福碑》）相一致，也与现实中儒学远低于释道，儒生远不如和尚、道士的处境相一致。切身感受的历史远比文字记载更为真实。既然断绝了儒人传统的仕进谋生之路，即使才华如王实甫者也只能沉沦下层⑥。于是为谋生，为宣泄，也为施展才华，"移宫换羽，搜奇索怪，而以文章为戏玩"（钟嗣成《录鬼簿》后记）。与艺人混迹一起，这使他了解下层民众的思想感情，也熟悉了舞台规律，他的文采风流为文坛诸家佩服，他的《西厢记》也被公认为元代最优秀的作品。

王实甫的创作，散曲今存小令一首、套数两套及一个残套数。据曹栋亭刊本《录鬼簿》记载，王实甫创作杂剧十四种，今存《西厢记》《丽春堂》《破窑记》三种及《芙蓉亭》《贩茶船》两剧的片段。

《丽春堂》写金代统治集团的内部矛盾，有作家对人生的体认，也有着对争名逐利、勾心斗角官场现象的揭露，反映了元代失意文人的普遍心态。

其他几个杂剧都以婚姻恋爱为主要内容。《芙蓉亭》刻画了一个大胆反抗礼教的叛逆女性，她"想着俺怀儿中受用，怕什么脸儿上抢白"，深夜私出闺房，主动去找所欢相会，这是一个此前戏曲中不曾出现过的新型形象，可惜仅存数支残曲，难窥全貌了。《破窑记》写吕蒙正与刘小姐的婚姻故事，这个故事至今还在舞台上演。刘小姐彩楼抛绣球招亲，正中吕蒙正。刘员外嫌蒙正家贫要拆散姻缘，女儿不从，被赶出家门，与蒙正寒窑度日。最后吕蒙正考中状元，一家团圆。刘小姐提出了新的婚姻理想："夫妻相待贫和富有何妨？"即使再穷再苦，"您孩儿心顺处便是天堂"。这与《西厢记》有一脉相通之处。通过吕蒙正的遭际，作者感叹道："世问人休把儒相齐，守寒窗终有峥嵘日。"抒发了沉沦下层的读书人愤懑不平之气。

真正代表王实甫艺术风格和创作成就的，是被推为天下之最的《西厢记》。

三、《西厢记》的思想

爱情的诠释

《西厢记》的出现是一个奇迹，因为无论是在它之前还是之后的戏曲，都难以与之比肩，有学者把《西厢记》与小说《红楼梦》比作中国文学史上两座先后辉映的高峰，是很有道理的。

西厢故事是演绎爱情的。"爱情"之义有广狭之分。广义的，指爱的感情，可用于对所有人产生的感情；狭义的，则专指男女之间精神和肉体强烈的相互爱慕之情。西厢故事所描写的是后者。爱情又与婚姻有别。婚姻专指夫妇，为法律和社会所承认的夫妻，是家庭成员，《礼记·经解》郑玄注："婿曰昏，妻曰姻。"而男女之间互相恋慕，有的能缔结婚姻成为夫妻，有的则不然。性在本质上不排他，而爱情是自私的，一对一，具有排他性。爱情是幸福的，不分地域、民族，不论贵贱、贫富，人人心向往之，是人类进入对偶婚以后古往今来都会产生的感情，有普世性。它很强烈，情苟相得，不仅父母之命不能制，个人也很难自抑。又很有个性，会由于民族、地域的不同而有所差异，也会因为历史时代的不同而不同，甚至每个人也不相同。恋爱者是有个性的，爱情也千姿百态，每一对儿恋人都是独特的"这一对儿"。因此古今中外的哲人都试图对爱情作出自己的诠释，却又见仁见智。瓦西列夫说，爱情是"人类精神的一种最深沉的冲动""是完整的生物、心理、美感和道德体验。只有人才具有复杂而完备的爱的感情"[⑦]。其实，简而言之，爱情是男女之间所追求所构筑的安顿心灵的窝巢，肉体是心灵的载体，只有肉体得到安顿，漂泊的心灵才会找到归宿，因此它是使男女双方都获得强烈的肉体和精神享受的综合感情。

《西厢记》充满了创造精神，所写崔张爱情故事从内容到形式都焕然一新，趋于完美，它不仅是元代文艺中的璀璨明珠，也是中国文学艺术史上的一座高峰。其思想的深刻性在于表现了这样的愿望：

　　永老无别离，万古常完聚，愿普天下有情的都成了眷属。（五本四折〔清江引〕）

　　不是说崔莺莺、张君瑞应当成为眷属，也不是说某类人应当成为眷属，像唐传奇蒋防《霍小玉传》"小娘子爱才，鄙夫重色，两好相映，才貌相兼"，许尧佐《柳氏传》"翊仰柳氏之色，柳氏慕翊之才，两情皆获，喜可知也"等等，都是才子佳人式的恋爱，以才貌为选择标准；《西厢记》所写乃是普天下所有的有情人都应当成为眷属，用元散曲兰楚芳〔南吕四块玉·风情〕可以作诠释："我事事村，他般般丑。丑则丑村则村意相投。则为他丑心儿真、博得我村情儿厚。似这般丑眷属，村偶配，只除天上有。"蠢材丑女也有爱的权利，也可以结成美满夫妻，只要双方心真情厚，而不仅仅是才貌相兼的才子佳人。这是元人对爱情观念的一大贡献；这种眷属还应当是不离不弃、长相厮守的夫妻。同情他人，热爱他人，把普世大爱给予他人，这便是仁者胸怀。而其关键又在"有情的"三字，《毛西河论定西厢记》说："《墙头马上》剧亦有'愿普天下姻眷皆完聚'类，但此称'有情的'，此是眼目，盖概括《西厢》书也。"《闺怨佳人拜月亭》中也提出了"愿普天下心厮爱的夫妇永无分离"，白朴、关汉卿侧重表现相爱的已婚夫妇应当长相完聚，而《西厢记》则是表现有情的未婚男女应当如愿以偿。这就说出了爱情的本质，也说出了婚姻的本质。有情，爱情和婚姻才有生命。毛奇龄看得很清楚。毛奇龄背明仕清，学术上也有不端行为，梁启超《清代学术概论》说他"学者的道德缺焉，后儒不宗之宜耳"。但其论《西厢记》却是极有眼光的。

　　《西厢记》里也多次表露了对张生的感恩思想。感恩是一种美德，红娘、莺莺乃至老夫人都对张生的救命之恩铭感于心，像请宴、听琴、拷红、斥恒等折。但"感恩"并不是莺莺、张生爱情的基础，早在张生施恩之前他们就已经走完了以心相许的阶段，兵乱施恩只是给他们不合礼也不合法的爱情，提供了一个冠冕堂皇的保护伞，所以徐渭、李卓吾在评语中都戏称孙飞虎为"媒人"，红娘也以此对付老夫人的干涉和郑恒的纠缠。因此第五本第四折只言"有情"与"无情"（"无情的郑恒苦"）

而不涉其他。这是王实甫与董解元的根本区别。

王实甫从改变人类婚姻观念的高度提出了前人没有提出过的问题，明清人又未能超越之，不仅恩被古人，而且泽及当代，成为人们的婚姻理想。这是古代其他任何文艺作品所没能做到的，体现了圣者精神，所以是伟大的。我们举两个例子来看王实甫对情的诠释：

> 他那里尽人调戏軃着香肩，只将花笑捻。（一本一折〔元和令〕）

> 虽然是眼角传情，咱两个口不言心自省。（一本三折〔绵搭絮〕）

看似不着力，却深刻道出了爱情的真谛。禅宗心传的第一公案即"拈花微笑"。据《联灯会要》卷一、《释氏稽古略》卷一，在灵山会上，大梵天王向释迦牟尼佛献上一枝金色婆罗花，释迦即拈花示众，众人不解其意，唯有摩诃迦叶默然心会，破颜微笑。释迦于是说：我有纯正的禅法，清净的禅心，实相无相，微妙法门，不立文字，教外别传，现在我把它传给摩诃迦叶。禅宗认为，这个典故是要弟子们领会佛教的根本精神，得到佛陀思想的真髓，这就是以心传心的"教外别传"，此即"正法眼藏""清净法眼"。人的本心和本性，离言绝相，只能心心相印，去除一切外在的形式而直达心灵深处。而恋爱中人，"爱的微笑像一把神奇的钥匙，可以打开心灵的迷宫"[8]，语言是多余的，也用不着文字，就看你能不能、是不是心灵契合、心灵相通，此之谓会心，"心有灵犀一点通"，这便是爱情的真谛。又，《景德传灯录·袁州蒙山道明禅师》有所谓"如人饮水，冷暖自知"。爱情也需要内心的悟证，有欢乐也有痛苦，有时痛苦也是欢乐，比如明人汪廷讷《狮吼记》写宋人陈季常惧内，其妻柳氏悍妒异常，季常则跪池、顶灯，乐此不疲。西方所谓心中的痛苦只有自己知道，心中的喜乐别人无法分享。道理是相通的。是不是真爱，只有两个心灵感受得到。元好问〔迈陂塘〕："问世间情是何物？直教生死相许。"汤显祖《牡丹亭·标目》："世间只有情难诉！"把难以言喻的爱情体验提升到禅理的境界，是《西厢记》浅而能深之处，其他戏曲作品均未臻此境。只有《红楼梦》里警幻仙姑说出过"可心会而不可口传，可神通而不能语达"，但那已是四百多年后的事了。

　　《西厢记》与它以前描写男女感情的作品相比，有着明显不同。一是莺莺与张生之间的互相爱慕有着多方面的因素，并不仅仅是"郎才女貌"，更没有"财"和"势"的考虑。作者所着重强调的，是男女之间感情上、情趣上的和谐融洽、契合无间。"长亭送别"之际，莺莺千叮万嘱并头莲强如状元及第、得官不得官即便早回，张生状元及第、授官，他们都不以为喜，反以未能团聚而思念不断，这与《破窑记》所表现的思想是完全一致的。二是这种选择是相互的，不仅男子对女子有一定的要求，同样的，女子对男子也有自己的选择标准，改变了男女关系中以男子为中心、妇女只是以容貌的美丽作为被挑选对象的情况。在张生与莺莺的恋爱中，决定权很大程度上取决于莺莺，而不是男主人公，男女双方的地位更趋向于平等了。

　　《元典章·户部四》之"嫁娶""婚姻"条及《元史·刑法志·户婚》都规定，许嫁女已报婚书，及有私约，或已受财而辄悔者，笞三十七下；若更许他人者，笞四十七下；已成婚者，五十七下；后娶者知情，减一等，女归前夫。男家悔者不坐，不追聘财。"服内婚"条规定："居父母及夫丧而嫁娶者，徒三年，各离之。"⑨《元典章》中还有"通奸成亲断离"的规定。但元代统治者蒙古、色目诸族男女关系方面开放，执行条律不严，《西厢记》莺莺居父丧及与郑恒有婚姻之约等情节又系由《莺莺传》《董西厢》承袭而来，所以王实甫仍然对崔张这桩"违章"婚恋给予了热情讴歌。因此郭沫若在《〈西厢记〉艺术上的批判与其作者的性格》中说："人们殆不能不赞美元代作者之天才，更不能不赞美反抗精神之伟大！反抗精神，革命，无论如何，是一切艺术之母。元代文学，不仅限于剧曲，全是由这位母亲产出来的。这位母亲所产生出来的女孩儿，总要以《西厢记》为最完美，最绝世的了。《西厢记》是超过时空的艺术品，有永恒而且普遍的生命。《西厢记》是有生命的人性战胜了无生命的礼教的凯旋歌，纪念塔。"⑩

一见钟情式的爱情

莺莺和张生是一见钟情式的爱情。一见钟情是古今中外都很常见的爱情表现形态。青年男女在成长过程中，或观察社会人生，或阅读报刊书籍，或观看文艺演出等等，通过各种渠道形成了自己的爱情审美观念，在心目中已经储备了一个朦胧的理想可意人形象。在现实生活中一旦遇到符合自己审美标准的人物，便有似曾相识之感，这就如汤显祖《牡丹亭》里杜丽娘、柳梦梅梦中相逢时所谓"是那处曾相见，相看俨然"，《红楼梦》里贾宝玉初见林黛玉便脱口说出："这个妹妹我曾见过的。"在双方心灵上都激起了爱的火花，他与她所积累的生活经验迅速反应到大脑中来，促使他和她当机立断做出定夺，以心相许。这种决定只是在瞬间做出的，却是以长期生活积累作前提的。人的面孔不仅是人的总体美的集中表现，也是展示心灵世界的窗口，在点燃爱情之火的时候，会由于生理原因而展示得更加鲜明和充分，双方都可以从对方的脸上读出对自己爱慕的程度；尤其当一个人微笑的时候，就会完全揭开掩饰心灵的面纱，向对方袒露真情，避免误读。这就是为什么莺莺在佛殿初遇张生便拈花微笑，令张生狂癫忘形了。所以一见倾心式的爱情看似神秘，却蕴涵着爱情的真谛。

《西厢记》写一见钟情还有着其他原因。这一方面是受杂剧艺术形式的限制，不可能像小说那样，作家可以用全知的视角出面叙述，细腻地、不受篇幅限制地描写男女双方感情的发展历程；在戏剧中，剧作家虽然无处不在，却又无处可见，是不能站出来直接向读者和观众说话的。另一方面，这又是社会造成的。关汉卿《温太真玉镜台》里说"男女七岁不可同席"，《董西厢》里说"弟兄七岁不同席"，男女之间，即使是兄弟姐妹，还在孩提时期就被隔绝开来，在成长过程中，接受的是礼教伦理道德的教育，没有可能对异性进行认识，更不可能对具体的异性有接触、认识和了解的机会。在礼教盛行时代，对于大多数人来说，夫妻间的第一次认识，大概就是"洞房花烛夜"了。所以张生与莺莺这种邂逅相逢，便是一种奇遇了。郭沫若说："我国素以礼教自豪，而于男女间之防范尤严，视性欲若洪水猛兽，视青年男女若罪囚，于性的感觉尚未十分发达以前即严加分别以催促其早熟。年青人最富于暗示性，年青人最富于反抗性，早年钳束已足以催促其早解性的差异，对于父母长辈无谓的压抑，更于无意识之间，或在潜意识之下，生出一种反抗心：多方百计思有以满足其性的要求。"⑪这偶然一次相遇，彼此产生爱慕之情是自然的。这种爱情，凭借的完全是自身条件，排除了社会和家庭因素的介入；是自愿的选择，体现的是婚姻当事人的意志，而非他人包办；在不允许相互接触的社会环境中，"一见"毕竟是一种了解，比起被蒙蔽的包办婚姻来，也算前进了一步。

"浓盐赤酱"之讥

张生与莺莺的幽会偷欢写得比较刻露，往往为人诟病，被讥为"浓盐赤酱"。爱情固然不能仅仅归结为单纯的生理快乐，但是性欲毫无疑问是爱情内涵中的应有之义，瓦西列夫《情爱论》说："爱情的动力和内在本质是男子和女子的性欲，是延续种属的本能。"随着人类文明的不断发展，这种动物性本能被人性化，包含了社会性的内容，使这种建立在本能基础上的感情不仅具有独立的品格，而且具有永恒的力量，表现为精神状态，而性欲反而以隐形的状态存在于其中了。爱情既是男女双方互相吸引的前提，也是男女欢合的结果。人类的欲望中纠结着人性与兽性的两面性，只要"有情"便是人性的发扬，灵魂的升华，成就了爱与欲、灵与肉、美与俗的结合，我们看到的是生命的飞扬。爱使人类看似低俗的动物性行为变得美丽和道德。总之，爱情是幸福的、美好的，但却不是圣洁的、崇高的，只有同人类的伟大理想相结合，它才圣洁、崇高，所谓"生命诚可贵，爱情价更高。若为自由故，二者皆可抛"。所以人们并不赞成恋爱至上主义。相反，恰恰因为爱情的平凡和世俗，才具有切近人情、合乎人性的属性。假如抽去了生命的欲望，还谈得上幸福和美好吗？明清时代人们就对这个问题有过不同意见的争辩。在《西厢记》是否淫书的辩难中，金圣叹言辞最为激烈，在批《第六才子书》时说："人说《西厢记》是淫书，他止为中间有此一事耳。细思此一事，何日无之，何地无之，不成天地中间有此一事，便废却天地耶？细思此身自何而来，便废却此身耶？……至于此一事，直须高阁起不复道。""有人谓《西厢》此篇，最鄙秽者。此三家村中冬烘先生之言也。夫论此事，则自从盘古至于今日，谁人家中无此事者乎？若论此文，则亦自从盘古至于今日，谁人手下有此文者乎？谁人家中无此事，而何鄙秽之与有？""盖《西厢记》所写事，便全是'国风'所写事。"性是人对自身的态度，从中可以看出人的发展水平。即使是有生理疾患的人，也"盲不忘视，跛不忘履"，何况《西厢记》所写的也不仅仅是肉体的感受，还有着审美欣赏、怜香惜玉等等复杂情愫。这些复杂情愫又用华丽的语言为原生态行为裹上了一层诗意的外衣，即金圣叹所谓"丽语解秽"，会减轻所写内容的直接冲击。美国作家戴尔·卡耐基在《人性的弱点全集》"不要做婚姻的文盲"中引用著名心理学家沃森的话说："性，众所公认的是生活中最重要的问题。"对人类自身必不可免的行为应当宽容。

元代是一个张扬人性和世俗精神的社会，通过对纯真行为以欣赏的眼光进行"美丽的"刻画，从而把猥亵从"丑"中分离出来，这便是杂剧和散曲中所流溢出的对世俗生活的品味。

总而言之，《西厢记》所歌颂的爱情，乃是情爱与性爱、爱情与婚姻的统一体。在这方面,《牡丹亭》与《西厢记》的承继关系比较明显,而《红楼梦》则更侧重揭示二者不能统一的悲剧。

爱情文学的价值

爱情是最个人的,具有隐秘性,它想逃避一切监督;又具有排他性,所谓"卧榻之侧岂容他人酣睡""情深妒亦真"是也。但却不是小事,是光明正大的行为。爱情在世界文学史上被称为"永恒的主题",在中国就更具有特殊的意义。

爱情从来就与专制不相容,强迫、命令不会产生爱情,爱情是在平等、自由、独立的基础上产生的,它总是企图摆脱家庭和社会的一切干扰而自行其是,是最"个人"的行为。而古代中国根本没有"个人"的概念。"个人"的概念是二十世纪初传入中国的,鲁迅1908年写的《文化偏至论》说"'个人'一语,入中国未三四年",当时还饱受诟病。经过新文化运动才大有改观。没有"个人"概念的社会环境是与爱情不相容的。"国家",国之本在家,积家而成国,"家"是中国社会的组织单位,由一个个的小家组成一个总的、以皇帝为家长的大家,便是中国古代的"国"。家是社会的基础、社会的细胞,家庭统摄个人,个人不是独立的,而是从属于具体的小家和"国"这个大家。大家和小家都由家长主持(皇帝是国之家长),讲等级秩序,"君君臣臣父父子子",讲三纲,每个人都在家的系统中占一个位置,是一个社会角色,是社会人而不是自然人,不是独立的个人,所谓"父子有亲,君臣有义,夫妇有别,长幼有序,朋友有信"(《孟子·滕文公上》),个人在君臣、父子、夫妻、兄弟、朋友间的秩序关系,这便是五伦、人伦。这就是所谓人是社会机器的"齿轮和螺丝钉"。由于特重家庭、宗族、乡里,所以特别看重"社会关系",讲家庭出身。只要看看《红楼梦》就明白个人在家庭中所处的角色地位了。张东荪在《理性与民主》第三章论人性与人格时说:"在中国思想上,所有传统的态度总是不承认个体的独立性，……总是把个人认作'依存者'，不是指其生存必须倚靠于他人而言，乃是说其生活在世必须尽一种责任，即无异为了这个责任而生""中国的社会组织是一个大家庭而套着多层的无数小家庭。可以说是一个家庭的层系。所谓君就是一国之父，臣就是国君之子。在这样的层系组织的社会中，没有'个人'观念。所有的人不是父，就是子；不是君，就是臣；不是夫，就是妻；不是兄，就是弟。中国的五伦就是中国社会组织……把个人编入于这样的层系组织中，使其居于一定的地位，然后课以那个地位所应尽的责任。"皇权下延至家长，则出现了包办婚姻，这就扼杀了爱情所创造的不受礼教、宗法控制的个人天地，把人要做父母的本能，转化为守礼的对宗族的责任和义务。《礼记·昏义》："昏礼者，将合二姓之好，上以事宗庙，而下以继后世也。"一为祭祀祖先，二为延续香火，《孟子·离娄上》说"不孝有三，无后为大"，不能使祖先成为无祀之鬼。所以爱情本身便是争求个人权利、个人自由的一种抗争——首先要有支配自身的权利和自由，也可视为婚姻问题上的"个人本位"吧。其意义大矣，歌颂爱情的文学，不可等闲视之。

四、《西厢记》的艺术

写实的文学

文艺作品的思想与艺术犹如手心手背，是谁也离不开谁的两面同一体，没有成功的艺术则思想不会深刻。《西厢记》之所以成为经典，就在于它深刻的思想体现在近乎完美的艺术之中。"元曲之佳处何在？一言以蔽之，曰自然而已矣。古今之大文学，无不以自然胜，而莫著于元曲"，"彼但摹写其胸中之感想，与时代之情状，而真挚之理与秀杰之气，时流露于其间。故谓元曲为中国最自然之文学，无不可也。若其文字之自然，则又为其必然之结果，抑其次也"[12]。而《西厢记》

又是元曲中最自然之作品，如诗中之李白。李贽《焚书·杂说》称其为"化工"之作，金圣叹称其为"天地妙文"，只见自然不见人工，只见精神不见文字。

从题材看，《西厢记》是完全写实的，只取材于现实生活。小说"四大奇书"中都有妖魔鬼怪出现，即使被郑振铎称为"伟大的写实小说"的《金瓶梅》，最后也有冤魂孽鬼转世超生之类不经之谈。戏曲"五大名剧"中《琵琶记》赵五娘筑坟有山神、土地差阴兵相助，《牡丹亭》有花神、鬼魂、判官出场，《长生殿》有仙圆，《桃花扇》"入道"一出也有鬼魂出现。只有《西厢记》完全写实，不写超人，不写传奇英雄，只写吃人间烟火、有七情六欲的普通人，这便是直面人生。只有艺术大师才能从常人以为习见的事物中，窥见出它的美来。张岱《答袁箨庵》评《西厢记》云："布帛菽粟之中自有许多滋味，咀嚼不尽。传之永远，愈久愈新，愈淡愈远。"⑬这是《西厢记》具有永久生命力的一个原因。

杂剧体制的创新

元杂剧以一本四折、一个脚色（可扮演不同人物）主唱为通例，王实甫却创作了五本二十折的《西厢记》。这种庞大的结构在杂剧中是首创，为戏曲敷演长篇故事、表现更丰富的内容做出了开疆拓土的贡献。又打破了一本戏由一个脚色独唱的限制，不仅一本戏里几个主要脚色都可以唱，甚至同一折里不同脚色都可以上场、演唱。如第一本第四折、第四本第四折张生、莺莺都唱，第五本第四折更是张生、莺莺、红娘三人都有唱。剧中主要人物上场不受限制，又都可以唱，有利于展开剧情、刻画人物，也可以使主唱脚色不致过劳，表演更精力充沛。这是对元杂剧主唱脚色分配体制的突破。

在前四本戏第四折的套曲之外，又加〔络丝娘煞尾〕预示下本戏剧情，上下勾连，既有使戏剧完整的作用，又可以吸引观众继续看下去，与说唱文学的"欲知后事如何，且听下回分解"相似而有首创之功。

王实甫的艺匠经营使《西厢记》既具有北杂剧结构严谨、唱曲淋漓尽情的优长，又具有了南戏情节曲折、歌唱灵活的特点，是元代集南北剧之长于一身的杰作，所以胡应麟说"独戏文《西厢》作祖""王实甫《西厢记》为传奇冠"⑭，王季烈谓之"已开传奇先声"⑮。

反跌突转式的冲突演进

没有冲突就没有戏剧，冲突是建立在人物性格基础上的性格冲突。《西厢记》的戏剧冲突由两条线构成。老夫人出于对女儿的爱，要行使做家长的权力，管束莺莺的行动、干涉莺莺的恋爱婚姻，与追求自主婚姻的莺莺、张生以及支持他们的红娘产生了矛盾，礼教叛逆者与卫道者之间的矛盾斗争，实质上即人性与礼教、个人与社会之矛盾斗争。不同人物之间的意志对抗，构成了全剧的冲突主线，决定着剧中人的命运，贯穿戏的始终，造成剧情发展大的波澜起伏。莺莺追求爱情，但行动极其小心，徘徊踌躇，有很多"假处"，莺莺的"假"、张生的"懦"与"傻"造成了莺莺、张生、红娘间的诸多误会，在恋爱道路上形成了层层障碍，构成了戏剧冲突的副线。张生的欢乐与忧伤、红娘的尤怨与欣慰都随着莺莺态度的变化而变化。两条冲突线交插发展，时分时合，推动剧情合理而又自然地向前发展。

戏剧冲突的演变方式，采用了突转反跌的手法。像第二本第二折白马解围之后，红娘请张生赴宴，从红娘、张生、莺莺多种角度渲染崔、张婚事必成，一派喜庆情绪；谁知筵席上老夫人"拜哥哥"三字出口，顿时摧毁所有人的希望，用突转方式完成了剧情向相反方向的转折，舞台气氛陡变。第三本第一折莺莺听琴之后，张生请红娘给莺莺捎去一简，约莺莺相会，张生信心满满，红娘信以为真，谁都以为两情必谐；孰料莺莺见简大怒，不仅训斥红娘，而且写回简责备张生，于是红娘失望，张生灰心，跪求红娘设法救命，待到拆看简帖却又大出意外：是莺莺暗约张生幽会！白纸黑字为证，哪能有错？于是又反复渲染好事必成，张生如约跳过墙去，等待他的却是莺莺赖简翻脸，张生只好跪而受责，"此念再不敢举"（第三本第二折）。张生"一气一个死"，人人都以为这场恋爱纠葛该酒阑人散之时，莺莺闻知张生病重，托红娘送去"药方"，红娘以为莺莺又要诳骗张生，哪想到"药方"开处剧情又柳暗花明……由老夫人赖婚引起的大喜大悲，围绕传书递简所引起的青年男女之间或离或合、或悲或喜、或怨或慕等等感情起伏，这些峰回路转的变化都是在瞬息之间、突然之中实现的，不仅剧中人没有预感，就连局外的读者和观众也毫无精神准备。金圣叹谓之"满语翻跌"之法，即先把话说满，说到不留余地，然后猛然间全部推翻，俗言谓之抬高跌重。

剧作家常常给读者造成这样一种印象：他大肆铺排、反复渲染，好像剧情要向某一方向发展，其实不然，这恰恰是为向相反方向突转急变蓄势。看似山穷水尽，非此无他，而笔墨转处却别有洞天，陆游《游山西村》所谓"山重水复疑无路，柳暗花明又一村"。这种突转反跌手法的运用，造成舞台气氛的悲喜转换、戏剧情境的冷场热场调济，以及情节的波澜起伏，也展示着剧中人细腻微妙的心理变化。从情节艺术上说，《西厢记》在古代戏剧史上是一座无与伦比的高峰，郑振铎说："中国的戏曲小说，写到两性的恋史，往往是二人一见面，便相爱，便誓订终身，从不细写他们的恋爱的经过与他们的在恋时的心理。《西厢》的大成功便在它的全部都是婉曲的细腻的在写张生与莺莺的恋爱心境的。似这等曲折的恋爱故事，除《西厢》外，中国无第二部。"⑯《西厢记》不仅是空前的，也后无来者。

相反相成的人物塑造原则

《老子》曰"有无相生，难易相成"，《论语·述而》也有"亡而为有"

的表述，事物原本是互相依存、相反相成的。《汉书·艺文志》说得具体："辟犹水火，相灭亦相生也……相反而皆相成也。"被誉为"当代达·芬奇"的百科全书式学者，意大利美学家翁贝托·艾柯说"美是事物之间相辅相成"⑰。利用相反相成原则塑造出个性鲜明的艺术形象，是《西厢记》的一大特色，符合中西方关于美的普世原则。

莺莺有"真"与"假"两个方面。所谓"假"是指她明明爱着张生，却要装出相反的样子，"闹简"诸折的表现就是明证。所谓"真"就是她对张生确有一片真情，这从游佛殿时的"目挑心招"、联吟时的诗句传心，直到"酬简"，乃是真战胜假、真情与伪善的勇敢决绝。"真"与"假"辩证地统一在莺莺身上，体现着人物内心激烈的冲突，也显示其精神世界的复杂性。唯其有"假"，才表现了相国小姐的身份和礼教压迫下不得已的处境。但是，"假"是为了掩盖"真"，保护"真"，使那细小的爱情萌芽免受摧残。因为有"真"，人物才不虚伪，才会受到人们的喜爱和同情。

张生则突出了他的"精""傻""懦"。张生的"傻"，不通人情世故的书呆子，红娘屡屡言之，他也确实做出了很多荒唐可笑的傻事。就拿他与莺莺的恋爱来说，在当时社会环境下本来是不合礼法，也不合家规的，他却一而再、再而三地泄漏给被莺莺认为是"行监坐守"的红娘。尤其莺莺最后一简，明明嘱咐他"寄与高唐休咏赋"，可他一高兴又全给说出去了。在恋爱的道路上之所以遇到重重波折，除开礼法势力的阻挠外，他的这种性格也是原因之一。一遇挫折，又只知寻死、只会下跪，一筹莫展，不仅红娘，连莺莺也说他"秀才每从来懦"。张生性格的另一面便是"精"，有聪明才气，能诗能文，"小可的难到此"。连夺取状元、授任官职都看得如拾地芥般容易。这才是"洛阳才子"的精气神儿！而且懦中有勇，为追求莺莺向红娘自报家门以自媒，遇孙飞虎兵乱，举寺皆慌，独张生能不怯不乱，挺身设谋解救僧俗之难。这种看似矛盾的性格统一在张生身上，憨厚而不蠢笨，聪明而不狡猾，使张生形象成为血肉丰满的"这一个"。

　　莺莺、张生形象的生动性和典型性，不在于他们冲破礼教束缚幽会偷欢，这样的人物在戏曲小说中屡见不鲜，而在于他们在冲决礼教罗网的过程中，所产生的深刻内心冲突，揭示出他们性格内部种种复杂因素，把互相排斥的东西结合在一起，用不同音调造成最美的和谐，使他们成为具有独特思想感情和行动逻辑的鲜活的人。这比那些好便一切都好、坏便一切都坏的单一式人物描写，生动多了，也深刻多了。

　　学界又常把《西厢记》列入喜剧范畴。关于喜剧，鲁迅先生《再论雷峰塔的倒掉》说："悲剧将人生的有价值的东西毁灭给人看，喜剧将那无价值的撕破给人看。"讽刺喜剧用讽刺的手法嘲笑、批判社会的丑恶现象，是把讽刺对象身上的某些特征，夸张到畸形的地步，从而使之变得更丑，是一个把人的尊严拿掉的过程。如元杂剧中郑廷玉的《看钱奴买冤家债主》等。另有一类喜剧并不以暴露"丑"为目的，而是要突出和强调描写对象身上"美丽的缺点"，如莺莺的"真"与"假"、张生的"精""傻"与"懦"，进行夸张放大，再经红娘画龙点睛式的调侃、嘲谑，使他们的性格可笑亦复可爱，让观众和读者在笑声中加深对人物的了解，完成审美升华。这种笑不是嘲笑，而是欣赏和赞美。人们往往称之为"赞颂式喜剧"。像元杂剧中康进之的《梁山泊李逵负荆》、石了章的《秦翛然竹坞听琴》等，而《西厢记》则是其中之翘楚。

熔冶雅俗的语言风格

　　人们历来称赏《西厢记》的绮丽文辞，这当然是对的。但作为戏剧语言，首先应当是符合舞台规律的当行语言，臧晋叔《元曲选·序二》所谓"随所妆演，无不摹拟曲尽，宛若身当其处，而几忘其事之乌有"，在于维妙维肖地刻画人物，产生感发人心的艺术力量。莺莺的语言细腻深情、典雅蕴藉，张生的语言诚恳热情、文雅直白，而红娘的语言爽朗泼辣、风趣机智，常用市井俚语。言者心声，说一人肖一人，我们可以从说话听得出人来。

　　剧作家善于把握在特殊情境下人物吐露心迹的契机，让他们把心中的喜怒哀乐痛快淋漓地倾诉出来，做到情与境的完美统一，像孙飞虎兵围普救、老夫人赖婚、长亭送别时莺莺所唱诸曲，都是感情激荡的大段抒情。别林斯基称戏剧中的这种抒情"不过是非常激动的性格的力量，是它的激情不由自主地引起丰富多彩的言词；或者是登场人物内心深藏的秘密思想，这种思想是我们需要知道的，是诗人使登场人物出声地思考的"[18]。王实甫更别出心裁，赋无形于有形，使剧中人微妙的思想感情通过舞蹈身段和表情动作来体现，以形写神，声形并茂，载歌载舞，可称之为"有形地思考"，如第一本第二折、第一本第三折、第四本第一折写张生的"想"和"待"等等，把无形的相思转化为鲜明可见的表情动作，这就是"感情的形象"。

　　有时在言词之外，还要留出空白，由演员去填补创造。第三本第三折写莺莺"赖简"，当她听到张生说"是小生"、红娘唱〔锦上花〕等曲的时候，莺莺应该有很多表演表现其心理活动，这是剧作家给演员留出来的表演空间。凌濛初曰："元曲时用白中语作曲，以为照应。"他举了第二本第一折孙飞虎道白中的"眉黛"一语及莺莺唱词为例，此类例子尚多，这便是曲白相生的手法，《西厢记》已运用得相当成熟。

　　明人张琦《衡曲麈谈》认为"今丽曲之最胜者，以王实甫《西厢》压卷"。吴梅总结了《西厢记》文词的三大贡献："以蕴藉婉丽，易元人粗鄙之风，一也"，"以衬字灵荡易元人板滞呆塞之习，二也"，"出语工艳，易元人直率鄙倍之观，三也"；"实甫词藻，组织欧、柳，五光十色，眩人心目。"[19]

　　王实甫是文采派的大师。但其语言风格又不是"文采"二字所能包括。王世贞曰："半疑浓妆，半疑淡扫，华丽中自然大雅"，"俗语、谑语、经史语，裁为奇语，如天衣，通身无缝。"把浓与淡、华与朴、雅与俚等多种风格熔于一炉，形成富有创造性的独特风格。这种文词，乃是由不同人物于不同时间对不同事件而发，处处体现着性格的力量。

人的思维是通过语言进行的。丰富多彩的语言，不仅是丰富思想的外衣，也促使思想活跃、缜密和深刻。

《西厢记》的艺术成就赢得了历代读者的赞赏。臧晋叔《元曲选·序二》说《西厢记》"不可增减一字，故为诸曲之冠"，是从情节及语言精炼着眼的；王世贞《曲藻》则认为"北曲故当以《西厢》压卷"，是从文词着眼的。以总体风格论，朱权《太和正音谱》谓之"花间美人"，陈眉公说得形象："《西厢》《琵琶》譬之画图：《西厢》是一幅着色牡丹，《琵琶》是一幅水墨梅花；《西厢》是一幅艳妆美人，《琵琶》是一幅白衣大士。"（毛声山《绘风亭琵琶记正本第七才子书》卷一"前贤评语"，古香楼刊本）陈继儒以"山人"的身份奔走于官宦之家，颇受时人讥评，但论《西厢记》却表现出鉴赏家的眼力。身兼创作家与理论家的李渔冷静而全面："吾于古曲之中，取其全本不懈，多瑜鲜瑕者，惟《西厢》能之。"（《闲情偶寄·词采第二》）当代学者吕效平在《中国古典戏剧情节艺术的孤独高峰》中说："《西厢记》是最接近于欧洲戏剧传统情节样式的一部中国戏曲；它不仅最集中、最高度地体现了中国戏曲传统的美学优势，而且克服了这个传统的局限，无意中充分实现了欧洲戏剧传统的美学理想。无论在它之前，还是在它之后，没有一部中国古典戏曲达到过这个同时实现东、西方美学理想的高度。"[20] 这是超出中国戏剧史，从更广阔的视野作出的评价，是极具眼光的。

五、《西厢记》的历史地位

演出与刊刻

《西厢记》的诞生是中国文艺史上的一件大事，它所激起的波澜和影响，在古代文艺史上无与伦比，它提出的婚姻理想，明清时期的戏曲小说无以过之，也因此明清时期凡涉婚恋、"男女"的叙事文学无不见出受《西厢记》影响的痕迹。其影响范围也不仅仅限于戏曲小说，而是深入到了社会生活的方方面面，日常生活中那些帮助人、做好事的热心人，就往往被称为"红娘"。西湖月老祠对联云：

愿天下有情人都成了眷属

是前生注定事莫错过姻缘

月老祠今已不存，但对联却流传至今，刘鹗《老残游记》第十七回便有载记；当代著名诗人海子在他自杀前两个月，1989 年 1 月创作的《面朝大海，春暖花开》中，祝愿人们幸福时，仍然是"愿你有情人终成眷属"。可见《西厢记》所提出的婚姻理想，表达了从古至今人们普遍的心声，这是其他文艺作品所未能做到的。

美则受人喜爱，爱故能传播。其传播途径一为演出，一为刊刻。

戏剧创作的目的是演出，演出的多少标志着受人喜爱的程度。在中国古典戏剧里，《西厢记》是演出历史最长也最多的作品。古代之演唱，已见于各种《西厢记》传播史、各剧种演出史；当代则京、昆、越、豫等剧种舞台上，《西厢记》仍是受观众喜爱的剧目。世界艺术节上也在演出《西厢记》（《文艺报》2011 年 9 月 9 日）。明清时期改编的曲艺本有傅惜华编《西厢故事说唱集》，当代弹词则有评弹大家杨振雄整理本《西厢记》，全书 56 万言，可以连续演唱三个月之久。

《西厢记》的刻本之多也为古代戏曲之最。元刊本已经失传，明清（1840 年以前）两代，据不完全统计有 150 余种，其中明刊本近 60 种，清刊本 90 余种，甚至有僧众刊行、尼庵收藏的《西厢记》（《光明日报》1983 年 9 月 27 日），近代以来，《西厢记》的整理注释本也是最多的。

戏曲在演出和刊刻时，改动的随意性很大，从这个角度讲可以说"曲无定本"。

今见最早刊本为《新编校正西厢记》，仅存 4 页，分卷不分折，当为明初刊本（也有人认为是元刊本）。

现存最早的完整刊本是北京金台岳家书坊明弘治十一年（1498）刊刻的《新刊大字魁本全相参增奇妙注释西厢记》，分卷不分本，五卷二十一折，与通行的元杂剧每本分折不同。上图下文，有注释，附录一些相关故事及题咏。但校刊殊欠精良，体例也并不统一。

其后出现了几个有影响的刊本。万历八年（1580）毗陵徐士范刊本《重刻元本题评音释西厢记》，体制完全按南戏传奇处理，全书二十出。此后评刻《西厢记》遂成风气，与后之熊龙峰本、刘龙田本自成体系。万历二十五年（1597）罗懋登注释《全像注释西厢记》，注文多袭弘治本、徐士范本，体制也欠规范，与次年之继志斋本及后出的汤显祖、沈璟评本相近。万历三十八年（1610）虎林容与堂刻《李卓吾先生批评北西厢记》影响颇大，其后有起凤馆本、玩虎轩本、何璧校本、文秀堂本等等，可称容与堂本系列。万历三十九年（1611）徐渭《重刻订正元本批点画意北西厢》，属这一系。除署徐渭、田水月本之外，尚有王伯良本、延阁主人李廷谟订正本、孔如氏刻三先生合评本等，全剧分为五折，每折四套。

天启间凌濛初校注、朱墨套印的《西厢记五剧》乃是现存古代《西厢记》刊本中最切合元杂剧体制的刻本。全剧五本，本有本名；每本四折，前有楔子，本末有题目正名，正名之末句为该本本名；脚色为正旦、正末类。徐渭《批点画意北西厢记》评曰："《西厢》刻本至多，其至佳者惟即空观《西厢》五剧，不失古意，不增损元本一字。"王国维《戏曲散论》称其为《西厢记》刻本中"世号为最善者"，流传广，影响大。

清顺治间金圣叹《贯华堂第六才子书西厢记》是清代最为流行、最有影响的刊本，其原因不在于对文本的校正，而在于其评论和评点，在古代戏曲理论中颇具深度，可谓集《西厢记》鉴赏之大成。李渔《闲情偶寄·填词余论》谓"读金圣叹所评《西厢记》，能令千古才人心死"。但其对原作增删改动过大，要确定其底本殊非易事，虽然有学者作过考辨，也很难令人无疑。康熙年间的《毛西河论定西厢记》则以学术考订见长。

元曲"四大家"与王实甫的地位

在明代后期发生了一场如何评价《西厢记》的论争。何良俊《四友斋丛说·词曲》认为，《西厢》全带脂粉，始终不出一"情"字，且语意皆露殊无蕴藉；沈德符《万历野获编·词曲》言《西厢记》只是描写感情，不是最好，所以"元曲四大家"里没有王实甫。徐士范刊《重刻元本题评音释西厢记》在序言中驳之曰：此乃曲士拘拘之见，"三百篇"中，不废郑卫，桑间濮上，往往而是；此后王骥德、金圣叹都以"国风"之事论争。李贽《焚书·杂说》之驳难深刻也影响巨大。他认为"宇宙之内本自有如此可喜之人，如化工之于物，其工巧自不可思议耳"，发乎性情，合于人性，是人性之本然，天生自有；艺术上则是人性之自然流露，不雕琢不伪饰，如风行水上，但知其妙，而不知其所以妙，实乃天下之至文。

至于"四大家"里没有王实甫，也并非对王实甫评价不高。

所谓"四大家"之说，始见于元周德清《中原音韵·自序》：

> 乐府之盛、之备、之难，莫如今时。其盛，则自搢绅及闾阎歌咏者众。其备，则自关、郑、白、马，一新制作，韵共守自然之音，字能通天下之语，字畅语俊，韵促音调；观其所述，曰忠曰孝，有补于世。其难，则有六字三韵："忽听、一声、猛惊"是也。

《中原音韵》乃音韵之书，并非对戏剧作家进行全面评价的著作；其所谓"乐府"，主要指散曲之小令，而非杂剧；四人并提乃举例式，并非专有名词，至明嘉靖间人何良俊《四友斋丛说·词曲》始变四人为"四大家"，为专指的名词。周氏所言"之盛"，指元曲被社会普遍接受，上自士大夫下至百姓，歌咏者众；"之备"的关、郑、白、马，讲了几方面：内容、语言、曲调、韵律。"之难"则以《西厢记》第一本第三折〔麻郎儿〕的〔幺篇〕为例，这是就填曲的难度说的。"难"，当然要"韵共守自然之音，字能通天下之语，字畅语俊，韵促音调"，要"有补于世"。这是前提，否则谈不到难不难的问题。王实甫之"难"，是在前述诸标准上的"难"，也即是更高的要求标准。明代中后期围绕《西厢记》产生的这场论争，与对周德清所谓"四大家"的理解有很大关系㉑。从创作实践看，元代至少有 14 种杂剧提到了《西厢记》。"四大家"中白朴《东墙记》结构与《西厢记》全同，王季烈早已指出过；郑光祖《㑇梅香》"全剽《西厢》"，"如一本小《西厢》"，王世贞、梁廷枏也早已言明。在理论上，贾仲明〔凌波仙〕吊曲"天下夺魁"的评价，也足证周德清对王实甫的评价绝非置于"四大家"之下。

改编与禁毁

由于《西厢记》广受欢迎，影响巨大，翻改续作不断出现，据不完全统计有 30 多本。这些作品，有的是为适应声腔剧种演出之用，有的则是不满原作的结局而重写，有的更是为改变原作主旨而改写续写，如《续西厢升仙记》《不了缘》《东厢记》《翻西厢》等等，或写崔、张、红娘痛悔前非，悟道成佛；或改为莺嫁郑恒；或改崔张私合为以礼求之等等。

清代禁毁"诲淫诲盗""有害于人心风俗"的书目中就有《西厢记》㉒。好事者甚至假造了郑恒与莺莺的合葬墓及《郑恒崔夫人合葬墓志》，以"为崔氏洗冰玉之耻"。但造假总是不严密的，毛西河批本的"附辨"中就指出其"实则皆赝物也",俞樾《小浮梅闲话》、日人盐谷温《中国文学概论讲话》、近人孙望《蜗叟杂稿·莺莺传事迹考》等都作出了有力的批驳。这从反面说明了《西厢记》影响之巨大。

深远影响

《西厢记》所产生的影响从它诞生之日就开始了,也深深影响着后世的文学艺术。说唱文学、八股文姑且不论,单以名著为例:《金瓶梅》,据伏涤修《〈西厢记〉接受史研究》统计,明显受《西厢记》影响的地方达 33 处之多。《牡丹亭·惊梦》杜丽娘言受《崔徽传》(《西厢记》)"张生偶逢崔氏"感发,从汤显祖"四梦"中都可以感受到《西厢记》的精神在。《红楼梦》共有七回书提到了《西厢记》,第二十三回"西厢记妙词通戏语,牡丹亭艳曲警芳心",所谓"真正是好文章!你若看了连饭也不想吃呢!""越看越爱","词句警人,余香满口","看完了,却只管出神,心内还默默记诵"云云,乃是曹雪芹借宝黛之口,说出了自己读《西厢记》的感受。陈寅恪认为:"清代曹雪芹糅合王实甫'多愁多病身'及'倾国倾城貌'形容张崔两方之辞,成为一理想中之林黛玉。"㉓刘梦溪《陈寅恪与红楼梦》称之为"孤明先发之见",由此可证,没有《西厢记》就没有《红楼梦》之说,并非虚言。至于思想主旨之传承、艺术手法之化用、情节场面之借鉴、词汇语言之摹拟等等,有的明显为因袭套用,更多的则是润物无声。且不仅是言情类作品,朴刀杆棒、绿林草莽之英雄传奇小说《水浒传》,第四十五回潘巧云祭夫的场面,就可以看出《西厢记》"闹斋"的影子;神魔小说《西游记》欲状八戒之呆,却偏写他耍猾头、藏私房钱、说谎话、偷懒、沾小便宜,而孙猴子再精再能也得让他吃点八戒的小算计。这些相反相成塑造人物的手法,乃是《西厢记》首开先河。

元代就有人称《西厢记》为《春秋》(宫天挺《范张鸡黍》第一折),

明人李开先《词谑》记载的贡士过关故事也称《西厢记》为《春秋》，单宇《菊坡丛话》也说"《西厢记》人称为《春秋》"，明人用百支〔小桃红〕曲咏"西厢"故事，称为《摘翠百咏小〈春秋〉》。在人们心目中，《西厢记》已成为可匹敌儒家经典的新经典，成为古今至文。甚至佛寺也四壁俱画《西厢》，焦循《剧说》引《谈芬》故事，有人问："空门安得有此？"答曰："老僧于此悟禅。"年近百岁的老人周有光与夫人张允和花前共读《西厢》的照片也已见诸报端。《西厢记》风靡的程度可见一斑。

《西厢记》的影响也已经超出了国界，成为世界人民的宝贵财富。日、朝、英、美、法、俄等国都有译本。美国大百科全书称《西厢记》为"以无与伦比的华丽的文笔写成的，全剧表现着一种罕见的美"，可见深受世界人民的喜爱[24]。

当我们纪念汤显祖的时候，往往与莎士比亚并论，英国的莎士比亚与我国的汤显祖同年（1616）谢世，莎翁《罗密欧与朱丽叶》表现了没有情生不如死，而汤氏《牡丹亭》则进一步认为有了情死可复生。还有另外两颗东西辉映的明星——意大利的但丁与中国的王实甫。但丁作为文艺复兴的先驱，被誉为"标志了新时代的来临"的新时代最初一位诗人，逝世于1321年，而王实甫则逝世于1324年之前，两人生活于东西方的同一时间段。但丁遵从"爱情的命令"进行写作，而王实甫则表达了"愿普天下有情的都成了眷属"的理想，被尊为"情词之宗"，可以说王实甫是中国的但丁，而但丁则是意大利的王实甫。

王实甫用他的艺术之犁耕耘着人们的心田，播下了诗一样美的爱情种子，促进着人性解放和社会自由，是没有族群之分的普世大爱，产生了千古不衰的艺术魅力，每读一次都是一次新的美感享受，都会有新的收获——《西厢记》每一次阅读都是一部新书。

六、校释说明

1. 本次整理以凌濛初朱墨套印《西厢记五剧》为底本；参照他本所作校正，在注释中说明，不另出校记。

2. 元曲唱腔，今已难知，唱词中的正字与衬字，各本认定多有异同。但有无衬字乃是曲与词区别的一个标识。标示出衬字，无论是对于阅读还是诵读，都有助于体会曲之为曲的特点。本次校订，仍然将正字与衬字用大小字体区分开来。

3. 戏曲文体本供演出之用，注释与评点中有时采用与舞台表演相结合的方式加以说明；遇有歧见异解则用"一说"方式列出，以供参考。

4. 点评引用书目，放入"主要参考文献"内，括注书之简称，引用时只注简称不出全名。

5. 书贾为射利，往往假托名家点评，一时假卓吾、假文长、假眉公、假汤显祖频出，对这些伪托点评者，本书悉沿旧名，不作考证，如容与堂本评语，依原书作李贽评，不作"叶昼评"。

6. 称引人言，一般应用本名，但戏曲、小说之评点多有以字、号、郡望行世者，如《李卓吾先生批评西厢记》《陈眉公先生批评西厢记》《毛西河论定西厢记》，《新校注古本西厢记》之自序、粲花主人序及朱朝鼎跋，均称王伯良。古人引用其评，亦称字、号、郡望。本书所引评语，一般也不称本名，与原书一致，以便查阅。

7.《西厢记》评点本多，也多独到之见，旁批中多所引述，也加入了一些笔者的看法，不出评点人者即为笔者所加。

廖可斌、刘彦君、杜桂萍三位审订，责编廖生训和编纂办公室袁媛、张毕晓诸先生都为本书付出了辛劳，多所指正，一并致谢。

王春晓君花了很大精力为本书进行了校对，谢谢。

错误之处还望不吝赐教。

① （宋）赵令畤《侯鲭录》卷五载有王性之《〈传奇〉辨证》、赵令畤［商调蝶恋花鼓子词］均称《传奇》。也有人认为"传奇"之称乃宋人妄改，见罗宗强、郝世峰主编《隋唐五代文学史》中册第461页注㉒，高等教育出版社1994年。

② 关于王实甫的籍里，一说为河北定兴人，元名臣王结之父名德信，见孙楷第《元曲家考略·王实甫》，上海古籍出版社1981年；一说为江西庐陵人，见元刘将孙《养吾斋集》卷三《送王实甫》。这些实为名同而非《西厢记》作者，参见叶德均《戏曲小说丛考·元代曲家同姓名考》，中华书局1979年。

③ 参见许凡《元代史制研究》第二章，劳动人事出版社1987年。

④ 参见（明）叶子奇《草木子·杂俎篇》，中华书局1959年。

⑤ 参见（宋）郑思肖《心史·大义略叙》、（宋）谢枋得《叠山集·送方伯载归三山序》。

⑥ 传为王实甫作的散套《商调集贤宾·退隐》说他曾做过官，在名利场奔走，谙尽宦海风波后隐退，年六十岁，家境颇丰饶，"有微资堪赡赒，有亭园堪纵游"。但这与《录鬼簿》所谓"门第卑微，职位不振"相矛盾，也与贾仲明吊曲不一致。《退隐》在万历三十二年（1604）刊印的《北宫词纪》中署王实甫作，而比《北宫词纪》早70多年的《雍熙乐府》中却不注撰人，可知散曲《退隐》的作者与《西厢记》之作者应非一人。

⑦ ［保］瓦西列夫《情爱论》，赵永穆、范国恩、陈行慧译，第6页、29页，生活·读书·新知三联书店1984年。

⑧ 同上，第148页。

⑨ 《元典章》卷一八，中国书店2008年影清末沈家本刻本。

⑩ 郭沫若《文艺论集》第190—191页，人民文学出版社1979年。

⑪ 同上，第191页。

⑫ 王国维《王国维戏曲论文集·宋元戏曲考》，中国戏剧出版社1984年。

⑬ （明）张岱《琅嬛文集》第143页，岳麓书社1985年。

⑭ （明）胡应麟《少室山房笔丛》第555页、562页，中华书局1958年。

⑮ 王季烈《曲谈》第40页，《增补曲苑》竹集，六艺书局1932年。

⑯ 郑振铎《文学大纲》上册第413页，广西师范大学出版社2008年。

⑰ ［意］翁贝托·艾柯《美的历史》，彭淮栋译，第88页，中央编译出版社2011年。

⑱ ［俄］别林斯基《诗的分类》，伍蠡甫主编《西方文论选》下册第381页，人民文学出版社1964年。

⑲ 《吴梅戏曲论文集》，中国戏剧出版社1983年。

⑳　《文学遗产》2002 年第六期。

㉑　参见敬晓庆《明代戏曲理论批评论争研究》，人民出版社 2010 年。

㉒　参见王利器辑录《元明清三代禁毁小说戏曲史料》，上海古籍出版社
　　1981 年。

㉓　《柳如是别传》第 583 页，生活·读书·新知三联书店 2001 年。

㉔　参见王丽娜编著《中国古典小说戏曲名著在国外》，学林出版社 1988 年。

张君瑞闹道场杂剧

楔　子 [1]

（外扮老夫人上开）[2] 老身姓郑 [3]，夫主姓崔，官拜前朝相国 [4]，不幸因病告殂 [5]。只生得个小姐，小字莺莺，年一十九岁，针黹女工 [6]，诗词书算，无不能者。老相公在日，曾许下老身之侄，乃郑尚书之长子郑恒为妻。因俺孩儿父丧未满，未得成合。又有个小妮子 [7]，是自幼伏侍孩儿的，唤做红娘。一个小厮儿 [8]，唤做欢郎。先夫弃世之后，老身与女孩儿扶枢至博陵安葬 [9]，因路途有阻，不能得去。来到河中府 [10]，将这灵枢寄在普救寺内 [11]。这寺是先夫相国修造的，是则天娘娘香火院 [12]，况兼法本长老[13]，又是俺相公剃度的和尚[14]，因此俺就这西厢下一座宅子安下[15]。一壁写书附京师去[16]，唤郑恒来，相扶回博陵去。我想先夫在日，食前方丈[17]，从者数百，今日至亲则这三四口儿[18]，好生伤感人也呵。

【仙吕】【赏花时】[19]夫主京师禄命终[20]，子母孤孀途路穷[21]，因此上旅榇在梵王宫[22]。盼不到博陵旧冢[23]，血泪洒杜鹃红[24]。

今日暮春天气，好生困人[25]。不免唤红娘出来分付他。红娘何在？（旦俫扮红见科[26]）（夫人云）你看佛殿上没人烧香呵，和小姐闲散心耍一回去来。（红云）谨依严命。（夫人下）（红云）小姐有请。（正旦扮莺莺上）（红云）夫人着俺和姐姐佛殿上闲耍一回去来。（旦唱）

【幺篇】[27]可正是人值残春蒲郡东[28]，门掩重关萧寺中[29]。花落水流红[30]，闲愁万种[31]，无语怨东风。（并下）

[注释]

[1]楔（xiē）子：塞紧木制品缝隙的小木片儿。借用于戏曲，元代及明初杂剧把一段戏的首曲称为"楔子"，王骥德《曲律》："登场首曲，北曰楔子，南曰引子。"明代中期刊刻剧本时（如臧晋叔《元曲选》），才把正戏之外用来交代情节、介绍人物的场子，

（左侧旁注）

不吩咐小姐，却吩咐丫鬟，把莺莺交付红娘，红对莺有监督保护之责。

金圣叹曰："盖双文不到前庭（按，金批本改"佛殿"为"前庭"），即何故为游客误见？然双文到前庭而非奉慈母暂解，即何以解于女子不出闺门之明训乎？故此处闲闲一白，乃是生出一部书来之根，既伏解元所以得见惊艳之由，又明双文真是相府千金秉礼小姐。盖作者之用意苦到如此。"（金本）

与唱套曲的正场戏区分出来，名之为"楔子"。楔子有使戏剧情节完整、紧凑的作用，往往只唱一两支单曲，不唱套曲；主唱人物不限于戏的主脚（jué）。元杂剧一本戏可以有一或两个楔子，置于开头或折与折之间。后世亦有置于剧末者，如清人尤侗《西堂乐府·桃花源》。　[2]外：元人杂剧中的女主脚为正旦、男主脚为正末，在正脚之外再加上一个脚色，叫"外"。王国维《古剧脚色考》："曰冲，曰外，曰贴，均系一义，谓于正色之外，又加某色以充之也。"所扮人物不限男女、年龄。这里指扮演老夫人的外旦。脚色，本指履历身份，清梁绍壬《两般秋雨盦随笔》卷七："今之履历，古之脚色也。"用作演员行当，则含有所扮人物性格的因素，区别于指称剧中人物的"角（jué）色"。以脚色代人物，指示剧中人的大体类型，便于剧团安排演员，也便于书写刻印。开：戏剧开场。　[3]老身：老年人之自称，不限男女，后多用于老年妇女。　[4]前朝：指前一个皇帝在位之时。天子在位期间曰朝。　[5]告殂（cú）：布告死亡。殂，死亡。　[6]针黹（zhǐ）女工：妇女从事的针线、纺织、刺绣等活计。黹，制衣、刺绣。黹，俗作指；工，亦作红（gōng）。　[7]小妮子：对婢女的称呼。　[8]小厮（sī）儿：宋元时称自家的小男孩儿（即儿子）为小厮。清平步青《释谚》："今人呼小子，古曰小厮。"　[9]柩（jiù）：盛殓着尸体的棺材。《礼记·问丧》："三日而敛，在床曰尸，在棺曰柩。"博陵：唐代郡名，治所在今河北定州。博陵崔氏为唐代五大高门（河北清河、博陵崔姓，范阳卢姓，河北赵郡、甘肃陇西李姓，河南荥阳郑姓，山西太原王姓）之一。　[10]河中府：北周置蒲州，隋为河东郡，唐复为蒲州。玄宗开元时改为河中府，治所在今山西永济。　[11]普救寺：始建年代不详，唐释道宣《续高僧传·兴福篇·蒲州普救寺释道积传》载："先是沙门宝澄，隋初于普救寺创营大像百丈，万工才登其一，不卒此愿而澄早逝。乡邑耆艾请积继之。乃惟大像之未成也，且引七贵而崇树之，修建十年，雕妆都了，道俗庆赖，欣喜相并。"是知普救寺隋代已有，又经唐释道积十年扩建，始成名刹。今存，在今山西永济。　[12] 则天：唐高宗李治的皇后武曌（zhào），死后谥则天大圣皇后。香火院：接受民间供奉的寺庙。这种寺庙往往是私人为了行善事、求护佑而出资建造的。本寺乃则天皇后盖造、崩损后崔相国重修（见一本二折法本语），为则天娘娘礼佛祈福的寺院，故称则天娘娘香火院。香火，烧香和灯火，指供奉于寺庙之物。　[13] 长（zhǎng）老：《释氏要览》引《长阿含经》云，有三长老："耆年长老（年腊多者）、法长老（了达法性内有智德）、作长老（假号之者）。"这里是对寺院住持僧的尊称。住持，原为久住护持佛法的意思，禅宗兴起后，用为寺院主管僧之职。　[14] 相公：此处为妻对夫之敬称。剃度：佛教认为剃除须发是度越生死之因，因此把佛教徒出家必须接受的剃发剃须过程称为剃度。这里指不出家者买好度牒剃度别人为僧。度牒，是政府发放的承认僧人身份的证明书，持此可享受僧人的权益。起初度牒不须金钱，安禄山叛乱后，肃宗为补军需，用裴冕计，度僧道开始收赀。见《旧唐书·裴冕传》。　[15] 安下：安置。　[16] 一壁：一边。壁、边，一声之转。附：寄信。《广韵》："附，寄。"　[17] "食前"二句：形容从前家道兴旺。上句是说肴馔之丰，食时列前者至方一丈；下句是说仆役之众，有几百人之多。　[18] 则：仅，只。　[19] 仙吕：宫调名。宫调就是乐律，用以限定声调的高低缓急，表现乐曲的感情色彩。周德清《中原音韵》说："大凡声音，各应于律吕，分于六宫十一调，共计十七宫调，仙吕调清新绵邈……"在元杂剧中，实际应用起来只有五宫四调，即黄钟宫、正宫、南吕、仙吕、中吕五宫及大石调、越调、双调、商调四调，合称"九宫"。元人杂剧的唱词，在音乐上要求叶宫调、唱套曲。赏花时：曲调名，属仙吕宫。每一宫调下都设有若干支曲子，叫曲调，仙吕宫所属曲调，《中原音韵》列有四十二支。这些不同的曲子连在一起，即成为套曲，押同一韵脚。曲调的名称，只表示曲词与曲调的格式，与内容无关，故散曲中曲牌之下，多有另标题目者。又，李昌集认为曲体之宫调非调高调式，元代之宫调声情意味当是主体，同时也起标示、限定一韵的作用（见李著《中国古代散曲史》，华东师范大学出版社 1991 年）。　　[20] 禄命终：人生运数终结，即死亡。禄命，宿命论者所说的天命，人生运数。命者，贫富贵贱；禄者，盛衰兴废。　　[21] 途路穷：路途中遇到了困厄。穷，艰难窘迫之意。　　[22] 旅榇（chèn）：未入祖茔前临时寄放在外的尸棺。上古贵族入葬有棺有椁（guǒ），椁为外棺，即棺的外套，用以保护棺材，多者至三四重；榇为直接放置尸体的棺材。这里的所谓榇，与"柩"同义。梵（fàn）王宫：大梵天王所居之宫殿，即佛所居之地，这里泛指佛寺。梵王为大梵天王的简称。佛教把人世间分为欲界、色界、无色界三界。大梵天指第二色界诸天的第三天，其王称为大梵天王。　　[23] 冢（zhǒng）：坟，坟地在家乡，故以"旧冢"代指家乡。　　[24] 杜鹃：即子规鸟，相传为古代蜀王杜宇的魂魄所化。《蜀王本纪》载：古蜀国王望帝（名杜宇）时玉山出水，望帝以鳖灵为相治水，鳖灵去后，望帝与其妻通，惭愧，以为德不如鳖灵，于是把国家禅让给鳖灵而去。望帝去时，杜鹃啼叫，蜀人闻杜鹃而悲思望帝。《成都纪》《寰宇记》则以为杜鹃乃望帝所化。杜鹃鸣声哀切，叫后口常流血（实为充血），杜鹃者，其大如鹊而羽乌。杜鹃红，即杜鹃鸟口上的血。这里以杜鹃鸣声之悲，形容老夫人心情之悲，以杜鹃叫后的口血来比喻眼泪。　　[25] 困人：使人疲倦。《广雅·释言》："困，悴也。"　　[26] 旦俫（lái）：扮红娘的幼小旦脚，即小旦。俫即俫儿，戏中扮演少年儿童的脚色。科：元杂剧中作舞台提示用的术语，也叫"介"。徐渭《南词叙录》："相见、作揖、进拜、舞蹈、坐、跪之类，身之所行，皆谓之科。今人不知，以'诨'为科，非也。""'介'……盖书坊省文，以'科'字作'介'字，非科、介有异也。"科除指示剧中人的表情、动作之外，也用来指示舞台效果，如马致远《破幽梦孤雁汉宫秋》第四折之"雁叫科"、关汉卿《感天动地窦娥冤》第三折之"内作风科"。　[27]幺（yāo）篇：幺为"後"之简写，幺篇即后篇。元杂剧中同牌的第二支曲子称幺篇。王伯良曰："凡北词第二曲，皆谓之'幺'，犹南词之'前腔'也。"　[28]蒲郡：即蒲州。　[29]门掩：闭门。掩，犹闭也。重（chóng）关：一道道的门。关，门闩。《说文》："关，以木横持门户也。"这里代指门。萧寺：梁武帝萧衍信佛，建造了很多佛寺，后称佛寺为萧寺。　[30]红：指落花。　[31]闲愁：难以言喻的愁思。贺铸〔青玉案〕词："试问闲愁都几许？一川烟草，满城风絮，梅子黄时雨。"

[点评]

《西厢记》一开场，首先交代崔府家世：夫主谢世，老夫人代行夫权主持家政；家世显赫，这是"三辈不招白衣女婿"的原因。叙明莺莺与郑恒之关系，这是老夫人对张生赖婚、悔婚的借口，莺莺、张生恋爱婚姻路上的种种波折，都由此生出；且已去信京师唤郑恒，提出了全剧的主要悬念：郑恒到来该是如何？"路途有阻"是寓居普救寺的原因，也为后来的孙飞虎兵乱预埋伏线。

莺莺是戏的第一主人公，戏的全名即为《崔莺莺待月西厢记》。先由老夫人上场自报家门，待剧场观众安静之后，莺莺上场，道出心境，点明"怨"字。订婚待嫁的相府千金怨从何来? 潘廷章曰: "大凡闺阁初解春怀, 忽然蠢动, 此时情思未有住着, 故只好说'闲愁'二字。然触物增感, 一往而深, 种种撩人, 种种难遣, 其情事恰有万端, 送之天上不得, 埋之地下不得, 只好'怨东风'而已。"其实"怨"之所生, 乃在与郑恒的婚约, 这要等到郑恒出场才看得分明。莺为孝女, 怨父不得, 怨母不得, 只好"怨东风"而已。"怨"是理解莺莺的一扇窗户。

　　老夫人不是主要人物, 但她是戏剧主要冲突的一方, 可谓重要人物。一开场便写出她性格的主要方面: 一是爱女儿莺莺。在重男轻女的时代, 让莺莺"诗词书算无所不能", 也算视女如子了; 大家闺秀本应足不出户, 她能让莺莺佛殿散心, 金圣叹批评说: "虽在别院, 终为客居, 乃亲口自命红娘, 引小姐于前庭闲散心。一念禽犊之恩, 遂至逗漏无边春色, 良贾深藏, 当如是乎?"却也由此看出老夫人疼爱女儿之深。二是爱护家庭的声誉。让女儿散心, 又派丫鬟"行监坐守", 还提"佛殿没人"的出玩条件, 可见老夫人是礼教家法的维护者。这两点便是贯穿老夫人行为的思想主线。

　　李渔在《闲情偶寄·词曲部》论戏剧作法时说: "开场数语, 包括通篇, 冲场一出, 蕴酿全部。"(《中国古典戏曲论著集成》第七册第64—65页, 中国戏剧出版社1959年)以此衡之, 《西厢记》开场即为剧情发展打好根基, 提出悬念, 吸引观众, 堪称"凤头", 不愧为"夺魁"之作。

第一折 [1]

（正末扮骑马引俅人上开）小生姓张名珙，字君瑞，本贯西洛人也 [2]。先人拜礼部尚书 [3]，不幸五旬之上因病身亡。后一年丧母。小生书剑飘零 [4]，功名未遂，游于四方。即今贞元十七年二月上旬，唐德宗即位 [5]，欲往上朝取应 [6]，路经河中府，过蒲关上 [7]，有一人姓杜名确，字君实，与小生同郡同学，当初为八拜之交 [8]，后弃文就武，遂得武举状元 [9]，官拜征西大元帅，统领十万大军，镇守着蒲关。小生就望哥哥一遭，却往京师求进 [10]。暗想小生萤窗雪案 [11]，刮垢磨光 [12]，学成满腹文章，尚在湖海飘零，何日得遂大志也呵！万金宝剑藏秋水 [13]，满马春愁压绣鞍。

【仙吕】【点绛唇】游艺中原 [14]，脚根无线，如蓬转 [15]。望眼连天，日近长安远 [16]。

【混江龙】向诗书经传^[17]，蠹鱼似不出费钻研^[18]。将棘围守暖^[19]，把铁砚磨穿^[20]。投至得云路鹏程九万里^[21]，先受了雪窗萤火二十年。才高难入俗人机，时乖不遂男儿愿。空雕虫篆刻^[22]，缀断简残编。

行路之间，早到蒲津^[23]。这黄河有九曲^[24]，此正古河内之地，你看好形势也呵！

【油葫芦】九曲风涛何处显^[25]，则除是此地偏。这河带齐梁分秦晋隘幽燕^[26]。雪浪拍长空，天际秋云卷；竹索缆浮桥^[27]，水上苍龙偃；东西溃九州^[28]，南北串百川。归舟紧不紧如何见^[29]？却便似弩箭乍离弦^[30]。

【天下乐】只疑是银河落九天^[31]。渊泉、云外悬^[32]，入东洋不离此径穿^[33]。滋洛阳千种花^[34]，润梁园万顷田^[35]，也曾泛浮槎到日月边^[36]。

话说间早到城中。这里一座店儿，琴童，接下马者。店小二哥那里^[37]？（小二上云）自家是这状元店里小二哥。官人要下呵^[38]，俺这里有干净店房。（末云）头房里下，先撒和那马者^[39]。小二哥你来，我问你：这里有甚么闲散心处？名山胜境、福地宝坊皆可^[40]。

汤显祖、沈璟曰："开笔处便不许俗人问津。"（汤沈本）

［混江龙］曲格律，字句可以增减，故与他折同调时有异同，且通体对偶。

潘廷章曰："借黄河之险，写胸中之奇，全不似纨绔中人。"（潘本）

本是暮春天气（《董西厢》作春季），此言"秋云"，曲家只为抒写张生心胸，兴之所至，笔墨淋漓，罔顾细节。

金圣叹曰："张生之志，张生得自言之。张生之品，张生不得自言之也。张生不得自言，则将谁代之言，而法又决不得不言，于是顺便反借黄河，快然一吐其胸中隐隐岳岳之无数奇事。呜呼，真奇文大文也。"（金本）

以上写张生胸怀志向，为后中状元伏笔。

写游寺，一句一景，是行进游览中所见之景，须与演员表演身段配合看，才能理解其妙处。《西厢记》是当行之作。

汤显祖、沈璟曰："起陡绝有神，包着一部《西厢》。"（汤沈本）

（小二云）俺这里有一座寺，名曰普救寺，是则天皇后香火院，盖造非俗：琉璃殿相近青霄，舍利塔直侵云汉[41]。南来北往，三教九流[42]，过者无不瞻仰，则除那里可以君子游玩。（末云）琴童，料持下晌午饭[43]，那里走一遭，便回来也。（童云）安排下饭，撒和了马，等哥哥回家。（下）（法聪上）小僧法聪，是这普救寺法本长老座下弟子[44]。今日师父赴斋去了[45]，着我在寺中，但有探长老的，便记着，待师父回来报知。山门下立地[46]，看有甚么人来。（末上云）却早来到也。（见聪了[47]，聪问云）客官从何来[48]？（末云）小生西洛至此，闻上刹幽雅清爽[49]，一来瞻仰佛像，二来拜谒长老。敢问长老在么？（聪云）俺师父不在寺中，贫僧弟子法聪的便是。请先生方丈拜茶[50]。（末云）既然长老不在呵，不必吃茶。敢烦和尚相引瞻仰一遭，幸甚。（聪云）小僧取钥匙，开了佛殿、钟楼、塔院、罗汉堂、香积厨[51]，盘桓一会，师父敢待回来[52]。（末云）是盖造得好也呵！

【村里迓鼓】随喜了上方佛殿[53]，早来到下方僧院。行过厨房近西、法堂北、钟楼前面[54]。游了洞房[55]，登了宝塔，将回廊绕遍。数了罗汉[56]，参了菩萨[57]，拜了圣贤[58]。

（莺莺引红娘捻花枝上云）红娘，俺去佛殿上耍去来。（末做见科）呀！

正撞着五百年前风流业冤[59]。

【元和令】颠不刺的见了万千[60]，似这般可喜娘的庞儿罕曾见。则着人眼花撩乱口难言，魂灵儿飞在半天。他那里尽人调戏軃着香肩[61]，只将花笑捻。

【上马娇】这的是兜率宫[62]，休猜做了离恨天[63]。呀，谁想着寺里遇神仙！我见他宜嗔宜喜春风面[64]，偏、宜贴翠花钿。

【胜葫芦】则见他宫样眉儿新月偃[65]，斜侵入鬓云边。

（旦云）红娘，你觑：寂寂僧房人不到，满阶苔衬落花红。（末云）我死也！

未语人前先腼腆，樱桃红绽[66]，玉粳白露[67]，半晌恰方言[68]。

【幺篇】恰便似呖呖莺声花外啭[69]，行一步可人怜[70]。解舞腰肢娇又软[71]，千般袅娜，万般旖旎[72]，似垂柳晚风前。

（红云）那壁有人，咱家去来。（旦回顾觑末下）（末云）和尚，恰怎么观音现来[73]？（聪云）休胡说！这是河中开府崔相国的小姐[74]。（末云）世间有这等女子，

金圣叹曰："张生游寺已毕，几几欲去，而意外出奇，凭空逗巧。如此一段文字，便与《左传》何异？凡用佛殿、僧院、厨房、法堂、钟楼、洞房、宝塔、回廊无数字，都是虚字。又用罗汉、菩萨、圣贤无数字，又都是虚字。相其眼觑何处，手写何处，盖《左传》每用此法。"（金本）

徐渭曰："'尽人调戏'，非是听人弄戏。正见大体不轻狂，如大方人不畏，作者描写其状也。"（徐画诸本）

凌濛初曰："'偏'，一字韵句，所谓曲中短柱。"（凌本）

毛西河曰："元曲句法，以读断而意不断为能事。"（毛本）

毛西河参释
曰："'正撞着'至
此'遇神仙',统
言遇莺耳。'宜嗔
宜喜'至下曲'侵
入鬓云边',分写
容饰。'未语人前'
至'花外啭',写
言语。'行一步'
至'晚风前',写
步履。后曲则又从
步履翻覆接入,章
法秩然。"(毛本)

徐渭曰："'慢
俄延',非留恋张生
而何?"(徐音本)

金圣叹曰:
"双文既入,门便
闭矣。门既闭,双
文便更不见矣。看
他偏要逞好手,从
门外张生,再写出
门里双文来。真是
镜花水月,全用光
影边事。"(金本)

岂非天姿国色乎[75]?休说那模样儿,则那一对小脚儿[76],价值百镒之金[77]。(聪云)偌远地,他在那壁,你在这壁,系着长裙儿[78],你便怎知他脚儿小?(末云)法聪,来来来,你问我怎便知,你觑:

【后庭花】若不是衬残红芳径软,怎显得步香尘底样儿浅。且休题眼角儿留情处,则这脚踪儿将心事传。慢俄延[79],投至到松门儿前面,刚那了一步远。刚刚的打个照面,风魔了张解元[80]。似神仙归洞天[81],空余下杨柳烟,只闻得鸟雀喧。

【柳叶儿】呀,门掩着梨花深院[82],粉墙儿高似青天。恨天、天不与人行方便,好着我难消遣,端的是怎留连。小姐呵,则被你兀的不引了人意马心猿[83]。

(聪云)休惹事,河中开府的小姐去远了也。(末唱)

【寄生草】兰麝香仍在[84],佩环声渐远[85]。东风摇曳垂杨线[86],游丝牵惹桃花片,珠帘掩映芙蓉面。你道是河中开府相公家,我道是南海水月观音现[87]。

"十年不识君王面,恰信婵娟解误人[88]。"小生便不往京师去应举也罢。(觑聪云)敢烦和尚对长老说知,有僧房借半间，早晚温习经史，胜如旅邸内冗杂。房金依例拜纳。小生明日自来也。

【赚煞】饿眼望将穿，馋口涎空嚥，空着我透骨髓相思病染，怎当他临去秋波那一转[89]。休道是小生，便是铁石人也意惹情牵[90]。近庭轩，花柳争妍，日午当庭塔影圆。春光在眼前，争奈玉人不见[91]，将一座梵王宫疑是武陵源[92]。（下）

［注释］

[1]折：在元代，杂剧原不分折，以剧中人的上下场为界，分为若干场，一场一场连写下来。《元刊杂剧三十种》中提到的"折"即是场。到钟嗣成《录鬼簿》（初稿成于元文宗至顺元年）里，"折"才有了新的含义：以一宫调之一套曲为一折。折也是剧情发展的自然段落，相当于明清传奇的"出"，类似现代戏剧的"幕"，但一折戏中，没有时间空间限制，可以包括很多场次。元人杂剧一般是一本四折，演一个完整的故事，也有一本五折、六折（如张时起《赛花月秋千记》，今不存）的，也有多本戏，如《西厢记》即五本。明代中叶刊刻剧本时（如臧晋叔《元曲选》），才正式把杂剧分折，使折的形式固定下来。　[2]本贯：原籍。《古今通韵》："贯，本贯，乡籍也。"西洛：今河南洛阳。北宋以河南府为西京，治所在洛阳县，故称洛阳为西洛。　[3]先人：已故的父亲。　[4]书剑飘零：携带书籍用具四处流浪。书籍与宝剑，都是古代文人的随身物品，这里泛指文人随身携带的各种用具。　[5]唐德宗即位：德宗为李适（kuò）死后在太庙奉祀时特起的庙号。唐刘知幾《史通·称谓》："古者天子庙号，'祖'有功而'宗'有德。"汉以后

徐渭曰："'临去秋波那一转'，乃《西厢》一部之衅端，一部之提要，一部之纲领，一部之关键，一部之游丝。"（徐画诸本）

毛西河引《萧氏研邻词说》："柳烟雀喧、梨花塔影，去后景也；兰麝留香、珠帘映面，去后像也；春光眼前、秋波一转，去后情也；开府墙高、梵王宫远，去后思也。"（毛本）

李卓吾曰："有余不尽，无限妙处。"（容本）

始乱，无德之君亦称"宗"。戏曲中往往对当朝皇帝使用庙号。凌濛初曰："院本皆供应内用，故当场须称曩时庙号以为别，考剧戏中无不如此者，盖其体也。近有讥其称庙号于即位之日，其言似是，然实学究家见耳。若《高祖还乡》剧云'白什么改姓更名唤做汉高祖'、《子陵还诏》剧云'谁识你那中兴汉光武'，学究家不更骇倒乎？夏虫岂可与语冰！"即位：此处为在位。德宗即位于大历十四年（779），次年改元建中，贞元十七年（801）即位二十二年了。　[6]上朝：朝廷，京城。相对于地方而言，称朝廷为上朝，犹上都、上京。取应：朝廷开科取士，士子应选。　[7]蒲关：蒲津关的简称，在蒲津之上，位于黄河西岸，在今山西永济西。　[8]八拜之交：结为异姓兄弟。八拜，本指相见时礼节隆重，这里指结拜兄弟时的隆重礼节。　[9]武举状元：科举制度中进士的第一名称状元。武举要考步射、马射、马枪、负重等，也考语言、身材。　[10]却：再。《诗词曲语辞汇释》云："却即再也。"　[11]萤窗：晋人车胤勤学故事。《晋书·车胤传》：车胤好学而家贫，缺少灯油，夏天用白麻小袋盛数十萤火虫，照以夜读。雪案：晋人孙康勤学故事。《文选》所收任昉《为萧扬州荐士表》："至乃集萤映雪，编蒲缉柳。"李善注引《孙氏世录》："孙康家贫，常映雪读书，清介，交游不杂。"孙康、车胤两个典故，一冬一夏，形容张生一年四季都在刻苦攻读。　[12]刮垢磨光：刮去污垢，磨出光亮。韩愈《进学解》："爬罗剔抉，刮垢磨光。"原是比喻人材一经磨炼就能放出光辉，这里是读书时用心琢磨，去芜存精的意思。　[13]"万金"句：是说自己满腹才学而功名未就，有如贵重的宝剑隐藏着四射的光芒。秋水，秋水明净清亮，用以比喻剑的光芒。　[14]游艺：指沉浸于六艺的研讨之中，在剧中则指负笈游学。《论语·述而》："志于道，据于德，依于仁，游于艺。"艺指礼、乐、射、御、书、数六艺。　[15]蓬转：蓬，草名，又名飞蓬，秋天断根，随风飘转。　[16]日近长安远：言帝都遥远难及，喻功名未遂。《世说新语·夙惠》：晋明帝幼时，有人从长安来，晋元帝问他：长安远还是日远？答：日远，没听说谁从日边来，由此可知。第二天群臣宴会，元帝又问，明帝答：日近，举头见日，不见长安。　[17]诗书：本指《诗经》与《尚书》，这里泛指儒家经典著作。经传（zhuàn）：经，指经典原文，原义是丝线。先秦至魏晋时代的书是写刻在竹简木牒上的，用丝线贯穿起来，这便是经。官府刻原文用的竹木简长二尺四寸，民间用的竹木简较短，一尺二寸、八寸、六寸不等，备随时写记，称之为"传"，后来把对经典著作的解释或有关参考资料称为"传"。　[18]蠹（dù）鱼：蛀蚀书籍、衣物等的小虫。这里是比喻自己像蠹鱼一样埋头在书里。　[19]棘（jí）围：科举考试时，为防止人们捣乱和作弊，在试院围墙上遍插荆棘，故称考场为棘院、棘围或棘闱。　[20]铁砚磨穿：用以表示刻苦攻读、不获功名不罢休的决心。《新五代史》卷二九《晋臣传·桑维翰》：当初桑维翰考进士，主考官认为"桑"与"丧"同音，不吉利，不取。有人劝桑别再考进士，维翰慨然，"铸铁砚以示人，曰：'砚弊则改而他仕。'卒以进士及第。"　[21]投至得：直等到，在……之前。至，犹到，投至即投到，今冀中口语犹用之。云路：致身青云之路。致身青云，喻官高位显。鹏程九万里：典出《庄子·逍遥游》：北海有大鱼名鲲，化为鹏鸟，背如泰山，翅如天边之云。飞往南海，水击三千里，乘风而上九万里。后来就用"鹏程万里"表示前程远大。　[22]"空雕虫"二句：意思是说，白白地写诗作文、研究学问而一无所成。"空"字一直贯到第二句。虫，指虫书；刻，指刻符。虫与刻都是学童所习内容。许慎《说文解字序》："秦书有八体，……三曰刻符，四曰虫书。"扬雄《法言·吾子》："或问：'吾子少而好赋？'曰：'然。童子雕虫篆刻。'俄而曰：'壮夫不为也。’”本是把写作辞赋比喻为小技，这里泛指写诗作文。简，古代供写刻用的狭长竹片；把写刻有文字的简用丝或皮条穿连起来即成书，谓之“编”。《说文通训定声》：“简，牒也……竹谓之简，木谓之牒，亦谓之牍、亦谓之札，联之为编，编之为册。”后世以编简代指书籍。　[23]蒲津：黄河渡口，在今山西永济。　[24]九曲：黄河河道的弯曲处很多，《河图》：“河水九曲，长九千里。”　[25]“九曲”二句：黄河的风涛何处最能显现？只在这蒲郡一带。则除是，除非是、只有。　[26]带齐梁：像带子一样穿齐梁而过。齐，战国时齐国之地，今山东泰山以北黄河流域和胶东半岛地区；梁，战国时魏国的别称，今河南省一带。分秦晋：黄河把秦晋之地分割开来。秦，战国时秦国之地，今陕西；晋，春秋时晋国之地，在今山西大部及河北西南地区。隘（ài）幽燕（yān）：把幽燕之地与中原地区隔绝开来。《正字通》：“隘，隔绝之也。”幽燕，今河北北部及辽宁一带，战国时属燕国，唐以前属幽州，故称幽燕。《尔雅·释地》：“燕曰幽州。”　[27]“竹索”二句：用竹索作缆绳的浮桥，像是仰卧在水上的苍龙。竹索，竹篾制的大绳。缆，系船的绳。这里用作动词，指连结捆缚船或筏。浮桥，把船或筏并排连结在水面，上铺木板而成的桥。见《尔雅·释水》邢昺疏。偃（yǎn），仰卧。　[28]溃：本指河水决堤泛滥，此指灌溉。九州：古代中国置有九个州，故以九州代指中国。九州之名，《书·禹贡》《周礼·夏官·职方氏》《尔雅·释地》所载各不相同。《尔雅·释地》云：“两河间曰冀州、河南曰豫州、河西曰雝州、汉南曰荆州、江南曰扬州、济河间曰兖州、济东曰徐州、燕曰幽州、齐曰营州：九州。”　[29]归舟：顺流而下的船。紧不紧：即紧。见（xiàn）：同“现”，显。　[30]弩（nǔ）箭：用机械发射的箭。乍：突然，猛然。　[31]九天：高天之上。九天之名，所记各不相同。《吕氏春秋》云：天有九野，谓中央与四正、四隅：中央曰钧天、东方曰苍天、东北方曰变天、北方曰玄天、西北方曰幽天、西方曰颢天、西南方曰朱天、南方曰炎天、东南方曰阳天。　[32]"渊泉"句：是说黄河之源头好像是悬在云外。渊泉，水的本源。　[33]"入东洋"句：言黄河入海必经蒲津。　[34]滋：灌溉繁育。洛阳花：洛阳以种植花木闻名，尤以牡丹为最著，有洛花、洛阳花之称。　[35]润：滋益之意。梁园：即兔园，汉梁孝王刘武所建，故址在今河南开封东南。这里以洛阳、梁园代指广大的黄河流域。　[36]"也曾"句：黄河直通天河，有海客曾乘浮槎到了天上。浮槎（chá），木排、竹筏。晋张华《博物志·杂说下》：传说天河与海相通，有人带粮乘槎十多天，见一处有城郭屋舍，宫中很多纺织的妇女，水边有一男子饮牛。回家后一问蜀郡严君平，才知道所到之处乃是天河。宋胡仔《苕溪渔隐丛话》前集卷十一、周密《癸辛杂识前集》均引《荆楚岁时记》载《博物志》，谓乘槎事属张骞；今本《荆楚岁时记》及《博物志》均无此说。汉张骞曾寻河源（见《史记·大宛列传》），《太平御览》卷八引刘义庆《集林》："昔有一人寻河源，见妇人浣纱，以问之，曰：'此天河也。'乃与一石而归。问严君平，云：'此织女支机石也。'"几件事放在一起，遂有张骞乘槎之说。　[37]店小二哥：宋元时称店主为大哥，称店里的伙计为二哥或小二哥。　[38]官人：顾炎武《日知录》卷二十四："南人称士人为官人""唐时有官者方得称官人也。"宋代可用为对男子的敬称。剧中用为后者。下：住店，住下。　[39]撒和：饲喂牲口。王国维《观堂集林》卷十六《蒙古札记》引《山居新话》："凡人有远行者，至巳、午时以草料饲驴马，谓之'撒和'，欲其致远不乏也。"　[40]福地：生有福有德之地域，用为对寺院的敬称。又，道教传说中神仙居住的地方亦称福地。宝坊：用为寺院之美称。坊，区院。　[41]舍利塔：这里泛指佛塔。舍利为梵语音译，意为尸体、身骨，相传为释迦牟尼遗体火化后结成的珠状物，后来德行较高的和尚死后，焚尸的凝结物也叫舍利。贮藏舍利的塔即舍利塔。塔为梵文音译，也译为浮图、浮屠，是用土木砖石等高积而成的建筑物。塔内一般会有称为"龛"的房室或阁子安置佛教法物（如佛骨舍利、佛经等），象征佛教正法、觉者高风之所在，成为人们瞻仰信奉的神圣象征，犹如传统文化中后人为逝去的先人建坟树碑。参见《魏书·释老志》。又，舍利子，人名，亦作舍利弗多、舍利弗。据《增一阿含经》卷三、《大智度论》卷十一、《佛本行集经·舍利目连因缘品》等，原从外道修习，后皈依释迦牟尼，为佛陀十大弟子之一。聪明胜众，被誉为佛弟子中"智慧第一"，释迦牟尼不适时，常代以说法。舍利与舍利子不可相混。据明嘉靖甲子（1564）年的《再建普救寺浮图诗》碑载："蒲东旧有普救寺浮图，创自隋唐，工制壮丽。"《董西厢》云"七层宝塔"。原塔毁于地震，嘉靖间重建后为十三层方形砖塔，今存，俗称"莺莺塔"。侵：渐近。云汉：天河。《诗·大雅·棫朴》："倬彼云汉，为章于天。"毛亨传："云汉，天河也。"　[42] 三教九流：泛指不同职业的各色人等。三教，指儒、释、道三家（见《北史·周高祖纪》）；九流，指春秋战国时期的儒家、道家、墨家、阴阳家、法家、名家、纵横家、农家、杂家九种学派（见《汉书·艺文志》）。　[43] 料持：料理操持，备办之意。　[44] 弟子：《释氏要览》："《南山钞》云：'学在我后名之弟，解从我生名之子。'即因学者以父兄事师，得称弟子，又云徒弟，谓门徒弟子，略之也。"　[45] 赴斋：参加法会或受"在家人"的邀请去吃斋叫赴斋。吃斋，指午前、午中之食，《释氏要览》："佛教以过中不食名斋。"又，素食曰斋，此为大乘佛教之本意。　[46] 山门：佛教寺庙的外门。寺庙一般有空门、无相门、无作门三个门，象征"三解脱门"，故又称"三门"。只有一门的，往往也称山门为三门。立地：立着，站着。地，语助词。　[47] 见聪了：与法聪见面寒暄已毕。了，指表演完毕。　[48] 客官：古代对出门在外人的敬称。　[49] 刹（chà）：梵文音译，原指佛塔顶上的装饰（相轮），也指佛寺或寺前幡杆，《增韵》："刹，僧寺。"上刹，对寺的敬称。　[50] 先生：儒者之通称，简称之则曰"生"，故下文称张生、那生。《史记·魏公子列传》："公子从车骑，虚左，自迎夷门侯生。"《儒林列传》唐司马贞索隐："自汉以来，儒者皆号'生'，亦'先生'者省字呼之耳。"方丈：据《维摩诘经》云，身为菩萨的维摩诘居士，其所住卧室一丈见方，但容量无限，禅宗寺院比附此说，称住持所居之所为方丈，也称住持为方丈，此指住持所居之室。　[51] 罗汉堂：安置释迦牟尼五百个罗汉弟子塑像的佛殿。罗汉，梵语"阿罗汉"的省称。指解脱一切烦恼、应受天人供养、永远进入涅槃不再受生死轮回因果报应（见《智度论》三），是小乘佛教修行的最高果位。香积厨：《维摩诘经·香积品》："上方界分……有国名众香，佛号香积……其界一切皆以香作楼阁，经行香地，苑园皆香。其食香气，周流十方无量州界。"维摩诘曾于香积如来处，化得众香钵盛满香饭，以饱众僧。故称僧家之厨房为香积厨。　[52] 敢待：也许。　[53] 随喜：佛家语，本指见人行善做功德，随之而生欢喜之心，又称随己所喜为随喜，比如布施，富者施以金帛，贫者施以水草，各随所喜，皆为布施。后称游览佛寺为随喜。上方：《故事成语考·释道鬼神》："曰上方，曰梵刹，总是佛场。"山寺、住持均可称上方。　[54] 法堂：宣讲佛法的殿堂。　[55] 洞房：本指深邃之室，《楚辞·招魂》："娇容修态，絙洞房些。"王逸注："洞，深也。"此即指佛殿，后折"红上佛殿"生云"引入洞房"可证。　[56] 数罗汉：旧俗，在五百罗汉塑像中，任从一个数起，数到与自己年龄相等的数字时，即可从该罗汉喜怒哀乐的表情中，预知自己的祸福命运，谓之数罗汉。　[57] 参：佛教仪式，众僧参见住持、坐禅说法、念诵，谓之"参"。《象器笺》：
"参，趋承也，晋谒。"这里是瞻仰、拜见的意思。菩萨：梵语"菩
提萨埵"的省称，地位次于佛。菩提，指对佛教真理的觉悟；萨埵，
众生。就是参悟佛教真理，普救众生，于未来成就佛果的修行者。
如观世音、文殊、普贤、大势至等，皆为菩萨。　[58] 圣贤：对
神佛的敬称。《俱舍光记》曰："贤谓贤和，圣谓圣正。"这里的圣
贤指佛。　[59]"正撞着"句：正碰上前世的风流冤家。五百年前，
是说前生注定。业冤，前世冤家；冤家，本为佛教语，《五灯会元》
卷一《东土祖师·六祖慧能大鉴禅师》："佛教慈悲，冤亲平等。"
冤谓冤家，怨敌之家；亲谓亲爱者。佛教认为，于一切众生，无
冤无亲，应发同样慈悲，平等救度。后用指仇敌，也用为对情人
的爱称，为爱极的反话。本句"前"字，据《雍熙乐府》
补。　[60] 颠不剌：用法不同则含义各异，故于其解众说纷纭。
具体到《西厢记》中，颠，有可爱、风流义；不剌，语助词，有
声无义。《诗词曲语辞汇释》："《五剧笺疑》云：'不剌，北方语助
词，不音铺，剌音辣，去声，如怕人云怕人不剌的，唬人云唬人
不剌的。'盖为衬垫语辞之用，无意义可言也。《董西厢》一：'怕
曲儿捻到风流处，教普天下颠不剌的浪儿每许。'颠有风流或轻
薄之义，此为风流义。颠不剌的浪儿，意言风流浪子也，与上句
风流相应。《西厢》一之一：'颠不剌的看了万千，似这般可喜娘
罕曾见。'生得风流，长得可喜，为当时习用语。此与可喜对举，
亦当为风流义。"　[61]"他那里"二句：是说莺莺尽由着张生对
她顾盼不止，而她却垂肩持花微笑。调戏，这里指张生因极端爱
慕而情随目视、神魂颠倒。嚲（duǒ），《广韵》："嚲，垂下貌。"唐
人玄应《一切经音义》引汉服虔《通俗文》："手捏曰捻。"　[62] 的
（dí）是：确实是，《增韵》："的，实也。"兜率（lǜ）宫：兜率为梵
文音译。意为妙足、知足、喜足。兜率天为欲界六天之第四天。

兜率天有内外二院，外院为欲界天的一部分，内院为菩萨最后身之住处。释迦如来为菩萨时最后住于此，后下生人间而成佛。后为弥勒菩萨之净土，据《弥勒上生经》载，若皈依弥勒，交称念其名号者，死后往生此天。这里代指佛寺。　[63]离恨天：佛教经典所载三十三天中，无离恨天。然曲中多用为男女相思烦恼的境界，如石子章《秦修然竹坞听琴》第二折：“三十三天，离恨天最高；四百四病，相思病最苦。”　[64]“我见他”二句：是说莺莺美貌，正适合打扮。春风面，美丽的容貌。杜甫《咏怀古迹》之三：“画图省识春风面，环珮空归月夜魂。”偏，正、恰。花钿（tián）有簪于发髻者，此指贴于妇女眉间或面颊的饰物，亦称花子。其起源各书所说各异。唐王建《题花子赠渭州陈判官》描写贴花钿甚详。元时亦然，无名氏〔中吕·喜春来〕：“花钿宜点黛眉尖，可喜脸，争忍立谦谦。”花钿以极薄之小金属片或彩纸，剪成花鸟形状，贴于面额之上。　[65]宫样眉：按宫中流行式样描画的眉毛。唐之画眉，细与淡为尚，白居易《上阳白发人》：“小头鞋履窄衣裳，青黛点眉眉细长。外人不见见应笑，天宝末年时世妆。”　[66]樱桃：蔷薇科植物，果实小，色鲜红，球形，常用来比喻美女之口。孟棨《本事诗·事感》：“白尚书（按，指白居易）姬人樊素善歌，妓人小蛮善舞，尝为诗曰：‘樱桃樊素口，杨柳小蛮腰。’”樱桃红绽，喻莺莺启唇欲言。　[67]玉粳：光洁如玉的粳米，喻齿之光洁。　[68]恰：犹才、刚刚。　[69]“呖（lì）呖”句：以黄莺在花丛中鸣叫，喻莺莺话音之动听。语本白居易《琵琶行》“间关莺语花底滑”句意。呖呖，声音宛转流利，《集韵》：“呖，呖呖，声也。”啭（zhuàn），《玉篇》：“啭，鸟鸣。”　[70]可人怜：犹让人爱。《尔雅·释诂》：“怜，爱也。”　[71]解舞腰肢：《集韵》谓：“解，晓也。”引申为会、能、擅长诸义。解舞腰即善舞、适宜于舞之腰肢体态。　[72]旖旎（yǐ nǐ）：轻盈柔美。引申则为风流之意，凌濛初曰："旖旎，即风流也。" [73] 观音：观世音的省称，是中国佛教四大菩萨之一。《法华经·普门品》："苦恼众生，一心称名，菩萨即时观其音声，皆得解脱，以是名观世音。"唐代避李世民讳，省称观音，为后世沿用。观音又名观自在，因为他是阿弥陀佛的弟子（一说为化身），阿弥陀佛本名观自在王，观音依其师而称观自在。观音本为男性，唐宋时尚有男性观音像。隋初出现一种'非男非女相'，面为女容而唇有小髭。女观音造像始于南北朝而盛于唐代以后。 [74] 开府：本为古代高官设置府署自选僚属的制度。汉制，三公、大将军可以开府，唐宋定"开府仪同三司"，为从一品文散官的称号。莺父为相国，故称开府。 [75] 天姿国色：美丽超群的女子。天姿，不加修饰的天然姿容。国色，一国中最美的容貌。 [76] 小脚：剧中多次言及莺莺小脚，按妇女缠足，起于南唐李后主之宫嫔窅娘，唐代无缠足风习。见《南村辍耕录》卷十"缠足"。 [77] 镒（yì）：古代重量单位，二十两或二十四两为一镒。百镒，言其贵重。 [78] 系着长裙：唐宋之制，妇女裙长拖地。《新唐书·车服志》："妇人裙不过五幅，曳地不过三寸……唯淮南观察使李德裕，令管内妇人衣袖四尺者，阔一尺五寸，裙曳地四五寸者，减三寸。"宋代女裙多以纱罗为之，上可销金刺绣，缀珍珠为饰，且颇长，故宋词有"行即罗裙扫落花""裙边微露双鸳并"之句，本剧有"翠裙鸳绣金莲小"之句。 [79]"慢俄延"三句：俄延，拖延。后文"那"，即"挪"。椦门即院门，房门。 [80] 风魔：本指精神错乱失常，这里作动词用，指着魔入迷、神魂颠倒。解元：唐制，考进士的人都由地方解送入试，后遂称乡试第一名为解元，也用作对读书人的敬称。 [81] 洞天：道教传说中神仙居住的地方，大都在名山洞府之中，洞中与人世不同，别有天地，故名。 [82]"门掩"句：意本戴叔伦《春怨》"梨花春雨掩重门"诗意。 [83] 兀

（wù）的：指示词，这里兼表惊异口气。意马心猿：指人心驰意散就像猿猴跳跃、快马奔驰一样，难以控制。　　[84] 兰麝：香料，这里指莺莺佩带的香物。　　[85] 佩环：莺莺身带的佩玉。《礼记·经解》："行步则有环佩之声，升车则有鸾和之音。"郑玄注："环佩，佩环，佩玉也。……环取其无穷止，玉则比德焉。"　　[86]"东风"三句：是张生揣想莺莺去后枕门以内的景象。游丝，在空中飘荡的昆虫吐的丝。掩映，遮藏，隐蔽。《说文》："映，隐也。"芙蓉，荷花，《西京杂记》："卓文君姣好，眉色如望远山，脸际常若芙蓉。"　　[87] 南海水月观音：即观音。《法华经·普门品》有观音示现三十三身之说，其一为观水中之月的姿态。又，观音所居的净土，在南印度普陀洛伽山（见《千手经》《华严经》等），其山在印度南海岸。《西域记》："秣剌耶山东，有布呾洛伽山……山顶有池，其水澄镜，流出大河，周流绕山二十匝，入南海。池侧有石天宫，观自在菩萨，往来游舍。"故有南海水月观音之称。　　[88] 婵娟：容貌姿态美好的样子，《集韵》："婵，婵娟，美容。"《广韵》："娟，婵娟，好姿态貌。"常用以代指美女。误人：指使人迷恋而耽误功名进取。　　[89] 秋波：像秋水般明亮的眼睛。　　[90] 铁石人：可指意志坚强的人，也指铁石心肠的无情之人，刘肃《大唐新语》卷四《持法第七》：唐太宗为大理寺卿唐临题考词曰："形若死灰，心如铁石。"此指后者。　　[91] 玉人：喻指颜美如玉之人，可指女，亦可指男。也指有文化修养、风采神态美好的人，《晋书·裴楷传》：裴楷"风神高迈，容仪俊爽，博涉群书，特精理义，时人谓之玉人。"此言莺莺容仪修养兼美。　　[92] 武陵源：相传东汉人刘晨、阮肇，于永平五年（62）入天台山采药，迷路求食，入桃花源，遇二仙女成其婚配。《绍兴府志》《齐谐记》《幽明录》等均有记载。晋陶渊明《桃花源诗并记》则写"晋太元中，武陵人捕鱼为业，缘溪行"，进入桃花源，这里的桃花源乃是一个没有剥削压迫的乌托邦世界。太元（376—396）为晋孝武帝年号，刘、阮事与武陵渔人事相距三百余年；武陵在今湖南常德，天台山在今浙江天台。天台山之桃源与武陵溪之桃源二者本无关系，但后世常把刘、阮所入之桃花源说成武陵源。唐王涣《惆怅诗》："晨肇重来路已迷，碧桃花谢武陵溪。"元王子一《刘晨阮肇误入桃源》第三折，刘晨唱道："我和他武陵溪畔曾相识。"

［点评］

金圣叹认为本折的目的是写莺莺，通过张生写莺莺，谓之"烘云托月之法"。其实，通过张生写莺莺的时候，同时也就表现了张生。张生是能够与莺莺相匹敌的故事男主人公。这与明清传奇生旦戏中阴盛阳衰的情况大不相同。

写张生，自报家世，自抒胸怀；此行目的是赴京赶考，为访友而停留河中府；去普救寺是为瞻仰佛寺。可见张生是高才博学而大志未遂的志诚君子，而非寻芳冶游的浪荡公子。与莺莺偶然相遇便相思入骨，又表现了多情种子的一面。

写莺莺，具有貌若天仙的绝世姿容，又表现出相府千金的仪态大方；更主要的是与张生的一见钟情。礼教盛行时代的大户人家，女子足不出户，更何况是"内外并无一个男子出入"的相府门第。当才思敏捷、多愁善感的怀春少女，遇到风度翩翩、儒雅俊秀的"吉士诱之"，产生惺惺相惜的感情，便是摆脱了家庭和礼数束缚而回归正常人性的反应了。而刻画莺莺最关键的一笔乃是"临去秋波"一句。孟子曰："存乎人者，莫良于眸子。眸子不能掩其恶。

胸中正，则眸子瞭焉；胸中不正，则眸子眊焉。听其言也，观其眸子，人焉廋哉？"（《孟子·离娄上》）眼睛最能体现人的心灵，是灵魂的窗户，故有"观眸子而知人"之说。着此一笔，便是为莺莺形象勾魂摄魄，是莺莺的精气神儿，贯穿《西厢》五本，可谓"画莺点睛"！

通过剧中人的眼写另一个人物，是一石双鸟的写法，王实甫已经运用得很成熟了，后面还有很多精彩的描写。本折写张生的痴狂、莺莺矜持中的情丝暗递，都很传神。李卓吾说："摹出多娇态度，点出狂痴行模，令人恍然亲睹。"金圣叹则赞曰："活双文！""活张生！"

从情节发展来看，本折是故事的结胎，徐士范谓之"一剧之关窍"，金圣叹则谓之"生"。盖莺莺、张生不相遇生情，则一个赴京赶考，一个博陵葬父，"墙里秋千墙外道"，各不相干；惟其生情，才引出借厢等一系列后续故事。

名花有主的莺莺又迷恋张生，是对楔子中表现的"怨"情的应和，莺莺、张生能否相恋同心，便构成生旦冲突的戏剧副线；他们的相爱必将与家长包办的婚约不相容，造成与作为家长的老夫人的冲突，构成了贯彻始终的戏剧冲突主线。

提出白马将军，普救解围便不突兀，也为剧终之斥恒主婚设下根基。张生赶考成败如何，又设置了另一戏剧悬念。

青年人的行为将惹出怎样的事端，剧情便在观众的期待中腾挪展衍了。

第二折

（夫人上白）前日长老将钱去与老相公做好事[1]，不见来回话。道与红娘，传着我的言语，去问长老，几时好与老相公做好事？就着他办下东西的当了[2]，来回我话者。（下）（净扮洁上[3]）老僧法本，在这普救寺内做长老。此寺是则天皇后盖造的，后来崩损，又是崔相国重修的。见今崔老夫人领着家眷，扶柩回博陵，因路阻暂寓本寺西厢之下，待路通回博陵迁葬。老夫人处事温俭，治家有方，是是非非[4]，人莫敢犯。夜来老僧赴斋[5]，不知曾有人来望老僧否？（唤聪问科）（聪云）夜来有一秀才[6]，自西洛而来，特谒我师，不遇而返。（洁云）山门外觑着，若再来时，报我知道。（末上云）昨日见了那小姐，到有顾盼小生之意。今日去问长老借一间僧房，早晚温习经史；倘遇那小姐出来，必当饱看一会。

【中吕】【粉蝶儿】不做周方[7]，埋怨杀你个法聪和尚。借与我半间儿客舍僧房，与我那可憎才居止处门儿相向[8]。虽不能勾窃玉偷香[9]，且将这盼行云眼睛儿打当[10]。

【醉春风】往常时见傅粉的委实羞[11]，画眉的敢是谎[12]。今日多情人一见了有情娘，着小生心儿里早痒、痒。迤逗得肠荒[13]，断送得眼乱，引惹得心忙。

（末见聪科）（聪云）师父正望先生来哩，只此少待，小僧通报去。（洁出见末科）（末云）是好一个和尚呵！

【迎仙客】我则见他头似雪，鬓如霜，面如童，少年得内养[14]。貌堂堂，声朗朗，头直上只少个圆光[15]，却便似捏塑来的僧伽像[16]。

（洁云）请先生方丈内相见。夜来老僧不在，有失迎迓，望先生恕罪。（末云）小生久闻老和尚清誉，欲来座下听讲，何期昨日不得相遇。今能一见，是小生三生有幸矣[17]。（洁云）先生世家何郡？敢问上姓大名，因甚至此？（末云）小生姓张名珙，字君瑞。

【石榴花】大师一一问行藏[18]，小生仔细诉衷肠。自来西洛是吾乡[19]，宦游在四方[20]，寄居咸阳。

先人拜礼部尚书多名望，五旬上因病身亡。

（洁云）老相公弃世，必有所遗。（末唱）[21]

平生正直无偏向，止留下四海一空囊[22]。

（洁云）老相公在官时浑俗和光[23]。（末唱）

【斗鹌鹑】俺先人甚的是浑俗和光[24]，衡一味风清月朗[25]。

（洁云）先生此一行，必上朝取应去。（末唱）

小生无意求官，有心待听讲。

小生特谒长老，奈路途奔驰，无以相馈——
量着穷秀才人情则是纸半张[26]。又没甚七青八黄[27]，尽着你说短论长，一任待掂斤播两[28]。

径禀：有白银一两，与常住公用[29]，略表寸心，望笑留是幸。（洁云）先生客中，何故如此？（末云）物鲜不足辞[30]，但充讲下一茶耳[31]。

【上小楼】小生特来见访，大师何须谦让。

（洁云）老僧决不敢受。（末唱）

这钱也难买柴薪，不勾斋粮，且备茶汤。

（觑聪云）这一两银，未为厚礼。

你若有主张，对艳妆，将言词说上，我将你众和尚死生难忘。

张深之曰："'您若'下是背言，若当面语则鲁莽矣。"（张本）

（洁云）先生必有所请。（末云）小生不揣有恳[32]。因恶旅邸冗杂，早晚难以温习经史，欲假一室[33]，晨昏听讲，房金按月任意多少。（洁云）敝寺颇有数间，任先生拣选。（末唱）

【幺篇】也不要香积厨，枯木堂[34]。远着南轩，离着东墙，靠着西厢。近主廊，过耳房，都皆停当。

毛西河曰："总只欲近西厢耳，然故作数折波澜无际。"（毛本）

（洁云）便不呵，就与老僧同处何如？（末笑云）要恁怎么[35]？

你是必休题着长老方丈[36]。

徐渭曰："知所谓不入手之趣，但发一笑。"（徐画本）似闻剧场观众笑声。

（红上云）老夫人着俺问长老，几时好与老相公做好事，看得停当回话。须索走一遭去来。（见洁科）长老万福[37]。夫人使侍妾来问[38]，几时好与老相公做好事，着看的停当了回话。（末背云[39]）好个女子也呵！

【脱布衫】大人家举止端详，全没那半点儿轻狂。大师行深深拜了[40]，启朱唇语言的当。

【小梁州】可喜娘的庞儿浅淡妆，穿一套缟素衣裳。胡伶渌老不寻常[41]，偷睛望，眼挫里抹张郎[42]。

【幺篇】若共他多情的小姐同鸳帐，怎舍得他叠被铺床。我将小姐央[43]，夫人快，他不令许放，我亲自写与从良。

（洁云）二月十五日可与老相公做好事。（红云）妾与长老同去佛殿看了，却回夫人话。（洁云）先生请少坐，老僧同小娘子看一遭便来。（末云）何故却小生[44]？便同行一遭，又且何如？（洁云）便同行。（末云）着小娘子先行，俺近后些。（洁云）一个有道理的秀才。（末云）小生有一句话说，敢道么？（洁云）便道不妨。（末唱）

【快活三】崔家女艳妆，莫不是演撒你个老洁郎[45]？

（洁云）俺出家人那有此事？（末）既不沙[46]，却怎睃趁着你头上放毫光[47]？打扮的特来晃[48]。

潘廷章曰："张满眼眶尽是一个红娘，反觉红眼稍头略无半点。张生有一种急欲求当于红之心，遂有此一种唯恐不当于红之意。有才人生平自负，眇视一切，一旦遇着个大方识者，亦未免损了多少傲气。"（潘本）

毛西河曰："三曲俱写红，〔脱布衫〕写红举止言词之妙；‘可喜’二句，写红妆束之雅；‘鹘伶’三句，写红俊眼。"（毛本）

（洁云）先生是何言语！早是那小娘子不听得哩^[49]，若知呵，是甚意思！（红上佛殿科）（末唱）

【朝天子】过得主廊，引入洞房，好事从天降。

我与你看着门儿，你进去。（洁怒云）先生，此非先王之法言^[50]！岂不得罪于圣人之门乎？老僧偌大年纪，焉肯作此等之态！（末唱）

好模好样忒莽撞。

没则罗便罢，

烦恼则么耶唐三藏^[51]？

怪不得小生疑你，

偌大一个宅堂，可怎生别没个儿郎^[52]，使得梅香来说勾当^[53]？

（洁云）老夫人治家严肃，内外并无一个男子出入。（末背云）这秃厮巧说^[54]！

你在我行、口强，硬抵着头皮撞。

（洁对红云）这斋供道场都完备了^[55]，十五日请夫人小姐拈香。（末问云）何故？（洁云）这是崔相国小姐至孝[56]，为报父母之恩，又是老相公禫日[57]，就脱孝服，所以做好事。（末哭科云）"哀哀父母[58]，生我劬劳。欲报深恩，昊天罔极。"小姐是一女子，尚然有报父母之心；小生湖海飘零数年，自父母下世之后，并不曾有一陌纸钱相报[59]。望和尚慈悲为本[60]，小生亦备钱五千，怎生带得一分儿斋[61]，追荐俺父母咱[62]。便夫人知，也不妨，以尽人子之心。（洁云）法聪，与这先生带一分者。（末背问聪云）那小姐明日来么？（聪云）他父母的勾当，如何不来？（末背云）这五千钱使得有些下落者！

【四边静】人间天上，看莺莺强如做道场。软玉温香[63]，休道是相亲傍，若能勾汤他一汤[64]，到与人消灾障。

潘廷章曰："张明知红娘眼无张郎，而舍红无由入港。且邂逅之缘，不能数遇，情不自胜，遂为此斩关夺隘之计，披肝沥胆之陈。一经挫折，计无复之，遂尔指东画西，变成下此之无数怨乱也。"（潘本）

（洁云）都到方丈吃茶。（做到科）（末云）小生更衣咱[65]。（末出科云）那小娘子已定出来也，我则在这里等待问他咱。（红辞洁云）我不吃茶了，恐夫人怪来迟，去回话也。（红出科）（末迎红娘祗揖科）小娘子拜揖。（红云）先生万福。（末云）小娘子莫非莺莺小姐的侍妾么？（红云）我便是。何劳先生动问[66]？（末云）小生姓张，名珙，字君瑞，本贯西洛人也。年方二十三岁，正月十七日子时建生[67]。并不曾娶妻……（红云）谁问你来？（末云）敢问小姐常出来么？（红怒云）先生是读书君子，孟子曰："男女授受不亲[68]，礼也。"君知"瓜田不纳履[69]，李下不整冠"。道不得个"非礼勿视[70]，非礼勿听，非礼勿言，非礼勿动"。俺夫人治家严肃，有冰霜之操。内无应门五尺之童[71]，年至十二三者，非呼召，不敢辄入中堂。向日莺莺潜出闺房[72]，夫人窥之，召立莺莺于庭下，责之曰："汝为女子，不告而出闺门，倘遇游客小僧私视，岂不自耻？"莺立谢而言曰[73]："今当改过从新，毋敢再犯。"是他亲女，尚然如此，何况以下侍妾乎！先生习先王之道，尊周公之礼[74]，不干己事，何故用心？早是妾身，可以容恕。若夫人知其事呵，决无干休！今后得问的问，不得问的休胡说！（下）（末云）这相思索是害也。

毛西河参释曰："'崔家女'三曲，只调笑以起此一问，故夫人宽严、僮仆有无，皆在红口中传出，自有步骤。"（毛本）

【哨遍】听说罢心怀悒怏，把一天愁都撮在眉尖上[75]。说"夫人节操凛冰霜，不召呼，谁敢辄入中堂！"自思想，比及你心儿里畏惧老母亲威严[76]，小姐呵，你不合临去也回头儿望。待飐下教人怎飐[77]？赤紧的情沾了肺腑[78]，意惹了肝肠。若今生难得有情人，是前世烧了断头香[79]。我得时节手掌儿里奇擎[80]，心坎儿里温存，眼皮儿上供养。

【耍孩儿】当初那巫山远隔如天样[81]，听说罢又在巫山那厢。业身躯虽是立在回廊[82]，魂灵儿已在

金圣叹曰："忽然作此一纵，笔如惊鹰撇去。然只是三字（按，指"待飐下"），下便疾收转来，世间有如此神隽之笔！"（金本）

他行。本待要安排心事传幽客[83]，我只怕漏泄春光
与乃堂。夫人怕女孩儿春心荡，怪黄莺儿作对，怨粉
蝶儿成双。

【五煞】[84]小姐年纪小，性气刚。张郎倘得相亲
傍，乍相逢厌见何郎粉，看邂逅偷将韩寿香。才到
是未得风流况，成就了会温存的娇婿，怕甚么能拘束的
亲娘。

【四煞】夫人忒虑过，小生空妄想。郎才女貌合相
仿[85]。休直待眉儿浅淡思张敞，春色飘零忆阮郎。
非是咱自夸奖，他有德言工貌[86]，小生有恭俭温良[87]。

翠裙红袖泛
指美女妆束。莺
莺此时孝服未除，
不当穿彩色衣服。
此张生想象之词，
并非写实。

【三煞】想着他眉儿浅浅描，脸儿淡淡妆，粉香腻玉
搓咽项[88]。翠裙鸳绣金莲小[89]，红袖鸾销玉笋
长[90]。不想呵其实强，你撇下半天风韵，我拾得万种
思量。

却忘了辞长老。（见洁科）小生敢问长老：房舍何如？
（洁云）塔院侧边西厢一间房，甚是潇洒[91]，正可先
生安下，见收拾下了，随先生早晚来[92]。（末云）小
生便回店中搬去。（洁云）既然如此，老僧准备下斋，
先生是必便来。（下）（末云）若在店中人闹，到好消
遣；搬在寺中静处，怎么捱这凄凉也呵！

【二煞】院宇深，枕簟凉。一灯孤影摇书幌[93]。纵然酬得今生志，着甚支吾此夜长[94]！睡不着如翻掌，少可有一万声长吁短叹，五千遍倒枕捶床[95]。

【尾】娇羞花解语[96]，温柔玉有香[97]。我和他乍相逢记不真娇模样，我则索手抵着牙儿慢慢的想[98]。（下）

王世贞曰："'记不真娇模样'，不索之想外，亦不束之想中，转从九回肠里拽出'慢慢的'妙窍，入一解，深一解。"（起本）

金圣叹曰："红娘切责后，张生良久良久，此时最难措语。今看其〔哨遍〕一篇，极尽文章排荡之法，是已为奇事矣，偏有本事，又排荡出〔耍孩儿〕五篇……凡五煞，俱是大起大落之笔，皆所以切怨红娘也。"（金本）

[注释]

[1]将钱去：拿着钱去。将，拿，带着。好事：指佛事。《元史·顺帝纪》：孛罗帖木儿请"禁止西番僧人好事"。此指超度亡灵的法事活动。 [2]的（dí）当：妥当。 [3]净：以扮演刚猛人物为主的脚色，一般由男脚扮演，也有由女脚扮演的。此指扮和尚的男脚。洁：僧人止淫事、断酒肉，故称僧人为洁郎或杰郎，简称洁，此指法本长老。 [4]是是非非：以是为是，以非为非。能分清是非，毫不含糊的意思。 [5]夜来：唐时已有二义。一为"昨夜"，白居易《卖炭翁》："夜来城外一尺雪，晓驾炭车辗冰辙。"夜来与晓相对；一为"昨日"，《太平广记》卷三四八引唐薛渔（或作渔）《河东记·韦齐休》："（韦齐休云）'夜来诸事，并自劳心……'妻曰：'何也？'齐休曰：'昨日湖州庚七寄买口钱……'"夜来与昨日互用。剧中用为"昨日"。 [6]秀才：本指优秀人才，汉始为举士科目，历代相沿，自此后士人通称谓之秀才。赵翼《陔余丛考》卷二八"秀才"："元明以来，秀才为读书者之通称，今俗犹以府县学生员为秀才，盖亦沿旧称也。" [7]周方：周旋方便，即成全别人，给人以方便。 [8]可憎才：非常可爱的人。可憎，爱极的反话，元李治（据余嘉锡《四库提要辩证》改李冶为

李治)《敬斋古今黈》卷二:"世俗以'可爱'为'可憎',亦极致之辞。" [9]窃玉偷香:指男女私通。偷香,韩寿与陈骞之女事。《太平御览》卷九八一引《郭子》:晋陈骞每与韩寿相会,便闻到韩寿身上有异香气。这种香是外国贡品,晋武帝只赐给了自己与贾充,便疑心女儿与韩寿私通,一问,果然。于是便把女儿嫁给了韩寿。《世说新语·惑溺》《晋书·贾充传》均谓与寿通者为贾充女。刘孝标注《世说新语》云:"《郭子》谓与韩寿通者,乃是陈骞女,即以妻寿。未婚而女亡,寿因娶贾氏。故世因传是充女。"《郭子》作者郭澄之为晋人,其说近是。窃玉,传说有郑生兰房窃玉事,详情待考。 [10]盼行云:盼望与美人相会。宋玉《高唐赋序》说,楚襄王与宋玉游云梦泽,见高唐观上有云气。宋玉说这就是朝云。过去楚怀王游云梦,梦巫山之女献身,怀王宠爱。女临去说:她住在巫山南面戴土的石山上,"旦为朝云,暮为行雨。朝朝暮暮,阳台之下。"旦朝视之,如言。故为立庙,号曰朝云。宋玉《神女赋序》:"楚襄王与宋玉游于云梦之浦,使玉赋高唐之事。其夜王寝,果梦与神女遇,其状甚丽。"后世遂把与神女欢会者,误为楚襄王。行云、云雨、阳台、高唐,都代指男女欢会情事。打当:徐渭《批点画意北西厢》曰:"打当,犹准备也。" [11]傅粉:搽粉。旧注多指三国时魏人何晏事。《三国志·魏书·何晏传》注引《魏略》:"晏性自喜,动静粉帛不去手,行步顾影。"《世说新语·容止》:"何平叔(按,何晏字)美姿仪,面至白。魏明帝疑其傅粉,正夏月,与热汤饼。既啖,大汗出,以朱衣自拭,色转皎然。"后以何郎傅粉喻美男。但用于此则义不可通。李清照〔多丽〕词:"韩令偷香,徐娘傅粉",刘克庄〔满江红〕词:"竞爱东邻姬傅粉,谁怜空谷人如玉?"是有以"傅粉"状女子者。这里以"傅粉的"代指美女。委实:实在,确实。 [12]画眉:《汉书·张敞传》:"(张敞)又为妇画眉，长安中传张京兆眉怃。有司以奏敞，上问之，对曰：'臣闻闺房之内，夫妇之私，有过于画眉者。'"后遂用为夫妇相爱的典故。　[13]"迤（tuó）逗"三句：是说被莺莺引逗得眼花缭乱、心神不定。迤逗、断送、引惹，在这里都是撩拨、勾引、招惹的意思。肠荒、眼乱、心忙，都是心思不定、心慌意乱的意思。荒，即慌。　[14]内养：指脱离尘世不争名利，清心寡欲不为七情所伤，戒持自己的身心以养其内。　[15]头直上：头顶上。直，表示方位之词。圆光：指佛菩萨头顶上放射的光明圆轮，《观无量寿经》："彼佛圆光，如百亿三千大千世界，于圆光中有百万亿那由他恒河沙化佛。"　[16]僧伽（qié）：梵文音译，略称为"僧"。佛教称四个以上的出家人结合在一处为僧伽，即僧团之意。后来一个出家人也可称僧伽。　[17]三生有幸：有奇缘，很幸运。三生为佛教名词，亦称三世，认为人的生命可以不断迁流转化，现在的生存为今生，前世的生存为前生，命终之后的生存为来生。但佛教各派对此说法并不相同。《传灯录》载："有一省郎，梦至碧岩下一老僧前，烟穗极微，云：此是檀越结愿。香烟存而檀越已三生矣：第一生，明皇时剑南安抚巡官；第二生，宪皇时西蜀书记；第三生，即今生也。"　[18]大师：本为对佛的尊称。师谓师范，大师为众生的模范。《瑜伽师地论》："能善教诫声闻弟子一切应作不应作事，故名大师；又能化导无量众生令苦寂灭，故名大师；又为摧灭邪秽外道出现世间，故名大师。"后遂成为道行崇高僧人的通称，一般僧人亦可尊称大师。行藏：《论语·述而》："用之则行，舍之则藏。"行，出仕；藏，家居。后以行藏指身世经历。　[19]自来：本来。王锳《诗词曲语辞例释》增订本："自，'本'的意思……另有'自来'一词，不是通常'历来'义而同样为'本来'义。"　[20]宦游：在外地做官或为求仕进而在外游历，都叫宦游。此指后者。　[21]"洁云"至"末唱"，原无，据弘治本补。　[22]四海：古人认为中国四周被海包围，故以"四海"代指全国。空囊：囊指皮囊，又称皮袋，指人畜之身躯。四海一空囊，谓四海之内空余一身，别无财产。　[23]浑俗和光：与世俗混同，不露锋芒，与世无争的意思。浑，混同；和，调和，一致。光，光辉，光亮，指才华锋芒。《老子》下篇："和其光，同其尘，是谓玄同。"王弼注："无所特显，则物无所偏争也"，"无所特贱，则物无所偏耻也。"魏源《老子本义》："光贵尘贱，和而同之，则不自贵而人亦不得贱之矣。"尘，尘埃，指世俗。佛教也借用它以显佛菩萨和威德光，近诸恶人，又现身结缘。本句原无，据弘治本补。　[24]甚（shěn）的是：不知道什么是。毛西河曰："甚的是，言不识何者是也。"　[25]衠（zhūn）：王伯良曰："衠，正也，真也。"衠一味，犹言纯是一心一意。风清月朗：以月明风清喻人光明磊落，清白纯洁。　[26]人情：犹言送礼。翟灏《通俗编》："以礼物相遗曰送人情，唐、宋、元人皆言之也。"　[27]七青八黄：指黄金，王伯良曰："《格古要论》谓，金品：七青八黄九紫十赤。"　[28]"一任"句：任凭你去较量钱物的多少。一任，听从，任凭。待，语助词，无义。掂（diān），掂量，以手掂估量轻重。《字汇》："掂，手量掂也。"　[29]常住：佛家语，据《释氏要览》，僧物有四种：一为常住常住，谓众僧舍宇、什物、树木、田园等；二为十方常住，谓供僧成熟饮食等；三为现前常住，谓此物唯施此处现前僧；四为十方现前常住，谓亡僧轻物施，体通十方，唯得本处现前僧得分故。统称常住。常住为法无生灭变迁、佛本性常住无生无灭，故寺院可称常住，僧人亦可称常住。　[30]物鲜（xiǎn）：东西很少。　[31]讲下一茶：聊作茶资之意。讲谓讲经说法之法座。讲下，对讲经说法僧人的敬称，犹今言左右。　[32]不揣（chuǎi）有恳：揣为量度之意，不揣，不自量，有冒昧意。恳，请求。　[33]假：借也。　[34]枯木堂：

和尚参禅打坐的房间。打坐时闭目盘腿而坐，形如枯木，万念俱寂，心如枯木，故称枯木堂。 [35]恁：王伯良曰："'恁'之为'如此'也。" [36]是必：势必，一定。题：与"提"通。 [37]万福：原为一般祝颂之词，韩愈《与孟尚书书》："未审入秋来眠食何似，伏惟万福。"宋元之后，为妇女所行的一种礼节，与人相见行礼时以手敛衽，口称"万福"。闵寓五曰："宋太祖尝问赵普：拜礼何以男子跪，妇人不跪？礼官无有知者。王贻孙曰：古诗云'长跪问故夫'，即妇人亦跪也。唐武后朝，欲尊妇人，以屈膝为拜，称万福。见孙甫《唐书》及张建国《渤海图记》。" [38]侍妾：婢女，《书·费誓》："臣妾逋逃"，旧题孔安国传："役人贱者，男曰臣，女曰妾。" [39]背云：又叫背工、背躬，演出时假定其他剧中人听不见，而向观众讲述自己的心里话，犹今之旁白。 [40]行（háng）：用于自称或人称之后，如我行、他行，相当于这边、那里。大师行，即大师这边，大师跟前。 [41]胡伶渌（lù）老：聪明伶俐的眼睛。胡伶，也作鹘伶、鹘鸰。鹘鸰为猛禽，眼睛敏锐。渌老，焦循《剧说》卷二引《知新录》云："渌老，谓眼也，亦作睩老，'老'是衬字"。 [42]眼挫：眼角。抹：斜视，不正眼看。毛西河曰："抹，目睫撩撒也。'抹张郎'，言红之撩己，正用董词'见人不住偷睛抹'语。" [43]"我将"四句：这四句承"怎舍得他叠被铺床"而来，是说与莺莺成婚之后，将央求莺莺许放红娘，如果夫人不同意，我就亲自给红娘写从良文书。毛西河曰："此以调红为调莺语。'央'者，央说许放耳；'怏'，不肯也，《史记》：'诸将与帝为编户民，今北面为臣，此常怏怏。'《汉书》曰：'塞其怏怏。'心言：倘夫人不肯，不教小姐许放，我独写从良券合耳。'许'，属莺；'令'，属夫人，令许二字俱有着落。"央，央求；怏，不满，这里有不允许、不同意的意思。妓女赎身嫁人、男女奴婢赎身为平民，都叫从良，此指后者。 [44]却：

拒绝，推谢。《增韵》："却，不受也。"　[45]演撒：演，勾搭迷惑。撒，语尾助词。　[46]既不沙：既不是这样。焦循《剧说》卷二引《知新录》云："'既不沙'，犹云'若不然'。"沙，"是呵"的合音。　[47]睃（suō）趁：看。《集韵》："睃，视也。"趁，助音无义，如说寻找曰寻趁。毫光：佛光，是说佛光像毫毛一样光芒四射。放毫光，此为调侃语，明光锃亮之意。　[48]特来晃：特别光彩之意。《广雅·释诂四》："晃，明也。"王伯良曰："特来，犹后'别样'，出落之谓，甚之词也；晃，炫耀之意。"　[49]早是：幸亏。　[50]法言：合于礼法之言。《孝经·卿大夫章》："非先王之法言不敢道，非先王之德行不敢行。"唐玄宗李隆基注："法言，谓礼法之言；德行，谓道德之行。"　[51]则么耶：怎么呀。唐三藏：唐僧玄奘（zàng），号三藏法师，曾往西方天竺国取经，取来经一藏、律一藏、论一藏，故名三藏。藏，佛教经典的总称。此之"唐三藏"意为老佛爷，乃调侃法本语。　[52]怎生：怎么、怎样，"生"是语助词。　[53]梅香：戏曲中称丫鬟使女为梅香。王骥德《曲律·论部色》："元杂剧中……凡厮役皆曰'张千'，有二人则曰'李万'；凡婢皆曰'梅香'。"勾当：事情。《通俗编》卷十二《行事·勾当》引《却扫编》："旧制：诸路监司属官曰勾当公事。建炎初，避上嫌，名易为干办。""按，勾当乃干事之谓，今直以事为勾当。据《元典章》，延祐三年均赋役诏有云：'只交百姓当差，勾当也成就不得。'盖其时已如是矣。"　[54]秃厮：犹言秃家伙。厮为对贱役的称呼，犹奴才、家伙，用为对人的蔑称。　[55]斋供道场：亦称水陆道场、水陆斋，简称水陆或道场。斋供，供佛的食品；道场，乃梵文之意译，所指有多种，如佛成道之所、修行所据之佛法、供佛祭祀之所、修行学道之处、寺院等。此指为死者追福、超度亡灵所举行的佛事活动。　[56]至孝：大孝，极尽事亲之道。　[57]禫（dàn）日：父、母死后二十七个月，举行祭祀，然后除去孝服之日。《仪礼·士虞礼》："中月而禫"，郑玄注："禫，祭名也……自丧至此，凡二十七月。禫之言澹澹然，平安意也。" [58]"哀哀"四句：出《诗经·小雅·蓼莪》。哀哀，悲伤不止，是说一想到死去的父母就悲伤不止；生，养育；劬（qú）劳，辛苦、劳累；昊（hào）天，即天，昊为广大之意。朱熹曰："罔，无；极，穷也。言父母之恩如此，欲报之以德，而其恩之大，如天无穷，不知所以为报也。" [59] 陌（mò）：计算钱数的单位，百钱为陌。一陌纸钱，犹言一些纸钱。 [60] 慈悲：佛家语，《大乘义章》："爱怜名慈，恻怆曰悲。"《大智度论》卷二十七："大慈与一切众生乐，大悲拔一切众生苦。"是说佛菩萨用爱心看待众生，使他们都得到好处为慈；以同情心看待众生，救他们出苦难为悲。佛教认为慈悲是普度众生的重要依据，把慈悲视为立身修道的根本。 [61] 怎生：这里是务必设法的意思。 [62] 追荐：为死者求冥福而进行的法会、行善等事，包括读经写经、施斋造寺、祭祀等。咱（zā）：语助词，无义。 [63] 软玉温香：形容莺莺玉貌花容而又温柔妩媚。 [64] 汤：凌濛初曰："汤，犹俗言擦着。元人多用之。" [65] 更衣：上厕所的婉称。 [66] 动问：即"问"，动为发语词，无义。 [67] 子时：十二时辰之一，夜二十三时至翌日一时。 [68]"男女"二句：语出《孟子·离娄上》，是说男女之间不亲手递接东西。授，递送，给予。受，接受。 [69]"瓜田"二句：避嫌疑的意思。《古君子行》："君子防未然，不处嫌疑间。瓜田不纳履，李下不整冠。"纳履，即提鞋；李下，李树之下；整冠，正帽子。 [70]"道不得"四句：道不得个，这里意为"说不得"。"非礼"四句，语出《论语·颜渊》，是说不合礼的事不去看，不合礼的话不去听，不合礼的话不去说，不合礼的事不去做。红娘认为张生违背了"四勿"，故云道不得。 [71]"内无"句：是说院内连一个幼年男子也没有。应门，照看门户；古尺短，故以五尺童泛指少年。据陆深《春风堂随笔》，古以二岁半为一尺。五尺，指十二岁以上。　[72]潜：隐藏，意为暗地里、背地里。唐宋若莘《女论语·立身章》："莫窥外壁，莫出外庭。"同上《守节章》："有女在室，莫出闺庭。"可见莺莺受训斥之因。　[73]立谢：立即认错。《正字通》："谢，自以为过曰谢。"　[74]周公之礼：周公姓姬名旦，是周文王之子、武王之弟，是西周典章制度的制定者。杜佑《通典》："成王幼弱，周公摄政，六年致太平，述文武之德，制《周官》及《仪礼》以为后王法。"　[75]"把一天愁"句：撮，聚合。句同关汉卿《闺怨佳人拜月亭》第二折："把这世间愁都撮在我眉尖上。"　[76]比及：这里作"既然"解。李好古《沙门岛张生煮海》第二折："比及你来相问，先对俺说明白。"　[77]"待飏（yáng）"句：意谓即使要丢开莺莺也丢不开。《诗词曲语辞汇释》："飏，犹抛也；丢也。周邦彦〔南柯子〕词：'娇羞不肯傍人行，飏下扇儿拍手引流萤。'"　[78]"赤紧"二句：是说五脏六腑都被情意牵动了。赤紧的，当真的，真个的。　[79]断头香：即半截的香。民间信仰认为礼神敬佛须烧整支的香，烧折断或燃过的残香，会遭贫穷、分离、无子、无功名及婚姻不顺等报应。　[80]奇擎（qíng）：捧护。奇，助音无义。《广雅·释诂一》："擎，举也。"　[81]"当初"二句：与李商隐《无题》"刘郎已恨蓬山远，更隔蓬山一万重"及欧阳修〔踏莎行〕"平芜尽处是春山，行人更在春山外"同一机杼。　[82]业身躯：是张生见莺之难遇而自怨自骂的话。业，梵文意译，意为造作，一般分为身业、口业、意业，泛指人的一切身心活动。业有善恶，必得报应。此指恶业。业身躯，犹言造孽之身。　[83]幽客：幽闺客，犹言深闺女儿，指莺莺，不指张生。　[84]"五煞"一曲：王伯良曰："'乍相逢厌见何郎粉'，应'年纪小性气刚'句；'看邂逅（xiè hòu）偷将韩寿香'，

应'张郎倘得相亲傍'句。大约言莺莺年小性刚，未得风流之
情况，故尚厌畏于我，看我得亲傍而一窃其香之后，彼自然爱
我温存不暇，而尚肯惧夫人之拘束耶？"乍，初，刚开始。何
郎粉，即傅粉何郎，为张生自指。邂逅，不期而遇。意外相逢。
风流况，即风流情况；成就娇婿，谓与莺莺私订终身。　[85]合
相仿：理当匹配。仿，仿佛，即相当、彼此般配，作动词用，婚
配之意。　[86]德言工貌：古代要求妇女具有的四种品德。《周
礼·天官·九嫔》郑玄注："妇德，谓贞顺；妇言，谓辞令；妇容，
谓婉娩；妇功，谓丝枲。"工，即妇功；貌，即妇容。班昭《女
诫·妇行》："妇有四行，一曰妇德，二曰妇言，三曰妇容，四曰
妇功。……幽闲贞静，守节整齐，行己有耻，动静有法，是谓
妇德；择词而说，不道恶语，时然后言，不厌于人，是谓妇言；
盥浣尘秽，服饰鲜洁，沐浴以时，身不垢辱，是谓妇容；专心纺
绩，不好戏笑，洁齐酒食，以奉宾客，是谓妇功。"　[87]恭俭
温良：《论语·学而》："夫子温、良、恭、俭、让以得之。"宋邢
昺疏："敦柔润泽谓之温，行不犯物谓之良，和从不逆谓之恭，
去奢从约谓之俭，先人后己谓之让。"　[88]"粉香"句：形容莺
莺颈项像粉玉捏成的一样。腻玉，状肌肤之光洁。　[89]"翠
裙"句：意谓绣着鸳鸯的翠裙盖住了一双小脚。金莲，女足，《南
史·齐东昏侯纪》："又凿金为莲华以贴地，令潘妃行其上，曰：
'此步步生莲华也。'"　[90]鸾销：即销鸾，以金色丝线绣鸾凤。
销，销金，《韵会》："销，铺金也。"器物上敷设金色以为装饰
谓之销金。玉笋：喻女子手指纤细白润。　[91]潇洒：明亮整
洁。　[92]早晚：随时之意。　[93]摇书幌：谓灯光下的孤影
在书斋中摇动。状张生夜深不寐，相思徘徊。书幌，书斋，书
帷。　[94]支吾：支持，应付。　[95]倒枕槌床：状失眠时急躁
情状。　[96]花解语：会说话的花，喻人美如花。解，能，善。

王仁裕《开元天宝遗事·解语花》："明皇秋八月，太液池有千叶白莲数枝盛开，帝与贵戚宴赏焉。左右皆叹羡久之。帝指贵妃示于左右曰：'争如我解语花！'" [97]玉有香：苏鹗《杜阳杂编·玉辟邪》："肃宗赐李辅国香玉辟邪二，各高一尺五寸，工巧殆非人工。其玉之香，可闻数百步。"后世多以解语花、玉生香喻美女。 [98]则索：只得。手抵牙：即以手托腮。

[点评]

这是很难写的一折戏，因为内容简单，不过是张生借厢暂寓而已，一个过场戏就可以完成。但它又很重要，起凤馆本引李卓吾曰："一部《西厢》，都从此根上抽出枝叶。"在王实甫笔下写出了花团锦簇的文章、妙趣横生的舞台场面。

它刻画了多个人物。老夫人未出场但又无时不在场，本折一共三次写到她。老夫人治家严肃，家规甚严，颇具官宦人家的气象，预示了少男少女的爱情选择与家长包办婚姻冲突的激烈。红娘的机敏、言谈举止的大家风范，也显示着她的主人莺莺的品格。金圣叹说："语云：不知其人，但观所使。今写侍妾尚无半点轻狂，即双文之严重可知也。"潘廷章说："《西厢》情文之妙，妙在崔张之互写，尤妙在红娘之旁写参写。崔张所说不出者，红则为之显喻而切讽之；崔张所不自知者，红则为之深弹而曲中之。""故此篇之衬写红娘，非止单衬双文，正以并衬崔张也。"张生是本折着墨最多的人物，你看他"斗然借厢，斗然觑突长老，斗然哭，后又斗然推更衣先出去。写张生通身灵变，

通身滑脱，读之如于普救寺中亲看此小后生。"（金圣叹评语）

　　情节简单却能写得起伏转折、波光粼粼，剧场氛围情绪瞬变。以借厢平叙起，问起家世暗伏附斋；借厢未竟而突入红娘，引出一段调谑；张生自媒，引起红娘切责，气氛转为严肃；红娘去后，则是一片怨怅；此时张生方辞长老，了借厢事；后又一片痴想，尤妙在张生下场前之"慢慢的想"。想之为事，无声无色，无形无臭，极难描画。"手抵着牙"则写照传神；张生所想，欲其无尽而恐其有尽，故须细品，品愈细则愈见无穷风韵，此便是张生眼前心底的伊人莺莺。"慢慢"二字将痴情痴态一笔写活。

第三折

（正旦上云）老夫人着红娘问长老去了，这小贱人不来我行回话。（红上云）回夫人话了，去回小姐话去。（旦云）使你问长老，几时做好事？（红云）恰回夫人话也，正待回姐姐话。二月十五日请夫人、姐姐拈香。（红笑云）姐姐，你不知，我对你说一件好笑的勾当。咱前日寺里见的那秀才，今日也在方丈里。他先出门儿外，等着红娘，深深唱个喏道[1]："小生姓张，名珙，字君瑞，本贯西洛人也，年二十三岁，正月十七日子时建生，并不曾娶妻。"姐姐，却是谁问他来？他又问："那壁小娘子，莫非莺莺小姐的侍妾乎？小姐常出来么？"被红娘抢白了一顿呵回来了[2]。姐姐，我不知他想甚么哩，世上有这等傻角[3]！（旦笑云）红娘，休对夫人说。天色晚也，安排香案[4]，咱花园内烧香去来。（下）（末上云）搬至寺中，正近西厢居址。我问和尚每来[5]，小姐每夜花园内烧香。这个花园，和俺寺中合着。比及小姐出来[6]，我先在太湖石畔墙角儿边等待[7]，饱看一会。两廊僧众都睡着了，夜深人静，月朗风清，是好天气也呵！正是：闲寻方丈高僧语，闷对西厢皓月吟。

【越调】【斗鹌鹑】玉宇无尘[8]，银河泻影，月色横空，花阴满庭[9]。罗袂生寒[10]，芳心自警。侧着耳朵儿听，蹑着脚步儿行[11]；悄悄冥冥[12]，潜潜等等[13]。

【紫花儿序】等待那齐齐整整[14]，袅袅婷婷[15]，姐姐莺莺。一更之后[16]，万籁无声[17]，直至莺庭。若是回廊下没揣的见俺可憎[18]，将他来紧紧的搂定，则问你那会少离多，有影无形[19]。

（旦引红娘上云）开了角门儿[20]，将香桌出来者。（末唱）

【金蕉叶】猛听得角门儿呀的一声，风过处花香细生。蹰着脚尖儿仔细定睛：比我那初见时庞儿越整。

（旦云）红娘，移香桌儿，近太湖石畔放者。（末做看科云）料想春娇厌拘束[21]，等闲飞出广寒宫[22]。看他容分一捻[23]，体露半襟，蝉香袖以无言，垂罗裙

汤显祖、沈璟曰："'休对夫人说'，便是有心人了。"（汤沈本）

毛西河曰："'玉宇'至'莺莺'，揣其必至之情；'一更'至'无形'，预为不至之计。"（毛本）

金圣叹曰："只是'等莺莺'三字，却因'莺莺'是叠字，便连用十数叠字倒衬于上，累累然如线贯珠垂。看他妙文，只是随手拈得也。"（金本）

毛西河曰："'直至'与董词'渐至'不同，'渐'是实境，'直'是空写也。"（毛本）

汤显祖、李贽、徐渭曰："痴态痴心，一笔勾出。奚翘（chì）如画，此矣入化。"（三合本）

毛西河曰："此写莺与首折又异，故以'初见时'一语微作分别。"（毛本）

而不语。似湘陵妃子[24]，斜倚舜庙朱扉；如月殿嫦娥，微现蟾宫素影[25]。是好女子也呵！

【调笑令】我这里甫能、见娉婷[26]，比着那月殿嫦娥也不恁般撑[27]。遮遮掩掩穿芳径，料应来小脚儿难行[28]。可喜娘的脸儿百媚生[29]，兀的不引了人魂灵！

（旦云）取香来。（末云）听小姐祝告甚么。（旦云）此一炷香，愿化去先人[30]，早生天界；此一炷香，愿堂中老母，身安无事；此一炷香……（做不语科）（红云）姐姐不祝这一炷香，我替姐姐祝告：愿俺姐姐早寻一个姐夫，拖带红娘咱！（旦再拜云）心中无限伤心事，尽在深深两拜中。（长吁科）（末云）小姐倚栏长叹，似有动情之意。

【小桃红】夜深香霭散空庭，帘幙东风静。拜罢也斜将曲栏凭，长吁了两三声。剔团圞明月如悬镜[31]，又不是轻云薄雾，都则是香烟人气[32]，两般儿氤氲得不分明[33]。

我虽不及司马相如[34]，我则看小姐颇有文君之意。我且高吟一绝，看他则甚：月色溶溶夜[35]，花阴寂寂春。如何临皓魄[36]，不见月中人？（旦云）有人

徐渭曰："崔家情思，不减张家。张则随地撒泼，崔独付之长吁者，此是女孩家娇羞态，不似秀才们老面皮也，情则一般深重。"（三合本）

金圣叹曰："不过双文长叹，若不写，则下文不可斗然吟诗耳。乃并不于双文叹上写，亦不于双文心中写，却向明月上，看他陪一香烟，便写得双文一叹，如许浓至。绝世奇文，绝世妙文。"（金本）

墙角吟诗！（红云）这声音，便是那二十三岁不曾娶妻的那傻角。（旦云）好清新之诗！我依韵做一首。（红云）你两个是好做一首！（旦念诗云）兰闺久寂寞[37]，无事度芳春[38]。料得行吟者，应怜长叹人。（末云）好应酬得快也呵！

徐渭曰："莺和韵之诗，更有心于张，更有思春之意。"（徐画诸本）

【秃厮儿】早是那脸儿上扑堆着可憎[39]，那堪那心儿里埋没着聪明[40]。他把那新诗和得忒应声[41]，一字字诉衷情，堪听。

【圣药王】那语句清，音律轻，小名儿不枉了唤做莺莺。他若是共小生、厮觑定[42]，隔墙儿酬和到天明，方信道惺惺的自古惜惺惺[43]。

金圣叹曰："'早是'二语，写惊喜意，如欲于纸上跳动。欲赞双文快酬，虽千言不可尽也。轻轻反借双文小名，只于笔尖一点，早已活灵生现，抵过无数拖笔坠墨。所谓随手拈得。"（金本）

我撞出去，看他说甚么。

【麻郎儿】我揵起罗衫欲行，（旦做见科）他陪着笑脸儿相迎。不做美的红娘忒浅情[44]，便做道谨依来命。

（红云）姐姐，有人！咱家去来，怕夫人嗔着。（莺回顾下）（末唱）

【幺篇】我忽听、一声、猛惊，元来是扑剌剌宿鸟飞腾，颤巍巍花梢弄影，乱纷纷落红满径。

小姐你去了呵，那里发付小生[45]！

【络丝娘】空撇下碧澄澄苍苔露冷[46]，明皎皎花筛月影。白日凄凉枉耽病，今夜把相思再整。

【东原乐】帘垂下，户已扃。却才个悄悄相问[47]，他那里低低应。月朗风清恰二更，厮偠幸[48]，他无缘[49]，小生薄命[50]。

【绵搭絮】恰寻归路，伫立空庭，竹梢风摆，斗柄云横[51]。呀，今夜凄凉有四星[52]，他不偢人待怎生[53]！虽然是眼角传情，咱两个口不言心自省。

今夜甚睡到得我眼里呵！

【拙鲁速】对着盏碧荧荧短檠灯[54]，倚着扇冷清清旧帏屏。灯儿又不明，梦儿又不成；窗儿外淅零零的风儿透疏棂，忒楞楞的纸条儿鸣；枕头儿上孤另，被窝儿里寂静。你便是铁石人，铁石人也动情。

【幺篇】怨不能，恨不成，坐不安，睡不宁。有一日柳遮花映，雾障云屏[55]，夜阑人静，海誓山盟[56]——怎时节风流嘉庆，锦片也似前程[57]；美满恩情，咱两个画堂春自生。

【尾】一天好事从今定，一首诗分明照证[58]。再不

向青琐闼梦儿中寻[59]，则去那碧桃花树儿下等。（下）

[注释]

[1] 唱喏（rě）：就是叉手拜时口中同时呼"喏"的声音，古时的一种礼数。《老学庵笔记》卷八："古所谓揖，但举手而已。今所谓喏，乃始于江左诸王。方其时，惟王氏子弟为之。故支道林入东见王子猷兄弟还，人问诸王何如。答曰：'见一群白项乌，但闻唤哑哑声。'即今喏也。"喏，敬声。不出声为揖，为叉手，出声为喏。　[2] 抢白：责备，训斥。　[3] 傻角：徐渭《南词叙录》云："傻角，痴人也，吴谓'呆子'。"[4] 案：几案。唐宋均有拜月祝告习俗，唐李端《拜新月》："开帘见新月，即便下阶拜。细语人不闻，北风吹罗带。"[5] 每：是从元代俗字"懑"衍变来的。宋周煇《清波杂志》卷一："钦圣云：'更休与他懑宰执理会，但自安排着。'"宋叶寘《爱日斋丛钞》卷五："懑，本音闷，俗音门，犹言辈也。"《通俗编》卷三十三"们"条："北宋时先借'懑'字用之，南宋别借为'们'，而元时则又借为'每'。"按，今冀中一带读"们"为"每（měi）"。　[6] 比及：等到，在……之前。用法与前折异。　[7] 太湖石：点缀庭院、花园用的石头，奇形异状，孔穴玲珑，以江苏太湖所产而得名。　[8] 玉宇：天帝住在天上，以玉为殿宇，《云笈七签》卷八："太微之所馆，天帝之玉宇也。"故以"玉宇"代指天空。　[9] 庭：庭园，园庭，非指庭院之庭。　[10]"罗袂（mèi）"二句：乃张生揣度莺莺之词。夜深其衣必寒，烧香则心必自警。袂，衣袖，代指衣服。芳心，美人之心，曾巩（或作许彦国）《虞美人草》："芳心寂寞寄寒枝，旧曲闻来似敛眉。"用为对他人心志的敬称。警：警醒，警觉。　[11] 蹑（niè）着脚步行：犹今言蹑手蹑脚地走路，谓走路小心，怕出声响。　[12] 冥冥：暗地里。　[13] 等等：犹停停。等即等待，等

王伯良曰："言从今非梦想而可，即真境也。凡北词佳者，〔煞尾〕必用俊语收之，不独《西厢》为然。世人作南词，似少有知此窍者。"（骥本）

候。　[14]齐齐整整：即齐整，指妇人容貌端庄匀称。《通俗编·状貌·齐整》：“凡物整顿者，古均谓之齐整，而时俗多于妇人言之，唐以来有然也。”　[15]袅袅婷婷：秀丽美好的样子。袅，软美；婷，娉婷，美好貌。　[16]更：古人夜间计时单位，一夜分为五个更次，每更次约两小时。《颜氏家训·书证》：“或问：一夜何故五更？‘更’何所训？答曰：汉魏以来，谓为甲夜、乙夜、丙夜、丁夜、戊夜；又云鼓，一鼓、二鼓、三鼓、四鼓、五鼓；亦云一更、二更、三更、四更、五更。皆以‘五’为节……更，历也，经也，故曰五更尔。”一更，相当于晚八时至十时。　[17]籁（lài）：声音。万籁，指天地人万物发出的各种声音。　[18]没揣的：意外地，有侥幸意。徐士范曰：“没揣的，犹云不意中。”　[19]有影无形：可闻声不能睹其面，本指竹林寺。《徐霞客游记·游庐山日记》：“访仙台遗址也。台后石上，书‘竹林寺’三字。竹林为匡庐幻境，可望不可即，台前风雨中，时时闻钟梵声，故以此当之。”吴宗慈《庐山志》之《吴志》卷三“竹林寺”条引桑乔《庐山纪事》：“佛手岩东北有磐石突出，下临绝壑，潭色沉沉正黑，僧云故竹林寺也。有影无形，神圣所居，风雨中行者往往闻钟梵声。”　[20]角门儿：旁门。　[21]春娇：年轻美貌的女子，此指嫦娥。　[22]等闲：犹言随随便便。广寒宫：即月宫。旧题柳宗元《龙城录·明皇梦游广寒宫》：开元六年，申天师作法术，唐明皇梦游月中，见一宫府，“榜曰‘广寒清虚之府’，其守门兵卫甚严，白刃粲然，望之如凝雪。”　[23]“捻”，原作“脸”。“容分一捻”以下四句全据《董西厢》，兹据《董西厢》改。捻，有美丽意，《董西厢》卷七：“身分即村，衣服儿忒捻。”一捻，有少意、小意，如毛滂〔粉蝶儿〕词“楚腰一捻”、刘过〔清平乐〕词“一捻儿年纪”。凌景埏曰：“‘容分一捻’，指美丽的形态显露了一小部分。”（凌注《董解元西厢记》卷一）　[24]“似湘陵”二句：是说莺莺像斜靠着舜庙红门的湘水女神一样。尧的两个女儿娥皇、女英是舜的两个妃子。舜南巡死于苍梧山，二女追至，自投湘水，成为湘水女神。（事见刘向《列女传·有虞二妃》及《楚辞·九歌·湘夫人》王逸注）湘陵，湘水岸边舜的陵墓。参见第五本第一折"湘江"二句注。　[25] 蟾宫：即月宫。《全上古三代秦汉三国六朝文》辑《灵宪》云："嫦娥遂托身于月，是为蟾蜍。"故称月宫为蟾宫。蟾宫素影，指月中嫦娥素净洁白的身影。谢庄《月赋》："引玄兔于帝台，集素娥于后庭。"唐李周翰注："常娥窃药奔月，因以为名。月色白，故云素娥。"《敦煌变文集·叶净能诗》中叶净能说嫦娥及月中人着白衣。莺莺孝服未除，故以蟾宫素影喻之。　[26] 甫能：方才，刚刚。　[27] 撑：漂亮，美丽。汤显祖评《西厢记诸宫调》注"撑"："方言，谓美也。"　[28] 料应来：推测之词，大概是、料想是。来，语助词，无义。　[29] 百媚生：言有许多妩媚动人之处。　[30] 化去：谓死去。化，指形体变化。《淮南子·精神训》高诱注："化，犹死也。"　[31] 剔：程度副词，极，很。团圞（luán）：圆。　[32] 人气：指莺莺的长吁。　[33] 氤氲（yīn yūn）：又作绀缊。烟气蒸腾、纠结缭绕之意。　[34] 司马相如：汉代著名辞赋家，与卓文君相恋私奔成婚。《史记·司马相如列传》：卓王孙有个女儿卓文君，刚守寡，喜欢音乐。司马相如弹琴，用琴声诱发文君的爱慕之情。卓文君从门缝里偷看，喜欢相如，于是乘夜私奔相如，相如文君一起回成都。　[35] 溶溶：水流动的样子，常用以形容月色如水。意本晏殊《无题》诗："梨花院落溶溶月，柳絮池塘淡淡风。"　[36] 临：面对。皓魄：月或月光，此指月。　[37] 兰闺：女子的住室。　[38] 芳春：春天。梁元帝萧绎《纂要》："春曰青阳，亦曰发生、芳春、青春、阳春、三春、九春。"　[39] 早是：已经是，本来已经。扑堆：遍布，堆聚。扑，或作"抔"，《方言》："抔，聚也。"　[40] 埋没：这里是"蕴含""包藏"的意思。 [41]新诗：格律诗是唐朝出现的一种诗体，与古体诗相对而言，称为近体诗或新诗。和（hè）：依另一首诗的韵律作出来的诗称为和诗。应声：随声，此言莺莺才思敏捷，彼音刚落，此便出口。 [42]厮觑定：互相看着，注目良久。厮，相，互相。明胡震亨《唐音癸签》卷二十四："相，思必切，读若瑟，今北人皆呼'相'为'厮'是也。"黎锦熙《中国近代语研究法》云："厮字，向来无解，不知即'相'字一声之转。" [43]惺（xīng）惺的自古惜惺惺：聪明人从来就喜欢聪明人，性格、才调相同的人互相爱慕、看重，或同病相怜之意。惺惺，聪明机灵意。惜，爱怜看重。 [44]"不做美"二句：凌濛初曰："生欲行，莺欲迎，而红在侧，故谓其'浅情''不做美'。'便做道谨依来命'，言何不便依了我们意也。'谨依来命'，是成语，故用之，所取只一'依'字，犹'愿随鞭镫'之类。此曲家法。" [45]发付：打发，处理。 [46]苍苔：指台阶上长的青苔。 [47]却才：犹刚才。元剧中却、恰通用，见第一本第一折"恰"字注。个，语助词，无义。 [48]傒幸：亦作傒幸、奚幸。此词用法颇为灵活，不同语境义有不同。此为失落、苦恼意。凌濛初曰："傒幸，有侥幸意，有跷蹊意，有可几幸意，有无着落意，亦在可解不可解。王（按，指王伯良）解为戏弄，非也。傒落乃是欺负作弄之解耳。"凌说近是，厮傒幸，言无缘、薄命，二人都无着落，怅惘失落。 [49]缘：缘分，人与人之间命中注定的遇合机会。无缘，即无缘分。 [50]薄命：谓命运不好，福分低浅。《列子·力命》晋张湛注："命者，必然之期，素定之分也。" [51]斗柄云横：斗谓北斗，即大熊星座的七颗星——天枢、天璇、天玑、天权、玉衡、开阳、摇光。把它们连接起来，很像古代舀酒用的斗，故称北斗。其中玉衡、开阳、摇光三星为斗柄，又叫斗杓；其他四星为斗身，又叫斗魁。由于星空流转，斗柄所指的方位也不断变化。在固定的季节月份里，可以从斗柄的方位测定时间的早晚。斗柄云横，表示夜深。句本汉乐府《善哉行》："月没参横，北斗阑干。" [52] 四星：有四种解释：一、古人以二分半为一星，四星即"十分"（谢世吉、陈眉公等），乃极、甚之意；二、斗柄三星没于云中，只余斗身的四星，是冷落凄凉之意（弘治本、张相《诗词曲语辞汇释》）；三、古人钉秤，每斤处用五星，只有末梢用四星，故以四星代指下梢（王伯良、凌濛初）；四、天南地北，参辰卯酉，用为阻隔、不得相见意（弘治本、徐士范等）。此取第一义，即十分凄凉之意。 [53] "他不偢人"三句：意谓他不瞅人又怎样呢？业已眼传情、心自省矣，当然有希望。毛西河谓"但得一酬和，便有下梢了。"潘廷章认为这是张生"自解、自慰、自幸之词"。待，语助词，犹"呵"；怎生，此处作如何、怎样解。 [54] 短檠（qíng）灯：本指贫寒读书人读书照明的灯。韩愈《短灯檠歌》："长檠八尺空自长，短檠二尺便且光……太学儒生东鲁客，二十辞家来射策。夜书细字缀语言，两目眵昏头雪白。此时提携当案前，看书到晓那能眠？一朝富贵还自恣，长檠高张照珠翠。吁嗟世事无不然，墙角君看短檠弃。"这里代指读书之灯。第五本第一折张生中状元后仍用短檠，可证。檠，灯架，支撑灯盘的立柱，以柱之长短区分长檠与短檠。 [55] 雾障云屏：王伯良曰："'障'字、'屏'字，皆作活字用，与上'遮映'字一例看。"则是云遮雾障之意。《太和正音谱》引作"雾帐云屏"，是轻软如雾之纱帐与云母之屏风。两种解释都说得通。 [56] 海誓山盟：男女定情的誓言。 [57] 锦片也似前程：形容婚姻美满似锦如花。前程，元剧中多指婚姻，乔吉《李太白匹配金钱记》第四折："寄与他多情女艳娇，你着他别寻一个前程倒好。"宋已有此语，见《夷坚丁志》郎岩妻条。 [58] 照证：证明，证据。关汉卿《赵盼儿风月救风尘》第四折："你再要嫁人时，全凭这一张纸是个照证。"[59]"青琐闼（tà）"二句：只是说今后与莺莺相会可以实现，不必再于梦中追寻，因下句有"碧桃花"三字，遂着"青琐闼"与之对仗，以见文辞之美。青琐闼，宫门，这里代指朝廷。青琐，古代宫门上的一种装饰，《名义考》："青琐，即今门之有亮隔者，刻镂为连琐文也。"闼，宫中门也。碧桃花下，元杂剧中男女幽会之地每称花下，如碧桃花下、牡丹花下、海棠花下，盖美其事兼美其地。

［点评］

本折的核心，只是三个字：看烧香。

等待烧香，刻画张生。〔斗鹌鹑〕交代环境。戏曲舞台没有布景，环境的创造全靠人物的语言和形体表演。夜深人静，月明花香，张生眼巴巴盼望着莺莺出现。金圣叹说："看他写一片等人心急，度刻如年，真乃手搦妙笔，心存妙境，身代妙人，天赐妙想。"剧场或许灯光明亮，但通过张生的表演，观众仿佛置身于静悄无人的朦胧月色之中，屏息敛声，唯恐惊破张生的一天好事。

烧香一节，主唱虽是张生，笔墨所指却是莺莺。莺莺第一次同观众见面，是在楔子里，作为戏剧主人公向观众报个到，打个照面；第二次出场是在第一折游殿时，也只是惊鸿乍现，没有多少戏份，对她的描写，是通过张生的一瞥，一个照面，掠影而已；这一次不同，是张生长时间的观察，故着"甫能"二字，表明此次方为真见。莺莺出场就非同一般：先是门声为前导，然后才在花香月影簇拥下出场。月下美人，故以嫦娥比之；是远观，故状其身姿。写烧香有两点值得注意：一是红娘的一段插白，把莺莺说不出的心事和盘托出。作者又在弄巧，莺莺明明已许亲郑恒，怎么又再寻一个"姐夫"？这是继楔子的"闲愁"、游殿的"目挑心招"之后，最明白地突出了这个悬念。二是莺莺的长吁。这长吁一声吁出了莺莺的"伤心事"，而且是"无限伤心"之事。这伤心事是什么？便是红娘所点中的莺莺心穴。红娘引出莺莺长叹，长叹又引出张生吟诗。这一声长叹对揭示莺莺心态十分重要，怕剧场观众过耳即忘，又用〔小桃红〕一曲铺衍强调。这就是《西厢记》的曲白相生，人物语言推动剧情发展，这才是行家里手！

在联吟过程中又巧妙穿插了红娘一段说白，明白告诉莺莺吟诗人是谁，而且特意突出"二十三岁不曾娶妻"，这是暗示莺莺，所寻的"姐夫"正是此人？张生年庚未娶之事，至此已经三提：第一次是张生自媒，第二次是红娘原原本本向莺莺转述，意在暗讽，此次则是直接牵线搭桥了。莺莺和诗当然与此有关，不然怎么会贸然让人"应怜"呢？至此，男女主人公已不仅仅是轻丝暗萦、微息默度，而是第一次通过语言直接交流感情，以心相许，心灵契合，"一首诗分明照证"。

莺莺去后已无踪影，还有何可写？作者又显神通，着一〔麻郎儿〕之〔幺篇〕，写出六字三韵，不只曲文让人称道，更在于妙曲用在了情节的关键点，此所谓"务头"。妙曲之后便移情入景，鸟飞枝摇，影动花落，有声有色，一片迷离。这依然是用景色烘托月下美人的形象。

情景的展衍多借助玄想，超脱实境拓开空间。莺未出场时张生设想回廊相遇，刚一吟诗便设想酬和天明，莺去之后又设想此后凄凉……且转折起伏有情有趣。比如，莺去之后，正写低问相应之际，突转为无缘薄命；正写凄凉，又转眼传情、心自省；正写坐卧不宁之际，又突转"有一日……"金圣叹曰："上已正写苦况，则一篇文字已毕，然自嫌笔势直塌下来，因更掉起此一节，谓之龙王调尾法。文家最重是此法。"文学鉴赏大家金圣叹果是慧眼的评。

汤显祖评曰："张生痴绝，莺娘媚绝，红娘慧绝，全凭着王生（按，指王实甫）巧绝之舌，描摹几绝。"汤氏不愧为戏剧大家，总结本折艺术效果令人叫绝。

第四折

（洁引聪上云）今日二月十五日开启[1]，众僧动法器者[2]！请夫人小姐拈香。比及夫人未来，先请张生拈香，怕夫人问呵，则说道贫僧亲者。（末上云）今日二月十五日，和尚请拈香，须索走一遭。

【双调】【新水令】梵王宫殿月轮高，碧琉璃瑞烟笼罩。香烟云盖结[3]，讽咒海波潮[4]。幡影飘飖[5]，诸檀越尽来到[6]。

【驻马听】法鼓金铎[7]，二月春雷响殿角；钟声佛号[8]，半天风雨洒松梢。侯门不许老僧敲[9]，纱窗外定有红娘报[10]。害相思的馋眼脑[11]，见他时须看个十分饱。

潘廷章曰："'梵王宫殿月轮高'一语，清丽萧森，酷似青莲宫辞。此日法坛，是荐亡焰口，启建必于暮夜，故必待月轮高，檀越方到也。"（潘本）

王世贞曰："'二月春雷响殿角''半天风雨洒松梢'，信口道出，自俳自偶，一片焰光扑人，好似烟花，烟花还有凋落，此却不凋落。"（起本）

毛西河曰："'诸檀越'句暗起莺未至之意，最妙。'侯门'二句，则因莺未至，而急作揣度之词，言僧众固难通，梅香应报知也，此时当至也。报是报莺，故云'纱窗'。王伯良解作红娘应报长老，误矣。"（毛本）

（末见洁科）（洁云）先生先拈香，恐夫人问呵，则说是老僧的亲。（末拈香科）

毛西河曰："祷语最庄，暗祷语又最谐，故妙。"（毛本）

【沉醉东风】惟愿存在的人间寿高，亡化的天上逍遥。为曾祖父先灵[12]，礼佛法僧三宝[13]。焚名香暗中祷告：则愿得红娘休劣，夫人休焦，犬儿休恶。佛啰，早成就了幽期密约。

（夫人引旦上云）长老请拈香，小姐，咱走一遭。（末做见科）（觑聪云）为你志诚呵，神仙下降也。（聪云）这生却早两遭儿也。（末唱）

【雁儿落】我则道这玉天仙离了碧霄，元来是可意种来清醮[14]。小子多愁多病身，怎当他倾国倾城貌[15]。

【得胜令】恰便似檀口点樱桃[16]，粉鼻儿倚琼瑶[17]。淡白梨花面，轻盈杨柳腰。妖娆[18]，满面儿扑堆着俏[19]；苗条，一团儿衠是娇[20]。

李卓吾曰："莺莺小像。"（容本）

毛西河曰："'一团儿衠是娇'，妙极形容。上数语就口鼻面腰分写之，末以一字总括之。"（毛本）

（洁云）贫僧一句话，夫人行敢道么？老僧有个敝亲，是个饱学的秀才[21]，父母亡后，无可相报，对我说，央及带一分斋，追荐父母。贫僧一时应允了，恐夫人见责。（夫人云）长老的亲，便是我的亲，请来厮见咱。（末拜夫人科）（众僧见旦发科[22]）

【乔牌儿】大师年纪老，法座上也凝眺[23]；举名的班首真呆偬[24]，觑着法聪头做金磬敲[25]。

【甜水令】老的小的，村的俏的[26]，没颠没倒[27]，胜似闹元宵[28]。稔色人儿[29]，可意冤家，怕人知道，看时节泪眼偷瞧。

【折桂令】着小生迷留没乱[30]，心痒难挠。哭声儿似莺啭乔林，泪珠儿似露滴花梢。大师也难学，把一个发慈悲的脸儿来朦着。击磬的头陀懊恼[31]，添香的行者心焦[32]。烛影风摇，香霭云飘，贪看莺莺，烛灭香消。

（洁云）风灭灯也。（末云）小生点灯烧香。（旦与红云）那生忙了一夜。

【锦上花】外像儿风流，青春年少；内性儿聪明，冠世才学。扭捏着身子儿百般做作，来往向人前卖弄俊俏。

（红云）我猜那生——

黄昏这一回，白日那一觉，窗儿外那会镂铎[33]，到晚来向书帏里比及睡着，千万声长吁捱不到晓。

王世贞曰："一片诨语，卖弄出许多骈丽。"（起本）

毛西河曰："三曲参错，写看莺处如《陌上桑》曲，虽本董词，而章法特妙。'大师'至'元宵'一断，是总写；'稔色'至'难挠'又一断，写莺与己也。下即从'泪眼'接入，写众僧耳。"（毛本）

徐渭曰："写张生心，正是莺自写心也。"（徐音本）

（末云）那小姐好生顾盼小子！

【碧玉箫】情引眉梢，心绪你知道；愁种心苗，情思我猜着。畅懊恼[34]，响铛铛云板敲[35]，行者又嚎，沙弥又哨[36]，恁须不夺人之好[37]。

金圣叹曰："承上，一节莺莺看人，一节人看莺莺，而急接之以我他，他我，娓娓尔汝之声，以深明己与莺莺四目二心，方是东日照于西壁。"（金本）

（洁与众僧发科）（动法器了）（洁摇铃跪宣疏了[38]，烧纸科）（洁云）天明了也，请夫人小姐回宅。（末云）再做一会也好，那里发付小生也呵！

【鸳鸯煞】有心争似无心好[39]，多情却被无情恼。劳攘了一宵[40]，月儿沉、钟儿响、鸡儿叫。唱道是玉人归去得疾[41]，好事收拾得早。道场毕诸人散了，酩子里各归家[42]，葫芦提闹到晓[43]。（并下）

陈眉公曰："闹热极，庄严极，不可思议功德。"（陈本）

【络丝娘煞尾[44]】则为你闭月羞花相貌[45]，少不得剪草除根大小。

题目　老夫人闭春院[46]　崔莺莺烧夜香
正名[47]　小红娘传好事　张君瑞闹道场
西厢记五剧第一本终

[注释]
[1]开启：僧人开始做法事叫开启。　[2]法器：佛教、道教做法事时所用的鼓、磬、金钟、铙、钹、木鱼等响器。动法器，

即动响器，奏乐。　　[3] 香烟云盖结：香的烟雾在空中聚成云盖。云盖即烟盖，罩在上方的盖形香烟。《贤愚经》卷六："香烟如意，乘虚往至世尊顶上，相结合聚，作一烟盖。"　　[4] 讽咒：念诵佛经。毛西河云："讽，诵也……犹言经诵与经咒。"海波潮：喻诵经之声，有二义：一、声音之大、传闻之远如同海潮；二、海潮起落不违其时，表佛菩萨随人发响应时适机而说法，不待请。《法华经·普门品》曰："梵音，海潮音。"　　[5] 幡：梵文意译，为旌旗的总称，有各种颜色，也有的绘有狮、龙等图像，是用来供养和装饰佛菩萨像的。　　[6] 檀越：佛教徒称向寺院施舍财物、饮食的世俗信徒为檀越，也称施主。檀，布施；越，谓有布施功德的人可超越贫穷海，来世免受贫穷。　　[7] 法鼓金铎：鼓与铎都是佛教法器。法堂设二鼓，东北角者称法鼓，西北角者称茶鼓。铎为金属制成的铃形乐器，有柄及铃舌，摇动发声。这里用为动词，意为击鼓摇铎。　　[8] 佛号：佛的名号，此作动词，呼佛名号。　　[9] 侯门：唐范摅《云溪友议》卷一《襄阳杰》云，崔郊姑姑的一个婢女与崔郊相恋，婢被卖于连帅，郊为诗曰："侯门一入深如海，从此萧郎是路人。"后以侯门指显贵之家。　　[10] 纱窗：指莺莺居室。　　[11] 馋眼脑：贪看的眼睛。王伯良曰："眼脑，即眼也。"毛西河曰："北人称眼为眼脑。"　　[12] 曾祖父：指曾祖父、祖父、父亲三代。先灵：道家称祖先为先灵，谓先辈之灵魂。此即指亡灵。　　[13] 礼：二肘、二膝、头顶谓之五轮。轮者，圆转之义也，亦云五体。礼有三品。一、口但称"南无"，是下品礼；二、屈膝着地，头顶不着地，是中品礼；三、五轮着地，是上品礼。又，下者揖，中者跪，上者头面着地。见《释氏要览》。这里就指拜佛。三宝：《释氏要览》："三宝，谓佛、法、僧也。"佛宝，指一切佛；法宝，即佛教教义；僧宝，即依佛法修业并宣扬佛法的僧众。　　[14] 可意种：称心如意人，心爱之人。清醮（jiào）：

本指道士为消灾求福而设坛祭祷的法事活动。其法为清身洁体而筑坛设供，书表章以祷神灵，故称清醮。这里指僧人超度亡灵的法事活动。　[15]倾国倾城貌：《诗经·大雅·瞻卬》："哲夫成城，哲妇倾城。……乱匪降自天，生自妇人。"哲，智也；城，犹国也；倾，倾败。诗刺周幽王。据《史记·周本纪》，周幽王宠爱褒姒，为使其笑，乃举烽火戏诸侯，终至亡国。是说美女可以倾覆国家。又，《汉书·外戚传上》：汉武帝宠姬李夫人之兄李延年，当初向武帝推荐妹妹时唱道："北方有佳人，绝世而独立，一顾倾人城，再顾倾人国。宁不知倾城与倾国，佳人难再得。"是说佳人可使满城满国的人为之倾倒。后以"倾国倾城"代指姿容绝世的女子。　[16]檀口：檀为浅绛色，常用以形容嘴唇红艳。　[17]琼瑶：美玉。本句是说鼻如美玉琢成。　[18]妖娆（ráo）：艳冶美丽。凌濛初曰："妖娆，面庞冶丽。"　[19]俏：俊俏。《集韵》："俏，好貌。"　[20]一团儿衠（zhūn）是娇：犹言无处不娇好。衠，纯粹，真正。　[21]饱学：学问广博，满腹学问。　[22]发科：戏曲术语，指做出各种逗笑的情态，以动观众。　[23]法座：原指佛说法时的座位，后凡僧家做佛事时的座位均称法座。　[24]"举名"句：主持法事的和尚，看莺莺都看傻了。举名，做佛事时的呼令。班首，头领，此指主持法事的和尚。呆㑩（láo）：元时口语，王伯良曰："呆㑩，方言也，犹言痴呆懵懂之意。古本作劳，音义并同。"闵寓五曰："㑩，劳去声，北方骂人多带㑩字，如云囚㑩、馋㑩之类，不知何义。"按，㑩，通"痨"，病，北方骂人加痨字，表程度之深，如称话多者为话痨。　[25]磬（qìng）：梵音犍稚、犍椎等，译为磬、钟、打木、声鸣，是可打而发声之物的通称。《释氏要览》："但是钟磬、石板、木板、木鱼、砧捶，有声能集众者，皆名犍稚也。""瓦木铜铁，鸣者皆名犍稚。"金磬，金属制作的响器。　[26]村：即今之"村儿"，犹乡村，是与"城"

相对的。"城"为都，代指美好，如子都、车骑甚都等。凡在城之郊外田野者则为"村"，古代称之为"鄙"，言其质朴无文。"村"之名隋代才有。人们把鄙陋粗俗者视之为"村"。见翟灏《通俗编》卷十一《品目·"村气"》。俏：用于心性，则指聪明伶俐，今冀中犹言某人很俏，即指机灵之意。　[27]没颠没倒：即颠倒，"没"与不尴不尬之"不"用法相同。此言因贪看莺莺而神魂颠倒、忙乱无措。　[28]元宵：农历正月十五为上元节，祭神以元宵（食物）为献，俗称元宵节。唐代以来的民间风俗，元宵节在三街六市观赏灯火、表演奇术异能、歌舞百戏，称为闹元宵。　[29]稔（rěn）色：王伯良曰："稔色，美色也。稔色人儿，指莺莺。"闵寓五曰："稔，音饪，谷熟也。稔色，言美得丰足。"　[30]迷留没乱：即没撩没乱，言撩乱之甚，心神不定。用法同"没颠没倒"。　[31]头陀：梵语，意为抖擞，淘汰、涤除烦恼之意，是说把贪毒贪婪之心、瞋毒忿恚之心、痴毒愚昧之心这三毒抖落掉。见《青藤山人路史》。《十二头陀经》、《大乘义章》卷十五，载有十二种修行规定，称为"头陀行"，是佛教苦行之一，故称苦行僧为头陀。这里泛指僧人。　[32]行者：佛教对三种人的称谓：一为善男子欲求出家，未得衣钵，依寺中住者，指在寺院服役而尚未剃度出家的人；二为行脚乞食僧；三为泛指一切佛教徒。《释氏要览》云："经中多呼修行人为行者。"这里泛指僧人。　[33]镬（huò）铎：宋元方言，王伯良曰："喧闹之意。"是。　[34]畅：程度副词，甚、很、极之意。　[35]云板：佛教中铁铸成的云状法器，也作击以报时之用。《象器笺》："云章曰：版形铸作云样，故云'云版'。"　[36]"沙弥"句：小和尚又嚷嚷。沙弥，梵语，息恶行慈的意思，《翻译名义集》："初入佛法，多存俗情，故须息恶行慈。"又，《魏书·释老志》："为沙门者，初修十诫，曰沙弥。"沙弥本指七岁以上、未满二十岁，已受十戒而未受具足戒的出家男子，俗称小和尚。哨，与上文"嚎"互文，叫也。《正字通》："哨，多言也。"　[37]"恁须"句：你们应当不夺人之所爱。恁，您。徐渭《南词叙录》："你每二字，合呼为恁。"王伯良曰："行者沙弥扰嚷其间，张生不得致其私款，故曰'夺人之好'。"凌濛初曰："因大家动火而喧嚷，故张曰此乃我所好也，恁须不夺人之好。因古有'君子不夺人之好'语，故以此为谑。"毛西河曰："法事了则速莺之去，故曰'夺人之好'，与白中'再做一会也好'相应。"王说近是。　[38]宣疏：僧道做法事时，演说佛法、宣读祝告文字叫宣疏。　[39]"有心"二句：你对她有心，不如僧众之无心，你的多情反而会被僧众的无情引出很多烦恼。争似，怎如；无心、无情，俱指僧众，僧众既闹嚷于前，使张生"畅懊恼"，佛事毕又促莺回宅，故云。苏轼〔蝶恋花〕："墙里秋千墙外道，墙外行人，墙里佳人笑。笑渐不闻声渐悄，多情却被无情恼。"　[40]劳攘：辛苦劳碌之意。　[41]唱道是：真是、正是。用"唱道"二字是〔鸳鸯煞〕曲子的定格，第五句必以此二字开头。　[42]酩（mǐng）子里：也作瞑子里、冥子里，宋元俗语，有暗地里、昏暗糊涂、忽然、无端诸义。张耒《明道杂志》："冥子里，俗谓昏也。"陈眉公："酩子里，犹云昏黑。"赵长卿〔簇水〕词："闵子里、施纤手。"万树《词律》注云：闵子里，即"酩子里，乃暗地里之谓也。"宁希元《元曲的假借和音读》："'冥''瞑''酩'都是假借，本字当作'窅'，就是地室。《说文》：'窅，北方为地空，因以地穴为窅户。从穴，皿声，读若猛。'……元曲中的'冥子里'本是名词，'昏暗''忽然''无端'，都是由'窅子'给人的生活感受后起的引申义。"　[43]葫芦提：宋元俗语，音无定字，亦作"鹘露蹄"，犹今言糊涂。参见《许政扬文存》。　[44]络丝娘煞尾：《西厢记》五本，前四本戏结束时，因情节未完，在套曲之外都用〔络丝娘煞尾〕二句，承上启下，剧情已完便不复用。凌濛初曰："此有〔络丝娘尾〕者，因四折之体已完，故复为引下之词结之，见尚有第二本也。此非复扮色人口中语，乃自为众伶人打散语，犹说词家'有分交'以下之类，是其打院本家数。王（按，指王伯良）谓是挦弹引带之词而削去。太无识矣。"打散，即散戏时送客的"饶戏"。毛西河《西河词话·连厢词》云："少时观《西厢记》，见每一剧末，必有〔络丝娘煞尾〕一曲。于扮演人下场后复唱，且复念正名四句。此是谁唱谁念？至末剧，扮演人唱〔清江引〕曲，齐下场后，复有〔随煞〕一曲、正名四句、总目四句，俱不能解唱者、念者之人。及得《连厢词》例，则司唱者在坐间，不在场上，故虽变杂剧，犹存坐间代唱之意。此种移踪换迹，以渐转变，虽词曲小数，然亦考古家所当识者。"王伯良《新校注古本西厢记例三十六则》则云："至诸本益以〔络丝娘〕一尾，语既鄙俚，复入他韵；又窃后折意提醒为之，似挦弹说词家所谓'且听下回分解'等语；又止第二、三、四折有之，首折复阙，明系后人增入。但古本并存，又《太和正音谱》亦收入谱中，或篡入已久，相沿莫为之正耳。今从秣陵本删去。"凌说近是。　　[45] 闭月羞花：女子容貌之美能使花月羞愧。戏曲小说中多用之。　　[46] "闭春院"，原作"闲春院"，据1978年发现的《新编校正西厢记》残页，改"闲"为"闭"。毛本亦作"闭"。毛西河曰："闭，即门掩重关之意，虽出游犹闭也。俗子倡为莺不游寺之说，必谓院开而莺现，遂易'闭'为'开'，嗟乎乃尔！"　　[47] 题目、正名：元杂剧有二或四句对文，用来概括该本戏的内容，叫题目正名。一般取其末句作为剧的全名，取末句中能代表戏之内容的几个字作剧的简名。题目与正名只是同一事物的不同叫法，所以有的戏只标"正名"，有的则标"题目正名"。题目正名的位置，有的放在剧的开头（如孟称舜《古今名剧合选》、顾曲斋本《古杂剧》），有的放在剧的末尾（如《元刊杂剧三十种》、臧晋叔《元曲选》等），孙楷第《也是园古今杂剧考》云："以今思之，自当以置后者为是……然则题目正名即由众唱出，实亦打散语也。盖打散亦有诸般节目，有独舞鹧鸪，有念词，有诵诗，诵诗之后，继以唱题目正名，则唱题目正名又是一节目也。"李渔《闲情偶寄·格局第六·家门》则云："元词开场，止有冒头数语，谓之正名，又曰楔子（按，说误，参见第一本"楔子"注），多则四句，少则二句，似为简捷。"即演出开场时用以向观众介绍剧情，如今之报幕。王季思云："盖书于纸榜，悬之作场，以示观众，有似于今之海报者。"孰说为是，有待详考。

［点评］

上一折通过联诗，莺莺、张生走完了以心相许的阶段，本折则精雕细刻莺莺的肖像——张生心中眼中莺莺的相貌。

莺莺是戏的第一主角，又是集美丽、聪慧、才艺于一身的大家闺秀，刻画这样的天仙化人，自是不能一蹴而就。剧作家用了三个层次才最终完成对她的肖像描写。金圣叹曰："盖至是而张生已三见莺莺矣。然而春院（按，金氏改"佛殿"为"春院"）乃瞥见也。瞥见，则未成乎其为见也。墙角乃遥见也，遥见，则亦未成乎其为见也。夫两见而皆未成乎其为见，然则至是而张生为始见莺莺矣。是故，作者于此，其用笔皆必致慎焉。其瞥见之文，则曰'尽人调戏''将花笑拈''兜率院''离恨天''这里遇神仙'，都作天女三昧忽然一现之辞。其遥见之文，则曰'遮遮掩掩''小脚难行''行近前来''我甫能见娉婷''真是百媚生'，都作前殿夫人是耶何迟之辞。若至是则始亲见矣，快见矣，饱见矣，竟一日夜见矣。故其文曰'檀口点樱桃''粉鼻倚琼瑶''淡白梨花面''轻盈杨柳腰''满面堆着俏''一团衚是娇'，方作清水观鱼数鳞数鬣之辞。"所谓"前殿夫人"云云，是指远望美人之影影绰绰模糊印象。典出《汉书·外戚传》：汉武帝李夫人卒后，帝思念不已。方士乃夜张灯烛，设帐帷，招致夫人魂魄。帝居别帐，遥望有好女如李夫人之貌而不得近视。帝乃为诗曰："是邪？非邪？立而望之，偏何姗姗其来迟？"

又曰："忽然巧借大师、班首、行者、沙弥皆颠倒于莺莺，以极衬千金惊艳，固是行文必然之事。"（金本）通过张生近距离的观察，写了莺莺眉眼口鼻面庞腰肢等等具体部位的美，也有观察者的总体印象：娇、俏等等；更通过诸僧众看莺莺的表现，以衬托莺莺无与伦比的形貌之美。更奇的是写了一笔莺莺"莺啭乔林"般的哭声。波修斯《论音乐》说："人性之宜，莫过于闻甜美的音乐模式而忘我……人莫不如此。"（引自翁贝托·艾柯《美的历史》62页）戏曲写人之美多从视觉、才情着笔，罕有从听觉着笔者。此却用"耳朵判断"。神奇之笔把莺莺塑造成了栩栩如生的鲜活的人。

至此，女主人公的肖像刻画全部完成。李贽、汤显祖、徐渭说："妙手王维描不出。"是的，这不是莺莺的肖像画或者人物雕塑。绘画与雕塑是把人物瞬间的表情形态固定下来，用以表现人物的性格，却不能表现人物的全部；只能暗示其动态，却不能表现其动态。动态，是一个流动的过程。《西厢记》所创造的莺莺的美是动态的，多面的，容貌、身姿、声音，甚至还有鲜花般的芬芳，也就是化美为媚。"媚就是在动态中的美……因为我们回忆一种动态，比起回忆一种单纯的形状或颜色，一般要容易得多，所以在这一点上，媚比起美来，所产生的效果更强烈。"（莱辛《拉奥孔》130页，朱光潜译，人民文学出版社1979年）比如第一折〔元和令〕写莺莺斜肩拈花微笑，可以入画，可以雕塑，但"尽人调戏"四字则画不出塑不就，因为虽然只有四个字，却表现了一段时间过程中莺莺动作的连续性，包含了她与张生感情交流的过程；再比如，并不是把莺莺的腰肢简单比喻为杨柳，而是比喻为"晚风前"的杨柳，让人在微风中飘拂摆动形态中体认其体态的袅娜旖旎，这便是媚！这甚至摆脱了莺莺扮演者的自身体态而引向诗化想象。而且还不仅仅是把人物各部分的美逐一指给我们看，"他在指出这些美点时，表现出一种令人销魂的陶醉，我们才仿佛觉得自己也在欣赏他所欣赏的那个俊美形象"（《拉奥孔》130页）。情人眼里出西施，剧作家在使每一个读者和观众都成为莺莺的情人。

莺莺的美通过闹斋一折而传播得僧俗皆知，也便埋下了孙飞虎风闻之根，从而拉开了莺莺、张生以身相许阶段情节的序幕。

由庄而谐、由闹热而阒寂则是本折剧场氛围的变化。

西厢记五剧第二本

崔莺莺夜听琴杂剧

第一折

（净扮孙飞虎上开[1]）自家姓孙，名彪，字飞虎。方今上德宗即位[2]，天下扰攘[3]。因主将丁文雅失政[4]，俺分统五千人马，镇守河桥。近知先相公崔珏之女莺莺，眉黛青颦[5]，莲脸生春，有倾国倾城之容，西子太真之颜[6]，见在河中府普救寺借居。我心中想来，当今用武之际，主将尚然不正，我独廉何为？大小三军，听吾号令：人尽衔枚[7]，马皆勒口[8]，连夜进兵河中府，掳莺莺为妻，是我平生愿足！（法本慌上）谁想孙飞虎将半万贼兵[9]，围住寺门，鸣锣击鼓，呐喊摇旗，欲掳莺莺小姐为妻。我今不敢违

孙飞虎道白中提出莺莺"眉黛"等语，后文夫人道白中遂有复述，又引出莺莺〔六幺序〕之〔幺篇〕一曲。《西厢记》在曲白相生方面亦堪称元曲中夺魁之作。

误，即索报知夫人走一遭。（下）（夫人上慌云）如此却怎了？俺同到小姐卧房里商量去。（下）（旦引红上云）自见了张生，神魂荡漾，情思不快，茶饭少进[10]。早是离人伤感，况值暮春天道[11]，好烦恼人也呵！好句有情联夜月，落花无语怨东风。

【仙吕】【八声甘州】恹恹瘦损[12]，早是伤神，那值残春。罗衣宽褪[13]，能消几度黄昏[14]？风袅篆烟不卷帘[15]，雨打梨花深闭门[16]；无语凭阑干[17]，目断行云[18]。

【混江龙】落红成阵[19]，风飘万点正愁人；池塘梦晓[20]，阑槛辞春。蝶粉轻沾飞絮雪[21]，燕泥香惹落花尘。系春心情短柳丝长[22]，隔花阴人远天涯近。香消了六朝金粉[23]，清减了三楚精神[24]。

（红云）姐姐情思不快，我将被儿熏得香香的，睡些儿。（旦唱）

【油葫芦】翠被生寒压绣裍，休将兰麝薰；便将兰麝薰尽，则索自温存。昨宵个锦囊佳制明勾引[25]，今日个玉堂人物难亲近[26]。这些时坐又不安，睡又不稳，我欲待登临又不快[27]，闲行又闷，每日价情思睡昏昏。

毛西河曰："自此至〔寄生草〕曲，总是闺词，然分二截：'恹恹'至'气分'犹多自伤，'往常'至'无人问'则全是怀生矣。王元美称为'骈丽中情语'，何元朗谓'虽李供奉复生，何以加此'，良然。"（毛本）

潘廷章曰："此际言愁，则非闲愁矣，特因伤春而加剧耳。"

〔八声甘州〕〔混江龙〕二曲，用了三"春"字、三"花"字、两"风"字、两"香"字、两"粉"字，既曰"落红"，又曰"落花"。曲之为体，与诗词不同，用字不避重，剧曲、散曲皆然。

【天下乐】红娘呵，我则索搭伏定鲛绡枕头儿上盹[28]，但出闺门，影儿般不离身。

（红云）不干红娘事，老夫人着我跟着姐姐来。（旦云）俺娘也好没意思。

这些时直恁般堤防着人[29]！小梅香伏侍的勤，老夫人拘系的紧，则怕俺女孩儿折了气分[30]。

闲闲两句对话却极为重要，既与游殿时夫人之嘱照应，又为后之"闹简"诸折埋根。莺莺之犹豫猜疑，概由于此。

（红云）姐姐往常不曾如此无情无绪，自曾见了那生，便却心事不宁，却是如何？（旦唱）

【那吒令】往常但见个外人，氲的早嗔[31]；但见个客人，厌的倒褪[32]；从见了那人，兜的便亲[33]。想着他昨夜诗，依前韵，酬和得清新。

【鹊踏枝】吟得句儿匀，念得字儿真，咏月新诗，煞强似织锦回文[34]。谁肯把针儿将线引[35]，向东邻通个殷勤[36]。

写"外人""客人"俱属陪宾，全为衬出"那人"，无数层折跌顿，又只在写"兜的便亲"四字。而这一切又全在为后文张生鼓掌应募做铺垫。

【寄生草】想着文章士，旖旎人。他脸儿清秀身儿俊，性儿温克情儿顺[37]，不由人口儿里作念心儿里印。学得来一天星斗焕文章[38]，不枉了十年窗下无人问[39]。

王世贞曰："眼前事，口头语，信笔连用'儿'字，不妆不饰，使人自识为'旖旎人'。"（起本）

金圣叹曰："作者深悟文章旧有渐度之法，而于是闲闲然先写残春，然后闲闲然写有隔花之一人，然后闲闲然写到前夜酬韵之事。至此却忽然收笔云，身为千金贵人，吾爱吾宝，岂须别人堤备。然后又闲闲然写独与那人'兜的便亲'。要知如此一篇大文，其意原来却只要写得此一句于前，以为后文张生忽然应募、莺莺惊心照眼作地。"（金本）

垫此星斗文章一句，下文作书杜确便不突兀；此言"无人问"，下文便有人问矣——引出穿针引线人孙飞虎。

老夫人爱儿女，并不自私。

（飞虎领兵上围寺科）（下）（卒子内高叫云）寺里人听者：限你每三日内，将莺莺献出来，与俺将军成亲，万事干休。三日之后不送出，伽蓝尽皆焚烧[40]，僧俗寸斩，不留一个。（夫人洁同上，敲门了，红看了云）姐姐，夫人和长老都在房门前。（旦见了科）（夫人云）孩儿，你知道么，如今孙飞虎将半万贼兵，围住寺门，道你眉黛青颦，莲脸生春，似倾国倾城的太真，要掳你做压寨夫人[41]。孩儿，怎生是了也？（旦唱）

【六幺序】听说罢魂离了壳，见放着祸灭身。将袖梢儿揾不住啼痕。好教我去住无因，进退无门。可着俺那埚儿里人急偎亲[42]？孤媚子母无投奔，赤紧的先亡过了有福之人。耳边厢金鼓连天振[43]，征云冉冉，土雨纷纷。

【幺篇】那厮每风闻[44]，胡云，道我眉黛青颦，莲脸生春，恰便似倾国倾城的太真。兀的不送了他三百僧人[45]！半万贼军，半霎儿敢剪草除根。这厮每于家为国无忠信，恣情的掳掠人民。更将那天宫般盖造焚烧尽，则没那诸葛孔明[46]，便待要博望烧屯[47]。

（夫人云）老身年六十岁，不为寿夭；奈孩儿年少，未得从夫[48]，却如之奈何？（旦云）孩儿有一计：想来则是将我与贼汉为妻，庶可免一家儿性命。（夫人哭云）俺家无犯法之男，再婚之女，怎舍得你献与贼汉，却不辱没了俺家谱[49]？（洁云）俺同到法堂两廊下，问僧俗有高见者，俺一同商议个长便[50]。（同到法堂科）（夫人云）小姐，却是怎生？（旦云）不如将我与贼人，其便有五[51]。

【后庭花】第一来免摧残老太君；第二来免堂殿作灰烬；第三来诸僧无事得安存；第四来先君灵枢稳；第五来欢郎虽是未成人，

莺莺爱母怜弟。莺莺心胸，并不只是儿女情长。

（欢云）俺呵，打甚么不紧[52]。（旦唱）

须是崔家后代孙。莺莺为惜己身，不行从着乱军，着僧众污血痕，将伽蓝火内焚，先灵为细尘，断绝了爱弟亲，割开了慈母恩。

【柳叶儿】呀，将俺一家儿不留一个龆龀[53]。待从军又怕辱没了家门，我不如白练套头儿寻个自尽，将我尸榇，献与贼人，也须得个远害全身。

【青哥儿】母亲，都做了莺莺生忿[54]，对傍人一言难尽。母亲，休爱惜莺莺这一身。

莺莺所提三计，极写其惊惶无策之状。由献贼人、自尽而渐渐逼出第三计来。既问计简单情事，也足见文章层次，故事波折。夫人云"此计较可"，"较"字意深，大可关注。

恁孩儿别有一计：

不拣何人，建立功勋，杀退贼军，扫荡妖氛，倒陪家门[55]，情愿与英雄结婚姻，成秦晋[56]。

（夫人云）此计较可。虽然不是门当户对，也强如陷于贼中。长老，在法堂上高叫：两廊僧俗，但有退兵之策的，倒陪房奁，断送莺莺与他为妻[57]。（洁叫了，住[58]）（末鼓掌上云）我有退兵之策，何不问我？（见夫人了）（洁云）这秀才便是前日带追荐的秀才。（夫人云）计将安在？（末云）重赏之下[59]，必有勇夫；赏罚若明，其计必成。（旦背云）只愿这生退了贼者。（夫人云）恰才与长老说下，但有退得贼兵的，将小姐与他为妻。（末云）既是恁的，休謔了我浑家[60]，请入卧房里去，俺自有退兵之策。（夫人云）小姐和红娘回去者。（旦对红云）难得此生这一片好心。

【赚煞】诸僧众各逃生，众家眷谁偢问。这生不相识横枝儿着紧[61]。非是书生多议论，也堤防着玉石俱焚[62]。虽然是不关亲，可怜见命在逡巡[63]。济不济权将秀才来尽[64]。果若有出师表文[65]，吓蛮书信[66]，张生呵，则愿得笔尖儿横扫了五千人。（下）

[注释]

[1] 原无"净扮"二字，据弘治本补。　[2] 今上：当今天子。　[3] 扰攘：动乱，混乱。　[4] 失政：政治混乱失当。　[5] 眉

面对兵乱，《董西厢》里的张生先是嘲笑妇人女子无远见、寺僧游客愚之甚，对长老求助，他又大谈因果，出家人不应以生死为虑，甚至连救助莺莺母女，他都拒绝了："素不往还，救之何益？"最后才以莺莺许配终身为交换条件施以援手。乘人之危以求婚，带有几分痞气。《西厢记》里的张生则是在夫人先提条件，正中下怀才应募的，此方是至诚，方是情痴。

从游殿时的目挑，联吟、闹斋中的顾盼，至此"则愿"，一线贯穿，而"则愿"句更是寄望与托身张生心理的直接表现。

黛：黛为古代妇女画眉用的青黑色颜料，常用来代指妇女眼眉。青鬟：眉青而常蹙。《广韵》："鬟，鬟眉，蹙也。" [6] 西子：春秋时越国美女西施。汉赵晔《吴越春秋·勾践阴谋外传》载：越国被吴国战败，吴王夫差淫而好色，越王勾践用大夫文种计，选美女二人，乃苎罗山鬻薪人之女西施、郑旦，进献吴王，以惑其心。后吴果为越所败。西施有心脏病，常颦眉，人以为美。见《庄子·天运》。太真：名杨玉环，本为寿王妃，出家为女道士，号太真，后被唐玄宗册封为贵妃。　[7] 衔枚：是古代行军打猎及丧礼执引棺绳索时一种禁止喧哗的措施，口中含物叫衔。枚状如箸，两端有绳，结于项后。（见《周礼·夏官·大司马》郑玄注、贾公彦疏）[8] 勒口：犹今言戴嚼子。　[9] 将（jiāng）：率领。《史记·秦始皇本纪》："将军击赵"，唐张守节曰："将，犹领也。" [10] 茶饭：宋元时谓饮食。见《东京梦华录》卷二"饮食果子"。　[11] 天道：犹天气。　[12] "恹（yān）恹"三句：是说本以多愁而消瘦神伤，又因伤春而更加严重。恹恹，萎靡不振的样子。那（nǎ），况，又，更加之意。白云："早是离人伤感，况值暮春天道"，唱云："早是伤神，那值残春"，可证"那"即"况"。　[13] 宽褪（tùn）：宽松。褪亦宽松之意。　[14] "能消"句：本赵令畤〔清平乐〕词："断送一生憔悴，只消几个黄昏。" [15] 篆烟：香烟上升时纡徐盘旋，形如篆字，故称篆烟；也指制作成屈曲盘绕，状如篆字的香。　[16] "雨打"句：语本宋李重元〔忆王孙·春词〕："杜宇声声不忍闻，欲黄昏，雨打梨花深闭门。" [17] "无语"句：意本孙光宪〔临江仙〕："含情无语、延伫倚栏干。" [18] 目断：极目远望。行云：流动的云。　[19] "落红"二句：上句出宋词，秦观〔水龙吟〕："卖花声过尽，斜阳院落，红成阵、飞鸳甃。"贺铸〔木兰花〕："纷纷花雨红成阵，冷酒青梅寒食近。"下句出杜甫诗《曲江》："一片花飞减却春，风飘万点正愁人。"［20］"池塘"二句：感叹春光易逝，是说景色刚刚如谢灵运梦中所得诗句"池塘生春草"，春天便又匆匆逝去。池塘梦，钟嵘《诗品》卷中引《谢氏家录》：谢灵运每面对从弟谢惠连时，作诗就有佳句，"后在永嘉西堂，思诗竟日不就。寤寐间忽见惠连，即成'池塘生春草'。"阑槛，指花圃。　　［21］"蝶粉"句：是说飘飞的柳絮沾在蝴蝶身上，好像是一层雪。蝶粉，蝴蝶身上的鳞粉。《世说新语·言语》："谢太傅（按，谢安）寒雪日内集，与儿女讲论文义。俄而雪骤，公欣然曰：'白雪纷纷何所似？'兄子胡儿（按，谢朗小字）曰：'撒盐空中差可拟。'兄女（按，指谢道蕴）曰：'未若柳絮因风起。'"　　［22］"系春心"二句：是说柳丝虽短，可是连接互相爱慕的情思还不如柳丝长；天涯虽远，但与只隔着一簇花丛的心上人相比，却好像人比天涯更远。上句本杨果〔越调小桃红〕："美人笑道：'莲花相似，情短藕丝长。'"下句本欧阳修〔千秋岁·春恨〕："夜长春梦短，人远天涯近。"　　［23］"香消"句：是说无心梳妆，身上的脂粉香气消失。金粉，铅粉，妇女妆饰用的脂粉。崔豹《古今注》："纣烧铅为粉，名曰胡粉，又名铅粉。萧史炼飞雪丹，与弄玉涂之，后因曰铅华，曰金粉。今水银腻粉是也。"六朝风气奢华，故称六朝金粉。　　［24］"清减"句：意即精神衰减。三楚，战国楚地，古有东西南三楚之分。阮籍《咏怀》有"三楚多秀士"之句，故借三楚之地以写人之精神。　　［25］锦囊佳制：犹言美好的诗句。李商隐《李长吉小传》云：李贺常背一破旧锦囊，骑大驴，跟着个小仆外出，每得佳句即书投囊中。晚上归家则从囊中取出，"研墨叠纸足成之，投他囊中"。　　［26］玉堂人物：玉堂本为汉代位于未央宫内的玉堂殿，时待诏于玉堂殿，遂称学士为玉堂人物。此指张生。唐代改待诏于翰林院。　　［27］登临：登山临水，这里泛指游玩。　　［28］搭伏定：伏在……之上。句本杨果〔仙吕赏花时〕曲："唱道则听得玉漏声频，搭伏定鲛绡枕头儿盹。"鲛绡（jiāo xiāo）：传说居于南海水中之鲛人所织成的细纱（《太平御览》卷八〇三引《博物志》）。任昉《述异记》卷上："南海出鲛绡纱，泉室潜织，一名龙纱，其价百余金，以为服，入水不濡。"这里指鲛绡做的枕头。　[29]直恁般：竟这样。直，竟、居然。堤防：防备，防范。　[30]折了气分（fèn）：丢了光彩，失了体面。气分，光彩、体面、气概。　[31]酝的：亦作晕的、缊地，脸红，脸变色。　[32]厌的：突然，猛的。倒褪（tuì）：后退，倒退。褪字读音与注[13]不同。　[33]兜（dōu）的：陡然、顿时、立刻。　[34]煞强似：更胜过，比……强得多。织锦回文：又名璇玑图，意思是像珠玉一样美好的诗句。回文，是一种纵横反复都可通读的文体，诗词曲都有，此指回文诗。武曌（武则天）《苏氏织锦回文记》：前秦苻坚时，秦州刺史扶风窦滔妻苏氏名蕙，字若兰，窦滔镇守襄阳，苏蕙不与偕行，遂绝音问，"苏氏悔恨自伤，因织锦为回文，五彩相宣，莹心辉目，纵广八寸，题诗二百余首，计八百余言，纵横反覆，皆为文章。其文点画无阙，才情之妙，超今迈古，名曰璇玑图。"《晋书·列女传》所载略有不同。　[35]"谁肯"句：是说谁肯与张生说合婚姻之事。汉刘向《说苑·善说》载孟尝君曰："缕因针而入，不因针而急；嫁女因媒而成，不因媒而亲。"　[36]东邻：指张生。张生搬至寺中，在莺莺东邻。　[37]温（yùn）克：温和恭敬。《诗经·小雅·小宛》："人之齐圣，饮酒温克。"温，郑玄笺："温（蕴）藉自持"，朱熹集传："温恭自持"；克，毛亨传："胜也"，即克制自己的酒风。本指喝了酒还能自我克制，保持温恭仪态。此有文雅温柔之意。　[38]一天星斗焕文章：文章如满天星斗一样灿烂夺目。焕，光彩夺目的样子。杜牧《华清宫》："雷霆驰号令，星斗焕文章。"　[39]十年窗下无人问：元刘祁《归潜志》卷七：南宋疆土狭小，仕进调官往往要等十九年，"故当时有云：古人谓：'十年窗下无人问，一举成名天下知'。今日'一举成名天下知,十年窗下无人问'也。"
这里是十年寒窗苦读,满腹文章之意。王伯良引徐渭云:"'十年'
句,莺莺自语,此只用现成语,'十年窗下'四字俱不着紧。言
此人又俊雅,又着人,又有文学,不由我不爱之也,非以功名显
达期之也。" [40]伽(qié)蓝:梵文僧伽蓝的省称,据《十诵律》
卷五十六,原指修建僧舍之基地,转而为寺院之总称。晋法显《佛
国记》:"名众僧止处,为僧伽蓝。" [41]压寨夫人:语出《新五
代史·唐家人传》:"庄宗攻梁军于夹城,得符道昭妻侯氏,宠专
诸宫,宫中谓之'夹寨夫人'。"戏曲小说中常用指占山为王的寇
盗之妻。 [42]"那塥(guō)儿里"句:王伯良曰:"塥……诸
本皆讹作'窝',非。《冤家债主》剧:'倘有些儿好歹,可着我那
塥里发付!'《王魁负桂英》剧:'哎耶耶也,这塥儿是俺那送行
的田地。'可证。……'塥儿里',犹今俗言这所在、那所在之谓。
'人急偎亲'者,人急迫而相偎傍也。" [43]金鼓:即钟鼓,古代
用来节制军队的进退,击鼓则进,鸣金则退。《吕氏春秋·不二》:
"有金鼓,所以一耳。"一,指统一军队的行动。高诱注:"金,钟
也。击金则退,击鼓则进。" [44]风闻:传闻,听说。 [45]送:
葬送。 [46]则:虽。 [47]博望烧屯:本为刘备事,见《三国
志·蜀书·先主传》:曹操破袁绍,南击刘备。刘备于博望设伏
兵,自烧屯伪遁,夏侯惇追之,为刘备伏兵所破。戏曲小说衍为
诸葛亮火攻夏侯惇,被称为诸葛亮初出茅庐第一功,如元无名氏
杂剧《诸葛亮博望烧屯》,《三国演义》第三十九回"博望坡军师
初用兵"。 [48]从夫:《仪礼·丧服·子夏传》:"妇人有三从之
义,无专用之道,故未嫁从父,既嫁从夫,夫死从子。"后以"从
夫"代指出嫁。 [49]辱没:玷辱。家谱:记载家族世系和人物
事迹的谱籍。辱没家谱,犹言玷辱了家族的清白历史。 [50]长
便:长策,好办法。 [51]便:有利,适宜。 [52]打甚么不

紧：当时口语，不要紧、没什么要紧。"不"字为语中助词，无义。　[53]龆龀（tiáo chèn）：《韩诗外传》卷一谓男孩换牙为龆，女孩换牙为龀："男八月生齿，八岁而龆齿。……女七月生齿，七岁而龀齿。"俞樾《曲园杂纂·韩诗外传》谓男女换齿皆称龀。龆即髫，指垂发。龆龀即垂髫换齿之时，指幼年。剧中代指儿童。　[54]生忿：不孝之意。闵寓五曰："元词多用'生忿'，或用'生分'，皆是戾气之意。或云：'生忿'，忤逆也。祸始于莺而及于母，故自引为己之忤逆。亦得。"　[55]倒陪家门：指不仅不要财礼，反而倒陪送家私财产。家门，家私财产。　[56]成秦晋：结为夫妇。春秋时秦晋两国世通婚姻，后称联姻为成秦晋之好。　[57]断送：打发，送出。　[58]住：停一会儿。犹话剧之"哑场"。　[59]"重赏"二句：《后汉书·耿纯传》李贤注引《黄石公记》："芳饵之下，必有悬鱼；重赏之下，必有死夫。"　[60]浑家：妻子。见钱大昕《恒言录·亲属称谓》。　[61]横枝儿着紧：非亲非故的局外人而能急人之难，分人之忧。王伯良曰："横枝，非正枝也。《传灯录》：道信大师曰：'庐山紫云如盖，下有白气，横分六道，汝等会否？'弘忍曰：'莫是和尚化后，横出一枝佛法否？'诸僧伴既各自逃生，众家眷又无人�问，张生非亲非故，乃曰'我能退兵'，是所谓横枝儿着紧也。"横枝儿，喻不相干的人和事，此指不相干之人。　[62]玉石俱焚：《尚书·胤征》："火炎昆冈，玉石俱焚。"孔安国传："山脊曰冈。昆山出玉，言火逸而害玉。"玉和石头全被烧掉，比喻好的坏的、相干的不相干的同归于烬。　[63]命在逡（qūn）巡：犹命在旦夕。逡巡，顷刻，不一会儿。　[64]济：成。《礼记·乐记》："事早济也。"郑玄注："济，成也。"尽（jǐn）：任凭，由着。将秀才尽，意为让秀才尽先，尽量由着秀才办。　[65]出师表文：三国时蜀相诸葛亮在刘备死后，辅佐后主刘禅，励精图治，兴复汉室，建兴五年（227），诸葛亮率军北驻汉中（今陕西汉中），准备北伐曹魏。出师前上书后主，即《出师表》。　[66]吓蛮书信：唐范传正《唐左拾遗翰林学士李公新墓碑铭》载：天宝初年，玄宗于金銮殿步迎李白："论当世务，草答蕃书，辩如悬河，笔不停缀。"《答蕃书》今不传，后世传为"吓蛮书"。如元杂剧《李太白贬夜郎》、郑光祖《迷青琐倩女离魂》第一折谓"李太白醉写平蛮稿"。小说如《警世通言·李谪仙醉草吓蛮书》、明吴敬所《国色天香》卷三亦有《吓蛮书》。出师表文、吓蛮书信，均指文人用兵退敌之策。

［点评］

本折是剧情的转捩点，是矛盾冲突进入第二阶段的发端。此前，莺莺、张生追求爱情的行为既不合礼又不合法，完全处于被动状态，只能在暗中进行。孙飞虎兵变，张生得施救护之恩，母有成言，莺莺、张生遂有丝萝之义。爱情，在不合法中取得了一定合法性，在不合礼中具有了一定的合礼因素。这是莺莺、张生争取自主婚姻的一个冠冕堂皇的借口，所以李卓吾说"老孙来替老张作伐了"，徐渭说"莺莺的媒人到了"。从此，他们反抗家长包办婚姻的力度加强了，叛逆的步伐迈动得更大胆了。在上一本完成了以心相许的阶段后，从此便转向了争取以身相许的新进程。新的阶段，戏剧冲突是在莺莺与张生、红娘之间展开的，表现为企望效鸾凤与家规家法及礼教戒律之间的矛盾。

从戏剧结构说，使开场所言"路途有阻"具体化了；又有承上启下的作用。孙飞虎上场前是承上，写莺莺对张生深情忆念。金圣叹说："莺莺之于张生，前于酬韵夜，本已默感于心，已又于闹斋日，复自明睹其人，此真所谓口虽不吐，而心无暂忘也者。"而且又由以前对爱情的追求，变成了对不能成就永好的苦闷（〔混江龙〕〔油葫芦〕）；变成了对受拘束，不自由的怨望（〔天下乐〕），也有着对美满姻缘的憧憬（〔鹊踏枝〕）。承上之中又潜启下文，金圣叹说："作者深悟文章旧有移就之法，因特地于未闻警前，先作无限相关心语，写得张生已是莺莺心头之一滴血，喉头之一寸气，并心并胆，并身并命。殆至后文，则只须顺手一点，便将前文无限心语，隐隐然都借过来。"都是为寄望张生退贼做铺垫。

所谓启下，便是由此提出新的悬念：如何能够成就姻缘；对莺莺的第三计，老夫人云"此计较可"，"较"者相对于前二计可也，并非完全满意之谓，这又埋下赖婚之根。

这也是刻画张生的重要一笔。《论语·泰伯》记曾子曰："临大节而不可夺也——君子人与？君子人也。"宋黄庭坚也说："视其平居，无以异于俗人，临大节而不可夺，此不俗人也。"（《山谷集·书嵇叔夜诗与侄榎》）要了解一个人的品格，最好是看他关键时刻的行动。危难之际张生挺身献破贼之计——君子人也！

楔　子[1]

（夫人云）此事如何？（末云）小生有一计，先用着长老。（洁云）老僧不会厮杀，请秀才别换一个。（末云）休慌，不要你厮杀。你出去与贼汉说："夫人本待便将小姐出来，送与将军，奈有父丧在身。不争鸣锣击鼓[2]，惊死小姐，也可惜了。将军若要做女婿呵，可按甲束兵，退一射之地。限三日功德圆满[3]，脱了孝服，换上颜色衣服，倒陪房奁，定将小姐送与将军。不争便送来，一来父服在身，二来于军不利。"你去说来。（洁云）三日如何？（末云）有计在后。（洁朝鬼门道叫科[4]）请将军打话[5]。（飞虎卒上云）快送出莺莺来！（洁云）将军息怒。夫人使老僧来与将军说。（说如前了）（飞虎云）既然如此，限你三日后若不送来，我着你人人皆死，个个不存。你对夫人说去：恁的这般好性儿的女婿，教他招了者！（洁云）贼兵退了也，三日后不送出去，便都是死的。（末云）小子有一故人，姓杜，名确，号为白马将军，见统十万大兵，镇守着蒲关。一封书去，此人必来救我。此间离蒲关四十五里，写了书呵，怎得人送去？（洁云）若是白马将军肯来，何虑孙飞虎！俺这里有一个徒弟，唤作惠明，则是要吃酒厮打。若使央他去，定不肯去；须将言语激着他，他便去。（末唤云）有书寄与杜将军，谁敢去？谁敢去？（惠明上云）我敢去[6]！

【正宫】【端正好】不念《法华经》[7]，不礼《梁皇忏》[8]，殿了僧伽帽[9]，袒下我这偏衫[10]，杀人心逗起英雄胆，两只手将乌龙尾钢椽揝[11]。

【滚绣球】非是我贪，不是我敢，知他怎生唤做打参[12]，大踏步直杀出虎窟龙潭。非是我搀[13]，不是我揽，这些时吃菜馒头委实口淡，五千人也不索炙煿煎熬[14]。腔子里热血权消渴，肺腑内生心且解馋，有甚腌臜[15]！

【叨叨令】浮沙羹宽片粉添些杂糁[16]；酸黄齑烂豆腐休调啖[17]。万余斤黑面从教暗[18]，我将这五千人做一顿馒头馅。是必休误了也么哥[19]，休误了也么哥！包残余肉把青盐蘸[20]。

（洁云）张秀才着你寄书去蒲关，你敢去么？（惠唱）

【倘秀才】你那里问小僧敢去_{也那}不敢，我这里启大师用咱_也不用咱。你道是飞虎将声名播斗南[21]；那厮能淫欲，会贪婪，诚何以堪[22]！

（末云）你是出家人，却怎不看经礼忏，则厮打为何？（惠唱）

【滚绣球】我经文_也不会谈，逃禅_也懒去参[23]；戒刀头近新来钢蘸[24]，铁棒上无半星儿土渍尘缄。别_的都僧不僧、俗不俗、女不女、男不男，则会斋_的饱_也则向那僧房_中胡渰[25]，那里怕焚烧了兜率伽蓝。则为那善文能武人千里，凭着这济困扶危书一缄，有勇无惭[26]。

（末云）他倘不放你过去，如何？（惠云）他不放我呵，你放心。

【白鹤子】着几个小沙弥把幢幡宝盖擎[27]，壮行者将捍棒镬叉担[28]。你排阵脚将众僧安[29]，我撞钉子把贼兵来探[30]。

【二】远的破开步将铁棒颩[31]，近的顺着手把戒刀钐[31]；有小的提起来将脚尖蹴[32]，有大的扳下来把髑髅勘[33]。

【一】瞅一瞅古都都翻了海波[34]，混一混厮琅琅振动山岩；脚踏得赤力力地轴摇，手扳得忽刺刺天关撼[35]。

【耍孩儿】我从来驳驳劣劣[36]，世不曾忑忑忐忐[37]，打熬成不厌天生敢[38]。我从来斩钉截铁常居一[39]，不似怎惹草拈花没掂三[40]。劣性子人皆慘[41]，舍着命提刀仗剑，更怕甚勒马停骖[42]。

【二】我从来欺硬怕软，吃苦不甘[43]，你休只因亲事胡扑俺[44]。若是杜将军不把干戈退[45]，张解元干将风月担，我将不志诚的言词赚。倘或纰缪[46]，倒大羞惭[47]。

（惠云）将书来，你等回音者。

【收尾】恁与我助威风擂几声鼓，仗佛力呐一声喊。绣旗下遥见英雄俺，我教那半万贼兵唬破胆。（下）

（末云）老夫人、长老都放心，此书到日，必有佳音。咱眼观旌节旗[48]，耳听好消息。你看一封书札逡巡至，半万雄兵咫尺来[49]。（并下）（杜将军引卒子上开）林下晒衣嫌日淡，池中濯足恨鱼腥[50]；花根本艳公卿子[51]，虎体原班将相孙。自家姓杜，名确，字君实，本贯西洛人也。自幼与君瑞同学儒业，后弃文就武，当年武举及第，官拜征西大将军，正授管军元帅，统领十万之众，镇守着蒲关。有人自河中来，听知君瑞兄弟在普救寺中，不来望我；着人去请，亦不肯来，不知主甚意。今闻丁文雅失政，不守国法，剽掠黎民。我为不知虚实，未敢造次兴师[52]。孙子曰[53]："凡用兵之法，将受命于君[54]，合军聚众[55]，圮地无舍[56]，衢地交合[57]，绝地无留[58]；围地则谋[59]，死地则战[60]；途有所不由[61]，军有所不击[62]，城有所不攻[63]，地有所不争[64]，君命有所不受[65]。故将通于九变之利者[66]，知用兵矣。治兵不知九变之术[67]，虽知五利[68]，不能得人用矣[69]。"吾之未疾进兵征讨者，为不知地利浅深出没之故也。昨日探听去，不见回报。今日升帐，看有甚军情，来报我知道者。（卒子引惠明和尚上开）（惠明云）我离了普救寺，一日至蒲关，见杜将军走一遭。（卒报科）（将军云）着他过来！（惠打问讯了云）贫僧是普救寺僧[70]。今有孙飞虎作乱，将半万贼兵，围住寺门，欲劫故臣崔相国女为妻。有游客张君瑞奉书，令小僧拜投于麾下[71]，欲求将军以解倒悬之危[72]。（将军云）将过书来。（惠投书了）（将军拆书念曰）"珙顿首再拜大元帅将军契兄纛下[73]：伏自洛中[74]，拜违犀表[75]，寒暄屡隔，积有岁月，仰德之私[76]，铭刻如也。忆昔联床风雨[77]，叹今彼各天涯；客况复生于肺腑，离愁无慰于羁怀[78]。念贫处十年藜藿[79]，走困他乡；羡威统百万貔貅[80]，坐安边境。故知虎体食天禄，瞻天表[81]，大德胜常；使贱子慕台颜[82]，仰台翰[83]，

大谈兵法会使戏剧进展停滞，舞台场面呆板，观众昏昏欲睡。实为赘笔。

李卓吾曰："书柬可厌。"（容本）

寸心为慰。辄禀：小弟辞家，欲诣帐下，以叙数载间阔之情；奈至河中府普救寺，忽值采薪之忧[84]。不期有贼将孙飞虎，领兵半万，欲劫故臣崔相国之女，实为迫切狼狈。小弟之命，亦在逡巡。万一朝廷知道，其罪何归？将军倘不弃旧交之情，兴一旅之师，上以报天子之恩，下以救苍生之急；使故相国虽在九泉[85]，亦不泯将军之德。愿将军虎视去书，使小弟鹄观来旌[86]。造次干渎[87]，不胜惭愧。伏乞台照不宣[88]。张珙再拜[89]。二月十六日书"（将军云）既然如此，和尚你行，我便来。（惠明云）将军是必疾来者[90]。（将军云）虽无圣旨发兵，将在军，君命有所不受。大小三军，听吾将令：速点五千人马，人尽衔枚，马皆勒口，星夜起发，直至河中府普救寺，救张生走一遭。（飞虎引卒子上开）（将军引卒子骑竹马调阵拿绑下[91]）（夫人洁同末上云）下书已两日，不见回音。（末云）山门外呐喊摇旗，莫不是俺哥哥军至了？（末见将军了）（引夫人拜了）（将军云）杜确有失防御，致令老夫人受惊，切勿见罪是幸。（末拜将军了）自别兄长台颜，一向有失听教。今得一见，如拨云睹日。（夫人云）老身子母，如将军所赐之命，将何补报？（将军云）不敢，此乃职分之所当为。敢问贤弟：因甚不至戎帐？（末云）小弟欲来，奈小疾偶作，不能动止[92]，所以失敬。今见夫人受困，所言退得贼兵者，以小姐妻之，因此愚弟作书请吾兄。（将军云）既然有此姻缘，可贺，可贺！（夫人云）安排茶饭者。（将军云）不索。倘有余党未尽，小官去捕了，却来望贤弟。左右那里，去斩

对杜确面提亲事，张生机警周到，既表现与杜确的兄弟情谊，又为杜确斥恒主婚伏线。

孙飞虎去！（拿贼了）本欲斩首示众，具表奏闻，见丁文雅失守之罪。恐有未叛者，今将为首各杖一百，余者尽归旧营去者！（孙飞虎谢了下）（将军云）张生建退贼之策，夫人面许结亲，若不违前言，淑女可配君子也[93]。（夫人云）恐小女有辱君子。（末云）请将军筵席者！（将军云）我不吃筵席了，我回营去，异日却来庆贺。（末云）不敢久留兄长，有劳台候[94]。（将军望蒲关起发）（众念云）马离普救敲金镫，人望蒲关唱凯歌。（下）（夫人云）先生大恩，不敢忘也。自今先生休在寺里下，则着仆人寺内养马，足下来家内书院里安歇[95]。我已收拾了，便搬来者。到明日略备草酌，着红娘来请你，是必来一会，别有商议。（末云）这事都在长老身上。（问洁云）小子亲事，未知何如？（洁云）莺莺亲事，拟定妻君[96]。只因兵火至，引起雨云心。（下）（末云）小子收拾行李，去花园里去也！（下）

夫人之言，内藏心机。

"别有商议"，心机再显。

〔附录〕
凌濛初本第二本解证：
楔子　历考诸剧，楔子止用〔仙吕赏花时〕，或一或二，及〔仙吕端正好〕一曲耳。此独竟以〔正宫〕诸曲演而成套，若另为一折然者。此因欲写惠明之壮勇，难以一调尽，而为此变体耳。近本竟去'楔子'二字，则此剧多一折；若并前〔八声甘州〕为一，则一折二调，尤非体矣。

【仙吕】【赏花时】_{那厮}掳掠黎民德行短，_{将军}镇压边庭机变宽。_他弥天罪，_有百千般，_若将军不管，纵贼寇骋无端。

【幺】_{便是你}坐视朝廷_将帝主瞒，_{若是}扫荡妖氛_着百姓欢，干戈息，大功完，歌谣遍满，名誉到金銮。

此亦楔子也。楔子无重见，且一人之口，必无再唱楔子之体。周宪王故是当家手，必不出此，定系俗笔。徐以前后白多，去之觉冷淡，而姑存之。不知剧体正套前后，原不妨白多者。王伯良去之为是。

[注释]

[1] 楔子：第二本之楔子，应为一折。"楔子"只起序幕和过场的作用，戏剧冲突之发展不宜放在楔子里进行，且不唱套曲。一本五折之剧不为罕见，而楔子唱套曲者，仅此一处，故应视为一折。　[2] 不争：用于句首，与"若是"义同。　[3] 功德：做善事，如念佛、诵经、布施等为功，得福报为德。智𫖮《仁王经疏》卷上："施物名功，归己曰德。"《胜鬘经宝窟》卷上："恶尽言功，善满曰德。又，德者得也，修功所得，故名功德。"功德圆满，指做佛事结束。　[4] 鬼门道：戏台上左右两边剧中人的上场门和下场门。因为所演多为古人古事，故称鬼门道或古门道。丹丘先生论曲云："构肆中戏房出入之所，谓之'鬼门道'，言其所扮者皆已往昔人，出入于此，故云'鬼门'。愚俗无知，以置鼓于门，改为'鼓门道'，又讹而为古，皆非也。苏东坡诗有云：'搬演古人事，出入鬼门道。'"但元剧中已写作"古门"，可见由来已久。"论曲"所

引苏轼诗，今本苏集未见，不知何据。　[5]打话：对话。　[6]"（惠明上云）我敢去"，原无，据弘治本补。　[7]法华经：佛经名，为《妙法莲华经》的简称。妙法，是指所说教法微妙无上；莲华，喻经典洁白美丽如莲花。　[8]梁皇忏：《释氏稽古史略》卷二载，梁武帝夫人郗氏酷妒，死后通梦于帝求救拔，帝为制《慈悲道场忏法》十卷，请僧忏礼。夫人化为天人，空中谢帝而去。其《忏法》行于世，曰《梁皇忏》。不礼《梁皇忏》，这里是不念经之意。　[9]飑（diū）：抛掷，甩。钱南扬曰："闵寓五《注》：'飑，音丢；义同。'案：元杨朝英《朝野新声太平乐府》马致远《借马》套〔三煞〕：'休教鞭飑着马（眼），休教鞭擦着毛衣。'倘作'丢'解，义不可通。盖'飑'者，犹南方人的言甩，与丢义异，《字汇补》云：'飑，巴收切。'闵注音义俱欠正确。"（见钱注《南柯记·漫遣》）[10]偏衫：为开脊接领，斜披于左肩上的僧人法衣。宋释赞宁《僧史略·服章法式》云："后魏宫人见僧自恣，偏袒右肩，乃施一肩衣，号曰偏衫。"　[11]"两只手"句：王伯良曰："乌龙尾钢椽，谓铁裹头棍也。北人以握为撦。"乌龙尾，比喻棍之威力有如乌龙尾。　[12]打参：打谓打坐，指佛教徒跏趺而坐，使心入定；参，见第一本第一折注。　[13]搀：抢，争。　[14]炙煿（bó）煎爁（lǎn）：都是烹调的方法，四字连用即对食物进行加工制作的意思。炙，烤；煿，爆；煎，炒；爁，炖。　[15]腌臜（ā zā）：不洁。宋赵叔向《肯綮录》："不洁曰腌臜。"　[16]"浮沙羹"句：都指佛教徒的素食品。以米和羹谓之糁（sǎn），杂糁，似指菜粥。　[17]酸黄齑（jī）：酸菜。休调（tiáo）唉：不要调和了酸菜、豆腐给我吃。凌濛初曰："'休调唉'，言休调此等与我吃，我待将吃人肉馒头也。俗本俱作'淡'，误。"　[18]"万余斤"句：只管用万余斤黑面去做馒头，面黑就让他黑去。从教，任从、听凭。暗，指面之黑。　[19]也么哥：表惊叹的语助词，无义。用叠句"也么哥"为〔叨叨令〕定格，可不管文理为之。唯"么哥"二字平平韵，其他则须押仄韵。　[20]"包残"句：把做包子剩下的人肉，蘸着盐吃。　[21]声名播斗南：犹名声扬天下。斗南，北斗星以南，指普天下。　[22]诚何以堪：实在让人不能忍受之意。王伯良曰："'诚何以堪'，言人不堪之也。惠明言：你每不须看得孙飞虎是件大事，便如此慌张。你怕我不去，我只怕你不用我耳。你闻得飞虎之名，便自畏缩，不知他贪淫之甚，人皆不堪其毒而欲划除他，即甚猖獗，何足惧哉！"　[23]逃禅懒去参：懒得去学佛参禅。禅，梵语禅那的略称，即一心审考的意思。息虑凝心地思考，参悟佛法叫参禅。逃禅，本指逃出禅戒，不去参禅。杜甫《饮中八仙歌》："苏晋长斋绣佛前，醉中往往爱逃禅。"清胡鸣玉《订讹杂录·逃禅》云："逃禅……是逃而出，非逃而入。王嗣奭云：醉酒而悖其教，故曰逃禅。后人以学佛者为逃禅，误矣。"一说，逃即逃避世事，禅即皈依佛法。此以学佛法为逃禅。　[24]戒刀：僧人所带的月头小刀。《释氏要览》曰："《僧史略》云：戒刀皆是道具。按律，许蓄月头刀子，为割衣故。今比丘蓄刀名戒者，盖佛不许斫截一切草木、坏鬼神村故。草木尚戒，况其他也！"钢蘸：淬水，使刀刃锋利。　[25]斋：此作动词，吃斋。胡涾（yān）：犹今言装傻，或不干正经事。　[26]有勇无惭：《俱舍论》卷四："于所造罪，自观无耻，名曰无惭。"佛教把做了坏事而不感到羞耻叫无惭。此谓勇敢而无所羞愧。　[27]幢（chuáng）幡：幢又作宝幢、天幢、法幢，为旗帜的一种，长片状者为幡，圆桶状者称幢。表示佛统率众生制伏众魔之意。幢幡连称，其意为幡。宝盖：悬于佛菩萨及讲师读师高座上的圆筒形丝帛制成之伞盖，饰有宝玉。《无量寿经》卷上："妙珍华香，缯盖幢幡，庄严之具。"　[28]捍棒：棍棒。镬（huò）叉：金属器杖。　[29]阵脚：本指战阵阵形的前列，此指战斗队列。如"阵脚大乱""稳住阵脚"。　[30]撞钉子：喻自己像尖钉楔进物体一样，向叛军冲去。　[31]钐（shàn）：砍，劈。王伯良曰："钐，斩去之谓，作活字用。古注作大镰解，非。"　[32]跰（zhuàng）：踢。王伯良曰："跰，蹴也。系俗字，字书无之，古本作'撞'。"　[33]髑髅（dú lóu）：指头。《广雅》："颡颅谓之髑髅。"凌濛初曰："髑髅，今人詈人之头犹云。"勘：凌濛初曰："勘，即砍，元人每用之。"　[34]"瞅一瞅"二句：毛西河曰："瞅，怒目也；滉，犹荡，即摇也。勿作'唾'。与《昊天塔》剧'瞅一瞅赤力力的天摧地塌''摇一摇厮琅琅振动了琉璃瓦'语又同。"古都都，水波翻动声；厮琅（láng）琅，山岩振动声。　[35]天关：天门，为日月星辰所行之道。李白《太白山》："太白与我语，为我开天关。"　[36]驳驳劣劣：莽撞、粗鲁。王伯良谓"莽憨好杀也"。　[37]世不曾：从来不曾。　[38]打熬：犹锻炼、磨炼。不厌：不满足，不安分。《集韵》："厌，足也。"天生敢：天生勇敢。　[39]斩钉截铁：喻做事果断，不犹豫。常居一：常数第一。　[40]没掂三：《董西厢》梦凤楼批注："没掂三，不着紧要意。"（暖红室本）本句与上句为对文，没掂三即斩钉截铁之反，犹豫，拿不定主意。　[41]惨：《方言》："惨，憎也。"有愁怕的意思。　[42]勒马停骖（cān）：此应"不让你过去，如何"语，言我舍命提刀仗剑，还怕孙飞虎拦挡使我停马不得过耶？勒，拉缰止马；骖，周代人四马驾车，中间驾辕的马叫服，两边的马叫骖。马与骖互文，则骖即泛指马。　[43]吃苦不甘：吃苦的不吃甜的，与"欺硬怕软"同义。顾学颉、王学奇《元曲释词》云："意谓甘愿吃苦。'不'字是以反语起加重语气的作用。"可备一说。　[44]扑俺：亦作扑掩、扑揞。王季思云："扑揞、扑掩，并即博掩，博为博塞，掩则意钱也。《后汉书·王符传》：'或以游博持掩为事。'注：'掩，谓意钱也。'《梁冀传》：'少为蹴踘意钱之戏。'注：'即掷钱也。《纂文》："扑掩，俗谓之射数，或云射意也。'盖扑掩者掷钱以射正反面之数而博胜负，故掷钱亦即射数、射意。本文以扑掩为猜测，盖其引伸之义。" [45]"若是"三句：意谓如果书至而杜将军不来杀退贼兵，那张生就白盼望与莺莺成婚了，我也等于用不诚实的话来骗人了。风月，风花雪月，此指男女情爱之事。赚（zuàn），骗人。《正字通》："赚，俗谓相欺诳曰赚。" [46]纰缪（pī miù）：差错，此作动词。 [47]倒大：绝大。毛西河曰："倒大，绝大也。《误入桃源》剧：'倒大来福分。'" [48]"眼观"二句：为宋元以来戏曲小说习用语，指等待胜利捷报，也指等待某事之成功。戏曲如《张协状元》第二十出、小说如《清平山堂话本·瑞仙亭》等均用之。旌（jīng）节旗，亦作旌捷旗，泛指出使出征所持之符节旗帜。 [49]咫（zhǐ）尺：比喻距离很近。咫为古代长度单位，周尺八寸，合今市尺六寸余。 [50]濯（zhuó）足：洗足。 [51]"花根"二句：意谓杜确出身高贵，如花之艳丽来自其根，虎体斑纹天生自有。班，通斑，虎纹。"原班"，原作"鸳班"，与"本艳"失对，据闵寓五《会真六幻》本改。 [52]造次：轻率，仓猝，轻易。 [53]孙子：春秋末期吴国军事家孙武，有《孙子兵法》十三篇。下面一段话出自其中的《九变篇》。以下注释所引某曰，出自《孙子十家注》。 [54]将受命于君：将帅从国君那里接受命令。 [55]合军聚众：集合军队。梅尧臣曰："聚国之众，合以为军。"张预曰："合国人以为军，聚兵众以为阵。" [56]圮（pǐ）地无舍：低下易为水淹之地不能安营扎寨。曹操曰："水毁曰圮。"李筌曰："地下曰圮，行必水淹也。" [57]衢（qú）地交合：四通八达之地要结交邻国以为救援。李筌曰："四通曰衢，结诸侯之交地也。"张预曰："四通之地，旁有邻国，先往结之，以为交援。" [58]绝地无留：危绝之地不可久留。所谓危绝，可有多种因素造成，李筌曰：

"地无泉井畜牧采樵之处为绝地，不可留也。"贾林曰："溪谷坎险，前无通路曰绝，当速去无留。"　[59]围地则谋：容易被包围之地则要设计谋。贾林曰："居四险之中曰围地。敌可往来，我难出入。居此地者，可预设奇谋，使敌不为我患，乃可济也。"　[60]死地则战：处于力战则生否则即亡之地，要进行殊死战斗。李筌曰："置兵于必死之地，人自为私斗，韩信破赵，此是也。"何氏（按，名延锡）曰："此地速为死战则生，若缓而不战，气衰粮绝，不死何待也？"　[61]途有所不由：有的道路是不能走的，如险隘之路、道虽近而于军不利之路、可能有敌兵埋伏之路等。　[62]军有所不击：有些敌军是不能进攻的。杜牧曰："盖以锐卒勿攻、归师勿遏、穷寇勿迫、死地不可攻，或我强敌弱，敌前军先至，亦不可击，恐惊之退走也。言有如此之军，皆不可击。"　[63]城有所不攻：有的城邑不必攻打，如："城小而固，粮饶，不可攻也。""臣忠义重秉命坚守者，亦不可攻也。""城非控要，虽可攻，然惧于钝兵挫锐，或非坚实而得士死力，又克虽有期，而救兵至，吾虽得之，利不胜其所害也。""拔之而不能守，委之而不为患，则不须攻也。"　[64]地有所不争："小利之地，方争得而失之，则不争也。""言得之难守，失之无害。""得之不便于战，失之无害于己，则不须争也。"　[65]君命有所不受：指国君那些不符合战地情况的命令可以不接受。曹操曰："苟便于事，不拘于君命也，故曰不从中御。"　[66]通：精通，懂得。九变：指用兵的各种变化法则。　[67]治兵：统帅军队，指挥军队。　[68]五利：指"圮地无舍"等五条好处。　[69]不能得人用：不能充分发挥军队的作用。　[70]句末"僧"字，原无，据王伯良本补。　[71]麾（huī）下：麾为古代将帅指挥军队的旗帜。主帅的麾旗之下，即部下，是说不敢直接呈书给将帅而投书于其部下，于是麾下又成为对将帅的敬称。　[72]倒悬：人被倒挂，喻处境危急。　[73]顿首：周礼九拜之一，以头叩地。《周礼·春官·大祝》："一曰稽首，二曰顿首。"郑玄注："稽首拜，头至地也；顿首拜，头叩地也。"贾公彦疏："顿首者，为空首之时引头至地，首顿地即举，故名顿首；……稽，稽留之字，头至地多时则为稽首也。……稽首，拜中最重，臣拜君之拜；二曰顿首者，平敌自相拜之拜。"顿首用于书信的开头或结尾，表示敬礼的意思。契兄，结义之兄。纛（dào）下：纛为古代军队的大旗，纛下相当于今之"阁下"。　　[74]伏：敬词，同伏维、伏以。用在下对上、卑对尊、幼对长的场合，表示以卑承尊的敬畏，有伏俯为敬之意。　　[75]犀表：《史记·张仪列传》裴骃集解引司马彪曰："犀首，魏官名，若今虎牙将军。"故以"犀表"指武将的仪表，表示尊敬赞扬。　　[76]仰：表示敬慕之词。德：恩泽好处。私：内心感情。　　[77]联床风雨：风雨之夜，联床倾心交谈，表现亲友或兄弟相聚的情谊。　　[78]羁（jī）怀：作客他乡的心情。羁，寄居作客，《广雅·释诂三》："羁，寄也。"　　[79]藜藿（lí huò）：藜为野菜，藿为豆叶，藜藿代指粗淡的饭食。　　[80]貔貅（pí xiū）：本为古代猛兽名，后用来代指军队。　　[81]天表：皇帝容颜。　　[82]台颜：犹尊面。台，本为星名，即三台，古以三台比三公，故用为对他人的敬称，如兄台、台安等。　　[83]台翰：犹尊函。翰指书信，《正字通》："翰，书词也。"　　[84]采薪之忧：生病的婉称。采薪，打柴。《孟子·公孙丑下》："昔者有王命，有采薪之忧不能造朝。"朱熹注："采薪之忧，言病不能采薪。"　　[85]九泉：地有九重故称地下曰九泉，墓于地下，亦称坟墓为九泉。　　[86]鹄（hú）观来旄（máo）：意即盼望大军到来。鹄为天鹅，其颈长，引颈而望曰鹄观、鹄望，状急切盼望之状。旄，古时旗杆头上用旄牛尾装饰，故以旄代指旌旗。《说文》段玉裁注："旄，以牦牛尾注旗竿，故谓此旗为旄，因而谓牦牛尾曰旄，谓牦牛曰旄牛，名之相因者也。"旄牛，即牦牛。　　[87]干渎（dú）：

冒犯。　　[88]台照：犹台鉴。不宣：不尽，不一一细说，多用于书信结尾。王士禛《香祖笔记》：“宋人书问，自尊与卑曰不具，以卑上尊曰不备，朋友交驰曰不宣。见《东轩笔录》。”　　[89]再拜：拜而又拜，本指一种礼节。古人的拜，仅拱手弯腰而已，有如今之揖。“再拜”用于信末，表示敬意。　　[90]弘治本、徐渭本此有惠明所唱〔仙吕赏花时〕及〔幺〕篇二曲。依凌濛初本，附于正文之后。　　[91]骑竹马调阵：指演出时剧中人骑着竹马对阵开打。竹马，以竹竿作为代表马的道具，今以马鞭代马。　　[92]动止：复词偏义，取行动义。　　[93]淑女：犹言好姑娘。《诗经·周南·关雎》：“窈窕淑女，君子好逑。”毛亨曰：“淑，善。”朱熹集传云：“女者，未嫁之称。”　　[94]台候：敬辞，此处为尊驾、大驾之意。　　[95]足下：对人的敬称。晋公子重耳流亡在外，介之推曾割股肉给重耳吃。重耳返晋，是为晋文公。介之推隐居林中，晋文公烧林以求其出，介之推抱树被烧而死，“文公拊木哀绝，伐而制屐。每怀割股之功，俯视其屐曰：‘悲乎，足下！’‘足下’之称将起于此。”（刘敬叔《异苑》卷十）本来上级、同辈皆可用（《史记·秦始皇本纪》：“足下骄恣”），后来专用于对同辈的敬称。　　[96]拟（nǐ）定：一定，必定。

[点评]

从兵变事件本身来说，下书事极为重要，如李渔所言：“其余枝节，皆从此一事而生——夫人之许婚、张生之望配、红娘之勇于作合、莺莺之敢于失身，与郑恒之力争原配而不得，皆由于此。”（李渔《闲情偶寄·词曲部·结构第一·立主脑》）若从“戏”来说，则此内容，一过场戏即可。而作者竟洋洋洒洒写成一篇大文者，只为惠明一人。虽仅一折戏，惠明和尚的形象却能活脱如生，李卓吾曰：“描写惠明处，令人色壮。”

从《西厢记》的整个情调和剧场氛围说，在一派儿女情长的婉丽之中，突现此金戈铁马的杀伐之音，卿我尔汝的柔情蜜意之时，忽有惊心动魄的刀光剑影，实属变调。汤显祖评："两下只一味寡相思，到此便没趣味。突忽地孙彪出头一搅，惠明当场一轰，便助崔张几十分情兴。"金圣叹谓之"羯鼓解秽之法"："斗然从他递书人身上，凭空撰出一莽惠明，以一发泄其半日笔尖呜呜咽咽之积闷……便是此一副奇笔，便使通篇文字立地焕若神明。"可见王实甫是写风月儿女的天才，也是写铁血豪侠的圣手，"实甫香艳豪迈，无所不可"（陈栋《北泾草堂曲论》）。

本套是用险韵的名曲。王骥德曰："作曲好用险韵，亦是一僻。须韵险而语极俊，又极稳妥，方妙。《西厢》之'不念《法华经》、不礼《梁王忏》'及'彩笔题诗、回文织锦'（按，系第三本第四折〔斗鹌鹑〕套曲），何语不俊？何韵不妥？"（《曲律·论险韵第二十八》）李渔《闲情偶寄》卷二谈音律专门有"廉监宜避"一款，说"侵寻""监咸""廉纤"三韵属险韵，尤其是"监咸"与"廉纤"宜避用，"以其一韵之中可用者不过数字，余皆险僻艰生，备而不用者也。""惟才大如天之王实甫能用，以第二人作《西厢》，即不敢用此险韵矣。"惠明所唱即"监咸"韵，第三本第四折红娘所唱〔斗鹌鹑〕套即"侵寻"韵。

本折净场前有两点值得注意：一是张生、杜确重提退贼者以莺妻之的承诺，此是重要关目，与后文大有关系，特为强调，提醒注意；二是老夫人"恐小女有辱君子""别有商议"云云，已为后文赖婚变卦伏线。看似闲闲叙来，却是熟谙舞台规律的老到笔墨。针线之细密，令人赞叹。

第二折

只言酬劳而不及婚事，其意可知。

一段道白两问红娘不来，急切盼望如热锅蚂蚁，写尽张生神理。

为张生叙功，便是强调莺莺、张生婚姻的合理性、正当性，为主要矛盾冲突造势。

从张生之功言婚事必成。

（夫人上云）今日安排下小酌，单请张生酬劳。道与红娘，疾忙去书院中请张生，着他是必便来，休推故[1]。（下）（末上云）夜来老夫人说，着红娘来请我，却怎生不见来？我打扮着等他，皂角也使过两个也[2]，水也换了两桶也，乌纱帽擦得光挣挣的[3]，怎么不见红娘来也呵？（红娘上云）老夫人使我请张生，我想若非张生妙计呵，俺一家儿性命难保也呵！

【中吕】【粉蝶儿】半万贼兵，卷浮云片时扫净，俺一家儿死里逃生。舒心的列山灵[4]，陈水陆，张君瑞合当钦敬。当日所望无成，谁想一缄书到为了媒证[5]。

【醉春风】今日个东阁玳筵开[6]，煞强如西厢和月等。

薄衾单枕有人温，早则不冷，冷。受用足宝鼎香浓^[7]，
绣帘风细，绿窗人静。

可早来到也。

【脱布衫】幽僻处可有人行^[8]？点苍苔白露泠泠^[9]。
隔窗儿咳嗽了一声。

（红敲门科）（末云）是谁来也？（红云）是我。

他启朱唇急来答应。

（末云）拜揖小娘子。（红唱）

【小梁州】则见他叉手忙将礼数迎^[10]，我这里"万
福，先生"。乌纱小帽耀人明，白襕净^[11]，角带
傲黄鞓^[12]。

【幺篇】衣冠济楚庞儿整^[13]，可知道引动俺莺莺。
据相貌，凭才性，我从来心硬，一见了也留情。

（末云）既来之^[14]，则安之。请书房内说话。小娘子
此行为何？（红云）贱妾奉夫人严命，特请先生小酌
数杯，勿却。（末云）便去，便去。敢问席上有莺莺
姐姐么^[15]？（红唱）

潘廷章曰：
"在张生则云：'我
往常见傅粉的委
实羞，今见了有情
娘，心里早痒痒。'
在双文则云：'我
往常见个客人，愠
的早嗔，从见了
那人，兜的便亲。'
今在红娘又云：
'我从来心硬，一
见了也留情'。三
人如出一口，说
得一向眼底无人，
都是自家僭地
步处。其自家僭地
步，实实为彼家僭
地步也。"（潘本）
即通过自家心头
眼底，比较出其
人的特出、优秀。

【上小楼】"请"字儿不曾出声，"去"字儿连忙答应；可早莺莺根前，"姐姐"呼之，喏喏连声。秀才每闻道"请"，恰便似听将军严令，和他那五脏神愿随鞭镫[16]。

李卓吾曰："甚浅甚俚，却甚天然，更百良工无所庸其雕琢。"（起本）

（末云）今日夫人端的为甚么筵席？（红唱）[17]

从筵席言婚事必成。

【幺篇】第一来为压惊，第二来因谢承。不请街坊，不会亲邻，不受人情。避众僧，请老兄，和莺莺匹聘。

（末云）如此小生欢喜。（红）

则见他欢天喜地，谨依来命。

潘廷章曰："挽弓极作态、极风魔处，全在'来回顾影'四字上；卖弄风骚，波澜俱借'无镜'二字生来……在'顾影'处生出神彩。"（潘本）

（末云）小生客中无镜，敢烦小娘子，看小生一看何如？（红唱）

【满庭芳】来回顾影，文魔秀士[18]，风欠酸丁[19]。下工夫将额颅十分挣[20]，迟和疾擦倒苍蝇[21]，光油油耀花人眼睛，酸溜溜螫得人牙疼。

至此折方腾出笔来写张生小像，然又多从打扮、举止着笔，更见张生心态。为演员表演留下多少地步！真勾魂摄魄之笔，行家里手之笔。

（末云）夫人办甚么请我？（红）

茶饭已安排定，淘下陈仓米数升，爨下七八碗软蔓青 [22]。

（末云）小生想来，自寺中一见了小姐之后，不想今日得成婚姻，岂不为前生分定？（红云）姻缘非人力所为，天意尔。

前生分定，婚姻必成。

【快活三】[23] 咱人一事精，百事精；一无成，百无成。世间草木本无情，

自古云：地生连理木，水出并头莲，

他犹有相兼并。

【朝天子】休道这生，年纪儿后生，恰学害相思病。天生聪俊，打扮素净，奈夜夜成孤另。才子多情，佳人薄幸，兀的不担阁了人性命。

（末云）你姐姐果有信行？（红）

莺莺志诚，婚姻必成。

谁无一个信行？谁无一个志诚？恁两个今夜亲折证 [24]。

我嘱付你咱：

【四边静】今宵欢庆，软弱莺莺，可曾惯经？你索

款款轻轻，灯下交鸳颈。端详可憎[25]，好煞人也无干净[26]。

（末云）小娘子先行，小生收拾书房便来。敢问那里有甚么景致？（红唱）

【耍孩儿】俺那里落红满地胭脂冷，休孤负了良辰媚景[27]。夫人遣妾莫消停，请先生勿得推称[28]。俺那里准备着鸳鸯夜月销金帐[29]，孔雀春风软玉屏[30]。乐奏合欢令[31]，有凤箫象板[32]，锦瑟鸾笙[33]。

从聘财言，婚事必成。

（末云）小生书剑飘零，无以为财礼，却是怎生？（红唱）

【四煞】聘财断不争，婚姻事有成，新婚燕尔安排庆[34]。你明博得跨凤乘鸾客[35]，我到晚来卧看牵牛织女星[36]。休侥幸[37]，不要你半丝儿红线[38]，成就了一世儿前程。

【三煞】凭着你灭寇功，举将能，两般儿功效如红定。为甚俺莺娘心下十分顺？都则为君瑞胸中百万兵[39]。越显得文风盛，受用足珠围翠绕，结果了黄卷青灯[40]。

【二煞】夫人只一家，老兄无伴等，为嫌繁冗寻幽静。

（末云）别有甚客人？（红唱）

单请你个有恩有义闲中客，且回避了无是无非窗下僧。夫人的命，道足下莫教推托，和贱妾即便随行。

（末云）小娘子先行，小生随后便来。（红唱）

【收尾】先生休作谦，夫人专意等。常言道"恭敬不如从命"[41]，休使得梅香再来请。（下）

（末云）红娘去了，小生拽上书房门者。我比及到得夫人那里，夫人道："张生，你来了也？饮几杯酒，去卧房内，和莺莺做亲去！"小生到得卧房内，和姐姐解带脱衣，颠鸾倒凤，同谐鱼水之欢[42]，共效于飞之愿[43]。觑他云鬟低坠，星眼微朦[44]，被翻翡翠，袜绣鸳鸯。不知性命何如，且看下回分解。（笑云）单羡法本好和尚也：只凭说法口，遂却读书心。（下）

张生满心满意以为婚姻必成，喜到极致。

从演出效果看，此所谓"曲终奏雅"，剧场当响起一片笑声和掌声。

[注释]

[1]推故：借故推辞。　[2]皂角：植物名，一名皂荚，所结的荚果含有碱质，可做肥皂用。　[3]乌纱帽：隋唐为大小官员视

事及燕见宾客之服，其后流行于民间，贵贱皆服。　[4]"舒心"二句：凌濛初云："'山灵水陆'，犹山珍海错也。'列山灵陈水陆'，言开筵也。"　[5]媒证：即媒人。媒人有男女婚姻合法性之凭证的性质，故称媒证。《通制条格》："其间媒证人等，徇情偏向，止凭在口词因，以致争讼不绝，深为未便。"　[6]东阁玳（dài）筵：款待贤士的筵宴。《汉书·公孙弘传》：公孙弘起自布衣，拜相封侯后，起客馆开东阁以招纳贤人。颜师古注："闾者，小门也，东向开之，避当庭门而引宾客，以别于掾史官属也。""闾"通"阁"。故称礼贤待客之处为东阁。玳瑁为海龟类爬行动物，甲壳有花纹，可做装饰品。玳筵，即以玳瑁装饰坐具的筵席。这里以玳筵代指丰盛的筵席。　[7]"受用足"三句：意为尽情享受婚后的安适生活。鼎，三只足的香炉。绿窗，绿色纱窗。孟称舜《节义鸳鸯冢娇红记·生离》，申纯："绿窗睡浓，是谁人轻窥绣枕？"是男子所居亦可称绿窗。袁行霈曰："'绿窗'，意思是绿色的纱窗。但是它在诗词中另有一种温暖的家庭气氛、闺阁气氛。如刘方平的《夜月》：'今夜偏知春气暖，虫声新透绿窗纱。'李绅的《莺莺歌》：'绿窗娇女字莺莺，金雀娅鬟年十七。'……"（《中国诗歌艺术研究·中国古典诗歌的多义性》）　[8]可有人行：王伯良曰："'可有人行'，言无有也，与'可曾惯经'一例。"　[9]泠（líng）泠：形容露珠的晶莹透澈。　[10]叉手：是唐代以来的一种施礼方式，宋元间以叉手为常礼。《事林广记》载"叉手法"云："以左手紧把右手，其左手小指则向右手腕，右手皆直其四指，以左手大指向上，如以右手掩其胸，不得着胸，须令稍离方寸，为叉手法。"宋毛晃《增韵》："俗呼拱手曰叉手。"拱手即两手一内一外拱抱，俗谓"抱拳"，则叉手可抱拳亦可左手握右手大拇指，但不得十指交叉。叉手又须拱立，两手拱抱于当胸处，可略屈身以至手，表示恭敬。若手上下摆动则成作揖。　[11]白襕（lán）：一种士人所穿的上下相连的服装。《新唐书·车服志》："士服短褐，庶人以白。中书令马周上议，礼无服衫之文，三代之制有深衣，请加襴……为士人上服。"是一种较长的衫，其下加一横襴。《宋史·舆服志五》："襴衫以白细布为之，圆领大袖，下施横襴为裳，腰间有襞积，进士及国子生、州县生服之。"　　[12] 角带傲黄鞓（tīng）：带的本体为鞓，以革制成，外裹各色绫绢，裹黄绢者即为黄鞓，黄鞓而饰以兽角，故称角带。《元史·舆服志一》：宣圣庙执事儒服："软角唐巾，白襴插领，黄鞓角带，皂靴。"傲，带之尾端翘出曰傲。毛西河曰："角带，以角饰带也；鞓则带质之用皮者；带尾翘出曰傲，即挞尾也；黄，鞓色。沈存中记屯罗系唐人黄鞓角带，而宋待制服红鞓犀带。"傲黄鞓，原作"闹黄鞓"，据弘治本、毛西河本改。　　[13] 衣冠济楚：衣帽整齐光鲜。　　[14]"既来之"二句：语出《论语·季氏》："故远人不服，则修文德以来之。既来之，则安之。"是说远方的人归服来了，就要给他们恩惠使他们安心留下来。这里是说，既然来了，就要安心待一会儿。　　[15] 敢问：犹请问。杨树达《词诠》释"敢"："表敬助动词。惟存形式而实已无'敢'字之意义者属此。"《仪礼·士虞礼》："敢用絜牲刚鬣。"郑玄注："敢，冒昧之辞。"贾公彦疏："凡言'敢'者，皆是以卑触尊，不自明之意。"　　[16] 五脏神：五脏指心、肝、肺、脾、肾。《黄庭内景经》云，每一脏都有一神主管。邯郸淳《笑林》："有人常食蔬茹，忽食羊肉，梦五脏神曰：'羊踏破菜园矣！'"愿随鞭镫：只是愿意的意思。参见第一本第三折"谨依来命"注。毛西河曰："'愿随鞭镫'，承'将军令'来，言逐将令行也。但元词嘲趋饮食者多用此句，如《鸳鸯被》剧：'教酒酒，愿随鞭镫。'《东堂老》剧：'你则道愿随鞭镫，便闯一千席，也填不满你穷坑。'"　　[17]"（末云）……（红唱）"，原无，据毛西河本补。　　[18] 文魔：读书入迷的人，犹书痴。秀士：优秀之士。　[19]风欠酸丁：意即咬文嚼字的书呆子。王伯良曰："风欠，呆也，痴也，北人方言，犹今俗语说人之呆者为欠气。欠气，即呆气之谓。风欠，言其如风狂而且呆痴也。《墨娥小录》载，秀才调侃为酸丁，言张生往来自顾其影，如文魔风欠的人也。"成年而能任赋役之男子为丁，酸丁则专指读书人。盖"酸"取二义：一取其寒素，故曰寒酸。二取其迂腐作态、咬文嚼字，今谓之酸溜溜。　[20]挣：王伯良曰："挣，擦拭也。"　[21]迟和疾擦倒苍蝇：谓苍蝇无论落得慢还是快，都会被滑倒。迟，缓慢。毛西河曰："不分迟早，管教擦倒苍蝇也。"亦通。五本四折"迟和疾上木驴"，迟疾即迟早意。　[22]煠（zhá）：通"炸"。蔓青（mán jīng）：即蔓菁，一名芜菁，根可做菜。　[23]〔快活三〕曲：意思是说：有缘千里来相会，无缘对面不相逢，都是命中注定的。这人运气好，一事顺利，就百事成功；运气不好，就事事无成，比如草木本是无情之物，可是按天意，地上也生有连理木，水里长出并头莲，也相偎相合。连理木，两棵枝干交生在一起的树。后来多用以比喻夫妇相爱。又名相思树（见干宝《搜神记·韩凭妻》）。并头莲，又名并蒂莲，指一茎开两花的荷花，用以比喻夫妇。兼并，这里是比并、偎靠的意思。　[24]亲折证：当面折辩对证，当面分辩之意。　[25]端详：亦作端相，徐渭《南词叙录》："端相，细看也。唐人曰：'端相良久。'"　[26]好煞人：指男女欢会。无干净：不肯罢休之意，此句甚言缠绵之极。　[27]良辰媚景：即良辰美景，好时光、好景色。《小尔雅·广诂》："媚，美也。"　[28]推称：借口推托。　[29]销金帐：绣着金线的帐子。　[30]孔雀屏：出唐窦毅为女择婿故事。《旧唐书·高祖太穆皇后窦氏传》：窦毅为女择婿，"乃于门屏画二孔雀，诸公子有求婚者，辄与两箭射之，潜约中目者许之。前后数十辈莫能中。高祖后至，两发各中一目。毅大悦，遂归于我帝。"　[31]合欢令：喜庆吉祥乐曲。　[32]凤箫：即排箫，是用小竹管编排而成的一种管乐器，“其形参差，象凤之翼。”（《风俗通·声音》）故称凤箫。象板：乐器名，似是指击节用的象牙拍板。 [33] 锦瑟：瑟为古代弦乐器名，旧云五十弦，李商隐《锦瑟》：“锦瑟无端五十弦，一弦一柱思华年。”湖北随县擂鼓墩出土曾侯乙大墓，得瑟十二件，均二十五弦。锦瑟，犹华美的瑟，《周礼乐器图》记云：“饰以宝玉者为宝瑟，绘文如锦者为锦瑟。”鸾笙：一种管乐器。《风俗通·声音》：“《世本》：‘随（按，人名）作笙，长四寸，十三簧，象凤之身，正月之音也。’” [34] 燕尔：也作“宴尔”，形容新婚快乐的样子。《诗经·邶风·谷风》：“宴尔新婚，如兄如弟。”朱熹曰：“宴，乐也。”陆德明音义：“宴，本又作‘燕’。” [35] 博得：犹换取、赢得。跨凤乘鸾客：喻美满夫妻。刘向《列仙传》：秦穆公把女儿弄玉许配善吹箫之萧史为妻。萧史日教弄玉吹箫作凤鸣。“居数年，吹似凤声，凤凰来止其屋，公为作凤台，夫妇止其上不下数年，一旦皆随凤凰飞去。”五代前蜀杜光庭《神仙传拾遗》作萧史乘龙、弄玉乘凤飞升。 [36] 牵牛织女星：牵牛、织女本为二星名，后来演化为两个神人，产生出爱情神话传说。明冯应京《月令广义·七月令》引《小说》：天河以东有织女，是天帝的女儿，天帝把她嫁给河西牵牛郎。嫁后织女不再纺织。天帝怒，责令织女归河东，许一年一度相会。此即牛郎织女故事。句出杜牧《秋夕》诗：“天阶夜色凉如水，卧看牵牛织女星。” [37] 傒幸：此处为疑惑、犹豫意。 [38] 红线：指红定，即财礼。男方付给女家之定亲财礼，多以红绡、红线缠裹。但亦有以红丝为聘者，明王錂《春芜记》第二十七出《赐婚》：“不必玄黄稠叠，把红丝为聘。”此盖家贫，权以红线代财礼。 [39] 胸中百万兵：指有用兵韬略。 [40] 黄卷青灯：指读书人的清苦生活。《遁斋闲览》：“古人写书。皆用黄纸以辟蠹，有误则以雌黄涂之。”故称书籍为黄卷。 [41] 恭敬不如从命:《通俗编·仪节》卷九引宋赞宁《笋谱》:有一新媳妇,不受公婆待见,新妇善于应承,从不违抗。寒冬腊月的一天,婆婆要吃笋羹,新妇答应马上就煮。其实大冬天哪里有笋?只是用顺应免受责备。"姑闻而悔,后倍怜新妇。故谚曰:'恭敬不如从命,受训莫如从顺。'"　[42]鱼水之欢:《管子·小问》:"管仲曰:'然公使我求宁戚,宁戚应我曰:"浩浩乎!"吾不识。'婢子曰:'《诗》有之:浩浩者水,育育者鱼。未有室家,而安召我居?宁子其欲室乎?'"尹知章注:"水浩浩然盛大,鱼育育然相与而游其中,喻时人皆得配偶以居其室家。宁戚有伉俪之思,故陈此诗以见意。"育育,欢乐的样子。后以鱼水和谐、鱼水之欢比喻夫妇和乐。　[43]于飞之愿:指夫妇欢乐之愿。于飞,即飞,"于"为动词词头,无义。《诗经·大雅·卷阿》:"凤凰于飞,翙翙其羽,亦集爰止。"《左传》庄公二十二年:陈大夫完字敬仲,亡命在齐。齐懿仲欲以女妻完,卜之,曰:"吉。是谓凤皇于飞,和鸣锵锵。"雄曰凤,雌曰皇。雄雌俱飞,相和而鸣锵锵然,就像陈完夫妻和睦,在齐有声誉。懿仲遂以女妻完,后果为齐国显赫家族。后以于飞之乐比喻夫妇之欢。　[44]星眼:明亮的眼睛。微朦:这里是微闭意。

[点评]

"请宴"一折,让人想起苏轼《六月二十七日望湖楼醉书》绝句:"黑云翻墨未遮山,白雨跳珠乱入船。卷地风来忽吹散,望湖楼下水如天。"寺警时的人喊马嘶、心惊胆战,被杜确一霎平息之后,本折则呈现一派日丽风和,像抒情诗,像轻音乐。在祥和的气氛中,只有少男少女小窗中的喁喁叙语,流露着真率的情谊,充满了温馨和诗意。这是调节戏剧节奏、舒缓剧场氛围、调济观众情绪的妙笔。若寺警之后径写赖婚，则冲突连着冲突，一波未平一波又起，过于平直，观众绷紧的神经没有舒展一下、喘口气的机会，过累则乏味。此一折便是提神养息之场。

戏虽是红娘主唱，却是刻画张生的重场戏，是红娘眼里的张生，是与红娘表演相配合的张生。他的俊俏，他的单纯，他的诚挚，他透露着灵气的酸腐，都能跃入观众眼底心头，爱意自生。此是张生小像，与莺莺不同的是，多从打扮举止着笔，由表见里，重在挖掘张生纯洁的心灵。

文辞也是淡雅的，李卓吾说："此出曲如家常茶饭，不作意，不经心，信手拈来，无句不妙，所以为化。"（三合本）

这是一折没有冲突的戏。但这种平静乃是暴风雨前的沉默，是在为更大的矛盾冲突铺垫蓄势。金圣叹认为是"照定后篇赖婚"（金本）；潘廷章曰："此篇文情，与前后绝不相同。前后文，或写其慕思，或写其愁怨，或写其惊疑，临入手来，亦少踌躇满志之意。此篇张生与红娘纯用欣欣喜色之词。张之欣欣喜色，在文魔而不俗；红之欣欣喜色，在善谑而不虐。张之文魔，一味工于修容，急于趋命，神情跃跃，拟于天际真人；红之善谑，亦即以其工于修容，急于趋命而调侃之，或寓讽于称扬，或故褒于庆幸，使张生愈加腾跃，神骨俱飞。此固红之工于谐隽，而要亦其情之所会，不能自禁者。子瞻不善饮，见人饮则为之陶陶然，红亦为之陶陶然也。红见张之文魔而为之陶陶，张得红之善谑而愈加跃跃。盖极写其踌躇满志之意也，而要之张不自知也。身未离西厢，魂已在东阁，反茫然不知其事之安出者。而红亦不自知也。三分游戏，七分爱敬，喜时之言多失信，又未免称许过望。盖必如是而后为踌躇满志之极也。唯如是其满志，则下文停婚一篇，势便跌得重，截得开也。故读是篇者，当作镜中看花，水中看月，极明明切切，又极缥缥缈缈，纯是一片空灵。"（潘本）红娘、张生之间的互动，推动着人物行为的变化、情节的发展，这才是戏剧语言，是好戏。从全篇文势分析与后折的反跌关系，后折便迎来大哭大笑之笔。

从为人物造像方面说，此折之写张生，犹如"闹斋"之写莺莺，一闹一静，一悲一喜，通过张生写莺莺，通过红娘写张生，同一机杼而两种笔墨，前后映照，煞是好看。

本折反反复复写红娘、张生以为婚事必成，全为后折夫人赖婚蓄势。此折抬高，故后折跌重。

第三折

（夫人排桌子上云）红娘去请张生，如何不见来？（红见夫人云）张生着红娘先行，随后便来也。（末上见夫人施礼科）（夫人云）前日若非先生，焉得见今日。我一家之命，皆先生所活也。聊备小酌，非为报礼，勿嫌轻意。（末云）"一人有庆[1]，兆民赖之。"此贼之败，皆夫人之福。万一杜将军不至，我辈皆无免死之术。此皆往事，不必挂齿。（夫人云）将酒来，先生满饮此杯。（末云）"长者赐[2]，少者不敢辞。"（末做饮酒科）（末把夫人酒了）（夫人云）先生请坐。（末云）小子侍立座下，尚然越礼，焉敢与夫人对坐？（夫人云）道不得个"恭敬不如从命"[3]。（末谢了，坐）（夫人云）红娘，去唤小姐来，与先生行礼者。（红朝鬼门道唤云）老夫人后堂待客，请小姐出来哩！（旦应云）我身子有些不停当，来不得。（红云）你道请谁哩？（旦云）请谁？（红云）请张生哩。（旦云）若请张生，扶病也索走一遭。

故作谑语以反衬后之大悲、大怨之词。

（红发科了）（旦上）免除崔氏全家祸，尽在张生半纸书。

【双调】【五供养】若不是张解元识人多，别一个怎退干戈？排着酒果，列着笙歌。篆烟微，花香细，散满东风帘幕。救了咱全家祸，殷勤呵正礼，钦敬呵当合[4]。

【新水令】恰才向碧纱窗下画了双蛾[5]，拂拭了罗衣上粉香浮浣[6]，则将指尖儿轻轻的贴了钿窝[7]。若不是惊觉人呵[8]，犹压着绣衾卧[9]。

（红云）觑俺姐姐这个脸儿，吹弹得破[10]，张生有福也呵！（旦唱）

【幺篇】没查没利谎偻科[11]，你道我宜梳妆的脸儿吹弹得破。

（红云）俺姐姐天生的一个夫人的样儿。（旦唱）

你那里休聒，不当一个信口开合。知他命福是如何，我做一个夫人也做得过。

（红云）往常两个都害[12]，今日早则喜也。（旦唱）

【乔木查】我相思为他，他相思为我，从今后两下里相思都较可[13]。酬贺间礼当酬贺，俺母亲也好心多。

（红云）敢着小姐和张生结亲呵，怎生不做大筵席，会亲戚朋友，安排小酌为何？（旦云）红娘，你不知夫人意。

【搅筝琶】他怕我是陪钱货[14]，两当一便成合[15]。据着他举将除贼，也消得家缘过活[16]。费了甚一股那[17]，便待要结丝萝[18]！休波，省人情的奶奶忒虑过[19]，恐怕张罗[20]。

（末云）小子更衣咱。（做撞见旦科）（旦唱）

【庆宣和】门儿外，帘儿前，将小脚儿那[21]。我恰待目转秋波，谁想那识空便的灵心儿早瞧破[22]，諕得我倒趄，倒趄。

（末见旦科）（夫人云）小姐近前，拜了哥哥者[23]！（末背云）呀，声息不好了也！（旦云）呀，俺娘变了卦也！（红云）这相思又索害也！（旦唱）

【雁儿落】荆棘刺怎动那[24]，死没腾无回豁[25]，措支刺不对答[26]，软兀刺难存坐[27]！

"小酌"云云，一则写莺莺猜想，希望满满，以为后之跌落蓄势，笔墨也暗暗渡入变卦情事。此随风潜入，润物无声笔法。针线之细密，曲中无两。草蛇灰线，伏脉千里。

"拜哥哥"三字一声惊雷，令人魂消魄褫。此三字为剧情发展的转捩点，故接以张生、莺莺、红娘三句道白诠释之、强调之。

【得胜令】谁承望这即即世世老婆婆[28]，着莺莺做妹妹拜哥哥。白茫茫溢起蓝桥水[29]，不邓邓点着袄庙火[30]。碧澄澄清波，扑剌剌将比目鱼分破[31]。急攘攘因何，扢搭地把双眉锁纳合[32]。

（夫人云）红娘看热酒，小姐与哥哥把盏者！（旦唱）

【甜水令】我这里粉颈低垂，蛾眉频蹙，芳心无那[33]。俺可甚"相见话偏多"[34]！星眼朦胧，檀口嗟咨，攧窨不过[35]。这席面儿畅好是乌合[36]！

（旦把酒科）（夫人央科）（末云）小生量窄。（旦云）红娘，接了台盏者[37]！

【折桂令】他其实嚥不下玉液金波[38]。谁承望月底西厢，变做了梦里南柯[39]。泪眼偷淹，酩子里揾湿香罗。他那里眼倦开软瘫做一垛[40]；我这里手难抬称不起肩窝。病染沉疴[41]，断然难活。则被你送了人呵，当甚么喽啰[42]！

（夫人云）再把一盏者。（红递盏了[43]）（红背与旦云）姐姐，这烦恼怎生是了？（旦唱）

【月上海棠】而今烦恼犹闲可[44]，久后思量怎奈何？有意诉衷肠，争奈母亲侧坐。成抛趓[45]，咫尺间如间阔。

【幺篇】一杯闷酒尊前过，低首无言自摧挫[46]。不甚醉颜酡[47]，却早嫌玻璃盏大，从因我，酒上心来觉可。

（夫人云）红娘，送小姐卧房里去者。（旦辞末出科）（旦云）俺娘好口不应心也呵！

【乔牌儿】老夫人转关儿没定夺[48]，哑谜儿怎猜破；黑阁落甜话儿将人和[49]，请将来着人不快活。

【江儿水】佳人自来多命薄，秀才每从来懦。闷杀没头鹅[50]，撇下陪钱货[51]，下场头那答儿发付我！

【殿前欢】恰才个笑呵呵，都做了江州司马泪痕多[52]。若不是一封书将半万贼兵破，俺一家儿怎得存活。他不想结姻缘想甚么？到如今难着莫[53]。老夫人谎到天来大，当日成也是恁个母亲[54]，今日败也是恁个萧何。

【离亭宴带歇拍煞】从今后玉容寂寞梨花朵[55]，胭

潘廷章曰："〔月上海棠〕两阕，与长亭把盏，遥遥相对。一边道'母亲侧坐'，一边道'子母当避'；一边道'有意诉衷肠'，一边道'有心与他举案'；一边道'低首无言自摧挫'，一边道'眼底空留意'。是一副心肠却有两番情事。东阁情事有成败之伤，长亭情事有合离之感。"（潘本）

脂浅淡樱桃颗，这相思何时是可？昏邓邓黑海来深，白茫茫陆地来厚，碧悠悠青天来阔；太行山般高仰望，东洋海般深思渴。毒害的恁么[56]！俺娘呵，将颤巍巍双头花蕊搓[57]，香馥馥同心缕带割[58]，长搀搀连理琼枝挫[59]。白头娘不负荷[60]，青春女成担阁，将俺那锦片也似前程蹬脱[61]。俺娘把甜句儿落空了他，虚名儿误赚了我。（下）

（末云）小生醉也，告退。夫人根前，欲一言以尽意，未知可否。前者，贼寇相迫，夫人所言，能退贼者，以莺莺妻之。小生挺身而出，作书与杜将军，庶几得免夫人之祸，今日命小生赴宴，将谓有喜庆之期[62]；不知夫人何见，以兄妹之礼相待？小生非图哺啜而来[63]，此事果若不谐，小生即当告退。（夫人云）先生纵有活我之恩，奈小姐先相国在日，曾许下老身侄儿郑恒。即日有书赴京，唤去了，未见来。如若此子至，其事将如之何？莫若多以金帛相酬，先生拣豪门贵宅之女，别为之求，先生台意若何？（末云）既然夫人不与，小生何慕金帛之色！却不道"书中有女颜如玉"[64]？则今日便索告辞。（夫人云）你且住者，今日有酒也[65]。红娘，扶将哥哥去书房中歇息，到明日咱别有话说。（下）（红扶末科）（末念）有分只熬萧寺夜，无缘难遇洞房春。（红云）张生，少吃

此调要求多用鼎足对，即三句一组，互相对仗。

这是主要矛盾双方的第一次正面交锋。卫道者的根据是与郑恒的婚约，反抗者的借口则是因张生之功而夫人允婚。这个矛盾直到最后一折戏才告结束。

"金帛相酬"，夫人并不忘恩。

"别有话说"，后面有戏。剧情欲断而仍续。

一盏却不好？（末云）我吃甚么来？（末跪红科）小生
为小姐，昼夜忘餐废寝[66]，魂劳梦断，常忽忽如有
所失。自寺中一见，隔墙酬和，迎风带月，受无限
之苦楚。甫能得成就婚姻，夫人变了卦，使小生智
竭思穷，此事几时是了？小娘子，怎生可怜见小生，
将此意申与小姐，知小生之心。就小娘子前解下腰
间之带，寻个自尽。（末念）可怜刺股悬梁志[67]，险
作离乡背井魂。（红云）街上好贱柴[68]，烧你个傻角！
你休慌，妾当与君谋之。（末云）计将安在？小生当
筑坛拜将[69]。（红云）妾见先生有囊琴一张[70]，必
善于此。俺小姐深慕于琴。今夕妾与小姐同至花园
内烧夜香，但听咳嗽为令[71]，先生动操[72]。看小
姐听得时，说甚么言语，却将先生之言达知。若有
话说，明日妾来回报。这早晚怕夫人寻[73]，我回去
也。（下）

绝处逢生，已
启下折。

[注释]

[1]"一人"二句：《尚书·吕刑》篇："一人有庆，兆民赖之，
其宁惟永。"一人，原指天子，这里指老夫人。庆，善，福。意
即众人能活下来，全靠老夫人的福分。　[2]"长者"二句：《礼
记·曲礼》："长者赐，少者贱者不敢辞。"是说对长者的赐予，年
少的及僮仆之类卑贱者不能推辞，宜即受之。长者，年高有德或
有地位的人。　[3]道不得个：引用成语、俗语时多用之，相当于
"岂不闻""常言道"。用法与第一本第二折异。　[4]当合：合当，
应该。　[5]双蛾：双眉。《诗经·卫风·硕人》："螓首蛾眉，巧
笑倩兮，美目盼兮。"朱熹曰："蛾，蚕蛾也，其眉细而长。"故以

蛾状眉。　[6]浮浼（wò）：即浮污，浮土。浼，原作“污”，王季思曰：“浼入歌罗部，污入苏模部，义同韵别。”　[7]钿窠：衣服上的装饰品。《元史·舆服志一》，天子冕服：“绯白大带一，销金黄带头，钿窠二十有四。”一说为贴花钿的位置（参见第一本第一折“宜贴翠花钿”注）。　[8]惊觉：指红娘呼唤。　[9]“犹压”句：出柳永〔定风波〕词意：“日上花梢，莺穿柳带，犹压香衾卧。”　[10]吹弹得破：形容皮肤娇嫩，口吹指弹可使之破。　[11]没查没利：无定准、无准绳，信口胡说之意。闵寓五曰：“没查利，方言。无准绳也。”偻科：闵寓五曰：“古注：偻科，犹云小辈。宋时谓干办者曰偻科。”所谓干办，即聪明干练之意，参见下文“喽啰”注。《元曲释词》云：“以上都是认定‘偻科’连读。实则不然，因北人骂娼妓为科子，‘谎偻科’句法，正与‘棘针科’同。明张萱《疑耀》卷三：‘今京师勾阑中诨语。谓绐人者为黄六，乃指黄巢兄弟六人，巢居第六而多诈，故目诈骗者为黄六也。’清翟灏《通俗编》谓市语虚奉承为‘王六’。南音王、黄不分，北语呼‘六’作‘溜’；‘偻’，‘溜’声之弇侈。今鲁东人犹谓撒谎曰说溜，意亦‘黄六’之遗意。故‘谎偻科’，盖即撒谎说溜、假意奉承的小科子也。”可备一说。　[12]害：指患相思病。害，患也。　[13]较可：犹痊愈。较、可都指病愈。　[14]陪钱货：旧以为女子出嫁要陪送嫁妆，又不能得济，俗称女子为赔钱货。　[15]两当一便成合：王伯良曰：“言夫人算悭，以酬谢、成亲两件事，并作一次酒席也。”　[16]消：受用，消受；消得，受用得。家缘：家产、家业。　[17]一股那：王季思曰：“那，问句助词；‘费了甚一股那’，犹云花费了什么；与上文‘两当一便成合’句，皆怨夫人之草草成事也。赵章云曰：‘一股那即一股脑儿，一共之意。“费了甚一股那”，意即一共费了些什么。’亦可通。”一股那即一股脑儿，说是。那、脑，一声之转，至今冀中尚用。但其义更侧重"一齐""一起",而不在"一共"。如云:一肚子的话一股脑儿说了出来。若此,费了甚,犹费了什么,而一股那义当属下:一股那便结丝罗,谓诸般事一起办完便算结丝罗。与"两当一成合"义正同。　[18]丝萝:兔丝和女萝。兔丝,亦作菟丝,蔓生植物,茎柔弱细长;女萝,地衣类植物,形状如线。二者都只能依附他物生长。《古诗十九首·冉冉孤生竹》:"与君为新婚,兔丝附女萝。"后以丝萝喻婚姻。萝,原作"罗",据王伯良本改。　[19]省(xǐng)人情:犹懂世故。一说为"省(shěng)人情",谓婚事不铺张,亦通。忒虑过:考虑得太过分。　[20]张罗:操持备办、料理谋划之意。　[21]那:音义并同"挪",移动。　[22]识空(kòng)便:能见机行事,机灵的意思。空便为机会、空闲之意,本剧第三本第二折:"红娘伏侍老夫人不得空"可证。识空便,有时亦作识相、知趣解。　[23]拜哥哥:意思是拜为兄妹便不可为婚。参见第五本第三折"亲上做亲"注。　[24]荆棘剌怎动那:惊得我不能动弹。荆棘剌,即惊棘剌,惊恐意,棘剌为语助词,无义。　[25]死没腾:蒙(mēng)住,痴呆无生气的样子。没腾,语助词,无义。回豁:即回和,反应,应和。王伯良曰:"回和,亦酬答之意。马东篱《黄粱梦》:'禁声的休回和。'"无回豁,无表情、无反应之意。　[26]措支剌:慌张失态,不知所措的样子。措,也作"错";支剌,语助词,无义。　[27]软兀剌:即软的意思。兀剌,语助词,无义。　[28]即即世世:亦作积积世世,乃老于世故之谓,有奸诈、老奸巨猾之意。　[29]蓝桥水:使相爱者分离的大水。《史记·苏秦列传》:"信如尾生,与女子期于梁下,女子不来,水至不去,抱柱而死。"事亦见《庄子·盗跖》篇、《战国策·燕策》以及《汉书·东方朔传》颜师古注,可见故事流传之广。　[30]祆(xiān)庙火:使相爱者分离的大火。祆,一种宗教,为琐罗亚斯德教,亦称拜火教，古代流行于伊朗和中亚细亚一带，以崇拜"圣火"为主要仪式。南北朝时传入中国，唐代建寺于长安，称祆庙、祆祠。不称天神而称"祆"，明其为胡教。《渊鉴类函》卷五十八引《蜀志》：蜀帝生公主，由乳母陈氏乳养。陈氏带幼子居宫中十多年，后因宫禁离宫。六年后陈子因思念公主病重。公主知道后以幸祆庙为名与陈子相会。公主至庙正值陈子沉睡，遂解幼时所弄玉环放在陈子怀中而去。陈子醒后见环，怨气成火而庙焚。　[31]比目鱼：又称偏口鱼，身体扁平，两目列在一侧，相传二鱼相合始可游行。《尔雅·释地》："东方有比目鱼焉，不比不行，其名谓之鲽。"用以比喻恋人或夫妻。　[32]"扢搭"句：扢搭，锁声；双眉锁，比喻紧皱的双眉；纳合者，纳而合之也。　[33]无那：无奈。六朝人多书"奈"为"那"，唐人诗多以"无奈"为"无那"。　[34]相见话偏多：当时成语，这里是反说，无话可说之意。　[35]撧窨（dié yìn）：王伯良曰："撧，顿足也；窨，怨闷而忍气也。盖失意之甚，撧弄其足，而窨气自忍之谓。董词：'撧顿金莲，搓损葱枝手。'又：'吞声窨气埋怨。'可证。"　[36]畅好：正好，恰好。乌合：乌鸦的聚合，用以比喻散乱没有约束或聚散无常、匆匆来去。这里有仓卒、胡乱应付的意思。　[37]台盏：有托盘的酒杯。　[38]玉液金波：均指美酒。　[39]梦里南柯：南柯一梦，一场梦。唐李公佐《南柯太守传》：淳于棼在宅南大槐树下饮酒沉醉，梦为槐安国驸马，出任南柯太守二十年，生五男二女，享尽荣华富贵。公主病亡，国王怀疑他有异心，送他回乡，于是梦醒。梦醒后寻槐安国旧迹，乃是槐树洞中的一个大蚁穴。　[40]一垛：犹一堆。　[41]沉疴（kē）：重病。《说文》："疴，病也。"　[42]喽啰：聪明干练，逞强，含有狡猾义。明郎瑛《七修类稿·辩证·喽罗》："俗云偻㑩，《演义》谓'干办集事之称'；《海篇》训'㑩'字曰'健而不德'。据是二说，皆狡猾能事意也。"　[43]"红递盏了"，原作"红递了盏",据毛西河本改。　[44]闲可:平常,引申为小事、不打紧。闲与可意同,都是不在意、寻常的意思。　[45]抛趓:抛开躲避,抛闪,分离。趓,同躲。　[46]摧挫:折磨,忧伤。　[47]"不甚"四句:是说张生本未很醉,却早已嫌酒杯太大而酒力难支。是因为他量窄不胜酒力?不是,这都是因为我。如果真是酒力涌上心来,那还不至于如此。醉颜酡(tuó),醉态。酡,酒后面红耳赤的样子。《楚辞·招魂》:"美人既醉,朱颜酡些。"朱熹曰:"酡,饮而赭色着面。"　[48]转关儿没定夺:变来变去没准主意。转关类今之合页,屈伸自如,转动灵活,故用以比喻狡诈多变。定夺:犹言可否,指做决定,拿主意。定,准其如此也;夺,不准如此也。　[49]"黑阁落(lào)"句:暗地里甜言蜜语许了人的心愿。阁落,旮旯、角落。洪迈《容斋三笔》卷十六"切脚语":"'角'为'矻落'。"矻落即阁落。王伯良曰:"黑阁落,北人乡语,谓屋角暗处,今犹谓屋角为阁落子。"剧中意为:暗地里。和,许也。《后汉书·方术·徐登传》:"尝临水求度,船人不和之。"李贤注:"和,犹许也。"　[50]没头鹅:鹅指天鹅。天鹅群飞,以首一只为引领,谓之头鹅。鹅群中打去头鹅,为无头之鹅也。群鹅无主则不知所措。此指张生。　[51]"撇下"句:指莺莺父亡早孤。　[52]江州司马泪痕多:白居易《琵琶行》诗:"座中泣下谁最多?江州司马青衫湿。"江州,治所在今江西九江。后多用于感伤身世、爱情、别离的典故。　[53]着莫:即捉摸。　[54]"当日"二句:《史记·淮阴侯列传》载,韩信当初投奔汉王刘邦,不被重用,出走,萧何把他追回,并向刘邦推荐,拜为大将;其后刘邦得天下,怀疑韩信谋反,萧何又为吕后设计,骗韩信入宫,擒而杀之。后世谚云:"成也萧何,败也萧何。"(见洪迈《容斋随笔》续笔八"萧何绐韩信"、陈善《扪虱新话》)后用为世事难料、反复无常的典故。　[55]"玉容"

句：化用白居易《长恨歌》诗句："玉容寂寞泪阑干，梨花一枝春带雨。" [56] 恁么：如此，这样。　[57] 双头花：即并蒂花，同一枝干，并开两花。五代王仁裕《开元天宝遗事·开元·花妖》：唐开元年间，宫中沉香亭前有一株木芍药，忽然有一天同一枝上开了两朵花，四时颜色不同，昼夜之内香艳各异。后以双头花喻夫妻或恋人。搓：手搓碎也。　[58] 同心缕带：即同心结。旧时男女以锦带制成菱形连环回文样式的结子，表恩爱同心之意。宋时衍为牵巾。孟元老《东京梦华录·娶妇》："婿于床前请新妇出，二家各出彩段绾一同心，谓之牵巾，男挂于笏，女搭于手，男倒行出，面皆相向，至家庙前，参拜毕，女复倒行，扶入房讲拜。" [59] 长挽挽：犹长长的。挽挽，长貌。琼枝：本指传说中的玉树。《楚辞·离骚》"折琼枝以继佩"，洪兴祖补注云："琼，玉之美者"。南方有大树名琼枝，高二十仞，大三十围，凤鸟即以精美的玉为食。连理琼枝，喻婚姻爱情的珍贵美好。　[60] 负荷：担承，负担，这里是管顾之意。　[61] 蹬脱：踢开，强行拆散的意思。　[62] 将谓：表推测之词，犹以为。　[63] 哺啜（bǔ chuò）：犹吃喝。哺，亦作铺，食也；啜，饮也。　[64] 书中有女颜如玉：意谓只要读书就会得到美丽的女子。宋真宗赵恒《劝学文》："富家不用买良田，书中自有千钟粟。安居不用架高堂，书中自有黄金屋。出门莫恨无人随，书中车马多如簇。娶妻莫恨无良媒，书中有女颜如玉。男儿欲遂平生志，六经勤向窗前读。"（见《古文真宝》前集卷首） [65] 有酒：喝多了酒。《诗经·小雅·鱼丽》："君子有酒，旨且有。"朱熹集传："有，犹多也。" [66] "餐"，原作"飧"，据弘治本改。　[67] 刺股悬梁志：发愤苦读获取功名之志。刺股，《战国策·秦策一》：苏秦说秦王，书十上而说不行，归至家，读书欲睡，引锥自刺其股，血流至足。后来终获成功，佩六国相印。股，大腿。悬梁，《太平御览》卷三六三引《汉书》

曰："孙敬字文宝，好学，晨夕不休，及至眠睡疲寝，以绳系头悬屋梁。后为当世大儒。"（亦见《太平御览》卷六一一引《楚国先贤传》，今存本《汉书》无）[68]"街上"二句：元代实行火葬，郑德辉《伀梅香骗翰林风月》第二折："怕哥哥死时，削一条柳椽儿，……把你来火葬了。"红娘以此调侃张生，说明他这样死不值得。　[69]筑坛拜将：《史记·淮阴侯列传》载，萧何追还韩信后，刘邦听萧何的建议，选择吉日，斋戒，筑坛，礼仪隆重地拜韩信为大将。筑坛，修筑土台拜将用。　[70]囊琴：放在囊中的琴。　[71]为令：为号。《说文》："令，发号也。" [72]动操：弹琴。操，琴曲，《后汉书·曹褒传》："太予乐歌诗曲操，以俟君子。"李贤注："操，犹曲也。刘向《别录》曰：'君子因雅琴之适，故从容以致思焉。其道闭塞悲愁，而作者名其曲曰操，言遇灾害不失其操也。'" [73]这早晚：这时候。

[点评]

　　这是《西厢记》戏剧冲突的第一个高潮：老夫人直接出面干预莺莺、张生的爱情婚姻。说老夫人赖婚是突变，是从剧中人毫无预感说的；从写作看，则叙述得伏线早埋，颇有次第。早在寺警一折莺莺提出第三计时，夫人便认为此计"较可"，乱平之后嘱张生赴宴，又说"别有商议"，直到筵席间才终于说出"拜哥哥"三字，完成了赖婚三部曲。文心之细，曲中无两。

　　从演出方面看，前折请宴重在表演，舞台气氛活泼风趣；本折则以唱为主。随着莺莺感情的变化，前后分为两个部分。前一部分写莺莺对与张生婚姻的期待与憧憬，流露着难以抑制的自豪感和幸福感。即使是筵席过简也往好处猜想。这是承上折文势，作满心满意之语以反跌下文。老夫人"拜哥哥"三字出口，则气氛陡变，转喜悦为悲怨。"怨"是夫人赖婚之后，莺莺对母亲感情的新内容。金圣叹说："看他至篇终，越用淋淋漓漓之墨，作拉拉杂杂之笔。盖满肚怨毒撑喉拄颈而起，满口谤讪触齿破唇而出。"（金本）一连十支曲子，反复渲染，极尽咏叹，只一"怨"字。莺莺急不择言，直自胸中冲出，节奏快，用俗语，这便是别林斯基所谓"出声地思考"。从此，莺莺与张生的爱情，已由两情相悦，进而为争取有情人的幽会私合了。

张生的表现则有三点给人印象深刻。一是在夫人酬以金帛时说的"何慕金帛之色"云云，表明他所追求的是爱情，而非颜如玉的美女。二是他的基本性格：懦。莺莺说"秀才每从来懦"，潘廷章认为，此时张生应当堂堂正正秉持大义，召集僧众，责夫人负约，以共证前盟。而张生竟无一语唐突夫人，"则以'懦'之一字害之也"。懦，诚笃敦厚，因此"小姐所以死心而贴地者，终以懦得之"。（潘本）三是为求红娘怜助而一跪。文秀堂本评曰："张生贪一女色而屈膝于婢，岂不厚颜乎？"贵公子向侍女下跪，自然有失身份，但张生不在乎，他把爱情看得比身份面子更重要，这也表现了张生的"傻"与"懦"。

至于老夫人，一则请张生家内书院安歇，赖婚之后又欲以金帛相酬，张生欲去时仍然留之"别有话说"，可见其并未忘恩；一片诚心，也非奸诈。之所以赖婚者，也自有她的苦衷："归郑，礼也；予张，权也"，"事在两难，优柔不断，遂至经权两失"（潘廷章评语）。责以老年妇女缺少主见则可，谓之不诚则非。老夫人生在名门、嫁在名门，社会环境和家庭教养把她塑造成旧伦理道德的虔诚信徒，有她一以贯之的行为逻辑。若无此"赖婚"，倒不符合她的性格了。

汤显祖说："此出夫人不变一卦，缔婚后趣味浑如嚼蜡，安能谱出许多佳况哉？故文章不变不奇，不宕不逸。"（三合本）金圣叹说："夫使夫人不赖婚，即《西厢记》且当止于此矣。今《西厢记》方将自此而起，故知夫人赖婚，乃是千古妙文，不是当时实事。"（金本）"赖婚"是剧作家的故作波澜，推动戏剧情节发展的助力，引出许多令人叫绝的好戏。

第四折

（末上云）红娘之言，深有意趣。天色晚也，月儿，你早些出来么！（焚香了）呀，却早发擂也[1]。呀，却早撞钟也[2]。（做理琴科）琴呵，小生与足下湖海相随数年，今夜这一场大功，都在你这神品——金徽、玉轸、蛇腹、断纹、峄阳、焦尾、冰弦之上[3]。天那，却怎生借得一阵顺风，将小生这琴声，吹入俺那小姐玉琢成、粉捏就知音的耳朵里去者[4]！（旦引红上）（红云）小姐，烧香去来，好明月也呵！（旦云）事已无成，烧香何济？月儿，你团圆呵，咱却怎生！

张生痴态复萌。

烧香，与"联吟"折照应，即第三炷香意。陈眉公曰："烧香本意，一一漏出。"（陈本）

【越调】【斗鹌鹑】云敛晴空，冰轮乍湧[5]；风扫残红，香阶乱拥；离恨千端，闲愁万种。夫人那，"靡不有初[6]，鲜克有终。"他做了个影儿里的情郎[7]，我做了个画儿里的**爱宠**。

【紫花儿序】则落得**心儿里念想，口儿里闲题**，则索向**梦儿里相逢**。俺娘昨日个**大开东阁**，我则道怎生般**炮凤烹龙**^[8]。**朦胧**^[9]！可教我"**翠袖殷勤捧玉钟**"^[10]，却不道"**主人情重**"^[11]？则为那**兄妹排连**，因此上**鱼水难同**。

（红云）姐姐，你看月阑^[12]，明日敢有风也。（旦云）风月天边有^[13]，人间好事无。

【小桃红】**人间看波：玉容深锁绣帏中**。怕有人搬弄。想**嫦娥西没东生有谁共**？**怨天公**^[14]，**裴航不作游仙梦**。这云似我**罗帏数重**，只恐怕**嫦娥心动**，因此上**围住广寒宫**。

（红做咳嗽科）（末云）来了。（做理琴科）（旦云）这甚么响？（红发科）（旦唱）

【天净沙】莫不是**步摇得宝髻玲珑**^[15]？莫不是**裙拖得环珮玎玲**^[16]？莫不是**铁马儿檐前骤风**^[17]？莫不是**金钩双控**^[18]，**吉丁当敲响帘栊**？

【调笑令】莫不是**梵王宫，夜撞钟**？莫不是**疏竹潇潇**

潘廷章曰："句句借嫦娥寓怨词，恰句句是直写怨词。妙在夹天夹人夹嫦娥夹自己，叙得一片怨乱。"（潘本）

曲槛中^[19]？莫不是牙尺剪刀声相送^[20]？莫不是漏声长滴响壶铜^[21]？潜身再听在墙角东，元来是近西厢理结丝桐^[22]。

【秃厮儿】其声壮，似铁骑刀枪冗冗^[23]；其声幽，似落花流水溶溶^[24]；其声高，似风清月朗鹤唳空^[25]；其声低，似听儿女语^[26]，小窗中，喁喁。

以上写本官琴曲，纯是一篇琴声赋。〔天净沙〕至〔秃厮儿〕三曲状其声，依琴声疾徐抑扬作比；〔圣药王〕解琴意。

【圣药王】他那里思不穷，我这里意已通，娇鸾雏凤失雌雄^[27]。他曲未终，我意转浓，争奈伯劳飞燕各西东^[28]，尽在不言中。

我近书窗听咱。（红云）姐姐，你这里听，我瞧夫人，一会便来。（末云）窗外是有人，已定是小姐。我将弦改过，弹一曲，就歌一篇，名曰《凤求凰》^[29]。昔日司马相如，得此曲成事，我虽不及相如，愿小姐有文君之意。（歌曰^[30]）有美人兮，见之不忘。一日不见兮，思之如狂。凤飞翱翔兮，四海求凰。无奈佳人兮，不在东墙。张弦代语兮，欲诉衷肠。何时见许兮，慰我彷徨？愿言配德兮^[31]，携手相将^[32]。不得于飞兮，使我沦亡。（旦云）是弹得好也呵！其词哀，其意切，凄凄然如鹤唳天。故使妾闻之，不觉泪下。

《凤求凰》即下文"效鸾凤"意，二人心同意同。

【麻郎儿】这的是令他人耳聪，诉自己情衷。知音者芳心自懂，感怀者断肠悲痛^[33]。

【幺篇】这一篇与本宫、始终、不同^[34]。又不是《清夜闻钟》^[35]，又不是《黄鹤》《醉翁》，又不是《泣麟》《悲凤》。

【络丝娘】一字字更长漏永，一声声衣宽带松。别恨离愁，变做一弄^[36]。张生啊，越教人知重^[37]。

〔麻郎儿〕及〔幺篇〕则是听《凤求凰》的感受，伯牙子期感心合志，此即所谓"琴心""琴挑"。

（末云）夫人且做忘恩，小姐，你也说谎也呵！（旦云）你差怨了我。

【东原乐】这的是俺娘的机变^[38]，非干是妾身脱空^[39]。若由得我呵，乞求得效鸾凤^[40]。俺娘无夜无明并女工^[41]，我若得些儿闲空，张生呵，怎教你无人处把妾身作诵^[42]。

"乞求效鸾凤"乃本折曲意点睛之笔。是莺莺、张生以心相许之后，新的追求目标，已埋酬简幽会之根。

【绵搭絮】疏帘风细，幽室灯清，都则是一层儿红纸，几榥儿疏棂^[43]，兀的不是隔着云山几万重！怎得个人来信息通？便做道十二巫峰^[44]，他也曾赋高唐来梦中。

"怎得个人来"云云，为"闹简"诸折伏脉。

（红云）夫人寻小姐哩，咱家去来。（旦唱）

【拙鲁速】则见他走将来气冲冲，怎不教人恨匆匆，夫人不在而威严笼罩，此是莺莺"赖简"变卦之由。

諕得人来怕恐。早是不曾转动，女孩儿家直恁响喉咙。紧摩弄[45]，索将他拦纵[46]，则恐怕夫人行把我来厮葬送。

（红云）姐姐，则管里听琴怎么？张生着我对姐姐说，他回去也。（旦云）好姐姐呵，是必再着住一程儿[47]。（红云）再说甚么？（旦云）你去呵，

笔墨已向"酬简"过渡。

【尾】则说道夫人时下有人唧哝[48]，好共歹不着你落空。不问俺口不应的狠毒娘，怎肯着别离了志诚种。（并下）

【络丝娘煞尾】不争惹恨牵情斗引[49]，少不得废寝忘餐病症。

题目　张君瑞破贼计　莽和尚生杀心
正名　小红娘昼请客　崔莺莺夜听琴
西厢记五剧第二本终

[注释]

[1]发擂：敲鼓。《正字通》："今俗谓击鼓为擂。"此指报夜间时辰的鼓声。　[2]撞钟：指寺院内的暮击钟。《敕修百丈清规·法器章》曰："大钟，丛林号令资始也。晓击则破长夜，警睡眠；暮击则觉昏衢，疏冥昧。"　[3]神品：犹精妙无比的琴，指琴质之高妙。金徽：徽为琴面上标志音阶的识点，弹奏时所按之处。徽有

金、玉等区别，金制则称金徽。玉轸（zhěn）：轸为系琴弦的柱，转动轸便可调节音调。蛇腹：古代名琴。它的断纹很像蛇腹下的花纹。断纹：古代名琴。琴以古旧为佳，琴身崩裂成纹则证明年代久远，故名断纹。凡漆器无断纹，而琴独有者，盖他器用布漆，琴则不用；他器安闲，而琴日夜为弦所激。峄（yì）阳：古代名琴，以峄山（在今山东邹城东南）南坡（山之南面为阳）所产桐木制成，故名。阳材琴旦浊而暮清，晴浊而雨清；阴材琴旦清而暮浊，晴清而雨浊。后以"峄阳"为琴之别称。焦尾：古代名琴。《后汉书·蔡邕传》："吴人有烧桐以爨者，邕闻火烈之声，知其良木，因请而裁为琴，果有美音。而其尾犹焦，故时人名曰'焦尾琴'焉。"冰弦：古代名琴，以冰蚕丝为琴弦。王嘉《拾遗记》卷十"员峤山"：冰蚕以员峤山猗桑之椹为食，黑色，长七寸，有鳞有角，以霜雪覆盖然后作茧。茧长一尺，五彩颜色，织为锦，入水不濡，投火不燎。一说，冰弦为一种素质丝弦，明项元汴《蕉窗九录·琴弦》："今只用白色柘丝为上，秋蚕次之。弦取冰者，以素质有天然之妙，若朱弦则微色新滞稍浊，而失其本真也。"　[4]知音：意气相投的好友，能从琴声中理解对方的心意。《列子·汤问》篇：伯牙善鼓琴，钟子期善听琴。伯牙所念，钟子期都能领会。又，《淮南子·修务训》："钟子期死而伯牙绝弦破琴，知世莫赏也。"汉高诱注："钟，官氏；子，通称；期，名也……伯牙，楚人，睹世无有知音若子期者，故绝弦破其琴也。"知音本指懂音乐者，后世称知己为知音。　[5]冰轮：指月亮。　[6]"靡（mí）不"二句：语出《诗经·大雅·荡》，郑玄笺："鲜，寡；克，能也。"《广韵》："靡，无也。"是说人生之初无不具有善性，但很少能把这种善性保持到底。用作不能善始善终的典故。　[7]"他做了"二句：意谓昨日开宴未拜兄妹之前，犹是夫妻，却又非真夫妻，故云"影里""画里"。画中爱宠，《闻奇录·画工》：唐进士赵颜从画工处得一美人图，赵对画日夜不停呼叫百日，女从画中出，赵用酒灌以百家灰，遂活，成其夫妇，育一子。儿两岁时，赵之友人指女为妖。友仗剑除之，才及赵室，女泣告曰，她是南岳地仙，被呼叫到人间。既然相疑，乃携子而去。再看画图，只比原来多了一子。(《太平广记》卷二八六) [8]炮凤烹龙：比喻丰盛的筵席，极言肴馔之珍异。炮、烹，都是烹调的手法。　[9]朦胧：犹言糊涂。　[10]翠袖殷勤捧玉钟：句出晏几道〔鹧鸪天〕词："彩袖殷勤捧玉钟，当年拚却醉颜红。" [11]主人情重：苏轼〔满庭芳〕："主人情重，开宴出红妆。……坐中有狂客，恼乱愁肠。"此言老夫人使莺莺劝酒给二人造成愁怨。　[12]月阑：月亮周围的光圈，亦称月晕，是有风的征兆。苏洵《辨奸论》："月晕而风，础润而雨。" [13]风月：清风明月，代指美景。与第二本楔子中义有不同。　[14]"怨天公"二句：徐渭曰："人间玉容，着绣围深锁，是怕人搬弄，此则有理矣；嫦娥在天上，裴航又未必作游仙之梦，升腾以犯之也，天公何用怕其心动，而用月阑以围嫦娥于广寒之内，亦若人间之绣围深锁之耶？此所以怨天公也。盖受母拘禁，而并为嫦娥伸冤。"是莺莺借嫦娥而吐己怨。"天公"，原作"天宫"，据闵寓五、毛西河本改。毛西河曰："元词每称天为天公，如'天公肯与人方便'类。俗作'天宫'，谓自怨于天宫，不通。'"裴航，事见唐裴铏《传奇·裴航》，写唐代秀才裴航落第出游，路经蓝桥驿，渴而求浆，遇见云英，艳丽惊人。裴航求婚，老妪提出须得玉杵臼捣药乃可。约以百日为期。裴航至京，以重金购得玉杵臼，携至蓝桥，云英又命裴捣药百日，然后结为夫妇。后来夫妻俱入玉峰洞，双双成仙。游仙梦，王仁裕《开元天宝遗事》卷上："龟兹(qiū cí)国进奉枕一枚，其色如玛瑙，温温如玉，其制作甚朴素。若枕之，则十洲三岛、四海五湖，尽在梦中所见。帝因立名为游仙枕，后赐与杨国忠。" [15]"步摇得"句：

谓走路摇动得发鬓上的珠宝首饰发出碰击的声音。古代妇女在簪钗之上附有金玉首饰，行路时摇动撞击，发出声响。《释名·释首饰》："步摇，上有垂珠，步则摇动也。"《广雅疏证·释诂四下》："玲珑，玉声也。"　[16]环珮："珮"亦作"佩"，见第一本第一折"佩环"注。玎珑（dīng dōng）：玉器撞击的声音。《说文》："玎，玉声也。"　[17]铁马：即风铃，又称檐马，房檐下悬挂的小铁片或铃铛。清梁绍壬《两般秋雨盦随笔》卷六引唐冯贽《南部烟花记》说，皇后常想听风吹枯竹的声响，帝为制薄玉龙数十片，用缕线系于檐外，夜里风吹相撞，声与竹无异。民间仿效，不敢用龙，代之以马，故称马；以铁制，称铁马。　[18]"金钩"二句：谓挂卷竹帘的两个铜钩，与帘相碰，发出的声响。　[19]曲槛（kǎn）：此指围竹之栏杆。　[20]牙尺：镶饰着象牙的尺子。这里是尺之美称。声相送：犹言一声接一声。　[21]"漏声"句：即铜壶滴漏的声响。古以铜斗盛水，底穿小孔，斗中有刻着度数的漏箭，随着水的下漏，箭上刻度渐次显露，为计时之器。　[22]理结：抚弄之意。丝桐：桓谭《新论》："神农氏始削桐为琴，练丝为弦。"故以丝桐代指琴。　[23]"似铁骑（jì）"句：形容琴声雄壮，如无数骑兵奔驰，刀枪交错有声。铁骑，身披铠甲的骑兵；冗（rǒng）冗，刀枪碰击声。白居易《琵琶行》："银瓶乍破水浆迸，铁骑突出刀枪鸣。"　[24]溶溶：此指流水声，与一本三折义有不同。　[25]鹤唳（lì）空：鹤在空中鸣叫。《说文新附》："唳，鹤鸣也。"《史记·乐书》："师旷不得已，援琴而鼓之。一奏之，有玄鹤二八集乎廊门；再奏之，延颈而鸣，舒翼而舞。"是说琴声能使鹤鸣，此言琴声如鹤之鸣。　[26]"似听"三句：言琴声低切，如少男少女在小窗下窃窃私语。喁（yóng）喁，语言应和，状亲密小声说话的声音。意本韩愈《听颖师弹琴》："昵昵儿女语，恩怨相尔汝。"　[27]"娇鸾"句：葛洪《西京杂记》："庆安世年十五，为成帝侍郎。善鼓琴，能为《双凤》《离鸾》之曲。"后以鸾离凤分、离鸾别凤喻夫妻离散、情人不能相聚。　[28]伯劳飞燕各西东：犹劳燕分飞，不能比翼齐飞，喻夫妻分离。古乐府《东飞伯劳歌》："东飞伯劳西飞燕，黄姑织女时相见。"王伯良曰："伯劳，恶鸟，性好单栖。《埤雅》引《禽经》，谓燕常向宿背飞，故取以为离别之喻。"　[29]凤求凰：司马相如向卓文君求爱时所弹之曲。其诗曰："凤兮凤兮归故乡，游遨四海求其皇，有一艳女在此堂，室迩人遐毒我肠，何由交接为鸳鸯。"又曰："凤兮凤兮从皇栖，得托子尾永为妃。交情通体必和谐，中夜相从别有谁。"（《史记·司马相如列传》司马贞索隐）　[30]歌曰：此为手弹之曲，非口唱之歌。　[31]愿言配德：希望匹配成婚。愿言，《诗经·邶风·终风》："寤言不寐，愿言则嚏。"郑玄笺："愿，思也。"言，语助词，无义。配德，德相匹配。　[32]相将：相随。李贺《官街鼓》："几回天上葬神仙，漏声相将无断绝。"清王琦注："将，犹随也。"　[33]断肠悲痛：《世说新语·黜免》："桓公入蜀，至三峡中，部伍中有得猿子者。其母缘岸哀号，行百余里不去，遂跳上船，至便即绝。破视其腹中，肠皆寸寸断。公闻之，怒，命黜其人。"故以"断肠"形容极度悲痛。　[34]"这一篇"句：王伯良曰："凡琴曲，各宫调自为始终，初弹之宫调，为本宫本调。张生先弄一曲，后改弦作《凤求凰》，故言此曲与初弹'本宫'，'始终'改换不同也。"　[35]"又不是"三句：《清夜闻钟》《黄鹤》《醉翁》《泣麟》《悲凤》，都是古代的琴曲名。关于这些琴曲的内容，旧注有如下解释：《清夜闻钟》，弘治本曰：出《诗苑丛林》。汉武时，未央宫殿前钟，无故自鸣三日三夜。东方朔认为铜乃山之子，钟鸣为山崩之兆。《黄鹤》，徐士范曰："出古文。湖南江夏郡，今湖广，辛氏卖酒，有一先生身着蓝缕，人物魁伟，入坐谓辛曰：'有好酒与饮。'辛以巨杯连奉三杯。明日复来，辛不待索又与之饮。如此常饮半载，辛未尝怒。一日，谓辛曰：'多负酒钱，无物可酬。'遂取黄桔皮画一鹤于壁上，每有沽客拍手歌之，其鹤自下舞。自后四方之士来饮者，皆留金帛以观鹤舞。十年之间，辛氏巨富，鹤乃飞去。乃盖黄鹤楼存焉。先生者，洞宾也。"《醉翁》，即《醉翁操》，是根据欧阳修散文《醉翁亭记》谱成的琴曲。《泣麟》，弘治本曰：出《孔子家语》。叔孙氏车士之子获麟，伤其左前足。叔孙以为不祥，弃之。孔子认为麟为瑞兽，应明王时出，今出非其时而被害，悲伤得涕泪沾衣。《悲凤》，徐士范曰："出《论语》，又《博物志》。凤，瑞应物也，太平则见，乱世则隐……凡所栖止，众禽必随之而集。故曰：羽虫三百六十，而凤凰为之长……舜时来仪，文王时鸣于岐山。孔子曰：'凤鸟不至，河不出图，吾已矣夫！'"　[36]一弄：即一曲。乐一曲曰一弄。　[37]知重：相知敬重。　[38]机变：奸巧欺诈。机，机械；变，变诈。《淮南子·原道训》："故机械之心藏于胸中。"高诱注："机械，巧诈也。"　[39]脱空：说谎，无着落。　[40]乞求得：巴不得、盼望着之意。　[41]并：《正字通》："并，竞也。"并女工，犹言赶着做活计。　[42]作诵：作念，说道。凌濛初曰："'作诵'，犹作念。无人处作诵，犹言背地里说我也。俗作'作俑'，谬。"　[43]疏棂：窗棂。疏，窗也。《史记·礼书》："疏房床第几席"，司马贞索隐："疏，谓窗也。"　[44]十二巫峰：传说巫山有十二峰。宋人祝穆《方舆胜览》十二峰曰："望霞、翠屏、朝云、松峦、集仙、聚鹤、净坛、上升、起云、飞凤、登龙、圣泉。"（《茶香室丛钞》所载与此不同）　[45]摩弄：王伯良、闵寓五释为"抟弄、制缚"之意，毛西河释为"摩娑抚弄"。摩弄即摸弄，抚摸。有调哄、曲意顺从之意。　[46]拦纵：复词偏义，犹阻拦、阻挡。　[47]一程儿：一些日子，一段时间。　[48]"则说道"二句：时下，目下，眼前。王伯良曰："唧哝，多言之谓。言亲事不成，以有人在夫人处间阻之也。问，即'管'字意。"毛西河曰："言夫人前目下有人为你说，定不落空也。"唧哝为多言意，今尚用之。但对"多言"的内容，王、毛却有相反的理解。王谓时下有人说坏话行间阻，再住一程则会有好转，不落空；毛谓时下有人说好话劝夫人，再住一程定有佳音。均通。后文"问"，即"管"字意。　　[49]斗引：亦作"逗引"，勾引，引诱，引逗。

[点评]

　　本来莺莺、张生的关系，自孙飞虎兵乱之后已由暗而明，合礼合法了，但老夫人赖婚一盆冷水浇了下来，合礼又变成非礼，制造了剧情的一大波澜。在家长的压力之下，心灵相通的恋人是退缩罢手，还是继续前行？本折戏就是沟通下一步争取目标的戏。目标既明，莺莺有勇气逾越礼教鸿沟，冲破家庭罗网，去与张生"效鸾凤"吗？这是下一本戏所要敷演的故事。

　　本折戏的主要笔墨是写莺莺和张生，但是他们的行动背后，都在表现着一个人物——红娘。夫人赖婚之后，红娘曾诺张生"与君谋之"，而"身为下婢，必不可以得言。夫必不可以得言，而顷者之诺张生，将终付之沉浮矣乎？又必不忍，而因出其阴阳狡狯之才，斗然托之于琴，而一则教之弹之，而一则教之听之。教之听之而诡去之，诡去之而又伏伺之，伏伺之而得其情与其语，则突如其出，而使莫得赖之，夫而后缓缓焉从而钓得之。"所以"此'琴心'一篇，双用莺莺、张生，反走过红娘，他却正是红娘文字"。（金圣叹评语）

　　本折与一本三折之"联吟"，人同（莺莺、张生、红娘）景同（月下）事同（莺莺烧香），写来却大不相同。盖"联吟"为张生眼中之月、眼中之莺莺，莺乃远觇之美人，诗化之美人；本折则是莺莺眼中之月、耳中之张生，琴乃近聆之心声，张生是音乐化之才子。"联吟"沟通的是心灵，所以心心相印之后企盼着穿针引线人"向东邻通殷勤"；本折则是心已同而人尚远，追求的是团圆，盼望的是有人来沟通信息，成就高唐一梦。同是吁天求助，透露出森严家规下千金小姐的孤独。同中求异，"犯"中求变，非大手笔不能办。

　　红娘听琴布署完成之后，又引诱莺莺主动去劝慰张生暂留，导出传简诸大关目，红娘的军师才能将大显身手。

　　戏曲舞台没有布景，张生、莺莺虽分处窗内外，而舞台空间并未隔开，生旦表演是互动的，观众看到的是完整统一的表演场面。

西厢记五剧第三本

张君瑞害相思杂剧

楔 子

（旦上云）自那夜听琴后，闻说张生有病，我如今着红娘去书院里，看他说甚么。（叫红科）（红上云）姐姐唤我，不知有甚事，须索走一遭。（旦云）这般身子不快呵，你怎么不来看我？（红云）你想张……（旦云）张甚么？（红云）我张着姐姐哩[1]。（旦云）我有一件事，央及你咱。（红云）甚么事？（旦云）你与我望张生去走一遭，看他说甚么，你来回我话者。（红云）我不去，夫人知道不是耍。（旦云）好姐姐，我拜你两拜，你便与我走一遭。（红云）侍长请起[2]，我去则便了。说道："张生，你好生病重[3]，

文秀堂评曰："叫红娘探望，可见思慕之极。"（秀本）

莺莺之拜，可与第二本第三折请宴赖婚后张生之跪红娘同看。

潘廷章曰："'害病'二句，将张生、小姐对针一挑，故将崔张关情深处，明明点破，亦早为下数节许多'一个'、'一个'埋伏下线索也。"（潘本）

则俺姐姐也不弱。"只因午夜调琴手，引起春闺爱月心。

【仙吕】【赏花时】俺姐姐针线无心不待拈[4]，脂粉香消懒去添，春恨压眉尖[5]。若得灵犀一点[6]，敢医可了病恹恹。（下）

（旦云）红娘去了，看他回来说甚话，我自有主意。（下）

> 徐渭曰："'灵犀一点通'，极亵之词也，如此用却亦免俗。"（徐画本）
>
> 相思画不出，被此说出如画。

[注释]

[1]张：看，望。 [2]侍长：也作"使长"，奴仆对主人的称呼。徐渭《南词叙录》："金元谓主曰使长。" [3]好生：好为程度副词，甚、太之意。生为语助词，见第一本第一折"怎生"注。 [4]不待：不想，不愿，犹懒得。 [5]春恨：指相思之愁。 [6]灵犀一点：犀牛角贯通两端的白线，比喻心心相印、两情相通。李商隐《无题》："身无彩凤双飞翼，心有灵犀一点通。"

[点评]

此承前折莺莺嘱红娘对张生说"着他再住一程"云云而来。让红娘去探望张生，只是一个交代行动的过场戏，却是整本大戏的点题之笔：张生病重。探病即是第三本大戏戏剧行动的中心，即戏核儿。

嘱咐红娘探望张生，虽是莺莺的主动行为，却也处处显示着红娘的妙手安排。前折末，红娘托言张生欲去，

诱出莺莺命红娘传语不肯别离志诚种云云的话头。从上
一折至整个第三本戏，莺莺、张生的诸般行动，都显示
着红娘军师般的手段。

第一折

（末上云）害杀小生也。自那夜听琴之后，再不能够见俺那小姐。我着长老说将去，道："张生好生病重！"却怎生不见人来看我？却思量上来，我睡些儿咱。（红上云）奉小姐言语，着我看张生，须索走一遭。我想咱每一家，若非张生，怎存俺一家儿性命也！

借僧传语，傻角不傻。

【仙吕】【点绛唇】相国行祠，寄居萧寺。因丧事，幼女孤儿，将欲从军死。

【混江龙】谢张生伸志 [1]，一封书到便兴师。显得文章有用，足见天地无私。若不是剪草除根半万贼，险些儿灭门绝户了俺一家儿。莺莺君瑞，许配雄雌；夫人失信，推托别词；将婚姻打灭，以兄妹为之。

如今都废却成亲事。一个价糊突了胸中锦绣[2]，一个价泪揾湿了脸上胭脂。

【油葫芦】憔悴潘郎鬓有丝[3]，杜韦娘不似旧时[4]，带围宽清减了瘦腰肢。一个睡昏昏不待观经史，一个意悬悬懒去拈针指[5]；一个丝桐上调弄出离恨谱，一个花笺上删抹成断肠诗；一个笔下写幽情，一个弦上传心事：两下里都一样害相思。

【天下乐】方信道才子佳人信有之[6]，红娘看时，有些乖性儿，则怕有情人不遂心也似此。他害的有些抹媚，我遭着没三思，一纳头安排着憔悴死。

　　却早来到书院里，我把唾津儿润破窗纸，看他在书房里做甚么。

【村里迓鼓】我将这纸窗儿湿破，悄声儿窥视。多管是和衣儿睡起，罗衫上前襟褶衼[7]。孤眠况味，凄凉情绪，无人伏侍。觑了他涩滞气色[8]，听了他微弱声息，看了他黄瘦脸儿。张生呵，你若不闷死，多应是害死。

【元和令】金钗敲门扇儿[9]。

徐渭曰："上句十句，各相分席，相为对衬，只此一句（按，指末句）总收，有千钧之力，莫糊涂看去。"（徐画本）

以上四曲叙二人相思原始，却是红娘出手相助之由，为后文行事之根据，并非寻常闲闲笔墨。

潘廷章曰："不是画出红娘，只欲画出一个害相思的张生来。"（潘本）

此折红娘于窗外窥窗内之张生，画出一个静态张生，痴而懦；下折则红娘于帐外窥帐内之莺莺，描摹一个动态的莺莺，慧而黠。

（末云）是谁？（红唱）

我是个散相思的五瘟使^[10]。俺小姐想着风清月朗夜深时，使红娘来探尔。

（末云）既然小娘子来，小姐必有言语。（红唱）

俺小姐至今脂粉未曾施，念到有一千番张殿试^[11]。

（末云）小姐既有见怜之心，小生有一简^[12]，敢烦小娘子达知肺腑咱。（红云）只恐他番了面皮。

【上马娇】他若是见了这诗，看了这词，他敢颠倒费神思。

他拽扎起面皮来^[13]："查得谁的言语你将来，这妮子怎敢胡行事！"他可敢嗤、嗤的扯做了纸条儿。

（末云）小生久后多以金帛拜酬小娘子。（红唱）

【胜葫芦】哎，你个馋穷酸俫没意儿^[14]，卖弄你有家私^[15]，莫不图谋你东西来到此？先生的钱物，与红娘做赏赐，是我爱你的金赀？

【幺篇】你看人似桃李春风墙外枝^[16]，卖俏倚门儿。

与第三本第二折〔斗鹌鹑〕及第三本第四折〔紫花儿序〕对看。这是经过红娘加工、夸张了的莺莺话语，体现了红娘的判断和性格，在塑造红娘形象的同时，也兼有刻画莺莺性格的作用。主婢声容并见，情态婉然。二曲有同有异，文笔神出鬼没，演员也得以尽展才华。

我虽是个婆娘有气志，则说道："可怜见小子，只身独自！"恁的呵，颠倒有个寻思[17]。

（末云）依着姐姐："可怜见小子，只身独自！"（红云）兀的不是也。你写来，咱与你将去。（末写科）（红云）写得好呵[18]，读与我听咱。（末读云）"珙百拜，奉书芳卿可人妆次[19]：自别颜范[20]，鸿稀鳞绝[21]，悲怆不胜。孰料夫人以恩成怨，变易前姻，岂得不为失信乎？使小生目视东墙，恨不得腋翅于妆台左右；患成思渴，垂命有日。因红娘至，聊奉数字，以表寸心。万一有见怜之意，书以掷下，庶几尚可保养。造次不谨[22]，伏乞情恕。后成五言诗一首，就书录呈：相思恨转添，谩把瑶琴弄。乐事又逢春，芳心尔亦动。此情不可违，虚誉何须奉[23]。莫负月华明，且怜花影重[24]。"（红唱）

【后庭花】我则道拂花笺打稿儿，元来他染霜毫不勾思[25]。先写下几句寒温序，后题着五言八句诗。不移时，把花笺锦字，叠做个同心方胜儿[26]。忒聪明，忒敬思[27]，忒风流，忒浪子[28]。虽然是假意儿[29]，小可的难到此[30]。

【青哥儿】颠倒写鸳鸯两字，方信道"在心为志"[31]。

（末云）姐姐将去，是必在意者！（红唱）[32]

看喜怒其间觑个意儿[33]。放心波学士！我愿为之，并不推辞，自有言词。则说道："昨夜弹琴的那人儿，教传示。"

这简帖儿我与你将去，先生当以功名为念，休堕了志气者！

【寄生草】你将那偷香手，准备着折桂枝[34]。休教那淫词儿污了龙蛇字[35]，藕丝儿缚定鹔鹏翅[36]，黄莺儿夺了鸿鹄志[37]；休为这翠帏锦帐一佳人，误了你玉堂金马三学士[38]。

（末云）姐姐在意者！（红云）放心，放心。

【煞尾】沈约病多般[39]，宋玉愁无二[40]，清减了相思样子。则你那眉眼传情未了时[41]，我中心日夜藏之。怎敢因而[42]，"有美玉于斯[43]"，我须教有发落归着这张纸[44]。凭着我舌尖儿上说词，更和这简帖儿里心事，管教那人儿来探你一遭儿。（下）

（末云）小娘子将简帖儿去了，不是小生说口，则是

唾语如珠，天然妙对。忽谑忽庄，直如戏海游龙。潘廷章曰："今看红娘，舌底真有青莲。"（潘本）

科举是君权专制时代官吏铨选制度的一个进步，可以使平民通过自己的才华和努力步入仕途，"乃是砚北人从来乐事"（金圣叹语），不必以书呆气、道学气责之。

一道会亲的符篆[45]。他明日回话，必有个次第[46]。且放下心，须索好音来也。且将宋玉风流策，寄与蒲东窈窕娘[47]。（下）

［注释］

[1]"谢张生"四句：王伯良曰："词隐生（按，沈璟号）云：'伸志'，言张生伸己之意志而拯救其危也；'文章有用'，指兴师之书；'天地无私'，言不容贼徒之肆恶而亟殄灭之也，即下'剪草除根'之意。"　[2]胸中锦绣：指胸中才学。织彩成文为锦，刺彩成文为绣，锦绣常用来比喻美好事物。此喻才学。　[3]潘郎鬓有丝：《晋书·潘岳传》："岳美姿仪，词藻绝丽。"后世称夫婿或情人为潘郎。又，潘岳《秋兴赋》："余春秋三十有二，始见二毛……斑鬓彪以承弁兮，素发飒以垂领。"因此有"愁潘"之称，未老先衰、鬓发斑白曰潘鬓。　[4]杜韦娘：本指唐代名妓。后用为曲调名，唐崔令钦《教坊记》有《杜韦娘》曲。孟棨《本事诗·情感》：唐代诗人司空李绅在京时，邀请曾做过江南刺史的刘禹锡到府中，酒席间，出妓侑酒。"刘于席上赋诗曰：'鬓鬒梳头宫样妆，春风一曲杜韦娘。司空见惯浑闲事，断尽江南刺史肠。'李因以妓赠之。"（范摅《云溪友议》作刘禹锡与杜鸿渐事、胡仔《苕溪渔隐丛话》后集卷九引《唐宋遗史》作韦应物与杜鸿渐事。但三说均与史实相违，参见近人岑仲勉《唐史余渖》卷三"司空见惯"）。此后杜韦娘便成了妓女或美女的代称，此喻指莺莺，而司空见惯则用指习以为常的事物。　[5]悬悬：牵挂，思念。蔡琰《胡笳十八拍》："身归国兮儿莫之随，心悬悬兮长如饥。"　[6]"方信道"七句：徐渭云："盖言常人牵情，不过常态，而崔张二人，一个如此，一个如彼，如上文云云，是其害相思有些害得乔样也。看来才子佳人虽是害相思，亦与常人不同，故曰'信有之'。既

又言，或者有一种有情人，不遂心时容亦有如此者。但说使是我遭着，决没许多乔样，只'一纳头'准备'憔悴死'而已。""没三思""憔悴死"似以指崔张为是。言莺莺、张生毫无主意，只能害相思而死了。若指红娘，与身份、性格不符。乖，反常，背离。抹媚，凌濛初注：抹，"一作魔"。迷惑、迷恋很深的意思。没三思，元人称心为三思台，没三思为无心之谓，引申为不明白、没主意、困惑诸义。关汉卿《钱大尹智宠谢天香》第一折："想当也波时，不三思，越聪明不能够无外事。"不三思，即没三思。一纳头，埋头，低头，有一心一意的意思。　[7] 褶袚（zhé zhì）：衣服上的褶皱。徐士范曰："褶，音折，衣褶；袚，音至，直也，皱也。"　[8] 涩滞气色：面色无光，没精打彩。　[9] 钗：妇女首饰。由两股合成，《释名·释首饰》："钗，叉也，象叉之形因名之也。"　[10] 五瘟使：本指传播瘟疫疾病的瘟神，又称五瘟神。《三教搜神大全》卷四：五瘟神乃五方力士，在天为五鬼，在地为五瘟：春夏秋冬四瘟及总管中瘟。后为匡阜真人收为部将。但红娘乃为张生排遣相思者，而非传播者。张之相思本已有之，故亦不靠红娘传播。此之"五瘟使"，盖指"氤氲使"。宋人陶毂《清异录·仙宗》云："世人阴阳之契，有缱绻司总统，其长官号氤氲大使。诸夙缘冥数当合者，须鸳鸯牒下乃成。"主婚姻成就，则相思自除。散者，遣散排除之谓，非散布之散。"五瘟使"，依律"五"当用仄声，故不得更为"氤氲使"。　[11] 殿试：又称廷试，本是科举考试中由皇帝对会试合格者在廷殿上进行的考试。宋元间用为对读书人的敬称。　[12] 简：指书信，亦即简帖，盖书于竹谓之简（参见第一本第一折注），书之于帛则曰帖。　[13] 拽扎：本指绷紧，收拾起。拽扎起面皮，犹板起脸来。　[14] 馋穷酸俫：犹穷酸，对贫寒读书人的调侃称呼。俫，语尾助词。没意儿：没意思。　[15] 家私：家财，家产。《俗呼小录》："器用曰家生，又曰家私。"　[16]"你看"二句：王伯良曰："若你把钱物作赏赐而我受了，你是看我做墙花路柳、卖笑倚门而为娼妓等人也。我虽婢子，却有志气而不重钱物，你只下个小心求我，我倒有个寻思，而替你寄去不辞耳。"桃李春风墙外枝，犹言出墙花。宋叶绍翁《游园不值》："春色满园关不住，一枝红杏出墙来。"后以出墙花、墙外枝喻指妓女。卖俏倚门，指妓女生涯。《史记·货殖列传》："刺绣文，不如倚市门。"　[17]颠倒：反倒，反而。毛西河曰："颠倒，犹反也。"　[18]写得好：犹写完了。好，完成，完毕。　[19]芳卿：对女子的亲敬称呼。可人：《礼记·杂记下》："其所与游辟也，可人也。"孔颖达疏："可人也者，谓其人性行是堪可之人也，可任用。"称可意人、称心如意人为可人。妆次：妆台之间，书信中对女子的敬称，犹称男子为阁下。　[20]颜范：容颜，模样。范，模也，型也。　[21]鸿稀鳞绝：没有音信。鸿即雁，雁传书事始自《汉书·苏武传》："（常惠）教使者谓单于，言天子射上林中，得雁，足有系帛书，言武等在某泽中。"这是常惠教汉朝使者编造的话，所言非实。雁传书的实例，见于陶宗仪《南村辍耕录》及《元史·郝经传》：中统元年三月，元世祖欲定和议于宋，以郝经充国信使以行，被贾似道拘留十六年。郝曾用帛书诗，系于雁足。汴中民获雁于汴梁金明池。清许鸿磐《六观楼北曲六种·雁帛书》即衍其事，以证雁传书事系于苏武之讹。鳞，指鱼，古乐府《饮马长城窟行》："客从远方来，遗我双鲤鱼。呼儿烹鲤鱼，中有尺素书。"又，《史记·陈涉世家》："（陈涉、吴广）乃丹书帛曰'陈胜王'置人所罾鱼腹中。卒买鱼烹食，得鱼腹中书，固以怪之矣。"故有鱼传书之说。　[22]不谨：不戒慎，不小心，有冒失意，谦语。　[23]虚誉：虚名。"虚"，原作"芳"，与"芳心"重，据弘治本改。　[24]花影重：花荫浓密，《六一诗话》："风暖鸟声碎，日高花影重。"　[25]霜毫：本指秋天的兽毛。秋天兽毛末端最细，制笔最佳。毛笔以兔羊等毛为头，故以霜毫代指毛笔。勾思：即构思，指创作之前对作品内容及表现手段进行的思考。　[26]方胜儿：本指方形彩结，是古代妇女用丝织品做成的装饰品。一说方胜即同心结，见第二本第四折注。此指叠成方形或菱形的信笺。　[27]敬思：《元曲释词》释为"风流放浪、潇洒可爱之意"，说是。"敬思"，原作"煞思"，据弘治本改。　[28]浪子：本指不顾士行的轻薄子弟，贬义词；在元代特殊社会风气下，具有了褒义，风流潇洒的意思，第五本第三折之"浪子官人，风流学士"即同此义。　[29]假意儿：犹言假惺惺，虚情假意。这里有卖弄聪明、夸张卖弄之意，与后面莺莺的"假意儿"有轻重之别。　[30]小可：轻微、平常之谓；小可的，指人，犹等闲之辈、寻常之人。　[31]在心为志：《毛诗序》："诗者，志之所之也，在心为志，发言为诗。"这里隐去后句，意取"发言为诗"。毛西河曰："在心为志，发之为诗，此正嘉其能发为诗，故引此一句作歇后语，犹下曲'有美玉于斯'一例。若《谢天香》剧：'圣人道，在心为志，发言为诗'，则全引之者。"　[32]"（末云）"至"（红唱）"，原无，据毛西河本补。　[33]喜怒其间觑个意儿：在莺莺高兴的时候找个机会。喜怒其间，犹欢喜之时。喜怒，偏义复词，取喜义。　[34]折桂枝：《晋书·郤诜传》："武帝于东堂会送，问诜曰：'卿自以为何如？'诜对曰：'臣举贤良对策，为天下第一，犹桂林之一枝、昆山之片玉。'"后以"折桂"比喻科举及第。　[35]龙蛇字：形容字体流利，笔势如龙盘蛇曲。李白《草书歌行》："时时只见龙蛇走，左盘右蹙如惊电。"　[36]藕丝：喻感情之缠绵。　[37]黄莺：用为美女的代称。孟棨《本事诗·情感》载，戎昱与所爱将别，为诗命歌之："好去春风湖上亭，柳条藤蔓系离情。黄莺久住浑相识，欲别频啼四五声。"黄莺，双关莺莺。鸿鹄志：指远大抱负。《史记·陈涉世家》："陈涉少时，尝与人佣耕。辍耕之垄上，怅恨久之，曰：'苟富贵，无相忘。'佣者笑而应曰：'若为佣耕，何富贵也？'陈涉太息曰：'嗟乎，燕雀安知鸿鹄之志哉！'"　[38]玉堂金马三学士：喻才华出众的人。宋王辟之《渑水燕谈录·高逸》：欧阳文忠公、赵少师、吕学士同燕集，文忠公亲作口号云："金马玉堂三学士，清风明月两闲人。"金马，汉代宫门名。《史记·滑稽列传》："金马门者，宦署门也。门傍有铜马，故谓之曰金马门。"旧以身历玉堂金马为仕宦得意。　[39]沈约病多般：《南史·沈约传》：沈约与徐勉书，言己老病，"百日数旬，革带常应移孔；以手握臂，率计月小半分。"此句喻像沈约一样多病。　[40]宋玉愁无二：与宋玉的愁一模一样。宋玉，战国文学家，他所写的《九辩》多悲愁之语："独悲愁其伤人兮，冯（按，凭，愤懑）郁郁其何极！"后人言悲秋、愁多，多以宋玉为喻。　[41]"则你那"二句：意谓早在你们没完没了地以眉目传情的时候，我就已经看在眼里记在心里了。眉眼传情，即以目送情。《诗经·小雅·隰桑》："中心藏之，何日忘之。""则你那"三字，原作"咱"，据《雍熙乐府》本改；"我"字原无，据《雍熙乐府》本补。　[42]因而：草率、凑合、怠慢、不重视之意。　[43]有美玉于斯：《论语·子罕》："有美玉于斯，韫椟而藏诸？求善贾而沽诸？"这里用为歇后语，取"韫椟而藏诸"，放在柜子里藏起来之意。此喻才华之士尚未显达。　[44]发落：处置。归着：着落，结果。　[45]会亲：本是婚姻的一种礼仪，指婚后男女两家共邀亲属相见之礼。吴自牧《梦粱录·嫁娶》："至一月，女家送弥月礼合，婿家开筵，延款亲家及亲眷，谓之贺满月会亲。"（卷二十）剧中指成亲、结合。符箓（lù）：道教符箓派用来遣神役鬼、镇魔压邪、治病消灾的一种似字非字的图形。符者，屈曲作篆籀及星雷之文；箓者，素书，记供役使的诸天曹官属吏佐之名。道家受道必先受符箓。佛教则以绘佛菩萨为之。参见第五本第四折"护身符"注。这里指有灵验的文书神符。　[46]次第：此为分晓、结果意。　[47]窈窕（yǎo tiǎo）娘：美好的女子。《诗经·周南·关雎》："窈窕淑女，君子好逑。"毛亨传："窈窕，幽闲也。"《楚辞·九歌·山鬼》："子慕予兮善窈窕。"王逸注："窈窕，好貌。"

［点评］

老夫人赖婚之后，莺莺、张生、红娘与老夫人的矛盾冲突，已是曲在夫人，因此也给了青年男女以正当的借口和更大的勇气。表现在莺莺身上，便是增加了对母亲的怨怼情绪和冲破礼教围墙的勇气，本折主动命红娘探问张生就是表现之一；在红娘则是对莺莺、张生的支持明朗化、主动化。但也因为老夫人一家之主的身份，又使刚刚由隐而显的青年男女的爱情，由明而复暗，不得不隐蔽起来。

张生能否与莺莺成为眷属，取决于两个条件：一是莺莺是否有决心和勇气与张生协力同心去争取自身的幸福；二是老夫人能否顺从青年男女的意愿，承认由爱而婚。而莺莺的态度又具有决定性的作用。自本折开始，戏剧冲突便在老夫人阴影笼罩下的青年男女之间展开。

本折戏虽然有通过红娘之口、红娘之眼表现莺莺与张生两种任务，但更主要的却是在表现红娘。魏仲雪曰："生慧不如莺，莺巧不如红，故生被莺擒了神魂，莺被红持了线索。"（魏本）潘廷章评得更为详细："此篇写得红娘一片风云，使人捉着犹将飞去。当其未晤张前，纯是一段怜才盛心，何其凄悯；一入门来，便作诙谐排调之词，将自家抬到九霄云里，骂得张生酸气直逼；及尺牍方成，忽然大声赞扬张生，一时弄巧市才情景，被他洞见肺腑；乃赞扬未已，复加安慰，安慰未已，又加教训。即良医之于病人、严师之于学者，未有体贴谆复至于如此者也。忽嗔忽喜，忽予忽夺，使张生一时捉摸不来，几于颠倒豪杰矣。张懦于用情，波澜不出，红事事从中提掇，故不觉入其云中也。红真人杰也哉！"（潘本）张生急不择言，一句"金帛相酬"，便引来红娘冰雹般的嘲骂，张生之痴、之呆、之懦，红娘之义、之灵、之利，非止人杰，且侠士风骨，活现氍毹，一言一动煞是传神。舞台上正末、小旦表演各有路数，相映成趣，真是吸夺观众眼目的好戏。

　　红娘、张生多作满心满意之语，却是铺垫文字，全为后折莺莺之见简怒发蓄势。

第二折

（旦上云）红娘伏侍老夫人，不得空，偌早晚敢待来也。困思上来，再睡些儿咱。（睡科）（红上云）奉小姐言语，去看张生，因伏侍老夫人，未曾回小姐话去。不听得声音，敢又睡哩。我入去看一遭。

【中吕】【粉蝶儿】风静帘闲，透纱窗麝兰香散[1]，启朱扉摇响双环。绛台高[2]，金荷小[3]，银釭犹灿[4]。比及将暖帐轻弹，先揭起这梅红罗软帘偷看[5]。

【醉春风】则见他钗嚲玉横斜，鬓偏云乱挽。日高犹自不明眸，畅好是懒，懒。（旦做起身长叹科）（红唱）半晌抬身，几回搔耳，一声长叹。

我待便将简帖儿与他，恐俺小姐有许多假处哩。我

则将这简帖儿放在妆盒儿上，看他见了说甚么。（旦做照镜科，见帖看科）（红唱）

【普天乐】晚妆残[6]，乌云軃[7]，轻匀了粉脸，乱挽起云鬟。将简帖儿拈，把妆盒儿按，开拆封皮孜孜看[8]，颠来倒去不害心烦。

（旦怒叫）红娘！（红做意云[9]）呀，决撒了也[10]！厌的早挖皱了黛眉[11]。

（旦云）小贱人，不来怎么！（红唱）

忽的波低垂了粉颈，氲的呵改变了朱颜。

（旦云）小贱人，这东西那里将来的？我是相国的小姐，谁敢将这简帖来戏弄我？我几曾惯看这等东西？告过夫人，打下你个小贱人下截来。（红云）小姐使将我去，他着我将来，我不识字，知他写着甚么？

【快活三】分明是你过犯[12]，没来由把我摧残；使别人颠倒恶心烦。你不"惯"，谁曾"惯"？

姐姐休闹，比及你对夫人说呵，我将这简帖儿，去

汤显祖曰："三句递伺其发怒次第也：皱眉，将欲决撒也；垂颈，又踌躇也；变朱颜，则决撒矣。"（毛本）

潘廷章曰："三句有无数转关，此事如何应付，还是认真认假，低头一算，便决计撒起假来。"（潘本）

莺莺撒假红未识破，红娘推脱干净亦将莺瞒过。平手。

红反客为主，转守为攻。

水来土掩，莺以"逗"字接招儿。

夫人行出首去来[13]！（旦做揪住科）我逗你耍来。（红云）放手，看打下下截来！（旦云）张生两日如何？（红云）我则不说。（旦云）好姐姐，你说与我听咱！（红唱）

【朝天子】张生近间、面颜，瘦得来实难看。不思量茶饭，怕见动弹[14]；晓夜将佳期盼，废寝忘餐。黄昏清旦，望东墙淹泪眼。

（旦云）请个好太医看他证候咱[15]。（红云）他证候吃药不济。

病患、要安，则除是出几点风流汗。

莺莺搪过红娘，继续做假。

（旦云）红娘，不看你面时，我将与老夫人看，看他有何面目见夫人！虽然我家亏他，只是兄妹之情，焉有外事。红娘，早是你口稳哩，若别人知呵，甚么模样！（红云）你哄着谁哩！你把这个饿鬼，弄的他七死八活，却要怎么？

【四边静】怕人家调犯[16]，"早共晚夫人见些破绽，你我何安。"问甚么他遭危难？撺断、得上竿[17]，掇了梯儿看。

（旦云）将描笔儿过来，我写将去回他，着他下次休是这般！（旦做写科）（起身科云）红娘，你将去说："小

姐看望先生，相待兄妹之礼如此，非有他意。再一遭儿是这般呵，必告夫人知道。"和你个小贱人都有说话！（旦掷书下）（红唱）

又将红娘瞒过。

【脱布衫】小孩儿家口没遮拦[18]，一迷的将言语摧残[19]。把似你使性子[20]，休思量秀才，做多少好人家风范[21]。（红做拾书科）

开始渲染两情难通。

【小梁州】他为你梦里成双觉后单，废寝忘餐。罗衣不奈五更寒[22]，愁无限，寂寞泪阑干[23]。

【幺篇】似这等辰勾空把佳期盼[24]，我将这角门儿世不曾牢拴，则愿你做夫妻无危难。我向这筵席头上整扮[25]，做一个缝了口的撮合山。

（红云）我若不去来，道我违拗他，那生又等我回报，我须索走一遭。（下）（末上云）那书倩红娘将去，未见回话。我这封书去，必定成事。这早晚敢待来也。（红上）须索回张生话去。小姐，你性儿忒惯得娇了！有前日的心，那得今日的心来？

【石榴花】当日个晚妆楼上杏花残[26]，犹自怯衣单；那一片听琴心清露月明间。昨日个向晚，不怕春寒，几乎险被先生馔[27]。那其间岂不胡颜[28]？为一个不酸不醋风魔汉[29]，隔墙儿险化做了望夫山[30]。

与三本一折〔上马娇〕及三本四折〔紫花儿序〕对看。

【斗鹌鹑】你用心儿拨雨撩云，我好意儿传书寄简。不肯搜自己狂为，则待要觅别人破绽。受艾焙权时忍这番^[31]，畅好是奸^[32]！

"张生是兄妹之礼，焉敢如此！"

对人前巧语花言；

没人处便想张生，

背地里愁眉泪眼。

（红见末科）（末云）小娘子来了，擎天柱^[33]，大事如何了也？（红云）不济事了，先生休傻。（末云）小生简帖儿，是一道会亲的符箓，则是小娘子不用心，故意如此。（红云）我不用心？有天哩^[34]！你那简帖儿好听！

【上小楼】这的是先生命悭，须不是红娘违慢。那简帖儿到做了你的招状^[35]，他的勾头^[36]，我的公案^[37]。若不是觑面颜^[38]，厮顾盼，担饶轻慢。

先生受罪，礼之当然。贱妾何辜？

争些儿把你娘拖犯^[39]！

【幺篇】从今后相会少，见面难。月暗西厢，凤去秦楼，云敛巫山。你也赸[40]，我也赸，请先生休讪[41]，早寻个酒阑人散。

（红云）只此再不必申诉足下肺腑，怕夫人寻，我回去也。（末云）小娘子此一遭去，再着谁与小生分剖？必索做一个道理，方可救得小生一命。（末跪下揪住红科）（红云）张先生是读书人，岂不知此意，其事可知矣。

张生之懦又见。

【满庭芳】你休要呆里撒奸[42]。你待要恩情美满，却教我骨肉摧残。老夫人手执着棍儿摩娑看[43]，粗麻线怎透得针关[44]？直待我拄着拐帮闲钻懒[45]，缝合唇送暖偷寒。

待去呵，小姐性儿撮盐入火[46]，

消息儿踏着泛[47]；

待不去呵，（末跪哭云）小生这一个性命，都在小娘子身上。（红唱）

张生失望已极。

禁不得你甜话儿热趱[48]。好着我两下里做人难。

我没来由分说，小姐回与你的书，你自看者。（末接科，开读科）呀，有这场喜事！撮土焚香[49]，三拜礼毕[50]。早知小姐简至，理合远接；接待不及，勿令见罪。小娘子，和你也欢喜。（红云）怎么？（末云）小姐骂我都是假，书中之意，着我今夜花园里来，和他"哩也波，哩也啰"哩[51]！（红云）你读书我听。（末云）"待月西厢下，迎风户半开。隔墙花影动，疑是玉人来。"（红云）怎见得他着你来？你解与我听咱。（末云）"待月西厢下"，着我月上来；"迎风户半开"，他开门待我；"隔墙花影动，疑是玉人来"，着我跳过墙来。（红笑云）他着你跳过墙来，你做下来[52]。端的有此说么？（末云）俺是个猜诗谜的社家[53]，风流隋何[54]，浪子陆贾。我那里有差的勾当？（红云）你看我姐姐，在我行也使这般道儿[55]。

【耍孩儿】几曾见寄书的颠倒瞒着鱼雁，小则小心肠儿转关。写着道西厢待月等得更阑，着你跳东墙"女"字边"干"[56]。元来那诗句儿里包笼着三更枣[57]，简帖儿里埋伏着九里山[58]。他着紧处将人慢。恁会云雨闹中取静，我寄音书忙里偷闲[59]。

【四煞】纸光明玉板[60]，字香喷麝兰，行儿边湮透非春汗？一缄情泪红犹湿[61]，满纸春愁墨未干。从今后休疑难，放心波玉堂学士，稳情取金雀鸦鬟[62]。

逼至绝地，然后趁势一转，别开奇境。

李卓吾曰："不济不济，如何都说出来？"（容本）徐渭曰："张生能解莺莺意，未解瞒红娘，心语以泄败，信然不如莺莺多矣。"（徐参本）

志诚种活现。

"奸"字极亵极俗，用拆字格写出，所谓巧语解秽。

又开始渲染两情必谐。

【三煞】他人行别样的亲，俺根前取次看[63]，更做道孟光接了梁鸿案[64]。别人行甜言美语三冬暖[65]，我根前恶语伤人六月寒[66]。我为头儿看[67]：看你个离魂倩女[68]，怎发付掷果潘安[69]。

（末云）小生读书人，怎跳得那花园过也。（红唱）

【二煞】隔墙花又低，迎风户半拴，偷香手段今番按[70]。怕墙高怎把龙门跳[71]？嫌花密难将仙桂攀。放心去，休辞惮。你若不去呵，望穿他盈盈秋水，蹙损了淡淡春山[72]。

（末云）小生曾到那花园里，已经两遭，不见那好处。这一遭，知他又怎么？（红云）如今不比往常。

【煞尾】你虽是去了两遭，我敢道不如这番。你那隔墙酬和都胡侃[73]，证果的是今番这一简[74]。（红下）

（末云）万事自有分定，谁想小姐有此一场好处。小生是猜诗谜的社家，风流隋何，浪子陆贾，到那里挖扎帮便倒地[75]。今日颏天百般的难得晚[76]。天，你有万物于人，何故争此一日？疾下去波！读书继晷怕黄昏[77]，不觉西沉强掩门。欲赴海棠花下约，太阳何苦又生根？（看天云）呀，才晌午也，再等一等。（又看科[78]）今日万般的难得下去也呵！碧天万里无云，空劳倦客身心[79]。恨杀鲁阳贪战[80]，不教红日西沉。呀，却早倒西也，再等一等咱。无端三足乌[81]，团团光烁烁。安得后羿弓[82]，射此一轮落！谢天地，却早日下去也。呀，却早发擂也！呀，却早撞钟也！拽上书房门，到得那里，手挽着垂杨，滴流扑跳过墙去。（下）

又酸又腐的傻角！

张生希望满满。

[注释]

[1]香散：香飘。　[2]绛台：红色的烛台。　[3]金荷：亦称铜荷，烛台上部承接烛泪的铜盘，盘为荷花形，盘上插烛。　[4]银釭（gāng）：灯。灿：《集韵》："灿，明貌。"此指灯亮。　[5]梅红罗软帘：淡红色绫罗所制帐帘，闺房床帐多用之。软帘，旧时挂于堂屋门上或床帐上的帘子，以其轻软，故称软帘。　[6]晚妆残：王伯良曰："晨而曰'晚妆'，宿妆未经梳洗也。""晚妆"，原作"晓妆"，据弘治本、王伯良本改。　[7]乌云髯："髯"为歌戈韵，此处叶寒山韵，依王季思说，读如"tǎn"，关汉卿《钱大尹智勘绯衣梦》第一折："则今番临绣床有些儿不耐烦，则我这睡起来云鬓儿觉偏髯，插不定秋色玉连环。"可知有读如"坦"者。　[8]孜孜看：仔细看，认真看。　[9]做意：做出某种表情。此指做出警觉、注意的样子。　[10]决撒：败露，坏了事。　[11]挖（gē）皱：皱起，紧皱。　[12]过犯：过错，罪过。　[13]出首：自首，《六部成语·刑部·出首》注解："一同犯事之人，出头告官也。"此指告发。　[14]怕见：懒得。　[15]太医：本指御医。元设太医院，管领所有医生，供随时召用，一般医生也可称太医。证候：即症候，病情、症状。旧说病随各经转变，都有一定日期，满若

干日为一候，故称证候。　　[16]调（tiáo）犯：嘲笑讥讽，说是道非。凌濛初曰："调犯，即调舌。"　　[17]"撺（cuān）断"二句：意谓鼓动别人登梯子爬上竿去，自己却撤走梯子，看人家下不来的样子。这里是说莺莺惹得张生害了相思病，却又撒手不管。撺断，今口语谓之撺掇，从旁鼓动、怂恿之意。　　[18]口没遮拦：口不严，犹今言说话没把门儿的。"拦"，原作"栏"，据张深之、毛西河本改。　　[19]一迷的：一味的，一个劲的。　　[20]把似：假如，与其。　　[21]好人家：犹言官宦人家。　　[22]"罗衣"句：是说张生彻夜不眠，凄凉不堪。不奈，即不耐，不能抵挡。五更，夜将明的时候，参见第一本第三折"更"注。　　[23]泪阑干：犹泪纵横。　　[24]"似这"句：盼望佳期到来，好像等待辰勾星出来一样困难。王伯良曰："辰勾，水星。其出虽有常度，然见之甚难……张衡云：'辰星，一名勾星。'《博雅》云：'辰星，谓之钩星，'故亦谓之辰勾……晋灼谓：'常以四仲之月，分见奎、娄、东井、角、亢、牵牛之度；然亦有终岁不一见者。'盼佳期如等辰勾之出，见无夜不候望也。《青衫泪》剧：'恰便似盼辰勾，逢大赦。'"　　[25]"我向这"二句：凌濛初曰："婚姻筵席媒人与焉，故戏言筵席间整备，做不漏泄的媒人。"王伯良谓指莺莺张生："我只愿你安稳做了夫妻，向筵席头上打扮去做新人，我做个缝了口的媒人，决不漏泄此事也。"凌说是。整扮，妆扮整齐，可指男，亦可指女，此指红娘。撮合山，媒人。陈眉公云："撮合山，一山名敖山，自南而北，一山名返山，自北而南，誓不相合。后有一仙人和合，劝之相连，以比今之媒人通合。"此说最早见于弘治本，后多从之，谓出《不说》，又《地理志》。　　[26]"当日个"三句：凌濛初曰："言晚妆怕冷，听琴就不怕冷。"　　[27]先生馔（zhuàn）：《论语·为政》："有事，弟子服其劳；有酒食，先生馔。曾是以为孝乎？"馔，本指吃喝，凌濛初谓："调成语也，言听琴时几乎被他到了手也。"闵寓五也持此说,可见当时用法如此。毛西河曰:"'先生馔',正用四书语借作调侃,元词多如此。如《岳阳楼》剧:'总是个有酒食,先生馔。'"　[28]胡颜:没脸、丢丑的意思。　[29]不酸不醋:即酸醋,酸溜溜。"不"字助音无义。　[30]"隔墙"句:是说莺莺听琴时伫立良久,险些化成望夫石。所谓望夫山、望夫石,所在多有,郦道元《水经注》之"江水"及"浊漳水"注,均有载,传说亦甚多。刘义庆《幽明录》:"武昌阳新县北山上有望夫石,状若人立。相传昔有贞妇,其夫从役,远赴国难,其妇携弱子饯送此山,立望夫而化为石,因以为名焉。"　[31]艾焙(bèi):艾,药用植物名,《诗经·王风·采葛》:"彼采艾兮,一日不见,如三岁兮。"毛亨传:"艾,所以疗疾。"艾焙,点然之艾绒卷。《本草·艾火》:"主治:灸百病,若灸诸风冷疾,入硫黄末少许尤良。"作动词用,则指用艾绒卷烤灸患者经穴。剧中为责备、训斥之意。　[32]畅好是奸:王伯良引沈璟云:"'乾',似不如'奸'字明白,言莺之奸诈为甚也。"闵寓五云:"'畅好是奸',满情满意的奸诈也。"徐士范本"奸"作"乾",失之。　[33]擎(qíng)天柱:古人认为天的四周都有柱子支撑,这些柱子便是擎天柱。《淮南子·览冥训》有"女娲炼五色石以补苍天,断鳌足以立四极"的记载,《淮南子·天文训》也有共工与颛顼争为帝时怒触不周山,使天柱折,故天倾西北,地不满东南的记载。旧题东方朔所撰的《神异经·中荒经》又说:"昆仑之山有铜柱焉,其高入天,所谓天柱也,围三千里,周圆如削。"　[34]"哩",原作"理",据弘治等诸本改。　[35]招状:犯人招认罪行的供词。　[36]勾头:逮捕人的拘票。　[37]公案:指重要事件,也指依法令而判断的案件,此指后者。　[38]"若不是"三句:如果不是看着彼此的面子,手下留情,容忍了你有失分寸的行为。顾盼,本作"看""视"解,这里是照顾、留情的意思。担饶，也作耽饶，担待宽恕之意。　[39]争些：许政扬曰：
"'争'就是'差'；'争些儿'就是'差点儿'，与'险些儿'同。
亦作'争些个''争些子'。"拖犯：连累犯案。　[40]赸（shàn）：
王伯良曰："北人方语，谓走为赸，见《墨娥小录》。"　[41]讪
（shàn）：埋怨，毁谤。《礼记·少仪》："为人臣下者，有谏而无讪。"
孔颖达疏："讪，为道说君之过恶及谤毁也。"　[42]呆里撒奸：内
藏奸诈而故作诚实。　[43]摩娑：抚摸，此言老夫人手摸弄着棍
子早有准备。　[44]针关：穿线的针孔。粗麻线穿不过小小的针
孔，喻无能为力，其事难成。　[45]"直待我"二句：帮闲钻懒，
管别人的闲事，替别人做无聊的事。此指为男女传情。送暖偷寒，
指男女间暗中传情递意。王伯良曰："'帮闲钻懒'，须手脚利便；
'送暖偷寒'，须口舌无禁忌。又言你如今直待要我打得伤了，拄
着拐去帮衬？禁得不说话，缝了唇，去传递耶？"　[46]撮盐入
火：盐入火即爆，用以比喻脾气急躁。《水浒传》第十三回："为
是他性急，撮盐入火。"　[47]消息儿踏着泛：踩着了机关的泛子，
中人圈套、落入机关的意思。消息儿，即机关，靠机械使物体转
动，常用以捕兽、陷人。泛，亦称泛子，即机纽，触动它机关才
能转动。　[48]甜话儿热趱（zàn）：用好话催说。《集韵》："趱，
音赞，逼使走也。"　[49]撮土焚香：事本吕洞宾。曾达臣《独醒
杂志》卷五：有人对林灵素试以小法术：捻土于香炉中，往几案
上喷些水，再扣上个杯子，一会儿就闻到香气郁然。"仍得片纸，
纸间有诗云：'捻土为香事有因，如今宜假不宜真。三朝宰相张
天觉，四海闲人吕洞宾。'"《大宋宣和遗事》亦载此事，唯诗小
异。后指以土代香，郑廷玉《看钱奴买冤家债主》第一折："我也
无那香，只是捻土为香。"　[50]三拜：僧俗均有三拜，俗家三拜
表示对宾客的普遍敬重，僧人三拜表示心身口归心敬仰。见《仪
礼·乡射礼》及郑玄注、《释氏要览》。张生曰三拜，以示特殊敬

重之意。　[51]哩也波哩也罗：北方方言，无具体含义，用以代指不便明言的事，用法与"如此这般"相同。　[52]做下来：做出不正当的事情来，指男女私通。　[53]猜诗谜的社家：犹言解诗的行家。猜诗谜是宋元时伎艺的一种，不同伎艺的人组成不同团体，叫商社或社会。参加某社会的人，即称某某社家（猜诗谜社，见《都城纪胜》《法苑珠林》卷九二）。[54]"风流"二句：隋何、陆贾都是汉初人，二人都长于说辞。隋何曾为刘邦说降楚将黥布，事见《史记·黥布列传》。陆贾曾出使南越，说南越王赵佗内附。隋、陆二人均未见风流浪子事迹。《史记》陆传载："陆生常安车驷马，从歌舞鼓琴瑟侍者十人。"又著书十二篇，号为《新书》。王伯良引杨用修诗，有"曾把风流恼陆郎"句；戏曲中以风流浪子目隋、陆者不乏其例：李玉《意中人》第十二出"面定"，刘梦花赞史弘："才同昔日相如，情比当年何贾。"情，指男女之情；何贾，即隋何、陆贾。吴伟业《秣陵春》第十四出"镜影"："单衣试酒，客心潇洒，浪子隋何陆贾。天台何处赚胡麻，一笑风流调法。"凌濛初曰："元剧用事，正不必正史有也。"（《西厢记五本解证》第二本第一折）　[55]道儿：圈套。凌濛初云："道儿，方语，元白中多有'休着了道儿'等语，《水浒传》李逵云：'着了两遭道儿。'可证。"　[56]跳东墙：《孟子·告子》："逾东家墙而搂其处子，则得妻；不搂，则不得。"此暗用其事。女字边干（gān）：拆字格，"奸"字。　[57]三更枣：为约会的暗语。《高僧传》载，禅宗五祖弘忍传法于六祖惠能时，给了他三粒粳米一枚枣，惠能领悟到是让他"三更早来"的隐语。《坛经·行由第一》则云，惠能春米，五祖至，"以杖击碓三下而去"，惠能即会祖意，三更入室，祖为说《金刚经》，传授衣钵。　[58]埋伏九里山：计谋圈套之意。徐士范曰："汉高祖、韩信与项羽战，在徐州九里山前，与樊哙、王陵、亚夫等兵，排作八八六十四卦阵势，十面埋

伏，以降羽，逼至乌江。"事不见史书，小说戏曲多称其事。无
名氏《随何赚风魔蒯通》第一折："他（按，指韩信）在九里山
前，只一阵，逼得项羽自刎乌江。"第四折："九不合九里山十面
埋伏。"　[59]忙里偷闲：忙中抽空。　[60]玉板：纸名，即玉板宣，
白宣纸的一种，柔韧光洁，宜于书画。"板"亦作"版"，据《蜀
笺谱》，蜀中造有玉板、贡余等笺。　[61]"一缄"二句：意谓信
是用相思的泪水书写而成，泪渍犹湿；满纸洋溢着少女的真情，
墨迹未干。红犹湿，红泪未干之意。王嘉《拾遗记·魏》：魏文帝
所爱美人薛灵芸，进宫时离别父母，泪下沾衣，以玉唾壶接泪，
到京师，壶中泪凝如血（《太平广记》卷二七二）。后因称美女之
泪为红泪。元好问〔鹧鸪天〕词："半衾幽梦香初散，满纸春心墨
未干。"　[62]稳情取：准能得到、包管弄到。金雀鸦鬟：代指美
女。唐李绅《莺莺歌》："绿窗娇女字莺莺，金雀鸦鬟年十七。"金
雀，妇女头上的雀形钗簪；鸦鬟，乌黑的鬟发。　[63]取次看：
轻率，草率，犹等闲视之，不重视之意。　[64]更做道：表层
进关系的副词，犹再加上、甚至于。孟光接了梁鸿案：据《后汉
书·梁鸿传》，东汉梁鸿同县孟氏之女三十而未嫁，言必嫁贤如
梁鸿者。梁鸿闻而娶之，给她起了个字叫德曜，名孟光。在吴地，
梁鸿受雇为人舂米。"每归，妻为具食，不敢于鸿前仰视，举案
齐眉"（事亦见皇甫谧《高士传》）。案，放食品的有脚托盘，无
脚为盘，有脚为案。故事本为妻敬夫，梁鸿接孟光案，这里反说
为妻接夫案，意在讥讽莺莺主动约张生幽会。　[65]甜言美语三
冬暖：意谓说好听的话使人在严冬也感到温暖。　[66]恶语伤人：
用恶毒的语言中伤他人。　[67]为头儿看：从头看，从此看着你。
王伯良曰："为头看，犹言从头看也。"为头，即从此。　[68]离
魂倩女：唐陈玄祐《离魂记》云，张倩娘与王宙相爱至深。王宙
赴京，倩娘魂离躯体，追随王宙而去。王宙匿倩娘于船。二人连

夜遁去，在蜀同居五年，生有二子。倩娘思念父母，与宙俱归。到家后则见倩娘病卧在床，身体从未离家。倩娘魂与身相遇，遂合为一体。元郑德辉据此衍为杂剧《迷青琐倩女离魂》。倩娘即倩女，代指多情女子，此指莺莺。　[69] 掷果潘安：潘安，潘岳，字安仁。《世说新语·容止》："潘岳妙有姿容，好神情。少时挟弹出洛阳道，妇人遇者，莫不连手共萦之。"刘孝标注引裴启《语林》："安仁至美，每行，老妪以果掷之，满车。"后用为美男子典故，此指张生。　[70] 按：考验，验证。《字汇》："按，验也。"　[71] 龙门：一名河津，在今山西河津与陕西韩城之间，黄河流经此地，两岸峭壁对峙，其形如门。水势险要，龟鱼莫能上，上则为龙。（辛氏《三秦记》）唐人封演《封氏闻见记·贡举》云："当代以进士登科为登龙门。"　[72] 春山：比喻妇女美丽的眉毛。"望穿"二句本宋阮阅（一作秦观）〔眼儿媚〕词："也应似旧，盈盈秋水，淡淡春山。"　[73] 胡侃（kǎn）：王伯良谓："胡侃，无准实之意。"尚觉未切。今信口而谈谓之侃，胡侃，有信口胡说、空口无凭之意，意近胡闹。　[74] "证果"句：意谓让你成就好事的是这次的简帖。证，登、得到之意，《敦煌变文集·大目乾连冥间救母变文》有"汝虽位登圣果""证得阿罗汉果""先得阿罗汉果"语，是证与登、得义同。果，指所达到的层次品位。《五灯会元》卷一"东土祖师·六祖慧能大鉴禅师"："依吾行者，定证妙果。"本指苦心修行，即可得成佛菩萨等正果之位，这里取其成功、达到目的之意。　[75] 扢（gē）扎帮：亦作"扢搭帮"，一下子、迅速之意；或谓象声词，亦通。　[76] 颓：詈词，犹"屌"。颓天，乃詈天之粗语。　[77] 继晷（guǐ）：犹夜以继日。晷，日影。韩愈《进学解》："焚膏油以继晷，恒兀兀以穷年。"　[78] "又看科"，原作"又看咱"，据王季思、吴晓铃校注本改。　[79] 倦客：倦于在外作客之人。此指张生。　[80] 鲁阳贪战：《淮南子·览冥训》:"鲁阳公与韩构难,战酣,日暮,援戈而挥之,日为之反三舍。"高诱注:"鲁阳,楚之县公也,楚平王之孙、司马子期之子,《国语》所称鲁阳文子也。楚僭号称王,其守、县大夫皆称公,故曰鲁阳公。""鲁阳",原作"太阳",据弘治本改。   [81]三足乌:传说日中有三足乌鸦,故用以代指太阳。《春秋元命苞》:"日中有三足乌者,阳精也。"《淮南子·精神训》:"日中有踆乌,而月中有蟾蜍。"高诱注:"踆,犹蹲也,谓三足乌。"   [82]后羿(yì):尧时射落九个太阳的人。传说远古时天空有十个太阳,禾稼焦枯,民无所食。尧乃命后羿上射十日,射中九日,留下一个太阳。万民皆喜,拥戴尧为天子。见《淮南子·本经训》。

[点评]

莺莺与红娘斗法,是《西厢记》的华彩篇章,向为《西厢》赏家所乐道。本折所写,一为红娘替张生递简与莺莺,一为替莺莺传书给张生。同是递简,写法却春兰秋菊各有风韵。递简与莺莺,红娘已知简帖内容,故置诸妆台,以便观察莺莺见简的反应,于是引出莺莺的种种情态表现,是花团锦簇般的好戏;传书给张生,因被莺莺瞒过,才袖之不出,逼张生至悬崖断壁,绝望已极,才引出张生跪求救命的行动。莺莺开简,一望即知简意,但秘而不宣,却把心思用在简帖之外的红娘身上,张生开简即揭开谜底,豁然开出新地新天,舞台气氛陡变,真是"分野中峰变,阴晴众壑殊"(王维《终南山》)的大手笔。

本折的主演是红娘,表现她复杂的感情和心态变化。对莺莺,既有爱护,又有斗法、有怨怼;对张生,既有怜惜，又有善意的嘲谑和鼓励。红娘的情绪，在不同场合时时都在变化之中，这也是演员展示表演才艺的好戏。尤其是莺莺开简之后主仆斗法的一段戏，更是好看。莺莺首先出招儿，以"不惯"责红，红则先是以"不识字"推脱干系，又以原话反驳；继之红娘出招儿，以"出首"相逼，莺莺暂作服软，以"逗"自解，进而问询张生景况得手后，又软硬兼施，暗示红娘不宜外泄；红娘虽识破其假，却又终被其假瞒过，误以其诚绝张生为真，这才引出送简途中既屈且怨的心理抒发。一段关目，几多曲折，案头阅读是绝妙好文，搬之场上，则是叹为观止的好戏。陈眉公曰："胸中如镜，笔下如刀，千古传神文章。莺莺喜处成嗔，红娘回嗔作喜，千种翻覆，万般风流。"（陈本）

这是通过剧中人的视角来写另一人物的精彩片段。任中敏《词曲通义》说："读者但看其写一局外人（按，指红娘）之谈吐，而兼顾生旦两面。孰诈孰真，孰喜孰惧；冷嘲热讽，杂沓而来；抉破人情，委曲如画。盖以新辞诡喻，络绎不绝；机趣翻阑，韵致浓郁，非散词散曲所能办矣。"（《元曲通融》27页，山西古籍出版社1999年）把叙事文学的手法运用到戏剧中来，《西厢记》可谓"曲体小说"。

潘廷章分析人物之间的关系及红娘的两难处境曰："彼双文者，固所称多情小姐也；张生者，又所称至诚种也。非至诚不足以结多情之感，非多情不足以系至诚之心"，"以张之至诚而竟以懦用，以崔之多情而纯以假用也。夫懦者，君子所以自节其情者也。不懦，则为强暴，则为狂且"；"假者，士女所以自防其身者也。不假，则为招摇，为奔越"，"懦以至诚用，则懦益缠绵而不已；假以多情用，则假又诡出而不穷。距张生而遂绝之，不忍也，怜其至诚，尤怜其懦也；取双文而骤致之，不能也，畏其假，尤畏其多情也。此红所以致叹于'左右做人难'也。"（潘本）莺莺之假，张生之懦，红娘之难，都是由情而起，缘性而作，之所以然者，只因一个"礼"字。潘氏分析三人之性格、关系很到位，这说明《西厢记》的戏剧冲突，是人物性格间的冲突，这也是王实甫的过人之处，《西厢记》的好看之处。

第三折

开场道白，主婢斗法。

首曲通过红娘之口写莺莺出闺房次第。首句未开窗前，次句开窗见帘，三句临阶所见，四句已下阶矣。"前篇〔粉蝶儿〕是红娘从外行入闺中来，故先写帘外之风，次写窗内之香。此是双文从内行出闺外来，故先写深闭之窗，次写不卷之帘。"（金圣叹评）

次曲写主婢所见园林夜色。王世贞极为称赏："字字有色有韵，半疑浓妆，半疑淡扫，华丽中自然大雅，予固称《西厢》此曲压卷。"

（红上云）今日小姐着我寄书与张生，当面偌多般意儿，元来诗内暗约着他来。小姐也不对我说，我也不瞧破他，则请他烧香。今夜晚妆处比每日较别[1]，我看他到其间怎的瞒我？（红唤科）姐姐，咱烧香去来。（旦上云）花阴重叠香风细，庭院深沉淡月明。（红云）今夜月明风清，好一派景致也呵！

【双调】【新水令】晚风寒峭透窗纱，控金钩绣帘不挂。门阑凝暮霭[2]，楼角敛残霞。恰对菱花[3]，楼上晚妆罢。

【驻马听】不近喧哗，嫩绿池塘藏睡鸭；自然幽雅，淡黄杨柳带栖鸦[4]。金莲蹴损牡丹芽，玉簪抓住荼蘼架[5]。夜凉苔径滑，露珠儿湿透了凌波袜[6]。

　　我看那生和俺小姐巴不得到晚。

【乔牌儿】自从那日初时想月华，捱一刻似一夏[7]。
见柳梢斜日迟迟下，早道"好教贤圣打"[8]。

【搅筝琶】打扮的身子儿诈[9]，准备着云雨会巫峡。
只为这燕侣莺俦[10]，锁不住心猿意马。

　　不则俺那小姐害，那生呵——

二三日来水米不粘牙。因姐姐闭月羞花[11]，真假，这
其间性儿难按纳，一地里胡拿。

　　姐姐这湖山下立地[12]，我开了寺里角门儿。怕有人
听俺说话，我且看一看。（做意了）偌早晚，傻角却
不来"赫赫赤赤"来[13]？（末云）这其间正好去也，
赫赫赤赤。（红云）那鸟来了[14]。

【沉醉东风】我则道槐影风摇暮鸦，元来是玉人帽侧
乌纱。一个潜身在曲槛边，一个背立在湖山下。那里
叙寒温？并不曾打话。

　　（红云）赫赫赤赤，那鸟来了。（末云）小姐，你来也。

　　　　以上二曲通
　　过红娘写莺莺、
　　张生二人，实则
　　也在表现红娘：是
　　真？是假？一片
　　狐疑。拿捏不准，
　　故仔细观察，小
　　心翼翼。

（搂住红科）（红云）禽兽！（末云）是我。（红云）你看得好仔细着！若是夫人怎了？（末云）小生害得眼花，搂得慌了些儿，不知是谁。望乞恕罪。（红唱）

便做道**搂得慌**呵，你也**索觑咱**，多管是**饿得你个穷神眼花**。

（末云）小姐在那里？（红云）在湖山下。我问你咱：真个着你来哩？（末云）小生猜诗谜社家，风流隋何，浪子陆贾，准定挖扎帮便倒地。（红云）你休从门里去，则道我使你来。你跳过这墙去，今夜这一弄儿助你两个成亲[15]。我说与你，依着我者。

红娘心细，早为自己留出地步，抽身做壁上观。后文"审贼"方显合情合理，针线细密。

【乔牌儿】你看那**淡云笼月华**，似**红纸护银蜡**；**柳丝花朵垂帘下，绿莎茵铺**着**绣榻**[16]。

红娘误读了莺莺。瑜亮斗法，红娘又输一招儿。

【甜水令】**良夜迢迢，闲庭寂静，花枝低亚**[17]。他是个女孩儿家，你索将**性儿温存，话儿摩弄，意儿谦洽**。休猜做**败柳残花**[18]。

金圣叹曰："自〔乔牌儿〕至此，如引弓至满，快作十成语也。"（金本）一步一步、反反复复扫却人们的猜疑，将谓一拍即合，其事必成。其实，全为下句翻跌作势。

【折桂令】他是个**娇滴滴美玉无瑕**，粉脸生春，云鬓堆鸦。恁的般受怕担惊，又不图甚**浪酒闲茶**[19]。则你那**夹被儿时当奋发**[20]，指头儿告了消乏。打叠起**嗟呀**[21]，毕罢了牵挂，收拾了忧愁，准备着**撑达**[22]。

（末作跳墙搂旦科）（旦云）是谁？（末云）是小生。（旦怒云）张生，你是何等之人！我在这里烧香，你无故至此。若夫人闻知，有何理说？（末云）呀，变了卦也！（红唱）

【锦上花】为甚媒人，心无惊怕？赤紧的夫妻每、意不争差[23]。我这里蹑足潜踪，悄地听咱：一个羞惭，一个怒发。

【幺篇】[24]张生无一言，呀，莺莺变了卦。一个悄悄冥冥，一个絮絮答答。却早禁住隋何，迸住陆贾，叉手躬身，妆聋做哑。

张生背地里嘴那里去了？向前搂住丢番，告到官司，怕羞了你？

【清江引】没人处则会闲嗑牙[25]，就里空奸诈[26]。怎想湖山边，不记"西厢下"。香美娘处分破花木瓜[27]。

（旦云）红娘，有贼！（红云）是谁？（末云）是小生。（红云）张生，你来这里有甚么勾当？（旦云）扯到夫人那里去。（红云）到夫人那里，恐坏了他行止[28]。我与姐姐处分他一场。张生，你过来，跪着！（生跪科）（红云）[29]你既读孔圣之书，必达周公之礼[30]。夤夜来此何干[31]？

莺莺出语，一刀斩断，情势斗转。

又提夫人，便知"无故至此"乃是晓喻张生：若夫人知，便自己招承，万勿牵出他人。此又是"小心肠转关"。

此红娘一时气恼之言，并非真的谋划之策。若如此，则红娘便非红娘，张生便成狂徒了。益见红娘之侠而义、张生之懦而诚。

莺莺喊贼，明系摆脱干系，告知红娘此乃张生自来；红娘问贼，以局外人现身，待机而动；张生应贼，心无愧赧，无所畏惧。三个人，三句道白，三种心机，关目可称奇妙。

【雁儿落】不是俺一家儿乔作衙[32]，说几句衷肠话：我则道你文学海样深，谁知你色胆有天来大。

（红云）你知罪么？（末云）小生不知罪。（红唱）

【得胜令】谁着你夤夜入人家？非奸做贼拿。你本是个折桂客，做了偷花汉；不想去跳龙门，学骗马[33]。

姐姐，且看红娘面，饶过这生者。（旦云）若不看红娘面，扯你到夫人那里去，看你有何面目见江东父老[34]！起来。（红唱）

谢小姐贤达，看我面遂情罢[35]。若到官司详察，

"你既是秀才，只合苦志于寒窗之下，谁教你夤夜辄入人家花园？做得个非奸即盗。"先生呵，

整备着精皮肤吃顿打[36]。

一句反驳，张生痴懦神形毕现，却流露着对莺莺的无限怜惜。可爱，可爱。在剧场，会博得笑声和掌声，是演员讨彩处。

（旦云）先生虽有活人之恩，恩则当报。既为兄妹，何生此心？万一夫人知之，先生何以自安？今后再勿如此。若更为之，与足下决无干休！（下）（末朝鬼门道云）你着我来，却怎么有偌多说话？（红扳过末云）羞也，羞也！却不"风流隋何，浪子陆贾"？（末云）得罪波"社家"，今日便早则死心塌地。（红唱）

【离亭宴带歇拍煞】再休题春宵一刻千金价^[37]，准备着寒窗更守十年寡^[38]。猜诗谜的社家，偌拍了"迎风户半开"^[39]，山障了"隔墙花影动"，绿惨了"待月西厢下"。你将何郎粉面搽，他自把张敞眉儿画。强风情措大^[40]，晴干了尤云殢雨心^[41]，悔过了窃玉偷香胆，删抹了倚翠偎红话^[42]。

以对句成曲，两句对、三句对，唾口而出，极工整，极自然，似不经意者，岂非天然妙文！

（末云）小生再写一简，烦小娘子将去，以尽衷情如何？（红唱）

淫词儿早则休，简帖儿从今罢。犹古自参不透风流调法^[43]。从今后悔罪也卓文君，你与我学去波汉司马^[44]。（下）

（末云）你这小姐送了人也！此一念小生再不敢举。奈有病体日笃^[45]，将如之奈何？夜来得简方喜，今日强扶至此，又值这一场怨气，眼见休也。则索回书房中纳闷去。桂子闲中落^[46]，槐花病里看。（下）

又作极决绝语，以为后文向酬简转折铺垫。

[注释]

[1]处：表示时间之词，犹时候、之际。晚妆处，即晚妆之时。较别：特别，不一样。　[2]门阑：门框。《故事成语考·宫室》："贺人有喜曰'门阑蔼瑞'。"　[3]菱花：古代铜镜映日，其光影如菱花，故以菱花代指铜镜。宋陆佃《埤雅·释草》："镜谓之菱华，

以其面平光，影所成如此。"庾信《镜赋》："临水则池中月出，照日则壁上菱生。"至元代镜之形制则多用六角菱花形或六角葵花形。　[4]"淡黄"句：出贺铸〔减字浣溪沙〕词："楼角初销一缕霞，淡黄杨柳暗栖鸦，玉人和月摘梅花。"　[5]荼蘼（tú mí）：蔷薇科植物，开白色重瓣花。　[6]凌波袜：典出曹植《洛神赋》："体迅飞凫，飘忽若神；凌波微步，罗袜生尘。"写洛水女神迈着轻盈的步子在水波上行走，淡荡的水气好像是被罗袜踏起的飞尘。凌，踏。后用以指美女之袜。　[7]"捱一刻"句：犹度日如年。捱，《正字通》："捱，俗谓延缓曰捱。"即度过之意。一刻，古以铜漏计时，把一昼夜分为一百刻，则"一刻"相当于现在的不足十五分钟（见《礼记·月令》"日夜分"孔颖达疏）这里只是指很短时间。一夏，一季或一年，这里也只是指时间很长。　[8]好教贤圣打：意谓应该让羲和把太阳赶下山去。贤圣，指羲和。传说羲和为日之母，是为日驾车之神。《山海经·大荒南经》：羲和国有女子名羲和，是帝俊之妻，生有十个太阳。《楚辞·离骚》洪兴祖补注：太阳用六龙驾车，羲和为之赶车。羲和驾车太阳运行天空，行经九州七舍，共十六所，每至一处，便表示从早到晚的不同时刻。羲和打六龙之车，日运行快，则光阴易过。　[9]诈：漂亮，体面。　[10]燕侣莺俦：犹言美好伴侣。莺燕双栖，常用来比喻夫妇。《玉篇》："俦，侣也。"　[11]"因姐姐"四句：可作两种理解。王伯良谓写莺莺难按纳："言我想小姐平日闭月羞花，深自珍重，由今日观之，果真耶？假耶？不意今日其风流之性，一旦难自按纳，而遂一地里胡为乱做至此也。'闭月羞花'，借言其深藏密护，不易令人见之意，不得泥平常称人之美说。"闵寓五谓写张生难按纳："言生因小姐闭月羞花，如此其美，而其留情处真假猝难猜料，只恐未必全假，所以性难按纳而胡做也。"闵说为佳。按纳，即按捺，控制、压制之意。一地里，处处、一概、一味。胡拿，胡闹，乱来。　[12]"姐姐"，二字原无，据弘治本补。　[13]赫赫赤赤：用嘴发出的一种声响，有音无义，元剧中多用作约会的暗号。　[14]鸟（diǎo）：邢公畹《语言论集·说"鸟"字的前上古音》谓："'鸟'字可能自古就有两个意思：第一义是'鸟雀'，第二义是'男性生殖器'。"宋元时音义并同"屌"，称鸟（niǎo）则为"虫蚁"。《水浒传》第四回："你这个鸟大汉，不替俺敲门，却拿着拳头吓洒家，俺须不怕你。"　[15]一弄儿：犹一切，全部。　[16]"绿莎（suō）茵"句：意谓绿草地如同铺在绣床上的褥子。　[17]低亚：低压，低垂的样子。郝敬《读书通》："压，通作亚。"　[18]败柳残花：花柳，代指女子，多指妓女。败柳残花喻已破身女子。　[19]浪酒闲茶：男女调情时吃的酒菜。　[20]"夹被"二句：王伯良曰："即后折'手势指头儿惹'之意，亵词也。"《广韵》："发，起也。"　[21]打叠：收拾。宋刘昌诗《芦浦笔记》："收拾为打叠。"　[22]撑达：如愿、快意的意思。　[23]意不争差：谓莺莺、张生相会心思想法一致，没有差错。争差，差错。　[24]〔锦上花〕及〔幺篇〕原为一曲，据张深之、毛西河本分出〔幺篇〕；"〔幺篇〕"二字原无，据张深之、毛西河本补。　[25]闲嗑（kè）牙：扯淡，说闲话。　[26]就里：内里。　[27]香美娘：指莺莺。处分：责备，数落。破：语助词，犹着，了。《诗词曲语辞汇释》："破，犹着也；在也；了也；得也……处分破，犹云处分着或处分了。"花木瓜：本为安徽所产的一种瓜果，宋祝穆《方舆胜览》卷十五云：宣州人种木瓜，成果时即贴上剪纸，经日晒，瓜果上便有可爱的花纹，故曰花木瓜。又见《尔雅翼》。后用来比喻好看而无实用、徒有其表的人和事，犹俗称绣花枕头。《误入桃源》剧云："不似你猱儿每狡猾，似宣州花木瓜。"《李逵负荆》剧："元来是花木瓜儿外看好。"《水浒传》亦有"花木瓜空好看"。此指张生。　[28]行止：名誉品德。　[29]"（生跪科）（红云）"，原无，据弘治本补。　[30] 达：通晓，熟知。《论语·乡党》："丘未达，不敢尝。"《论语义疏》梁人皇侃曰："达，犹晓解也。"　[31] 夤（yín）夜：深夜。清《六部成语·刑部·夤夜》注解："夜半也。"　[32] 乔：摹仿，假装，《东京梦华录》有"乔筋骨""乔相扑"。乔作衙，凌濛初注："作，一作坐"。不是官员却装作官员来审案，有妄自尊大之意，为元代流行市语。　[33] 骗马：跃上马，跳上马。许政杨云："然马致远《任风子》第二折云：'我骗上土墙腾的跳过来。'则骗者，跃也，不必尽谓马……予考《水浒传》第四十六回云：'这人姓时名迁……流落在此，只一地里做些飞檐走壁、跳篱骗马的勾当。'……由知跳篱骗马，乃谓鸡鸣狗盗之术，亦元人成语。红娘之言，似讥张珙学屑（按，应为"宵"字）小所为，甘趋下流，着意处本不在'跳跃'也。"　[34] 有何面目见江东父老：典出《史记·项羽本纪》：项羽兵败，来到乌江岸边，乌江亭长泊船以待，劝项羽渡过江东，重整兵马，再起风云。"项王笑曰：'天之亡我，我何渡为！且籍与江东子弟八千人渡江而西，今无一人还，纵江东父兄怜而王我，我何面目见之！纵彼不言，籍独不愧于心乎？'"卒未渡。后用为功业无成愧见亲友的典故。此言张生有违圣训，无颜见故人。　[35] 遂情：遂顺人情，给面子。　[36] 整备：整顿备办，犹言准备。精皮肤：犹言细皮嫩肉。精，细密。精为粗之反，同义复合则称"精细"。　[37] 春宵一刻千金价：是说相会机会之宝贵。苏轼《春夜》："春宵一刻值千金，花有清香月有阴。歌管楼台声细细，秋千院落夜沉沉。"　[38] 寒窗更守十年寡：独个儿再过十年清苦的读书生涯。寡，独也，偏丧曰寡。无夫无妻通谓之寡，见《小尔雅·广义》。　[39]"夵（qí）拍"三句：是说莺莺诗中的约会，遇到了种种困难。夵拍，明何良俊《曲论》曰："弦索若多一弹，或少一弹，则夵板矣。其可率意为之哉！"夵板即夵拍。曲以板为节拍，板先于曲为促板、板后于曲叫滞板，总称为"夵拍"，即今走板，不合拍。王伯良曰："'夵拍'，是拍参差不中节之谓；'山障'，隔绝之谓；'绿惨'，阴暗之谓。张生前说是'猜诗谜的杜（按，王本"社"作"杜"）家'，红娘笑他一件件都猜不着。"　[40] 强（qiǎng）风情措大：本无爱情而勉强装作有爱情的酸秀才。强，勉强，《集韵》："强，勉也。"风情，风月情怀，指男女恋情。　[41] 尤云殢（tì）雨：缠绵不尽的情爱。尤、殢都是恋慕缠绵的意思。　[42] 倚翠偎红：指男女倚偎亲昵。翠、红，均代指女子。　[43] "犹古自"句：意谓还没有弄懂恋爱的手段。调者挑逗、挑动；风流调法，犹言调情之法。　[44] 汉司马：汉代的司马相如，此指张生。凌濛初曰："'学去波汉司马'，讥其不能及相如，言这样汉司马还须再学学去也。即前白调其隋何、陆贾一例。俗本作'游学去波'，不通；王（按，指王伯良）解为勉其再去读书，酸甚。"　[45] 日笃（dǔ）：犹言病情日重。《正字通》："笃，疾甚曰笃。"　[46] "桂子"二句：二句互文见义，是说只好在闲中、病里看桂子、槐花纷谢。以花落春残之伤春，寓失恋的痛苦。桂，多为秋花，此作春花。一说桂有春季开者，王维《鸟鸣涧》："人闲桂花落，夜静春山空。"亦有四季开者；一说桂即秋桂，诗人造境不问四时。沈括《梦溪笔谈》云："书画之妙，当以神会，难可以形器求也……彦远《画评》言王维画物多不问四时，如画花，往往以桃、杏、芙蓉、莲花同画一景（按，今本《历代名画记》无王维画物一节）。予家所藏摩诘画《袁安卧雪图》，有雪中芭蕉。此乃得心应手，意到便成，故造理入神，迥得天意，此难可与俗人论也。"（卷十七）曲中桂子、槐花同时，亦造境不问四时、得心应手、意到便成之作耶？

[点评]

本折的主唱角色是红娘，但莺莺、张生的戏份并不少，只是不是通过唱，而是通过念白和做功来表现。徐渭总评本折曰："须看张之热、崔之媚、红之冷。热令人豪，媚令人怜，冷令人达。"张生情兴如火，单纯得可爱；莺莺娇媚无限，真天仙化人；红娘则冷静观察。达者，通也，通达事理，有见识之谓。李卓吾评莺莺赖简曰："有此一阻，写出张生怯状、崔子娇态，千古如生。何物文人，技至此乎！"（容本）三个人物无不给人留下经久难忘的印象。意大利文艺复兴盛期的雕塑大师米开朗琪罗，在用大理石进行雕塑时，曾深情呼唤："出来吧！你这被禁锢的生命。"戏剧大师王实甫则是在用笔呼唤生命，"创造生命"。

莺莺明明简约张生，为什么又临事翻悔，这是令历代读者生疑并探索的一桩公案。李卓吾、汤显祖曰："此时若便成交，则张非才子，莺非佳人，见一对淫乱之人了。"（汤本）其实，才子佳人故事也有不同写法。《红楼梦》第五十四回说："这些书就是一套子，左不过是佳人才子，最没趣儿。把人家女儿说的这么坏，还说是佳人！编的连影儿也没有了。开口都是乡绅门第，父亲不是尚书就是宰相。一个小姐必是爱如珍宝。这小姐必是通文知礼，无所不晓，竟是绝代佳人，只见了一个清俊男人，不管是亲是友，想起他的终身大事来，父母也忘了，书也忘了，鬼不成鬼，贼不成贼，那一点儿像个佳人？就是满腹文章，做出这样事来，也算不得是佳人了。"这是明清时期传奇、小说的大体模式。只是《西厢记》大异其趣，更合情理而已。徐渭、陈眉公等曰："中紧外宽，亏这美人做出样子来。然亦理合如此，倘一逾即从，趣味便尔索然。"（陈本）莺莺其人，乃极美丽、极灵慧、极多情、也极矜贵的相国之女，面对有违妇德、有违家训的人皆贱之的重大决定，一则社会氛围的强大压力、森严家规的时时笼罩、自身所受教养的深深束缚，以及白头之叹的种种忧虑，都会使她临事而惧，踌躇不决。她对张生说的"若夫人闻知"一句尤须关注，就是说，老夫人的身影无时不在注视着她，再说还有"行监坐守"的红娘在场！这是莺莺变卦赖简的根本原因。第二，儿女私情事本私密，诚不欲为外人所知，怎肯不避极伶极俐的慧婢耳目？第三，莺莺约张生幽会是真，却不是像张生和红娘所认为的倒地野合。仔细寻绎，莺莺赖简本在情理之中。

本折是《西厢记》第三次写焚香拜月，与前不同的是，对月色只轻轻提及一笔，却浓墨重彩写行走中所见月下园林景色。案头阅读，自是锦绣文章，搬诸舞台，却是由演员的形体动作使景色立体化，带领观众身入园林。这便是境中人，人中境，境中情。三番写月，用三样笔墨，造出三种景象，大手笔！

"文章之妙，无过曲折。诚得百曲千曲万曲，百折千折万折之文，我纵心寻其起尽，以自容与其间，斯真天下之至乐也。何言之？我为双文赖简之一篇言之。"（金本）这是金圣叹读本折的感受，是莺莺赖简所造成的情节波澜，对读者所产生的美感冲击力。

第四折

（夫人上云）早间长老使人来，说张生病重。我着长老使人请个太医去看了，一壁道与红娘，看哥哥行问汤药去者。问太医下甚么药，证候如何，便来回话。（下）（红上云）老夫人才说张生病沉重，昨夜吃我那一场气，越重了。莺莺呵，你送了他人。（下）（旦上云）我写一简，则说道药方，着红娘将去与他，证候便可。（旦唤红科）（红云）姐姐，唤红娘怎么？（旦云）张生病重，我有一个好药方儿，与我将去咱。（红云）又来也。娘呵，休送了他人！（旦云）好姐姐，救人一命，将去咱。（红云）不是你，一世也救他不得[1]！如今老夫人使我去哩，我就与你将去走一遭。（下）（旦云）红娘去了，我绣房里等他回话。（下）（末上云）自从昨夜花园中吃了这一场气，投着旧证候[2]，眼见得休了也。老夫人说，着长老唤太医来看我；我这颓证候，非是太医所治的。则除是那小姐美甘甘、香喷喷、凉渗渗、娇滴滴一点唾津儿嚥下去，这屌病便可。（洁引太医上，"双斗医"科范了[3]）（下）（洁云）下了药了，我回夫人话去，少刻再来相望。（下）（红上云）俺小姐送得人如此，又着我去动问，送药方儿去，越着他病沉了也[4]。我索走一遭。异乡易得离愁病[5]，妙药难医断肠人！

在儿女情长之中，加入一段"双斗医"，逗观众开心一笑，调节气氛。

【越调】【斗鹌鹑】则为你彩笔题诗[6]，回文织锦；送得人卧枕着床，忘餐废寝；折倒得鬓似愁潘[7]，腰如病沈。恨已深，病已沉，昨夜个热脸儿对面抢白，今日个冷句儿将人厮侵[8]。

凌濛初曰："背地评跋，宛如话出。此等方是元剧中本色胜场。今人但知赏其俊丽处者，皆未识真面目者也。"（凌本）

昨夜这般抢白他呵！

【紫花儿序】把似你休倚着栊门儿待月[9]，依着韵脚儿联诗，侧着耳朵儿听琴。

潘廷章曰："'怒时节'，'欢时节'，即前'喜怒其间性难按纳'，实实注脚'殷勤'二字，红说出自家情分。崔只是一个'假'，张只是一个'懦'，红娘只是一个'殷勤'。一个越假，一个越懦；一个越懦，一个越假；两个越假越懦，一个越殷勤。"（潘本）

见了他撇假偌多话："张生，我与你兄妹之礼，甚么勾当！"

怒时节把一个书生来迭噷[10]。

欢时节："红娘，好姐姐，去望他一遭！"

将一个侍妾来逼临[11]。难禁，好着我似线脚儿般殷勤不离了针[12]。从今后教他一任[13]。

这的是俺老夫人的不是——

将人的义海恩山，都做了远水遥岑。

（红见末问云）哥哥病体若何？（末云）害杀小生也！我若是死呵，小娘子，阎王殿前少不得你做个干连人[14]。（红叹云）普天下害相思的，不似你这个傻角。

【天净沙】心不存学海文林[15]，梦不离柳影花阴，则去那窃玉偷香上用心。又不曾得甚，自从海棠开想到如今[16]。

因甚的便病得这般了？（末云）都因你行——怕说的谎[17]——因小侍长上来！当夜书房一气一个死。小生救了人，反被害了。自古人云："痴心女子负心汉"，今日反其事了。（红唱）

【调笑令】我这里自审[18]，这病为邪淫，尸骨嵓嵓鬼病侵[19]。更做道秀才每从来恁。似这般干相思的好撒唔[20]。功名上早则不遂心，婚姻上更返吟复吟[21]。

（红云）老夫人着我来，看哥哥要甚么汤药。小姐再三伸敬，有一药方，送来与先生。（末做慌科）在那里？（红云）用着几般儿生药，各有制度[22]，我说与你：

至此已三写递简，与前之置诸妆台、袖而不出异，出简释简何其痛快。

【小桃红】"桂花"摇影夜深沉[23]，酸醋"当归"浸。

（末云）桂花性温[24]，当归活血，怎生制度？（红唱）

面靠着湖山背阴里窨[25]。这方儿最难寻，一服两服令人怹[26]。

张生一门心思全在莺莺身上，"猜诗谜社家"却被红娘"药方儿"瞒过。

（末云）忌甚么物？（红唱）

忌的是"知母"未寝[27]，怕的是"红娘"撒沁[28]。吃了呵，稳情取"使君子"一星儿"参"[29]。

这药方儿，小姐亲笔写的。（末看药方大笑科）（末云）早知姐姐书来，只合远接，小娘子……（红云）又怎么？却早两遭儿也。（末云）不知这首诗意，小姐待和小生"里也波"哩。（红云）不少了一些儿？

一片风魔，张生本性又见。

【鬼三台】足下其实㤅[30]，休妆唔。笑你个风魔的翰林，无处问佳音，向简帖儿上计禀[31]。得了个纸条儿怹般绵里针[32]，若见玉天仙怎生软厮禁[33]？

俺那小姐忘恩，<small>赤紧的</small>倭人负心^[34]。

书上如何说？你读与我听咱。（末念云）"休将闲事苦萦怀，取次摧残天赋才。不意当时完妾命^[35]，岂防今日作君灾？仰图厚德难从礼^[36]，谨奉新诗可当媒。寄与高唐休咏赋^[37]，今宵端的雨云来。"此韵非前日之比^[38]，小姐必来。（红云）他来呵，怎生？

【秃厮儿】身卧着一条布衾，头枕着三尺瑶琴，他来时怎生和你一处寝？冻得来战兢兢，说甚知音？

【圣药王】^[39]果若你有心，他有心，昨日秋千院宇夜深沉；花有阴，月有阴，"春宵一刻抵千金"，何须"诗对会家吟"？

（末云）小生有花银十两，有铺盖赁与小生一付。（红唱）

【东原乐】俺那鸳鸯枕，翡翠衾，<small>便遂</small>杀了人心，如何<small>肯</small>赁？<small>至如你</small>不脱解和衣儿<small>更怕甚</small>？<small>不强如</small>手执定指尖儿怎^[40]？倘或成亲，<small>到大来</small>福荫。

（末云）小生为小姐如此容色，莫不小姐为小生也减动丰韵么^[41]？（红唱）

【绵搭絮】他眉弯远山不翠^[42]，眼横秋水无光，体

张生被"雨云来"一句乐晕了头脑，全忘"休咏赋"之嘱！傻角胸无纤尘，可爱，可爱。

红娘被莺莺"假"怕，此又生疑。莺莺之狡，过红远矣。

此前只写张生、红娘，通过张生痴情一问，又带出莺莺，文心极细。

若凝酥[43]，腰如弱柳，俊的是庞儿俏的是心，体态温柔性格儿沉[44]。虽不会法灸神针[45]，更胜似救苦难观世音。

（末云）今夜成了事，小生不敢有忘。（红唱）

【幺篇】你口儿里谩沉吟[46]，梦儿里苦追寻。往事已沉，只言目今，今夜相逢管教恁。不图你甚白璧黄金，则要你满头花[47]，拖地锦[48]。

（末云）怕夫人拘系，不能勾出来。（红云）则怕小姐不肯。果有意呵，

【煞尾】虽然是老夫人晓夜将门禁，好共歹须教你称心。

（末云）休似昨夜不肯[49]。（红云）你挣揣咱[50]。来时节肯不肯尽由他，见时节亲不亲在于恁。（并下）

【络丝娘煞尾】因今宵传言送语，看明日携云握雨。

题目　老夫人命医士　崔莺莺寄情诗
正名　小红娘问汤药　张君瑞害相思
西厢记五剧第三本终

［注释］

[1]一世：一辈子。　[2]投着：正中，应合，《广韵》："投，合也。"这里有勾起的意思。　[3]"双斗医"科范：科范，亦作"科泛""科汎"，指剧中人表演的一定程式、规范。双斗医科范，指要在这里进行"双斗医"里的一段表演，而把表演的具体内容略去不写。"双斗医"，院本、杂剧均有其目，而插演于剧中者必为院本，元人陶宗仪《辍耕录》卷二十五"院本名目"之"诸杂大小院本"条载目。凡插演于剧中者，必与剧情相关。张生染病，请医诊治，故插演"双斗医"短剧。叶德均《戏曲小说丛考·黄丸儿院本旁证》及王季思都认为刘唐卿《降桑椹蔡顺救母》第二折，太医宋了人与糊突虫二人为蔡母治病的描写即"双斗医"，可参看。　[4]病沉：病重。毛西河曰："北人谓重为沉。"　[5]"异乡"二句，原无，据弘治本、王伯良本补。　[6]彩笔：典出南朝梁人钟嵘《诗品》卷中：江淹曾梦到一名叫郭璞的人向他讨要自己的笔，淹即从怀中取出五色笔给他，"尔后为诗，不复成语，故世传江淹才尽"（事亦见《南史·江淹传》，《太平广记》卷二七七所引《南史》稍有异文）。后称有文彩、文才为彩笔。　[7]折倒：折磨。　[8]厮侵：相近。侵，近也。杜甫《陪诸贵公子》："缆侵堤柳系，幔卷浪花浮。"仇兆鳌注："侵，迫近也。"此为亲近、关心之意。　[9]"把似"三句：承"这般抢白他"来，是说你这般抢白他，不如你休倚门待月、依韵联诗、月夜听琴。把似，这里作"不如"解。"休"字统贯三句。　[10]迭噷（yìn）：即"撅窨"，见第二本第三折注。把书生迭噷，谓让张生干着急、干生气说不出话来。　[11]逼临：逼迫，欺凌。　[12]"好着我"句：是说整天传书递简，像离不开针的线一样穿来穿去。　[13]一任：听凭，任凭。教他一任，犹任凭他去，随他的便，如敦煌变文《舜子变》"一任阿耶鞭耻（笞）"、

陆游〔卜算子〕"一任群芳妒"。　　[14]阎王殿：阎王为梵文音译，
阎罗王、阎魔王，简称阎王。原为古印度神话中之阴间主宰，佛
教借为地狱之王。道教以阴府十殿冥王之第五殿为阎罗王。《群
书拾唾》："所谓十王者……五曰阎罗。"阎王审理鬼魂的公堂称为
阎王殿。干连人：牵连在内之人。　　[15]学海文林：形容文章学
问深奥渊博。　　[16]海棠开想到如今：言相思之久。宋郑文妻孙
夫人〔忆秦娥〕："愁登临，海棠开后，望到如今。"　　[17]怕说的
谎：难道这是说谎？　　[18]自审：暗自思考，自思自想。审，省
察，量度。　　[19]尸骨嵓嵓：犹言瘦骨嶙峋。嵓嵓，本指山石高峻，
这里形容消瘦。鬼病：元剧中多指相思病，白朴《董秀英花月东
墙记》第一折："见如今人远天涯近。难勾引，怎相亲？越加上鬼
病三分。"然明李开先《宝剑记》第二十二出下场诗有："鬼病恹
恹不奈愁"之句，可知一般病症亦可称鬼病，盖古人认为"病"
由"鬼"起之故。　　[20]干相思：相思而不能如愿之谓。干，白
白地，徒然。撒唒（tǔn）：装傻，痴呆。《字汇》："唒，上声，痴
貌。"《雍熙乐府·一枝花·省悟》："俺如今腆着脸百事妆憨，低
着头凡事儿撒唒。""好撒唒"，原作"怎好撒唒"，据弘治本去
"怎"字。　　[21]返吟复吟：相命算卦时的术语。张果《星宗·反
吟伏吟》："太岁宫为反吟，岁破宫为伏吟。经云：反吟伏吟，悲
哭淋淋。又云：反吟相见是绝灭，伏吟相见泪淋淋。"返吟复吟，
即反吟伏吟，婚姻无成、不顺利之意。王伯良曰："反吟伏吟，见
沈括《笔谈·六壬论》。又《命书》：'年头为伏吟，对宫为反吟。'
云：'伏吟反吟，涕泪淫淫。'术家占婚姻遇此，虽成，亦有迟留
之恨。"　　[22]制度：此指药之配制法度，药之用法。　　[23]"桂
花"二句：这里借谐音字，谓：在桂影摇曳的月夜，穷酸秀才要
就寝的时候。桂花、当归，均中药名。夜深沉，夜已深。酸醋当
归浸，把当归浸泡在醋里。　　[24]性温：中药按不同的性能，可

分为寒、热、温、凉、平五类。治疗寒性病症的药物，属于温性药或热性药。桂花属温性药。　[25]"面靠"句：在太湖石背阴处深藏起来。窨（yìn），藏于地窨为窨。《说文》："窨，地室也。"段玉裁注："今俗语以酒水等埋藏地下曰窨。"这里明言把处置好的药藏于地下，暗指人躲藏在背阴暗处。　[26]恁：王伯良注："犹言这样，隐词谓好也。"　[27]知母：中药名。谐音指老夫人。　[28]红娘：中药名，谐音指剧中人红娘。撒沁：沁，今作嗳、呇。猫狗吐食也。晋人之词，谓胡说。王锳《诗词曲语辞例释》云："撒沁，嘴尖口快，随意胡诌……故'撒沁'之'沁'，本应作'呇'，由'犬吐'而引申为嘴尖口快、恶语伤人及随口胡诌之义。"　[29]使君子：中药名。君子，谐音指张生。参：人参，中药名，此作"病愈"解，王伯良曰："参，借言病可，渗渗（原注：平声）然也。总言此方能使君子之病，有一星之痊可也。《本草》：'使君子'之'使'，本作去声。有郭使君者，其子病，服此药而愈，故遂名曰'使君子'。此却借上声，作'役使'之'使'用。"凌濛初曰："参，痊可也。"　[30]啉（lín）：呆，傻。王伯良曰："盖'啉'，愚也，见王文璧本韵注。又王元鼎词：'笑吟吟妆呆妆啉'、元人小令：'妆啉妆呆瞒过咱'，可证。"　[31]计禀（bǐn）：诉说。　[32]绵里针：针以丝绵包裹，极言珍重、爱护之意。与外柔内刚、面善心毒之绵里针，寓意不同。　[33]软厮禁：不硬来，体贴顺从之意。王伯良曰："软厮禁，言不硬挣也。"张相曰："软厮禁，言用软工夫相摆布，相牵缠。"（《诗词曲语辞汇释》）　[34]偻人：《广雅·释诂》："偻，曲也。"偻人即邪曲之人，指花言巧语、能说会道而不诚实之人，此指老夫人。又，背曲为偻，偻人指老年人，亦通。　[35]完妾命：犹言保全了我的性命。《说文》："完，全也。"作动词用。　[36]图：《汉书·高帝纪下》："豪杰有功者封侯，新立未能尽图其功。"颜师古曰："图，谓谋而赏之。"即设法报答之义。　[37]咏赋：犹言诵读。　[38]韵：诗赋词曲文均可称韵，陆机《文赋》："托言于短韵。"短韵，犹小文。此代指诗。　[39]〔圣药王〕曲：是说如果真的你有情她有意，昨天夜深人静，月色花影，正是"春宵一刻值千金"的好机会，为什么不当时成合，还要像现在这样吟诗递简呢？诗对会家吟，诗句要向懂得自己诗意的人吟诵。会家，行家，这里有知音、知己的意思。《五灯会元》卷十七"宝峰文禅师法嗣·渤潭文准禅师"："酒逢知己饮，诗向会人吟。"会人，即会家。　[40]手执定指尖儿恁：隐语，指手淫。王伯良曰："你便不解脱，和衣得与莺寝，亦幸矣，更待甚衾枕？不强如你平常无妻之时，长用手势指头作那样事耶？"　[41]丰韵：亦作"风韵"，犹丰彩，气韵风度。　[42]"他眉弯"二句：言莺莺眉之姣好使得远山显得不翠，其目之明亮比得秋水无光。宋王观〔卜算子〕："水是眼波横，山是眉峰聚。"横，目光转动，斜视。远山眉指卓文君，见《西京杂记·鹔鹴裘》。　[43]凝酥：酥，牛羊乳所制之奶脂，常用以状肌肤之白腻。　[44]沉：稳重。　[45]法灸：即艾焙，见第三本第二折注。神针：针灸。　[46]谩沉吟：犹不停地念叨。谩，亦作"漫"，随便、任意。　[47]则要你：只愿你，只让你。满头花：妇女盛装打扮。白朴《裴少俊墙头马上》第三折："也强如带满头花，向午门左右把状元接。"指命妇簪花。此指结婚时盛装打扮。　[48]拖地锦：结婚时的服饰，或指长裙。　[49]"休似"，原作"休是"，据弘治本改。　[50]挣揣：亦作争揣、争挫、挣闽，挣扎、振作、努力之意。

[点评]

《西厢记》之异于他剧者，便在于针线缜密得无一懈隙，每一重要关目都是前有伏脉，有源可探，有迹可寻。

事虽突然，却是情理必然。前折莺莺赖简，看似一刀斩断，无望已极；细思，莺如真欲绝张，见简之初，何不诉之高堂，重金遣之？何不寝其事闭门绝之？却偏偏要用婉丽鄙靡之词召而责之？又何必夤夜召之？责之固可，又何必令逾墙出入，把义正辞严的光明行为，搞得神秘兮兮？如此这般岂不表明：此番赖简，乃是赖在红娘——红娘在场，而不在张生，对张生则始终深情不渝。不论是"闹"是"赖"，都是断而仍连，此即所谓"轻丝暗萦，微息默度"。是知，好戏在后。好戏者何？本折即是。本折莺莺对张生的态度由隐而显，由暗而明，都有着深藏的内心依据。

本折戏明写红娘、张生，却在暗写莺莺——张生的欲死欲活、疯疯傻傻，红娘的忧忧乐乐、爱爱怨怨，哪一件不是在显示着莺莺的手段？

促使莺莺下定决心不再犹豫的原因，是张生的病情。张生者何人？面容清俊、心性聪明、性情温顺、诚挚多情，是莺莺一眼看中的佳配。从私情说，莺莺钟情于张生；从大义说，张生有救命之恩、夫人有允婚之诺。"不意当时完妾命，岂防今日作君灾？"这是她冠冕堂皇的逾礼借口。面对病体沉重的恩人、也是情丝暗结的情人，莺莺不再顾忌，决心行动。所以莺莺此番之简与前不同：前简是张生简来莺莺回复，此则莺莺主动，且央求红娘传送；前简全用暗喻，此则明言直道；前简约张生来，此则莺莺不约自往。显示了莺莺性格中果决勇敢的一面。

张生一以贯之的是文魔傻角，心地纯洁，胸怀坦荡，敢于把隐秘私情，告诉他信任的红娘，傻得可爱，也傻得大气。

　　红娘对莺莺有怨有爱，爱是根基；对张生亦敬亦怜，由敬而生怜。夹在"假"与"傻"之间，处境两难。但每当她明白了简帖真意之后，都会抛却前嫌，一往无私地支持他们，成全他们，为他们的幸福殷勤奔走，爱敬故也。这就是红娘，这就是至今家传户诵、助人为乐的红娘。

　　莺莺诗意本已明确，而红娘对张生仍作疑猜不定之语，正如汤显祖所评："红娘的是个精细人，只因昨夜虚套赚煞穷神，故今日当场，并不敢下一实信语。"（三合本）被莺莺的"假"吓怕了，是从怜惜张生着想的。从戏剧情节言，又是抬高跌重、绝处逢生之法，波澜曲折，情味盎然。

　　纵观莺莺、张生情事，恩恩怨怨、离离合合，"七曲八折，千头万绪，至此而一齐结穴。如众水之毕赴大海，如群真之咸会天阙，如万方捷书齐到甘泉，如五夜火符亲会流珠。此不知于何年月日，发愿动手欲造此书，而今于此年此月此日，遂得快然而已阁笔，如后文'酬简'之一篇是也。"（金圣叹评语）

草桥店梦莺莺杂剧

楔 子

（旦上云）昨夜红娘传简去与张生，约今夕和他相见，等红娘来做个商量。（红上云）姐姐着我传简儿与张生，约他今宵赴约。俺那小姐，我怕又有说谎。送了他性命，不是耍处[1]。我见小姐，看他说甚么。（旦云）红娘，收拾卧房，我睡去。（红云）不争你要睡呵，那里发付那生？（旦云）甚么那生？（红云）姐姐，你又来也，送了人性命，不是耍处！你若又番悔，我出首与夫人：你着我将简帖儿约下他来。（旦云）这小贱人倒会放刁。羞人答答的，怎生去！（红云）有甚的羞？到那里则合着眼者！（红催莺云）去来，去来！老夫人睡了也。（旦走科）（红云）俺姐姐语言虽是强[2]，脚步儿早先行也。

【仙吕】【端正好】因姐姐玉精神，花模样，无倒断晓夜思量[3]。着一片志诚心[4]，盖抹了漫天谎。出画阁[5]，向书房，离楚岫[6]，赴高唐，学窃玉，试偷香，巫娥女，楚襄王。楚襄王敢先在阳台上。（下）

此调叠句可以增减，但首尾须合本调。

潘廷章曰："崔从来撒假，至此方显出至诚来。张的至诚，是天生成，颠扑不破的；崔之至诚，直至水落石出而后见耳。红前有言曰'谁无至诚'，谁知直至此时方能证果。"（潘本）

[注释]

[1]处：语气词，啊，呢。　[2]强（jiàng）：固执，不低屈。　[3]无倒断：无止无休、没完没了的意思。王伯良曰："无倒断，即无休歇之谓。"　[4]"着一片"二句：意谓莺莺此次赴约之真诚心意，改变弥补了老夫人赖婚的弥天大谎。盖抹，遮盖、改正。　[5]画阁：本指画栋雕梁之楼阁，卢照邻《长安古意》："梁家画阁天中起，汉帝金茎云外直。"这里是对莺莺所居的美称。　[6]楚岫（xiù）：指巫山。《说文》："岫，山有穴也。"岫即山峦。

[点评]

这是一段过场戏，前承上折莺莺简约张生，下启后折之酬简。写莺莺在红娘簇拥下由闺房走向书房的过程，是莺莺撇却假面，流露真情之始。"着一片志诚心，盖抹了漫天谎"是第四本、第五本戏莺莺性格之点睛。莺之娇羞、红之热情，表现在氍毹之上具有舞蹈性的走圆场中，如两条飘动的彩带在舞台上流动，赏心悦目。

第一折

（末上云）昨夜红娘所遗之简[1]，约小生今夜成就。这早晚初更尽也，不见来呵，小姐休说谎咱！人间良夜静复静[2]，天上美人来不来？

【仙吕】【点绛唇】伫立闲阶，夜深香霭、横金界[3]。潇洒书斋[4]，闷杀读书客。

【混江龙】彩云何在[5]？月明如水浸楼台。僧居禅室，鸦噪庭槐。风弄竹声、则道似金佩响，月移花影、疑是玉人来[6]。意悬悬业眼，急攘攘情怀[7]，身心一片，无处安排，则索呆答孩倚定门儿待[8]。越越的青鸾信杳[9]，黄犬音乖[10]。

小生一日十二时，无一刻放下小姐。你那里知道呵！

凌濛初曰："徐文长谓，'人有过'以下数语，不免头巾。不知元人惯掉'四书'，以为当行也。"（凌本）

金圣叹曰："搔爬不着，横躺在床，胡思乱想，急写不尽，看其轻轻只写一句云'我欲改过'，却不觉无数胡思乱想，早已不写都尽也。盖改过正是胡思乱想之天尽底头语也。"（金本）

毛西河引萧孟昉曰："前疑一会、等一会、悔一会、撇一会，此又等一会、猜一会，步步转变。"（毛本）

又提"谎"字，引人猜疑不定，以为后文之真反跌。

忽而倚门，忽而倚窗，忽而胡猜乱想，正见张生盼莺心神不定、坐卧不宁情状。

【油葫芦】情思昏昏眼倦开，单枕侧，梦魂飞入楚阳台。早知道无明无夜因他害，想当初不如不遇倾城色[11]。人有过[12]，必自责，勿惮改。我却待"贤贤易色"将心戒[13]，怎禁他兜的上心来。

【天下乐】我则索倚定门儿手托腮[14]，好着我难猜：来也那不来？夫人行料应难离侧。望得人眼欲穿，想得人心越窄，多管是冤家不自在[15]。

偌早晚不来，莫不又是谎么？

【那吒令】他若是肯来，早身离贵宅；他若是到来，便春生敝斋；他若是不来，似石沉大海[16]。数着他脚步儿行，倚定窗棂儿待[17]。寄语多才[18]：

【鹊踏枝】恁的般恶抢白，并不曾记心怀；拨得个意转心回[19]，夜去明来。空调眼色[20]，经今半载，这其间委实难捱。

小姐这一遭若不来呵——

【寄生草】安排着害，准备着抬[21]。想着这异乡身强把茶汤捱，则为这可憎才熬得心肠耐，办一片志诚心留得形骸在[22]。试着那司天台打算半年愁[23]，端的是**太平车约有十余载**。

（红上云）姐姐，我过去，你在这里。（红敲科）（末问云）是谁？（红云）是你前世的娘。（末云）小姐来么？（红云）你接了衾枕者，小姐入来也。张生，你怎么谢我？（末拜云）小生一言难尽。寸心相报^[24]，惟天可表！（红云）你放轻者，休諕了他。（红推旦入云）姐姐，你入去，我在门儿外等你。（末见旦跪云）张生有何德能，敢劳神仙下降，知他是睡里梦里？

【村里迓鼓】猛见他**可憎模样**，

小生那里得病来？

早医可**九分不快**。先前见责，谁承望今宵欢爱！着小姐这般用心，不才张珙，合当跪拜。小生无宋玉般容^[25]，潘安般貌，子建般才^[26]。姐姐，你则是**可怜见为人在客**。

【元和令】绣鞋儿刚半拆^[27]，**柳腰儿勾一搦**^[28]。**羞答**答**不肯把头抬，只将鸳枕捱。云鬟仿佛坠金钗，偏宜鬏髻儿歪**^[29]。

【上马娇】我将这**纽扣儿松，把搂带儿解**^[30]，**兰麝散幽斋。不良会把人禁害**^[31]，**哈**^[32]，**怎不肯回过**

把"不来"推向极致，为后文之"来"反跌。

相思情切，相逢不易，情极处往往以假为真，疑真作假。此司空曙《云阳馆与韩绅宿别》"乍见翻疑梦"境界。

脸儿来？

【胜葫芦】我这里软玉温香抱满怀。呀，阮肇到天台。春至人间花弄色，将柳腰款摆，花心轻拆[33]，露滴牡丹开。

【幺篇】但蘸着些儿麻上来，鱼水得和谐，嫩蕊娇香蝶恣采。半推半就，又惊又爱，檀口揾香腮[34]。

徐士范曰："此处语意少露，殊无蕴藉。昔人有浓盐赤酱之诮，信夫。"（范本）然此亦元人风气，不独杂剧，散曲亦然。

（末跪云）谢小姐不弃，张珙今夕得就枕席，异日犬马之报。（旦云）妾千金之躯，一旦弃之。此身皆托于足下，勿以他日见弃，使妾有白头之叹[35]。（末云）小生焉敢如此！（末看手帕科[36]）

【后庭花】春罗元莹白[37]，早见红香点嫩色。

（旦云）羞人答答的，看甚么。（末唱）

灯下偷睛觑，胸前着肉揣[38]。畅奇哉！浑身通泰，不知春从何处来。无能的张秀才，孤身西洛客，自从逢稔色，思量的不下怀。忧愁因间隔，相思无摆划[39]。谢芳卿不见责。

【柳叶儿】我将你做心肝儿般看待，点污了小姐清白。忘餐废寝舒心害，若不是真心耐，志诚捱，怎能勾这相思苦尽甘来？

【青哥儿】成就了今宵欢爱，魂飞在九霄云外。投至得见你多情小奶奶，憔悴形骸，瘦似麻秸。今夜和谐，犹自疑猜[40]。露滴香埃[41]，风静闲阶，月射书斋，云锁阳台。审问明白，只疑是昨夜梦中来，愁无奈。

（旦云）我回去也，怕夫人觉来寻我。（末云）我送小姐出来。

【寄生草】多丰韵，忒稔色。乍时相见教人害，霎时不见教人怪，些时得见教人爱。今宵同会碧纱厨[42]，何时重解香罗带？

（红云）来拜你娘！张生，你喜也！姐姐，咱家去来[43]。（末唱）

【赚煞】春意透酥胸，春色横眉黛，贱却人间玉帛。杏脸桃腮，乘着月色，娇滴滴越显得红白。下香阶，懒步苍苔，动人处弓鞋凤头窄[44]。叹鲰生不才[45]，谢多娇错爱[46]。

此杜甫《羌村》"相对如梦寐"、晏几道〔鹧鸪天〕"犹恐相逢是梦中"境界。珍惜之极，唯恐是假。

又提夫人。

潘廷章曰："此阕将从前向后情事一一道尽。'乍时相见'，是佛殿初逢时情事；'霎时不见'，是行吟弹琴等时情事；'些时得见'，是斋堂赴宴等时情事。三者皆过去时事。'今宵得见'，是现在时事；'何时重解'，是未来时事。张生处处从前后中三际入想，可谓一往有深情。"（潘本）

若小姐不弃小生，此情一心者，

你是必破工夫明夜早些来。（下）

[**注释**]

[1] 遗（wèi）：赠送，给予。《广雅·释诂》：“遗，予也。”《集韵》：“遗，赠也。” [2] “静复静”，原作“静不静”，据王伯良、毛西河本改。 [3] 金界：即佛寺。相传释迦牟尼成道后，拘萨罗国给孤独长者乞佛到舍卫城度国人，选园林建精舍（讲经说法之所）献佛。选中舍卫城南波斯匿王太子祇陀的花园。太子不许，戏言曰：“布金满地、厚敷五寸，时即卖之。”长者许之。给孤独长者以金买地、祇陀太子献园中林木，共造僧园。后遂称佛寺为金界、金田、金地。（参见《贤愚经·须达起精舍品》《释氏要览》,《敦煌变文集·降魔变文》亦写及此事） [4] 潇洒：《诗词曲语辞汇释》卷五：“潇洒，凄清或凄凉之义，与洒脱或洒落之义别。周邦彦〔塞垣春〕词：‘烟深极浦，树藏孤馆，秋景如画。渐别离气味难禁也，更物象，供潇洒。’言正当别思无聊之际，而秋天景物，更助其凄清也。”与第一本第二折义有不同。 [5] 彩云：语意双关，既指天空之云彩，也指所爱的女子。宋晏几道〔临江仙〕：“记得小蘋初见，两重心字罗衣。琵琶弦上说相思。当时明月在，曾照彩云归。”词中即以彩云喻指美人。 [6] 月移花影：句本王安石《夜直》诗：“春色恼人眠不得，月移花影上阑干。” [7] 急攘攘情怀：心情烦躁不安。急攘攘，焦急烦乱，急忙忙。 [8] 呆答孩：痴呆发愣的样子。答孩，助词，无义。呆答孩，义只取“呆”字。毛西河曰：“‘打捱’，助辞，即打颏、打孩，随声立字，原无定旨，故亦随地可衬甸（diàn）。如‘呆打孩’‘闷打孩’,《酷寒亭》剧：‘冻的他颤笃速打颏歌’，是也。” [9] 越

越的：静悄悄的。青鸾信杳：犹全无音信。青鸾，即青鸟，相传为替西王母传信的使者。托名班固的《汉武故事》说，七月七日汉武帝于承华殿斋，有二青鸟自西方集于殿前，是夜西王母至，"青气如云，有二青鸟如乌（按，一作'鸾'），夹侍母旁。"《山海经·大荒西经》："沃之野有三青鸟。"郭璞注："皆西王母所使也。"杳，《说文》："杳，冥也。"本为昏暗之义，引申为不见踪影，如谓去无踪影为"杳如黄鹤"。　[10] 黄犬音乖：没有音信之谓。祖冲之《述异记》：陆机有犬名黄耳，在京居官久无家信，乃作书以竹筒系黄犬颈。犬径至机家，得回书，又驰还机处。后以黄犬喻信使。　[11] 不如不遇倾城色：此是爱极之反话。白居易《李夫人》诗："生亦惑，死亦惑，尤物惑人忘不得。人非木石皆有情，不如不遇倾城色。"　[12] "人有过"三句：人如果有过错，一定要自我责备，不要怕改正。《论语·学而》："过，则勿惮改。"惮，畏难也。　[13] "我却待"二句：言爱恋莺莺之心欲罢而不能。《论语·学而》："子夏曰：'贤贤易色……'"邢昺疏："'贤贤易色'者，上'贤'谓好尚之也；下'贤'谓有德之人；'易'，改也；'色'，女人也。女有姿色，男子悦之，故经传之文通谓女人为色。人多好色不好贤。若能改易好色之心以好贤，则善矣。故曰'贤贤易色'也。"[14] 倚定门儿手托腮：白朴《裴少俊墙头马上》第二折："我怎肯掩残粉泪横眉黛，倚定门儿手托腮，山长水远几时来。"写企盼情状之熟语。　[15] 不自在：王伯良曰："不自在，又疑其病不能出也。"毛西河曰："北人称病为'不自在'。"[16] 石沉大海：比喻没有消息、无处寻觅。　[17] 倚定窗棂儿待：毛西河云："前云'倚门'，此又云'倚窗'，渐反入内，不惟照应，兼为下科白'敲门'作地步也。"[18] 寄语：犹传话，转告。　[19] 拨得：王季思谓："即博得。"参见第二本第二折注。　[20] "空调（diào）"二句：谓半年以来只能以眉目传情。调，转动。调眼色，眉来眼去，送秋波。凌濛初《拍案惊奇》卷十八："可惜有这个烧火的家僮在房，只好调调眼色，连风话也不便说得一句。"　[21] 抬：谓害相思病死而被抬走。　[22] "办一片"句：是说如果莺莺有一片爱我的志诚之心，就可以保全我的性命了。形骸（hái），身体。骸，指六骸，身首四肢，此指性命。　[23] "试着那"二句：是说忧愁之大，让司天台计算，也得计算半年；让太平车来拉，也得要十多辆车。着（zhāo），令，让。司天台，朝廷负责观察天文、推算历法的机关。打算，犹计算。太平车，许政扬云：太平车，载货车也，略似今之大车。上有箱无盖，板壁前出两木，长二三尺许。驾车人在中间，两手扶提鞭鞍驾之。夜，中间悬一铁铃，行即有声，使远近来者车相避。仍于车后系驴骡二头，遇下峻险桥路，以鞭謔之，使倒坐绲车，令缓行也。可载数十石。又邵公济《闻见后录》云："今之民间辎车，重大椎朴，以牛挽之，日不能行三十里；少蒙雨雪，则跬步不进，故俗谓之'太平车'。或可施之无事之日，恐兵间不可用耳。"是此车滞笨，但能用诸太平之时，故民间遂目之为太平车耳。（《许政扬文存》）　[24] 寸心：心乃方寸之地，故称心为寸心、方寸。　[25] 宋玉容：宋玉美容貌。宋玉《登徒子好色赋》："玉为人体貌闲丽，口多微辞。"　[26] 子建才：曹植字子建，宋无名氏《释常谈·八斗之才》："文章多谓之'八斗之才'。谢灵运尝曰：'天下才有一石，曹子建独占八斗，我得一斗，天下共分一斗。'"又，《世说新语·文学》：魏文帝曹丕令弟曹植七步中作诗，不成则行大法。植应声便为诗曰："煮豆持作羹，漉菽以为汁。萁在釜下燃，豆在釜中泣。本自同根生，相煎何太急？"帝深有惭色。后称才思敏捷为七步才。　[27] 拃：拇指与中指伸开量物的长度，义同"扠（zhǎ）"。半拃，言莺足之小。　[28] 一搦（nài）：犹一把、一握。　[29] 鬏（dí）髻：犹发髻。徐士范曰：

"髢，音的，小髻也。"　[30]搂带：毛西河曰："搂带，拴带也。《墙头马上》剧：'解下这搂带裙刀。'俗作'缕带'，非。"　[31]不良会：本为良善之反，恶劣、凶顽之意，用为爱极的反话，与可憎、冤家同一用法。禁害：折磨，作弄。　[32]哈（hāi）：招呼声，犹如"喂"。　[33]"花心轻拆"，"拆"原作"折"，据王伯良、张深之、毛西河本改。　[34]檀口揾香腮：揾，这里作"吻"解。王季思曰："檀口揾香腮，关汉卿〔七弟兄〕曲：'怀儿里搂抱着俏冤家，揾香腮悄语低低话。'揾，吻也。檀口指生言。唐男子有膏唇者，唐人小说《任氏传》可证。王伯良谓檀口香腮俱指莺，失之。"　[35]白头之叹：女子失宠、被弃的感叹。《西京杂记》卷三："司马相如将聘茂陵人女为妾，卓文君作《白头吟》以自绝，相如乃止。"《白头吟》："皑如山上雪，皎若云间月。闻君有两意，故来相决绝……凄凄复凄凄，嫁娶不须啼。愿得一心人，白头不相离。"　[36]看帕：帕，巾帕。新婚之夜验帕，检验女子是否处女的一种习俗。《仪礼·士昏礼》："主人说服于房，媵受；妇说服于室，御受。姆授巾。"郑玄曰："巾，所以自洁清。"陶宗仪《南村辍耕录·如梦令》："一人娶妻无元，袁可潜赠之〔如梦令〕云：'今夜盛排筵宴，准拟寻芳一遍，春去几多时，问甚红深红浅。不见，不见，还你一方白绢。'"（卷二八）可见此风之流行。　[37]春罗：即绢帕。莹白：即白。　[38]揣（chuāi）：怀中藏。胸前着肉揣，谓把绢帕贴肉藏在胸前。　[39]摆划（huāi）：安排，处理。　[40]"犹自"，原作"犹似"，据王伯良、张深之本改。　[41]香埃：犹香尘。《广韵》："埃，尘埃。"香埃指地，春天花开，故云香埃。　[42]碧纱厨：有两种解释：一为绿纱蒙成的床帐。唐王建《赠王处士》："松树当轩雪满池，青山掩障碧纱厨。"亦称纱厨，李清照〔醉花阴〕："佳节又重阳，玉枕纱厨，半夜凉初透。"二是指房屋内装修中的"隔断"，如小说《红楼梦》

《儿女英雄传》中的"碧纱厨"。此指前者。　[43]凌濛初曰："旧本此白下有末念'上堂已了各西东'之诗。此王播诗也，与此无涉。想因引以解'碧纱'二字，而误混白中耳。不从。"据弘治本，张生所念诗为："堂上已了各西东，惭愧阇黎斋后钟。三十年前尘土暗，如今始得碧纱笼。"凌说是。　[44]弓鞋凤头窄：窄小的凤头弓鞋。弓鞋，亦称半弓，谓妇女缠足，其鞋底中弓起，合于脚骨之裹折者，一般长三寸，布或缎制。凤头则为鞋名。晋有凤头履，苏轼《谢方坞诗》："妙手不劳盘作凤，轻身只欲化为凫。"自注云："晋永嘉中有凤头鞋。"唐代女鞋，其头作凤头形，温庭筠《锦鞋赋》："碧繵绷钩，鸾尾凤头。"宋代也作凤头状。古人以有筒者为靴，鞋与履差不多，鞋比履小而浅。　[45]鲰（zōu）生：小子，小人，有愚陋的意思。《史记·项羽本纪》："鲰生教我曰：'距关，毋内诸侯，秦地可尽王也。'"裴骃集解引服虔曰："鲰，小人貌也。"可用为自谦之词。不才：自称，谦词。　[46]错爱：自谦之词，犹言爱得不值得，表示对身受对方爱怜的感激与喜悦。

［点评］

这是颇受争议的一折戏，争论的焦点便是此折所写男女情事。此种情事，说它神圣、说它高洁固不可，说它秽亵、说它下流尤不可。它只是写出了生命的本能本性，体现着人情人性之真，这就是人道，所谓仁者人也。古今中外经典名著中，此类描写比比皆是。这才是有血有肉的活人、真人，世上本没有纯洁无滓、净无纤尘，断绝七情六欲的所谓"神仙"。你可以喜欢它，也可以不喜欢，都是欣赏者的权利，只是需要有一种平和的心态来对待，不必裸袖揎拳起而卫道，对先贤痛施挞伐。

　　金圣叹曾以"国风"比之，并举了《氓》中"以尔车来，以我贿迁"、《褰裳》中"子不我思，岂无他人"为例，与本折对比，进行辩护。认为："盖事则家家家中之事也，文乃一人手下之文也。借家家家中之事，写吾一人手下之文者，意在于文，意不在于事也。意不在事，故不避鄙秽。意在于文，故吾真曾不见其鄙秽。而彼三家村中冬烘先生，犹呶呶不休，罟之曰鄙秽，此岂非先生不惟不解其文，又独甚解其事故耶？"（金本）其事乃家家家中之事，又是经先师仲尼氏删改、则是大圣人文笔的"国风"所写之事，本不足怪；而文乃他人所不能道的"一人手下之文"！

　　其文当然是妙文。前半写张生等待莺莺的心理，疑真疑假，乍惊乍喜，种种情态，无不体现着张生的痴情和志诚。这诸般心理变化，不是仅仅用大段唱词静止地叙说，而是配以演员形体表演动作，忽而闲阶伫立，忽又倚门而待，忽又着枕，忽又倚门托腮，忽又数脚步，忽又倚窗棂……出出入入，上上下下，演员边做边唱，一个演员便充满舞台空间。《西厢记》固不仅仅是可供案头把玩的美文，此种描写，只有熟谙舞台规律的当行剧作家才能写得出。

　　此折是戏剧冲突的一个小收煞。陈眉公曰："千里来龙，穴从此结，万种相思，尽从此处撒。真令看《西厢》者热肠冷气，一时快活煞。"（陈本）这便是金圣叹前折所说的"快然而阁笔"的"一齐结穴"处。结束了由老夫人赖婚所引起的莺莺、张生、红娘之间的矛盾，即《西厢记》的次要冲突线宣告结束。主要矛盾双方的力量对比也发生了变化：莺莺、张生、红娘统一了意志，同心协力去争取新的目标——莺莺、张生婚姻的合法化。

莺莺、张生有情人的婚姻是否步入坦途？《西厢记》以波澜起伏著称，近而复纵，合而未合，月圆云遮，这便是下一折包办婚姻与自主婚姻的直接对抗——拷红。

第二折

（夫人引俫上云）这几日窃见莺莺语言恍惚，神思加倍，腰肢体态，比向日不同。莫不做下来了么？（俫云）前日晚夕，奶奶睡了，我见姐姐和红娘烧香，半晌不回来，我家去睡了。（夫人云）这桩事都在红娘身上。唤红娘来！（俫唤红科）（红云）哥哥唤我怎么？（俫云）奶奶知道你和姐姐去花园里去，如今要打你哩！（红云）呀，小姐，你带累我也！小哥哥你先去，我便来也。（红唤旦科）（红云）姐姐，事发了也。老夫人唤我哩，却怎了？（旦云）好姐姐，遮盖咱！（红云）娘呵，你做的稳秀者[1]——我道你做下来也！（旦念）月圆便有阴云蔽[2]，花发须教急雨催。（红唱）

【越调】【斗鹌鹑】则着你夜去明来，到有个天长地久；不争你握雨携云[3]，常使我提心在口[4]。则合带月披星，谁着你停眠整宿？老夫人心数多[5]，情性

欢郎除开场亮亮相之外，寺警折出场，成为莺莺提"五便三计"考虑的因素之一；此次出场则推动了情节的发展。《西厢记》里，即使次要人物也是参与到故事进程中的戏中人，而不纯是摆设、道具，是《西厢》严谨处。

凌濛初曰："俱以成语叠来成曲，足见当家手。"（凌本）

佯[6]，使不着我巧语花言，将没做有。

【紫花儿序】老夫人猜那穷酸做了新婿，小姐做了娇妻，"这小贱人做了牵头"[7]。俺小姐这些时春山低翠，秋水凝眸。别样的都休[8]，试把你裙带儿拴[9]，纽门儿扣，比着你旧时肥瘦，出落得精神，别样的风流。

（旦云）红娘，你到那里，小心回话者。（红云）我到夫人处，必问："这小贱人！

【金蕉叶】我着你但去处行监坐守[10]，谁着你迤逗的胡行乱走？"若问着此一节呵如何诉休[11]？你便索与他个知情的犯由[12]。

姐姐，你受责理当，我图甚么来？

【调笑令】你绣帏里效绸缪[13]，倒凤颠鸾百事有[14]。我在窗儿外几曾轻咳嗽，立苍苔将绣鞋儿冰透[15]。今日个嫩皮肤倒将粗棍抽，姐姐呵，俺这通殷勤的着甚来由？

姐姐在这里等着，我过去。说过呵，休欢喜；说不过，休烦恼。（红见夫人科）（夫人云）小贱人，为甚么不跪下！你知罪么？（红跪云）红娘不知罪。（夫人云）你故自口强哩。若实说呵，饶你；若不实说呵，我直打死你这个贱人^[16]！谁着你和小姐花园里去来？（红云）不曾去，谁见来？（夫人云）欢郎见你去来，尚故自推哩！（打科）（红云）夫人，休闪了手^[17]。且息怒停嗔，听红娘说。

【鬼三台】夜坐时停了针绣，共姐姐闲穷究^[18]，说张生哥哥病久，咱两个背着夫人向书房问候。

（夫人云）问候呵，他说甚么？（红云）他说来，道"老夫人事已休，将恩变为仇，着小生半途喜变做忧。"他道："红娘你且先行，教小姐权时落后^[19]。"

（夫人云）他是个女孩儿家，着他落后怎么^[20]？（红唱）

【秃厮儿】我则道神针法灸，谁承望燕侣莺俦。他两个经今月余则是一处宿，何须你一一问缘由？

【圣药王】他每不识忧，不识愁，一双心意两相投。夫人得好休，便好休，这其间何必苦追求？常言道"女大不中留"^[21]。

（夫人云）这端事，都是你个贱人！（红云）非是张生、小姐、红娘之罪，乃夫人之过也。（夫人云）这贱人到

佑卿评曰："巧红娘真有见识，该认认。叙事如破竹，索性供来往。怎发落？"（徐参本）

借张生之口，吐衷心欲言，红娘巧慧。

"他两个"句，直点老夫人心头穴位。斩截了当，何须多问？

末句以人性开解。

徐士范评："以学究之谈，逞娇娃之辩，亦自快人。"（范本）

指下我来，怎么是我之过？（红云）信者，人之根本，"人而无信[22]，不知其可也。大车无輗，小车无軏，其何以行之哉？"当日军围普救，夫人所许退军者，以女妻之。张生非慕小姐颜色，岂肯建区区退军之策？兵退身安，夫人悔却前言，岂得不为失信乎？既然不肯成其事，只合酬之以金帛，令张生舍此而去。却不当留请张生于书院，使怨女旷夫[23]，各相早晚窥视，所以夫人有此一端。目下老夫人若不息其事，一来辱没相国家谱，二来张生日后名重天下，施恩于人，忍令反受其辱哉！使至官司[24]，夫人亦得治家不严之罪。官司若推其详[25]，亦知老夫人背义而忘恩[26]，岂得为贤哉？红娘不敢自专[27]，乞望夫人台鉴：莫若恕其小过，成就大事，搵之以去其污[28]，岂不为长便乎？

【麻郎儿】秀才是文章魁首[29]，姐姐是仕女班头[30]；一个通彻三教九流，一个晓尽描鸾刺绣[31]。

【幺篇】世有、便休、罢手[32]，大恩人怎做敌头？起白马将军故友[33]，斩飞虎叛贼草寇[34]。

【络丝娘】不争和张解元参辰卯酉[35]，便是与崔相国出乖弄丑[36]。到底干连着自己骨肉，夫人索穷究[37]。

（夫人云）这小贱人也道得是。我不合养了这个不肖

以理折之。

以势劫之。

陈眉公曰："一本《西厢》，全由这女胸中搬演出，口中描写出。大方，大胆，大忠，大识。"（陈本）

徐渭曰："劝当成亲处，一句紧一句，词意特妙。"（徐画本）

潘廷章曰："世有、便休、罢手'，六字作三句，音节顿挫，泠泠动人。将惊天动地的事，只说作家常茶饭，分毫不消犯力，使盛气遇之自平。"（潘本）

以情动之。

之女[38]。待经官呵，玷辱家门。罢，罢，俺家无犯法之男，再婚之女，与了这厮罢！红娘，唤那贱人来！（红见旦云）且喜姐姐，那棍子则是滴溜溜在我身上，吃我直说过了[39]，我也怕不得许多。夫人如今唤你来，待成合亲事。（旦云）羞人答答的，怎么见夫人？（红云）娘根前有甚么羞！

【小桃红】当日个月明才上柳梢头[40]，却早人约黄昏后。羞的我脑背后将牙儿衬着衫儿袖。猛凝眸，看时节则见鞋底尖儿瘦。一个恣情的不休，一个哑声儿厮耨[41]。吓！那其间可怎生不害半星儿羞？

（旦见夫人科）（夫人云）莺莺，我怎生抬举你来？今日做这等的勾当！则是我的孽障[42]，待怨谁的是！我待经官来，辱没了你父亲，这等事，不是俺相国人家的勾当。罢罢罢，谁似俺养女的不长俊[43]！红娘，书房里唤将那禽兽来！（红唤末科）（末云）小娘子，唤小生做甚么？（红云）你的事发了也。如今夫人唤你来，将小姐配与你哩。小姐先招了也，你过去。（末云）小生惶恐，如何见老夫人？当初谁在老夫人行说来？（红云）休佯小心，过去便了。

【小桃红】既然泄漏怎干休，是我相投首[44]。俺家里陪酒陪茶到撧就[45]，你休愁，何须约定通媒媾[46]？我弃了部署不收[47]，你元来"苗而不秀"[48]。

起凤馆引李卓吾曰："〔麻郎儿〕至〔络丝娘〕，一折叙其能，一折叙其功，一折激其'到底干连着自己骨肉'，有范睢谏秦王口吻。"（起本）

呸！你是个银样镴枪头[49]。

（末见夫人科）（夫人云）好秀才呵！岂不闻"非先王之德行不敢行"[50]？我待送你去官司里去来，恐辱没了俺家谱。我如今将莺莺与你为妻，则是俺三辈儿不招白衣女婿[51]，你明日便上朝取应去，我与你养着媳妇。得官呵，来见我；驳落呵[52]，休来见我。（红云）张生早则喜也。

又峰回路转，生出波澜。

【东原乐】相思事，一笔勾，早则展放从前眉儿皱，美爱幽欢恰动头[53]。既能勾，张生，你觑兀的般可喜娘庞儿也要人消受。

（夫人云）明日收拾行装，安排果酒，请长老一同送张生，到十里长亭去[54]。（旦念）寄语西河堤畔柳[55]，安排青眼送行人。（同夫人下）（红唱）

【收尾】来时节画堂箫鼓鸣春昼，列着一对儿鸾交凤友。那其间才受你说媒红[56]，方吃你谢亲酒[57]。（并下）

开启赶考成亲剧情。

[注释]

[1]稳秀：即隐秀，藏而不露之意。稳，通隐。红娘说反话，意谓：你们干得可真隐蔽呀！　[2]"月圆"二句：此为喻美好事物遭受摧残之常用语。　[3]不争：此作"因为"解。　[4]提

心在口：提心吊胆，状紧张之心情，犹云心都到了嗓子眼儿。
毛西河曰："提心在口，惊恐之意，犹言魂离了壳也。《朱砂胆
（按，应作担）》剧：'諕得我战兢兢提心在口。'旧解挂念，非
也。"　[5] 心数：犹心计。"心数"，原作"心教"，据王伯良本
改。　[6] 㑳（zhòu）：或作"恄"，固执，刚愎。今犹云某人很㑳，
即此义。　[7] 牵头：男女私通的拉线人。　[8] 别样的都休：谓
其他变化且不说。　[9] "试把"五句：意谓试着旧时衣装，与从
前之体态相比，如今变得特别精神、特别风流。出落，长成，指
身体相貌变得更加光艳动人。凌濛初解为"出脱""更新洗发之
意"，甚是。　[10] 但去处：只是去呀。处，语气词。行监坐守：
一举一动都要监视看守。　[11] 如何诉休：如何诉说呵。《诗词
曲语辞汇释》："休，语助辞……有可解为呵字或啊字者。杨万里
《题子仁侄山庄小集》诗：'莫笑山林小集休！篇篇字字爽于秋。'
此犹云莫笑呵。"　[12] 犯由：犯罪之原由，即罪状。周密《武林
旧事·元夕》："其前列荷校囚数人，大书犯由云：某人为不合抢
扑钗环、挨搪妇女……"（卷二）　[13] 绸缪（móu）：《诗经·唐
风·绸缪》："绸缪束薪，三星在天。今夕何夕，见此良人。"绸
缪，本为紧紧捆缚之意，引申作缠绵解，汉毛亨传："绸缪，犹
缠绵也。"后用以指男女欢会。　[14] 百事有：样样有，啥都做
得出来。　[15] "立苍苔"句：白朴〔仙吕·点绛唇〕套："深沉
院宇朱扉扃，立苍苔冷透凌波袜。"　[16] 直：竟，杜甫《忆昔》：
"犬戎直来坐御床，百官跣足随天王。"元有拷死婢女不受法的例
子，见陶宗仪《辍耕录》卷一一"金锭刺肉"条。　[17] 闪了
手：扭伤了手。犹今称扭腰为闪了腰。　[18] 穷究：本指追根问
底，此指聊天，说话。　[19] 权时落后：犹暂时晚走一会儿。据
《说文》，反常为权。《孟子·离娄上》："嫂溺，援之以手者，权
也。"《春秋公羊传》桓公十一年："权者何？权者，反于经然后

有善者也。"是"权"为临时变通之意。　[20]"怎么",原无
"怎"字,据弘治本、王伯良本补。　[21]女大不中留:宋元谚
语有"三不留"之说。康进之《梁山泊李逵负荆》第一折:"你
晓的世上有'三不留'么……蚕老不中留,人老不中留……常言
道'女大不中留'。"　[22]"人而无信"五句:语出《论语·为
政》篇。作为一个人却没有信用,不晓得那怎么可以,就像大
车上没有輗(ní)、小车上没有軏(yuè)一样,那还靠什么行走
呢?大车,牛拉的车;小车,马拉的车;輗和軏都是车辕前面安放
套牲口横木的销子,大车上的叫輗,小车上的叫軏,没有輗軏就
不能套牲口,车就不能行走。下文"区区"乃奔走辛劳之意。区
通"驱"。　[23]怨女旷夫:成年未嫁之女为怨女,成年未娶之
男为旷夫。《孟子·梁惠王下》:"内无怨女,外无旷夫。"旧题宋
孙奭疏:"皆男女嫁娶过时者,谓之怨女旷夫。"　[24]官司:本指
百官,后用以指称官府。　[25]推其详:追究详细情况。推,追
究审问。　[26]背义忘恩:宋崔鶠《杨嗣复论》:"君子不记旧恶,
以德报怨;而小人忘恩背义,至以怨报德。"　[27]自专:自以为
是,自作主张。　[28]撋(ruán):撋就,本指摩弄、揉搓义,此
用为迁就、撮合成就义。　[29]文章魁首:犹言文坛领袖。魁首,
首领。　[30]仕女班头:女中领袖。仕女,贵族妇女,大家闺秀;
班头,领袖,首领。　[31]描鸾:描绘鸾鸟图案,这里泛指描绘
刺绣的图案。此指做女红。　[32]世有、便休、罢手:既然张生
与莺莺做出了这种事,就只能了结,放开手不必追究。《诗词曲
语辞汇释》云:"言张生莺莺恋爱,业已有此事矣,只得罢休,不
必阻挠也……世有,犹云已恁地也。"王伯良谓:"首六字作三句,
总之言世间自有宜便干休而罢手之事也。"毛西河谓:"言世固有
便当休息而罢手之事,下文是也。"以张相之解为确。　[33]起:
举荐。　[34]草寇:聚于丛林草泽中的贼寇,比喻不善战斗、容

易对付的乌合之众。《六部成语·刑部·草寇生发》注解："草野之中，盗贼发起也。"　[35]参（shēn）辰：参星和辰星，亦称参商。参与辰此出彼落，不同时出现，故以参辰喻不睦或不能相见。卯酉（yǒu）：十二时辰，卯时为五至七时，酉时为十七时至十九时。喻互不相见、对立不和。　[36]出乖弄丑：丢人现眼。　[37]穷究：犹言慎重考虑、仔细考虑。与作"聊天"解者不同。　[38]不肖（xiào）：肖，似也。《说文》："肖，骨肉相似也……不似其先，故曰不肖也。"故称子弟不贤，不似父母为不肖。　[39]吃：此作"被"解。　[40]"当日个"二句：语本欧阳修〔生查子〕："去年元夜时，花市灯如昼。月上柳梢头，人约黄昏后。"　[41]厮耨（nòu）：纠缠戏弄之意。徐渭《南词叙录》："北人谓相昵为耨。"　[42]孽（niè）障：即业障。佛教称所做恶业（坏事）障碍正道，故称业障。《俱舍论》卷十七："一者害母，二者害父，三者害阿罗汉，四者破和合僧，五者恶心出佛身血。如是五种，名为业障。"孽，罪恶，灾殃。孽障乃业障之讹。　[43]长（zhǎng）俊：即长进，向上、进步、有出息。　[44]投首：自首。《六部成语补遗·刑部·投首》注解："言犯罪者不待告发或官拘拿，即自行赴官衙，投到自首也。"　[45]"俺家里"句：婚姻一般是由男家备茶酒向女家求婚，现在反其事而行，由崔家倒陪茶酒撮合成婚。茶，聘礼之代称。明许次纾《茶疏·考本》："茶不移本，植必子生。古人结昏，必以茶为礼，取其不移置子之意也。今人犹名其礼曰下茶。"郎瑛《七修类稿》卷四十六："女子受聘。其礼曰下茶，亦曰吃茶。"搁就，义同搁。　[46]媒媾（gòu）：因媒而结姻，犹媒人。媾，结婚。　[47]部署：宋元时的枪棒师傅。又，拳棒比赛主持人亦称部署，此指前者。弃了部署不收，不做师傅，不收你为徒，意谓不再为你出主意帮忙。　[48]苗而不秀：庄稼苗长得好，却不开花吐穗，比喻无用之人。《论语·子罕》："苗而不秀者有矣夫！秀而不实者有矣夫！"　"而"，原作"儿"，据张深之、王伯良本改。　[49]银样镴（là）枪头：枪头的样子看上去像是银的，实际是镴做的。比喻好看而不实用的样子货。镴，即今之焊锡，为锡与铅之合金。毛西河曰："银样镴枪头，谓样是银而实则镴，无用物也。'镴'，他本作'蜡'，误。刘廷信词：'镴打枪头软厮禁。'《气英布》剧：'英布也，你是个银样的镴枪头。'俱是'镴'字。"　[50]非先王之德行不敢行：语出《孝经·卿大夫章》："非先王之法服不敢服，非先王之法言不敢道，非先王之德行不敢行。"意谓不敢做不符合先王道德标准的事。前一"行（xìng）"为名词，品德，品质；后一"行（xíng）"为动词，贯彻，实行。　[51]白衣：古代没有做官的人穿白衣，故以"白衣"代指没有功名官职的人，即平民。《新唐书·车服志》："士服短褐，庶人以白。"顾炎武《日知录·杂论·白衣》："白衣者，庶人之服，然有以处士称之者。"　[52]驳落：落第。亦作"剥落"。　[53]恰动头：犹才开始。　[54]十里长亭：长亭为古代设在路旁供行人停宿、休息用的公用房舍，《园冶·亭》："亭者，停也。所以停憩游行也。"《白孔六帖》卷九："十里一长亭，五里一短亭。"常用作送别饯行的地方。　[55]"寄语"二句：王季思云："《中州集》载高汝励临终留诗，有'寄谢东门千树柳，安排青眼送行人'句。"青眼，指柳叶。又，指黑眼珠，《晋书·阮籍传》：阮籍能为青白眼，见礼俗之士以白眼对之，遇同道乐见之人，则以青眼对之。后以青眼表示对人的重视、喜爱。这里语意双关。"寄语"，原作"寄与"，据张深之、王伯良本改。　[56]说媒红：赏给媒人的谢礼，参见第二本第二折"红线"注。媒人合婚而索取报酬，汉时已然。《元史·刑法志二》："诸男女婚姻，媒氏违例，多索聘财，及多取媒利者，谕众决遣。"《通制条格》也有"严切约束（媒人），无得似以前多取媒钱"的记载，可见元时行媒也是求取酬值的。　[57]谢亲酒：婚后男往女家谢亲宴饮，称为谢亲酒。孟元老《东京梦华录》卷五"娶妇"："婿复参妇家，谓之拜门，有力能趣办，次日即往……不然三日七日皆可。赏贺亦如女家之礼。酒散，女家具鼓吹从物迎婿还家。"吴自牧《梦粱录·嫁娶》："其两新人于三日或七朝、九日往女家行拜门礼，女亲家广设华筵款待新婿。"（卷二十）今谓之"回门"。

［点评］

"拷红"是矛盾双方的一次大搏斗，是主要矛盾冲突发展的最尖锐、最激烈的时刻。这一回合斗争的成败，决定着主人公的命运和事态情节的发展。本折情节推演很有层次，戏剧性很强，是很好看的一出戏，也是被各剧种改编演出最多的一出戏。

莺莺与张生、红娘的矛盾冲突结束了，却更激化了与老夫人的矛盾冲突。老夫人将怎样对待这种"辱门败户"的行为？

首先，夫人从莺莺的体态变化中发现了疑点，继而从欢郎嘴里得到实证，于是一声"唤红娘来"便点燃了冲突的引爆线。先撇下莺莺、张生，把矛头对准一个侍奉丫鬟，火力更为集中，戏便更加好看。激烈冲突即将爆发，火药味浓烈已极，观众也有了强烈的心理期待。但剧作家并没有立即展开冲突，他忙里偷闲，让红娘叫出莺莺，做了一段戏：先补叙酬简以来的月余情事；继又揣摩夫人心理，预判夫人问词；接着还抒发了一段怨词。这三番情节延宕，一方面是高潮到来之前做一点气氛调济，让读者和观众放松一下身心，好以更充沛的精力迎接高潮的到来；另一方面也是为高潮的到来铺垫蓄势，有如跳跃前的后退，伸展前的拳曲，爆发会更加有力。曹雪芹亦善用此法，如《红楼梦》第三十三回"手足眈眈小动唇舌，不肖种种大承笞挞"，贾政怒打贾宝玉一节的描写。

冲突爆发之后，红娘先是推脱，无济则坦然招承。红娘开始并不慷慨激昂，而是从停绣闲叙开始，如话家常，一个平心静气说，一个凝神侧耳听，平淡中一语点破。这便是有事只当无事，威严如夫人，也盛气化为无气，红娘之词便能随风潜入。

接下来的红娘辩词，向来为人激赏。一席话说得痛快淋漓，如悬河泻水。妙在不绕弯子，不找托词，单刀直入径数老夫人两大过错：一则失信于张生，二则留张于书院；继而陈述利害；最后提出解决办法，成就莺莺、张生婚事。谕之以道理，晓之以利害，动之以感情。八面玲珑，点水不漏，老夫人由原告变成了被告，哪里还有招架之力？红娘反而成了这桩公案是非曲直的裁判人，老夫人顺着红娘指出的路走下去了。李卓吾曰："红娘真有二十分才，二十分识，二十分胆。有此军师，何攻不破？何战不克？"（容本）潘廷章曰："当其闻堂上之疾呼也，而心不动也，于是安神定气以赴之；当大杖之骤加也，而心不动也，于是纡谈微笑以应之；当严词之深诘也，而心不动也，于是低声促节以收之，而夫人之怒已平八九也。红然后正其色、振其词以婉巽之。旨忽变而为优直之气，数夫人之过，而备责之，惟吾之所欲言而后已焉。"（潘本）前人称此折为"堂前巧辩"，其实红娘不以巧为巧，"直说则真巧至矣"。红娘以其平日的细心观察，把握了老夫人的心理，深谙其中的要害，把问题分析得头头是道。老夫人是礼教道德的虔诚信奉者，她这样要求别人，自己也恪守不渝，红娘则以其道还其人，大谈礼义，老夫人不得不心折气服。

至此，莺莺、张生之姻缘看似得之，实未得也。张生赴试果能中否？即使高中，会否情移心变？夫人空口允婚，会否再次变卦翻悔？郑恒那桩公案如何了结？种种不定因素，即是新的戏剧悬念，有待"下回分解"。

第三折

（夫人长老上云）今日送张生赴京，十里长亭安排下筵席。我和长老先行，不见张生、小姐来到。（旦末红同上）（旦云）今日送张生上朝取应，早是离人伤感，况值那暮秋天气，好烦恼人也呵！悲欢聚散一杯酒，南北东西万里程。

【正宫】【端正好】碧云天[1]，黄花地，西风紧，北雁南飞。晓来谁染霜林醉[2]？总是离人泪。

【滚绣球】恨相见得迟，怨归去得疾。柳丝长玉骢难系[3]。恨不倩疏林挂住斜晖[4]。马儿迍迍的行[5]，车儿快快的随。却告了相思回避[6]，破题儿又早别离。听得一声"去也"，松了金钏[7]；遥望见十里长亭，减了玉肌[8]。此恨谁知[9]！

（红云）姐姐，今日怎么不打扮？（旦云）你那知我的心里呵！

【叨叨令】见安排着车儿、马儿，不由人熬熬煎煎的气；有甚么心情花儿、靥儿[10]，打扮的娇娇滴滴的媚；准备着被儿、枕儿，则索昏昏沉沉的睡；从今后衫儿、袖儿，都揾做重重叠叠的泪。兀的不闷杀人也么哥，兀的不闷杀人也么哥！久已后书儿、信儿[11]，索与我恓恓惶惶的寄。

（做到见夫人科）（夫人云）张生和长老坐，小姐这壁坐，红娘将酒来。张生，你向前来，是自家亲眷，不要回避。俺今日将莺莺与你，到京师休辱末了俺孩儿，挣揣一个状元回来者[12]。（末云）小生托夫人余荫，凭着胸中之才，视官如拾芥耳[13]。（洁云）夫人主见不差，张生不是落后的人。（把酒了，坐）（旦长吁科）

先客气，后自负，尽显才子本色。

"诗是无形画，画是有形诗"，此二曲为莺莺造像，唱做配合，便成了有声诗画。有如小说中的细节刻画、电影中的特写镜头。

【脱布衫】下西风黄叶纷飞，染寒烟衰草萋迷。酒席上斜签着坐的[14]，蹙愁眉死临侵地[15]。

【小梁州】我见他阁泪汪汪不敢垂[16]，恐怕人知；猛然见了把头低，长吁气，推整素罗衣[17]。

【幺篇】虽然久后成佳配，奈时间怎不悲啼[18]。意似痴，心如醉[19]，昨宵今日，清减了小腰围。

（夫人云）小姐把盏者。（红递酒，旦把盏长吁科云）请吃酒。

【上小楼】合欢未已，离愁相继。想着俺前暮私情，昨夜成亲，今日别离。我谂知这几日相思滋味[20]，却元来此别离情更增十倍。

【幺篇】年少呵轻远别，情薄呵易弃掷[21]。全不想腿儿相挨，脸儿相偎[22]，手儿相携。你与俺崔相国做女婿，妻荣夫贵[23]，但得一个并头莲，煞强如状元及第。

（夫人云）[24]红娘把盏者。（红把酒科）（旦唱）

【满庭芳】供食太急，须臾对面，顷刻别离。若不是酒席间子母每当回避，有心待与他举案齐眉。虽然是厮守得一时半刻，也合着俺夫妻每共桌而食。眼底空留意[25]，寻思起就里，险化做望夫石。

（红云）姐姐不曾吃早饭[26]，饮一口儿汤水。（旦云）红娘，甚么汤水嚥得下。

【快活三】将来的酒共食，尝着似土和泥；假若便是土和泥，也有些土气息，泥滋味。

【朝天子】暖溶溶玉醅[27]，白泠泠似水。多半是相思泪。眼面前茶饭怕不待要吃[28]，恨塞满愁肠胃。蜗角虚名[29]，蝇头微利[30]，拆鸳鸯在两下里。一个这壁，一个那壁，一递一声长吁气。

（夫人云）辆起车儿[31]，俺先回去，小姐随后和红娘来。（下）（末辞洁科）（洁云）此一行别无话儿，贫僧准备买登科录看[32]，做亲的茶饭，少不得贫僧的。先生在意，鞍马上保重者。从今经忏无心礼，专听春雷第一声[33]。（下）（旦唱）

留莺莺与张生作别，也颇通人情。

长老会说话，几句话面面俱到，且练达合礼，足见身份。

【四边静】霎时间杯盘狼藉，车儿投东，马儿向西。两意徘徊，落日山横翠。知他今宵宿在那里？有梦也难寻觅。

张生，此一行得官不得官，疾便回来。（末云）小生这一去，白夺一个状元。正是：青霄有路终须到[34]，金榜无名誓不归。（旦云）君行别无所赠，口占一绝[35]，为君送行：弃掷今何在[36]，当时且自亲。还将旧来意，怜取眼前人。（末云）小姐之意差矣，张珙更敢怜谁？谨赓一绝[37]，以剖寸心[38]：人生长远别[39]，孰与最关亲？不遇知音者，谁怜长叹人？（旦唱）

亦痴亦狂亦才子。

【耍孩儿】淋漓襟袖啼红泪，比司马青衫更湿。伯劳东去燕西飞，未登程先问归期。虽然眼底人千里，且尽生前酒一杯[40]。未饮心先醉[41]，眼中流血[42]，心里成灰。

【五煞】到京师服水土[43]，趁程途节饮食[44]，顺时自保揣身体[45]。荒村雨露宜眠早[46]，野店风霜要起迟。鞍马秋风里，最难调护，最要扶持。

【四煞】这忧愁诉与谁？相思只自知，老天不管人憔悴。泪添九曲黄河溢[47]，恨压三峰华岳低。到晚来闷把西楼倚[48]，见了些夕阳古道，衰柳长堤。

【三煞】笑吟吟一处来，哭啼啼独自归。归家若到罗帏里，昨宵个绣衾香暖留春住，今夜个翠被生寒有梦知。留恋你别无意，见据鞍上马[49]，阁不住泪眼愁眉。

（末云）有甚言语，嘱付小生咱。（旦唱）

【二煞】你休忧文齐福不齐[50]，我则怕你停妻再娶妻[51]。休要一春鱼雁无消息[52]，我这里青鸾有信频须寄，你却休金榜无名誓不归。此一节君须记：若见了那异乡花草，再休似此处栖迟[53]。

全是生活关照，只言起居，无一语及于功名。

末二句从眼前想到别后，以萧瑟孤凄之景，写思妇念远之情。

"松金钏""减玉肌"，只见"离人泪"，哪得"笑吟吟"？只为对比出离愁更悲，故着乐句反衬。

此折两提"梦"字，又为下折"惊梦"张本，针线细密。

（末云）再谁似小姐，小生又生此念？（旦唱）

【一煞】青山隔送行，疏林不做美，淡烟暮霭相遮蔽。夕阳古道无人语[54]，禾黍秋风听马嘶[55]。我为甚么懒上车儿内？来时甚急[56]，去后何迟！

（红云）夫人去好一会，姐姐，咱家去。（旦唱）

【收尾】四围山色中，一鞭残照里。遍人间烦恼填胸臆，量这些大小车儿如何载得起[57]？

（旦红下）（末云）仆童，赶早行一程儿，早寻个宿处。泪随流水急[58]，愁逐野云飞。（下）[59]

[注释]

[1]碧云天，黄花地：句本范仲淹〔苏幕遮〕词："碧云天，黄叶地，秋色连波，波上寒烟翠。"黄花，指菊花，菊花秋天开放，《礼记·月令》："季秋之月……鞠有黄华。"鞠，一本作菊。《警世通言·王安石三难苏学士》："'西风昨夜过园林，吹落黄花满地金。'……黄花即菊花。此花开于深秋，其性属火，敢与秋霜鏖战，最能耐久。" [2]"晓来"二句：意谓是离人带血的眼泪，把深秋早晨的枫林染红了。霜林醉，深秋的枫树林经霜变红，就像人喝醉酒脸色红晕一样。意本唐诗"君看陌上梅花红，尽是离人眼中血。"（见曾季狸《艇斋诗话》）《董西厢》卷六："君不见满川红叶，尽是离人眼中血。" [3]"柳丝长"句：意谓柳丝虽长却系不住玉骢，犹言情虽长却留不住张生。玉

闵寓五曰："'青山隔送行'，言生已转过山坡也；'疏林不做美'，言生出疏林之外也；'淡烟暮霭相遮蔽'，在烟霭中也；'夕阳古道无人语'，悲已独立也；'禾黍秋风听马嘶'，不见所欢，但闻马嘶也；'为甚么懒上车儿内'，言已宜归而不归也；'四围山色中，一鞭残照里'，生已过前山，适因残照而见其扬鞭也。"（六幻本）按，"夕阳""禾黍""山色""残照"四句，乃想象张生寂寞程途之词，非莺莺自谓。

骢（cōng），马名，即玉花骢，一种青白色的骏马。此指张生赴试所乘之马。古人有折柳送别之习惯，《三辅黄图》卷六："霸桥在长安东，跨水作桥。汉人送客至此桥，折柳赠别。"故写别情多借助于柳，晏殊〔踏莎行〕："垂杨只解惹春风，何曾系得行人住？"　[4]"恨不"句：句本李白《惜余春赋》："恨不得挂长绳于青天，系此西飞之白日。"倩（qìng），请人代己做事之谓。　[5]迍（tún）迍：行动缓慢，留连不进的样子。凌濛初曰："迍迍，即马迟人意懒也。"闵寓五曰："'迍迍行''快快随'，马是张骑，故欲其迟；车是崔坐，故欲其快。"　[6]"却告"二句：却，犹恰，见第一本第三折注。毛西河曰："回避，谓告退；破题，谓起头。言相思才了，别离又起也。"唐宋诗赋多于开头几句便点破题意，谓之破题。顾炎武《日知录·试文格式》："发端二句或三四句谓之破题。"元曲中用以比喻开端、起始或第一次。　[7]钏（chuàn）：古代称臂环为钏，今谓之手镯。松金钏，言人瘦损使手镯松脱。　[8]玉肌：肌肤光泽如玉。　[9]恨：遗憾，不满意，与今天"仇恨""怨恨"之恨有别。本句出秦观〔画堂春〕词："放花无语对斜晖，此恨谁知！"　[10]花儿、靥（yè）儿：即花钿，见第一本第一折注。五代花蕊夫人《宫词》有"翠钿贴靥轻如笑"句，乐府诗《木兰诗》有"当窗理云鬓，对镜帖花黄"句。又，花儿指头上戴花，亦通。　[11]"久已后"二句：此为莺莺对红娘说，不是对张生说。是让红娘为莺莺寄信与张生。　[12]争揣：这里是争取、夺得之意，与第三本第四折用法不同。　[13]视官如拾芥（jiè）：把取得官职看得像从地上拾取一根草棍那样容易。《汉书·夏侯胜传》："胜每讲授，常谓诸生曰：'士病不明经术，经术苟明，其取青紫，如俯拾地芥耳。'"颜师古注："地芥，谓草芥之横在地上者；俯而拾之，言其易而必得也；青紫，卿大夫之服也。"[14]斜签着坐：侧身半坐，晚辈在长辈面前不能实坐。　[15] 死临侵地：呆呆地，没精打采的样子。临侵，语助词，无义。　[16] 阁泪汪汪不敢垂：强忍泪水而不敢任其流出。阁泪，含泪，噙泪。宋无名氏〔鹧鸪天〕词："尊前只恐伤郎意，阁泪汪汪不敢垂。"　[17] 推整素罗衣：意谓装作整理衣裳。推，借口，这里有"假装"的意思。王伯良曰："阁泪汪汪，莺指己言，恐人之知，故阁泪而不敢垂；偶然被人看见，故把头低。而推整素罗衣也。"　[18] 时间：目下，眼前。　[19] 意似痴，心如醉：《乐府新声》无名氏〔骂玉郎带感皇恩采茶歌〕："心似烧，意似痴，情如醉。"　[20]"我谂（shěn）知"二句：意谓这几天我已经深深知道了相思滋味的苦痛难堪，原来这离别比相思更苦十倍。谂，知悉，知道。　[21] 弃掷：本指抛弃，此指撇下莺莺而远离。　[22] 脸儿相偎：毛西河引沈璟云："脸儿相偎，以脸着脸。"　[23] 妻荣夫贵：《仪礼·丧服》："夫尊于朝，妻贵于室。"郑玄注："妻贵于室，从夫爵也。"本指妻子可以依靠丈夫的爵位而尊贵，从夫之义。这里反其义而用之，意思是说你与俺崔相国家做女婿，本已因妻而贵，大可不必再去求取功名了。　[24]"（夫人云）至"（旦唱）"一段科白，原在〔满庭芳〕曲之后，据毛西河本改。　[25] 眼底空留意：意谓母亲在座，有所避忌，不得与张生同桌共食以诉衷曲，只能以眉眼传情表达心意。　[26]"（红云）姐姐不曾吃早饭"至"甚么汤水嗛得下"一段科白，原在〔满庭芳〕曲之前，据毛西河本改。　[27] 玉醅（pēi）：美酒。　[28] 怕不待要：难道不想、何尝不想之意。　[29] 蜗角虚名：《庄子·则阳》篇讲了一则寓言故事：在蜗牛的左角有个触氏之国，右角则为蛮氏之国，两国为争地而战，伏尸百万。是说所争者如此细小，何必去争呢？蜗角极细极微，蜗角虚名，喻微小之浮名。　[30] 蝇头微利：《故事成语考·鸟兽》："利小曰蝇头。"班固《难庄论》说，众人争夺世间利禄，就像青蝇嗜肉汁而忘溺一样，给自己招来灾祸。(《艺文类聚》卷九十七"蝇")比喻因小利而忘危难。此言微小的名利。　[31] 辆：用为动词，犹驾好、套起。　[32] 登科录：登载录取进士姓名的名册。唐人称为进士登科记，宋人称为登科小录。　[33] 春雷第一声：进士试于春正、二月举行，故称中第消息为春雷第一声。　[34]"青霄"二句：此为当时成语，关汉卿《状元堂陈母教子》第一折亦有此语。青霄，即青云，青霄路即致身青云之路，参见第一本第一折"云路"注。金榜题名，即进士及第。录取的进士，分三个等第（称为三甲）用黄纸书写名字予以公布，谓之"黄甲"，亦称金榜。宋人汪洙《神童诗》："久旱逢甘雨，他乡遇故知。洞房花烛夜，金榜挂名时。"　[35] 口占(zhàn)一绝：随口吟出一首绝句诗。不打草稿，随口成文叫口占，后多指随口成诗。　[36]"弃掷"四句：意思是，抛弃我的人儿现在何方？想当初对我是何等相亲。还应当用当时对我的一番情意，去爱怜眼前的新人。诗本《莺莺传》，原是莺莺被张生抛弃之后所作。剧中只是让莺莺用为设托之词。　[37] 赓(gēng)：续作。《尔雅·释诂》："赓，续也。"　[38] 剖：此为表白义。剖心，表白真诚之心。　[39]"人生"四句：表明除莺莺之外再无知己之意。长，通"常"，有总是义；孰与，犹与谁。"关亲"，原作"关情"，有违原韵。按，此为次韵诗，须依莺诗原韵，明徐师曾《文体明辨序说·和韵诗》："次韵，谓和其原韵而先后次第皆因之也。"据弘治本、王伯良本改。　[40] 生前：《徐文长公参订西厢记》、金陵文秀堂《新刊考正全相评释北西厢记》及六幻本、毛西河本等，均作"尊前"。此"生前"指身前、眼前。　[41] 未饮心先醉：刘禹锡《酬令狐相公杏园花下饮有怀见寄》："未饮心先醉，临风思倍多。"柳永〔诉衷情近〕："黯然情绪，未饮先如醉。"　[42]"眼中"二句：形容极度悲痛。徐士范曰："出《烟花录》：昔有一商，美姿容，泊舟于西河下。岸上高楼中一美女，相视月余，两情已契，弗遂所愿。商货尽而去，女思成疾而亡。父遂而焚之，独心中一物不化如铁，磨出，照见中有舟楼相对，隐隐如有人形。其父以为奇，藏之。后商复来，访其女，得所由，献金求观，不觉泪下成血。滴心上，心即成灰。”　[43]服：适应，习惯。《礼记·孔子闲居》：“君子之服之也。”郑玄注：“服，犹习也。”　[44]趁程途节饮食：意谓路途中要节制饮食。趁，赶；趁程途即赶路。　[45]“顺时”句：对本句历来有不同理解。王伯良曰：“顺时自保揣身己，言须揣其身之劳苦，而因时保护之也。然语殊拙。”揣（chuǎi），揣度，义犹思忖，估量。张相《诗词曲语辞汇释》云：“揣，读平声……揣身体，犹云弱身体也。”今依王说。　[46]“荒村”二句：此二句互文见义，谓荒村野店，雨露风霜，应当早歇息晚上路。　[47]“泪添”二句：上句以水喻愁之多，下句以山喻愁之重。华岳三峰，即西岳华山，在今陕西华阴县南。华山的中峰莲花峰、东峰仙人掌、南峰落雁峰，世称华岳三峰。一说莲花峰、毛女峰、松桧峰为华岳三峰。　[48]西楼：原始出处待考。诗词曲中抒写离别、相思、孤寂时常用之，形成了带有忧伤色彩的意象。这里代指望归之所。　[49]据鞍：跨鞍。　[50]文齐福不齐：意谓有文才而缺少福分，不能考中。齐，备，全而不缺。　[51]停妻再娶妻：指不认前妻而另行娶妻。古代婚制，男子可以多妾，但不得双妻并嫡，《唐律·户婚律》“有妻更娶”条规定“诸有妻更娶妻者，徒一年”，元《通制条格》也有“有妻更娶妻者，虽会赦，犹离之”的记载，故更娶妻之男子有不认前妻者。　[52]一春鱼雁无消息：句本宋无名氏〔鹧鸪天·春闺〕词：“一春鱼鸟无消息，千里关山劳梦魂。”　[53]栖迟：《诗经·陈风·衡门》：“衡门之下，可以栖迟。”毛亨曰：“栖迟，游息也。”即留连、逗留之意。　[54]古道：蒲地曾为舜都，汉初置县，通长安之路久已开辟，故称古道。　[55]禾黍：禾指谷类作物，黍指粘小米，以禾黍代指庄稼。嘶：马鸣。　[56]"来时"二句：《诗词曲语辞汇释》谓："'时'，为语气间歇之用，犹'呵'或'啊'也……吴潜〔望江南〕词：'欲把捉时无把捉，道虚空后不虚空。'时与后为互文，'后'犹'呵'也。"　[57]"量（liàng）这些"句：意谓烦恼之多，量这小小车儿怎能装得下？车本不小，愁多便嫌其小。量，审度，估量。大小，偏义复词，大小，车的规格。这些大小，这么大的。　[58]"泪随"二句：互文见义，谓睹秋云、见流水都引起对莺莺的思念而愁生泪落。　[59]本折张生与莺莺的分别，当在"再谁似小姐，小生又生此念？"之后，后面之〔一煞〕〔收尾〕二曲，全是张生去后莺莺怅望情景，山遮林障，暮霭笼罩，已经看不见张生了。但张生并未下场。崔张同台，张乘马而去，莺莺徘徊目送，不忍遽归，表演出两地相望两情依依，却又未能相见的情状，正体现了中国戏曲舞台没有空间限制的特点。

[点评]

《西厢记》情节波澜起伏，离合悲欢转换交替，时刻都牵动着读者的心弦。"酬简"方合，继之"拷红"，此折便又分离；"酬简"一派喜悦，满心满意，"拷红"便唇枪舌剑，惊恐万状；大冲突之后，宜放松读者绷紧的神经，于是本折平缓抒情，抒的是离别之情。金圣叹曰："一切众生，最苦离别，最难离别，最重离别，最恨离别。"（金本）故文学作品中写离情别恨之作多有名篇。本折即是艳传人口的名作。潘廷章曰："得此可废《阳关三叠》。江文通之赋别也，一语弁之曰：'黯然销魂，唯别而已。'以魂言别，可谓深于言别者矣。而独其所赋者，皆为别人、为别景、为别事、为别情，而反不及别魂也……乃今观于长亭之赋别，而知善于言魂也。霜叶黄花，皆为血染；香车宝马，皆为恨驱；离亭亦是怨筑，别筵亦向忧开；而且倾泪为酒，蒸愁为饭；悲填河曲，闷结西楼；相思盈路，烦恼成载——皆崔张之别之所感也，则皆崔张之魂之所变也。"（潘本）

先写赴长亭。移情于景，景中见情，不仅使情具象化，也写出了行程。戏曲中的景，全在演员身上，通过行进中的表演，表现诸般景色，融情入景，见景生情，是互动关系。景是莺莺眼中之景，情是莺莺胸中之情。莺莺何人？与张生始合月余之新妇；张生何人？莺莺初恋之情人；所临何境？前途未卜之生死离别，前折所谓诸般不定堪忧。故莺莺之悲者极悲，愁者极愁，非寻常儿女之乍别暂离可比。毕竟，在男权社会，莺莺只有爱与否的权利，却无法决定婚姻的成与败。此景此情能见出人物，所以特别感人。

再写到长亭。长亭乃别离之地，所以莺莺见长亭即钏松肌减。人物已然坐定，故此除西风黄叶、寒烟衰草二句外，都是直接抒情。潘廷章评："顷刻别离，于怨别中复怨别也。长亭，别地也；长亭中供食，别筵也。望见长亭而即恨，不复是西厢也；供食太急而愈恨，又不得久恋长亭也。"（潘本）

最后写别长亭。莺莺嘱别，纯是恩爱体贴之语，从心头汩汩流出，语愈平淡愈易入，令人动容。送别，更是舞台上的好场面。生旦同台，张生骑马行进，莺莺张望目送，虽以唱为主，却也动静结合，场面活泛。

从赴亭、设宴到送别及别后依依，时移地换而人物仍在同一舞台，体现了戏曲舞台不受时空限制的灵活性，所谓三五步走遍天下，六七人千军万马，戏曲舞台是写意的。

汤显祖评曰："丈夫面目，儿女肝肠，描摹不漏针芥，自是神手。"（三合本）是说刻画人物鲜活。同是上朝取应事，老夫人是命令式口气；长老圆活，顺着夫人赞许张生，嘱旅途珍重，滴水不漏，却全是表面虚语，不关疼热；莺莺则是全与母亲唱反调，一而再、再而三地申述并头莲强如状元及第，可见莺莺追求的是纯洁无瑕的爱情，与功名利禄无涉；张生更是高才自许，亦痴亦狂，虽也有儿女离情，更多的却是豪情，这便是汤翁所谓"丈夫面目"。

中国古代上层社会传统的婚姻模式，非门第婚即科第婚。唐代乃是从门第婚向科第婚转换的时代。明代洪武三年（1370）下诏："使中外文臣皆由科举而选，非科举者，毋得与官。"（《明太祖实录》卷五二）科举已成为士子入仕的唯一途径，女子也有对男子功名的渴望，择偶标准也便以科第功名为首选。科举成为明代士子人生追求的目标。在明传奇中，从价值判断、审美追求，到人物设置、结构安排，无不体现着科举的渗透。元代因为特殊的社会环境，士子功名无望，杂剧中才出现了大批重爱情而薄功名的作品，虽涉科举情事，也只是作为获取姻缘的手段，只是情节安排，殊非价值取向也。

爱情，莺莺、张生已然心心相印，而能否实现有情人无别离、常完聚，一生相守的婚姻，却是他们第三阶段争取的目标。戏，还不能就此落幕。

第四折

（末引仆骑马上开）离了蒲东早三十里也，兀的前面是草桥，店里宿一宵，明日赶早行。这马百般儿不肯走。行色一鞭催去马，羁愁万斛引新诗[1]。

【双调】【新水令】望蒲东萧寺暮云遮，惨离情半林黄叶。马迟人意懒[2]，风急雁行斜。离恨重叠，破题儿第一夜。

想着昨日受用，谁知今日凄凉！

【步步娇】昨夜个翠被香浓薰兰麝，欹珊枕把身躯儿趄[3]。脸儿斯揾者[4]，仔细端详，可憎的别[5]。铺云鬓玉梳斜[6]，恰便似半吐初生月。

忆昨日之温情，更见今日之孤凄，文秀堂评曰："羁旅初情，尤堪凄切。"（秀本）此为入梦之因。

早至也。店小二哥那里？（小二哥上云）官人，俺这头房里下。（末云）琴童，接了马者。点上灯，我诸般不要吃，则要睡些儿。（仆云）小人也辛苦，待歇息也。（在床前打铺做睡科）（末云）今夜甚睡得到我眼里来也！

全折只为写一"梦"字，却以难入睡为引。

【落梅风】旅馆欹单枕，秋蛩鸣四野，助人愁的是纸窗儿风裂。乍孤眠被儿薄又怯，冷清清几时温热！

秋本不冷，心冷故也。此曲之冷清与前曲之温热相对，更见思忆之深，直接导入梦境。

（末睡科）（旦上云）长亭畔别了张生，好生放不下。老夫人和梅香都睡了，我私奔出城，赶上和他同去。

【乔木查】走荒郊旷野，把不住心娇怯，喘吁吁难将两气接。疾忙赶上者，打草惊蛇[7]。

【搅筝琶】他把我心肠扯[8]，因此不避路途赊[9]。瞒过俺能拘管的夫人，稳住俺厮齐攒的侍妾[10]。想着他临上马痛伤嗟，哭得我也似痴呆。不是我心邪，自别离已后，到西日初斜，愁得来陡峻，瘦得来嗏嗻[11]。则离得半个日头[12]，却早又宽掩过翠裙三四褶。谁曾经这般磨灭[13]。

【锦上花】有限姻缘[14]，方才宁贴；无奈功名，使人离缺。害不了的愁怀[15]，却才觉些[16]；掉不下_的思量，如今又也。清霜净碧波，白露下黄叶。下下高高，道路曲折^[17]；四野风来，左右乱趱^[18]。我这里奔驰，_他何处困歇？

【清江引】呆答孩店房_儿里没话说，闷对如年夜。暮雨催寒蛩，晓风吹残月^[19]，今宵酒醒何处也。

此曲莺莺想象张生旅邸凄凉情状。

（旦云）在这个店儿里，不免敲门。（末云）谁敲门哩？是一个女人的声音，我且开门看咱。这早晚是谁？

【庆宣和】是人_呵疾忙快分说，是鬼_呵合速灭。

（旦云）是我。老夫人睡了，想你去了呵，几时再得见，特来和你同去。（末唱）

听说_{罢将}香罗袖儿拽^[20]，却元来是姐姐、姐姐。

难得小姐的心勤！

【乔牌儿】你是为人须为彻^[21]，将衣袂不藉^[22]。绣鞋儿_被露水泥沾惹，脚心儿管踏破也^[23]。

（旦云）我为足下呵，顾不得迢递^[24]。（旦唧唧了^[25]）

【甜水令】想着你废寝忘餐，香消玉减，花开花谢，犹自觉争些[26]。便枕冷衾寒[27]，凤只鸾孤，月圆云遮，寻思来有甚伤嗟？

【折桂令】想人生最苦离别！可怜见千里关山[28]，犹自跋涉。似这般割肚牵肠[29]，到不如义断恩绝。虽然是一时间花残月缺，休猜做瓶坠簪折。不恋豪杰[30]，不羡骄奢，生则同衾[31]，死则同穴。

（外净一行扮卒子上叫云）恰才见一女子渡河，不知那里去了，打起火把者！分明见他走在这店中去也。将出来！将出来！（末云）却怎了？（旦云）你近后，我自开门对他说。

【水仙子】[32]硬围着普救寺下锹攫，强当住咽喉仗剑铗。贼心肠馋眼脑天生得劣。

（卒子云）你是谁家女子，黉夜渡河？（旦唱）

休言语，靠后些！杜将军你知道他是英杰，觑一觑着你为了醯酱，指一指教你化做脊血——骑着匹白马来也。

（卒子抢旦下）（末惊觉云）呀，元来却是梦里。且将门儿推开看，只见一天露气，满地霜华，晓星初上，残月犹明。无端喜鹊高枝上，一枕鸳鸯梦不成。

凌濛初曰："此曲（按，指〔甜水令〕）只为〔折桂令〕之首一句，言想着害相思犹可，便孤单寻思来亦不苦，而最苦是离别，即前'谂知这几日相思'数句一意也。"（凌本）

凌濛初曰："此忽入旦唱者，入梦故变体也。"按，第五本第三折莺莺、张生、红娘三人参唱，此为王实甫创格，非关梦境。

张生梦中亦懦。

【雁儿落】绿依依墙高柳半遮^[33]，静悄悄门掩清秋夜，疏剌剌林梢落叶风，昏惨惨云际穿窗月。

【得胜令】惊觉我的是颤巍巍竹影走龙蛇，虚飘飘庄周梦蝴蝶^[34]，絮叨叨促织儿无休歇^[35]，韵悠悠砧声儿不断绝^[36]。痛煞煞伤别，急煎煎好梦儿应难舍；冷清清的咨嗟，娇滴滴玉人儿何处也？

王实甫善用叠字句，〔雁儿落〕〔得胜令〕连用十二叠字句。

（仆云）天明也，咱早行一程儿，前面打火去^[37]。（末云）店小二哥，还你房钱，鞴了马者。

【鸳鸯煞】柳丝长咫尺情牵惹，水声幽仿佛人呜咽。斜月残灯，半明不灭。唱道是旧恨连绵，新愁郁结；恨塞离愁，满肺腑难淘泻^[38]。除纸笔代喉舌^[39]，千种相思对谁说！（并下）

【络丝娘煞尾】都则为一官半职，阻隔得千山万水。

为下折寄书伏脉。

題目　小红娘成好事　老夫人问由情
正名　短长亭斟别酒　草桥店梦莺莺
西厢记五剧第四本终

[注释]

[1]斛（hú）：古代的量器，十斗为一斛，南宋末改为五斗一斛。万斛，极言愁之多。　[2]马迟人意懒：意谓马之所以走得

慢，是因为人的心意懒散无聊。 [3] 趄（qiè）：歪斜，今脚步不稳、走路歪斜曰趔趄。毛西河曰："趄，仄也，《黑旋风》剧：'那妇人叠坐着鞍儿把身体趄。'" [4] 脸儿厮揾：毛西河引沈璟曰："'脸儿厮揾'，以手着脸；'仔细端详'，正揾脸之谓。" [5] 可憎的别：犹言特别可爱，异常可爱。别，格外、特别之意。 [6]"铺云鬟"二句：是张生回想莺莺梳妆情景。 [7] 打草惊蛇：此言唯恐惊动他人，故疾速追赶张生。 [8] 把我心肠扯：意犹牵挂着我的心。 [9] 赊（shē）：远。 [10] 稳住：安顿住，不惊动。凌濛初曰："稳住，安顿也。"齐攒：搅闹。 [11] 唓嗻（chē zhē）：甚词，犹言厉害。王伯良曰："唓嗻，形容其瘦甚之意。" [12]"则离得"二句：意谓刚刚分离半日，已是人瘦衣肥。半个日头，半天；褶（zhé），《正字通》："衣有襞折曰褶。" [13] 磨灭：折磨之意。 [14] 有限姻缘：莺莺、张生此时刚刚有条件（得官）地许亲，姻缘尚无定准，尚有一定限度，故云"有限姻缘"。王伯良谓："'有限姻缘'，有分限之姻缘也。"分限，即限制、界限。 [15] 害不了的愁怀：犹言没完没了的愁思。了，完结之义。 [16] 觉：同"较"，见第二本第三折注。 [17]"曲折"，原作"凹折"。凹，义同洼，与上句意重。据《雍熙乐府》改。 [18] 踅（xué）：盘旋。闵寓五曰："踅，寺绝切。叶徐靴切。风吹盘桓之貌。今人云走来走去，亦曰踅来踅去。" [19]"晓风"二句：本柳永〔雨霖铃〕词："今宵酒醒何处？杨柳岸、晓风残月。"王伯良曰："此皆言张生旅馆凄凉之状。董词：'床上无眠，愁对如年夜。'末句亦代张生说：客程未免沽酒，醒看已非昨夜欢娱之处，惊疑不知身在何处也。" [20] 拽（yè）：拉，拖。 [21] 为人须为彻：宋元熟语，帮人要帮到底，有始有终的意思。《五灯会元·净慈彦充禅师》："为人须为彻，杀人须见血。"（卷二十） [22] 将衣袂不藉（jiè）：意谓不顾惜衣衫。藉，顾惜之意。 [23] 管：包管、一定，准是。 [24]迢递：遥远的样子。左思《吴都赋》："旷瞻迢递"，李善注："迢递，远貌。" [25]唧唧：叹息声。 [26]觉争些：王伯良本作"较争些"，觉同较。较、争都是差的意思。张相《诗词曲语辞汇释》："较，犹差也……曹松《拜访陆处士》诗：'性灵比鹤争多少，气力登山较几分？'较与争为互文，争亦差也。" [27]"便枕冷"二句：状夫妻分离，孤单滋味。 [28]关山：关口和山峦，代指路途。《木兰辞》："万里赴戎机，关山度若飞。" [29]"似这般"四句：毛西河曰："既云'倒不如义断恩绝'，随云'休猜做瓶坠簪折'，似矛盾，此处殊难得语气。大约言生人苦别，而汝方独行，所以来也；若任其牵挂而不来相就，是牵挂反不如决绝矣。而可乎？虽然暂离，莫谓可决绝也。我则无他羡，愿同行耳。此正自疏其来意，抑扬顿挫，妙不可言。"花残月缺，花残可以再开，月缺可以复圆，比喻暂时分离。瓶坠簪折，比喻拆散夫妻，半路分离。白居易《井底引银瓶》诗："井底引银瓶，银瓶欲上丝绳绝；石上磨玉簪，玉簪欲成中央折。瓶沉簪折知奈何？似妾今朝与君别！"《大宋宣和遗事》亨集："咱两个瓶坠簪折，义断恩绝！" [30]"不恋"二句：豪杰，指官职地位；骄奢，指荣华富贵。 [31]"生则"二句：夫妻生死与共之意。穴，墓圹。《诗经·王风·大车》："谷（按，生也）则异室，死则同穴。"《元典章·官民婚》："男有重婚之道，女无再醮之义，生则同室，死则同穴。 [32]〔水仙子〕曲：对〔水仙子〕一曲，诸家理解不同。王伯良曰："'硬围普救'三句，指孙飞虎；'休言语，靠后些'，指卒子，下又举杜将军以惧之也。"毛西河认为"休言语，靠后些"为令张生靠后。王说是。仗，持，执。钺（yuè），兵器的一种。《尚书·顾命》："一人冕，执钺。"郑玄曰："钺，大斧。"醯（xī）酱，《仪礼·士昏礼》："馔于房中，醯酱二豆。"郑玄注：醯酱者，以醯和酱。"醯，醋。此之醯酱，意犹肉酱。背

（liáo）血，《诗经·小雅·信南山》："执其鸾刀，以启其毛，取其血膋。"郑玄笺云："膋，脂膏也。"脂膏即脂肪。此之膋血，意犹血水。　[33]依依：柳条柔软的样子。　[34]庄周梦蝴蝶：昔庄周曾在梦里变成蝴蝶，则俨然就是蝴蝶而不知道自己是庄周；醒后则又成了庄周。不知道是庄周梦里成了蝴蝶呢，还是蝴蝶梦里成了庄周。（《庄子·齐物论》）后用为梦的典故。　[35]促织儿：即蟋蟀。　[36]韵：和谐的声响。砧（zhēn）声：捣衣声。砧。捣衣石。　[37]打火：旅途中吃饭叫打火，亦作打尖。许政扬曰："宋元间以旅次饔飧为'打火'。《京本通俗小说·拗相公》：'相公，该打中火了。'……盖宋元间制度，逆旅或不为具饮食，投宿者必须自己办膳……《水浒传》第五十三回：'到五更时分，戴宗起来，叫李逵打火，做些素饭吃了，各分行李在背上，算还了房客钱，离了客店。'可以为证。炊饭必先打火，故后遂以打火为旅中饮食之称。"（《许政扬文存》）　[38]淘泻：排遣、抒发之意。泻亦作写。　[39]"除纸笔"二句：末句暗用柳永〔雨霖铃〕"便纵有、千种风情，更与何人说"词意。王伯良曰："言今夜相思，非纸笔以纪，则此恨无从说与他人，盖为下折寄书地也。"

［点评］

　　此折写张生赴京旅途景况。惊梦情节，《董西厢》中颇为简略：莺莺与红娘追至张生店中，甫入店便被人众搜索惊醒，远非戏里那样内容丰富、人物鲜明。

　　本折所写三事：路忆，回忆普救寺与莺莺温馨景况；惊梦，梦莺莺赶来相会，又被兵卒掳走，是孙飞虎兵乱留下的阴影；梦醒，在孤凄中进京赶考。徐渭称其为"一篇绝奇文字"："金乡子云：'第一段如孤鸿别鹤，落寞凄怆；第二段如牛鬼蛇神，虚荒诞幻；第三段如梦蝶初回，晨鸡乍觉，不胜其惊怨悲愁也。'文长公复书云：'向来寻常看过，今拈出旅、梦、觉三字，所谓鼓不桴不鸣，今而后当作一篇绝奇文字看矣。'"（徐渭《批点画意北西厢》附《骆金乡与徐文长论"草桥惊梦"一篇》）奇绝在旅、梦、觉三事三种景况、三种情绪、三种风神。正由于此折忆及张生寓居普救寺种种情事，玩虎轩本、文秀堂本都引用了唐伯虎的一句评语："'草桥梦'折，是一部小《西厢》。"

元剧中以梦境写离愁的作品并不少见，著名者如白朴的《梧桐雨》与马致远的《汉宫秋》，只是此二剧重点不在梦境，而在梦醒后的万千思绪，梦的描写都很简略，缺少情节。本折所写梦境很详细，是一个小巧的叙事结构，有着特定的内涵。从风格来说，与郑德辉的《倩女离魂》更为相似，可以看出郑氏受《西厢记》影响的明显痕迹。《新刻魏仲雪先生批点西厢记》曰："梦里魂灵，都是醒时心事。"梦，固是张生对莺莺无尽无休的思念，同时也表现了莺莺对张生的牵肠挂肚。梦中莺莺想象张生旅途凄凉，其实正是张生想象中的莺莺必亦如此。这让人想起杜甫《月夜》诗，诗人被困长安，望月思妻，却写身在鄜州的妻子在月下想念他："香雾云鬟湿，清辉玉臂寒"。岂非剧与诗同一机杼？

毛西河比较本折与"长亭送别"曰："两折内比较相思与离愁，凡四见，各不相同：初曰'相思回避''破题别离'，一止一起也；继曰'谂知相思滋味''别离更增十倍'，是离愁甚于相思也；又继曰'愁怀较些''相思又也',是离愁仍旧是相思也。此曰'犹较争些''又甚伤磋',似离愁较胜于相思,而骤得离愁,则又甚也。每转每深,愈进愈胜。"(毛本)

张生、莺莺乍离又合,但此合是梦,梦总是虚,张生只得继续上路前行,以求真的团圆。正是:

　　一从鞍马西东,几番衾枕朦胧。薄幸虽来梦中,争如无梦,那时真个相逢。(乔吉〔越调天净沙·即事〕)

张君瑞庆团圆杂剧

楔　子

（末引仆人上开云）自暮秋与小姐相别，倏经半载之际[1]，托赖祖宗之荫，一举及第，得了头名状元。如今在客馆，听候圣旨御笔除授[2]。惟恐小姐挂念，且修一封书，令琴童家去，达知夫人，便知小生得中，以安其心。琴童过来，你将文房四宝来[3]，我写就家书一封，与我星夜到河中府去。见小姐时，说："官人怕娘子忧，特地先着小人将书来。"即忙接了回书来者。过日月好疾也呵！

为免挂念，而非报喜讯，重感情而薄功名。

【仙吕】【赏花时】相见时红雨纷纷点绿苔[4]，别离

三句写景便
交代了时光流逝，
形象，精炼，笔
力不凡。

后黄叶萧萧凝暮霭。今日见梅开，别离半载。

　琴童，我嘱付你的言语记着：

则说道特地寄书来。（下）

（仆云）得了这书，星夜望河中府走一遭。（下）

　[注释]

　[1] 倏（shū）：倏忽，忽也，很快。　[2] 除授：拜官授职。除，任命，授职。　[3] 文房四宝：指笔、墨、纸、砚四种文具。宋叶梦得《避暑录话》卷上："世言歙州具文房四宝，谓笔墨纸砚也。"　[4] 红雨：落花。李贺《将进酒》："况是青春日将暮，桃花乱落如红雨。"

　[点评]

　张生自离蒲东后，一以贯之的感情便是思念莺莺。赴京途中如是，高中后寓馆候除时依然如是。为免莺莺担心，未及除授便寄书以安其心，又显示痴情种子的本色。陈眉公曰："脱去考试事，甚超卓。"写考试事是明传奇情节的必有桥段，元人只是点出结果，完成情节过渡即可。由命仆，遂生出此后"寄物"与"猜寄"二折。

第一折

（旦引红娘上开云）自张生去京师，不觉半年，杳无音信。这些时神思不快[1]，妆镜懒抬，腰肢瘦损，茜裙宽褪，好烦恼人也呵！

【商调】【集贤宾】虽离了我眼前[2]，却在心上有；不甫能离了心上，又早眉头。忘了时依然还又，恶思量无了无休[3]。大都来一寸眉峰[4]，怎当他许多颦皱？新愁近来接着旧愁，厮混了难分新旧。旧愁似太行山隐隐[5]，新愁似天堑水悠悠[6]。

言其怀想无已，且旧愁如山推不去，新愁似水方再来，是愈想愈愁上加愁。眼前心上，尚无痕可寻，皱眉则俨然可见，故以难当颦皱，喻离思难支。

（红云）姐姐往常针尖不倒[7]，其实不曾闲了一个绣床[8]，如今百般的闷倦。往常也曾不快，将息便可[9]，不似这一场，清减得十分利害。（旦唱）

毛西河曰："曾经，非这番也；每遍，更不止一番也，但这番险耳。"（毛本）

徐渭曰："欲忘忧而上妆楼，所见如此，又增其忧也。"（田本）

王昌龄《闺怨》诗："忽见陌头杨柳色，悔教夫婿觅封侯。"着一"忽"字而境界全出；曲中着一"空"字，只见景而不见人，便有无限感慨在焉，借用王昌龄诗评：外极其象，内极其意。

用极妖艳字面，写出相思憔悴情态，用在少男少女情事便称妙极。

【逍遥乐】曾经消瘦，每遍犹闲[10]，这番最陡。

（红云）姐姐心儿闷呵，那里散心耍咱。（旦唱）

何处忘忧？看时节独上妆楼[11]，手卷珠帘上玉钩，空目断山明水秀。见苍烟迷树[12]，衰草连天，野渡横舟[13]。

（旦云）红娘，我这衣裳，这些时都不似我穿的。（红云）姐姐，正是"腰细不胜衣"[14]。（旦唱）

【挂金索】裙染榴花[15]，睡损胭脂皱；纽结丁香[16]，掩过芙蓉扣；线脱珍珠[17]，泪湿香罗袖；杨柳眉颦[18]，人比黄花瘦[19]。

（仆人上云）奉相公言语，特将书来与小姐。恰才前厅上见了夫人，夫人好生欢喜，着入来见小姐，早至后堂。（咳嗽科）（红问云）谁在外面？（见科）（红见仆人，红笑云）你几时来？可知道昨夜灯花报[20]，今朝喜鹊噪。姐姐正烦恼哩。你自来？和哥哥来？（仆云）哥哥得了官也，着我寄书来。（红云）你则在这里等着，我对俺姐姐说了呵，你进来。（红见旦笑科）（旦云）这小妮子怎么？（红云）姐姐大喜，大喜！咱姐夫得了官也！（旦云）这妮子见我闷呵，特故哄我^[21]。（红云）琴童在门首，见了夫人了，使他进来见姐姐，姐夫有书。（旦云）惭愧^[22]，我也有盼着他的日头！唤他入来。（仆入见旦科）（旦云）琴童，你几时离京师？（仆云）离京一月多也。我来时，哥哥去吃游街棍子去了^[23]。（旦云）这禽兽不省得，状元唤做夸官，游街三日。（仆云）夫人说的便是。有书在此。（旦做接书科）

【金菊香】早是我只因他去减了风流，不争你寄得书来又与我添些儿证候。说来的话儿不应口^[24]，无语低头，书在手，泪凝眸。（旦开书看科）

【醋葫芦】我这里开时和泪开，他那里修时和泪修，多管阁着笔尖儿未写早泪先流^[25]，寄来的书泪点儿兀自有。我将这新痕把旧痕湮透^[26]，正是一重愁翻做两重愁。

（旦念书科）"张珙百拜，奉启芳卿可人妆次：自暮秋拜违，倏尔半载。上赖祖宗之荫，下托贤妻之德，举中甲第^[27]。即目于招贤馆寄迹^[28]，以伺圣旨御笔除授^[29]。惟恐夫人与贤妻忧念，特令琴童奉书驰报，庶几免虑。小生身虽遥而心常迩矣，恨不得鹣鹣比翼^[30]，邛邛并躯^[31]。重功名而薄恩爱者，诚有浅见贪饕之罪^[32]。他日面会，自当请谢不备^[33]。后成一绝，以奉清照^[34]：玉京仙府探花郎^[35]，寄

王伯良曰："得书不以为喜，诚重恩爱而薄功名也。"（徐画本）

徐渭曰："'无语低头'，只寻常扯凑，自他人旁观而状之则可，不应莺之自称。"（骥本附注）按，此是叙事文学在代言体的戏剧中留下的痕迹，剧中屡见，至今如此，不足怪。

此曲核心是一泪字。和泪开、和泪写，未写前已和泪铺纸拈笔。何以见得？信上泪痕宛然。读书之泪与写书之泪重叠，即是读书人写书人两心同、两情同。

"重功名薄恩爱"云云，非元人写不出。

语蒲东窈窕娘。指日拜恩衣昼锦^[36]，定须休作倚门妆^[37]。"

【幺篇】当日向西厢月底潜，今日向琼林宴上挦^[38]。谁承望跳东墙脚步儿占了鳌头^[39]？怎想道惜花心养成折桂手，脂粉丛里包藏着锦绣。从今后晚妆楼改做了至公楼^[40]！

（旦云）你吃饭不曾？（仆云）上告夫人知道：早晨至今，空立厅前，那有饭吃？（旦云）红娘，你快取饭与他吃。（仆云）感蒙赏赐，我每就此吃饭。夫人写书，哥哥着小人索了夫人回书，至紧，至紧。（旦云）红娘，将笔砚来。（红将来科）（旦云）书却写了，无可表意。只有汗衫一领^[41]，裹肚一条^[42]，袜儿一双，瑶琴一张，玉簪一枚，斑管一枝^[43]。琴童，你收拾得好者。红娘，取银十两来，就与他盘缠。（红娘云）姐夫得了官，岂无这几件东西，寄与他有甚缘故？（旦云）你不知道，这汗衫儿呵，

【梧叶儿】他若是和衣卧，便是和我一处宿；但粘着他皮肉，不信不想我温柔。

（红云）这裹肚要怎么？（旦唱）

常则不要离了前后，守着他左右，紧紧的系在心头。

（红云）这袜儿如何？（旦唱）

拘管他胡行乱走。

（红云）这琴他那里自有，又将去怎么？（旦唱）

【后庭花】当日五言诗紧趁逐[44]，后来因七弦琴成配偶[45]。他怎肯冷落了诗中意[46]，我则怕生疏了弦上手。

（红云）玉簪呵，有甚主意？（旦唱）

我须有个缘由，他如今功名成就，则怕他撇人在脑背后[47]。

（红云）斑管，要怎的？（旦唱）

湘江两岸秋，当日娥皇因虞舜愁[48]，今日莺莺为君瑞忧。这九嶷山下竹，共香罗衫袖口——

【青哥儿】都一般啼痕溲透。似这等泪斑宛然依旧，万古情缘一样愁[49]。涕泪交流，怨慕难收[50]。对学士叮咛说缘由，是必休忘旧。

（旦云）琴童，这东西收拾好者。（仆云）理会得。（旦唱）

【醋葫芦】你逐宵野店上宿，休将包袱做枕头，怕油脂腻展污了恐难酬[51]。倘或水浸雨湿休便扭，我则怕干时节熨不开褶皱。一桩桩一件件细收留。

【金菊花】书封雁足此时修，情系人心早晚休[52]？长安望来天际头，倚遍西楼，人不见[53]，水空流。

（仆云）小人拜辞，即便去也。（旦云）琴童，你见官人对他说。（仆云）说甚么？（旦唱）

【浪里来煞】他那里为我愁，我这里因他瘦。临行时啜赚人的巧舌头[54]：指归期约定九月九，不觉的过了小春时候[55]。到如今悔教夫婿觅封侯[56]。

（仆云）得了回书，星夜回俺哥哥话去。（下）

珍重物，正所以珍重人。李卓吾评："寄物都是寄人去。"（三合本）

毛西河曰："约定九月九而过小春者，犹诗云'五日为期，六日不詹'也，犹俗言'约清明而过谷雨'也。此是方语，现成语"。（毛本）

凌濛初曰："如此煞尾词，岂嫩笔所办？从来世眼皆取浓丽，不识当行，故'珠帘掩映'等句，便为绝倒，而此等法皆抹杀矣。"（凌本）

[注释]

[1]"这些时"，"时"字原无，据弘治本补。　[2]"眼前"，原作"眼前闷"，据毛西河本删"闷"字。毛西河曰："此怀远词也。'虽离了眼前'，指人，言其'上眉头'，亦怀人之见于颦眉者也。俗以人上眉头难解，遂于'眼前'下增一'闷'字，与下文'愁'字、'思量'字杂见。无理。不知此曲起调只宜七字一句，'离了眼前心上有'，此实七字也。岂有'闷'是实字，而填作衬字之理？况'眼前''心上'俱着人言，亦元词袭语，如关汉卿《金线池》剧：'这厮闲散了，虽离了眼底，吃憎着又上心头。'可验。"　[3]恶

思量：犹言相思得厉害。　[4]大都来：只不过。眉峰：指眼眉。王观〔卜算子〕："水是眼波横，山是眉峰聚。"　[5]隐隐：状山之高，言其耸入天际，隐约不明。　[6]天堑（qiàn）：天然的大沟，指长江。《南史·孔范传》："长江天堑，古来限隔，虏军岂能飞度。"　[7]针尖不倒：手不停针，指常做女红。《元曲释词》释"倒"字云："意犹断，犹了。陆游《老学庵笔记》卷六：'吏勋封考，笔头不倒'，是说吏部官员们公文甚忙，故手不停笔。""不倒"即"不断"。　[8]绣床：刺绣时绷紧织物用的架子，俗称花绷子。　[9]将息便可：歇息一下就好了。将息，将养休息。　[10]每遍犹闲：犹每次都还平常。闲，见第二本第三折"闲可"注。　[11]"看时节"二句：本李璟〔摊破浣溪沙〕词："手卷真珠上玉钩，依前春恨锁重楼。"　[12]苍烟迷树：意谓远处的天色与树影混成一片。苍烟，指深青色的天空。　[13]野渡横舟：句本韦应物《滁州西涧》："春潮带雨晚来急，野渡无人舟自横。"　[14]腰细不胜衣：谓腰肢瘦得连衣服都支撑不起来了。　[15]"裙染"二句：意谓和衣而睡，把红裙子压出许多皱褶。榴花，石榴花，色红如火。　[16]"纽结"二句：意谓人瘦衣肥，穿时要掩起许多。丁香纽、芙蓉扣，纽扣的美称。　[17]线脱珍珠：犹言泪滴如断线的珍珠。　[18]杨柳眉：形容妇女眉美如柳叶。　[19]人比黄花瘦：李清照〔醉花阴〕："莫道不消魂，帘卷西风，人比黄花瘦。"　[20]"可知道"二句：灯花报、喜鹊噪，旧以为是喜事的预兆。灯花，烛蕊燃烧后形成的结，形似花，故名灯花。灯花爆开被视为报喜，故云灯花报、灯花报喜。喜鹊叫被认为是吉祥的预兆，将有喜事或亲人到来。汉陆贾尝对樊哙曰："夫目瞤得酒食，灯火华得钱财，乾鹊噪而行人至，蜘蛛集而百事喜。"（《西京杂记》卷三）王仁裕《开元天宝遗事·天宝下·灵鹊报喜》："时人之家闻鹊声，皆为喜兆，故谓'灵鹊报喜'。"　[21]特故：故意，特意。　[22]惭愧：《诗词曲语辞汇释》

云：“惭愧，感幸之辞，犹云多谢也；侥倖也；难得也。字亦作慙媿。王绩《过酒家》诗：‘来时长道赍，惭愧酒家胡。’此多谢义。长道，犹云常是。”此之惭愧，义犹难得、谢天谢地。　[23]吃游街棍子：本是元代对犯人“游街处置”（《元典章·刑部二》）的刑罚，即将犯人绑在马背上，一路游街示众，两边兵士则乱棒齐下（见《元典章·刑部十六》）。　[24]“说来”句：王伯良曰：“前宾白谓生‘此一行，得官不得官，疾早便回来’，今却书至而人不至，故曰‘说来的话儿不应口’也。”　[25]阁：通“搁”，搁置。阁着笔尖，犹停笔未写。《新唐书·刘子玄传》：“每记一事、载一言，阁笔相视，含毫不断……”　[26]新痕把旧痕湮透：意谓莺莺读信时之泪水，滴在张生写信时的泪痕之上。意本宋无名氏〔鹧鸪天〕词：“枝上流莺和泪闻，新啼痕间旧啼痕。”　[27]举中甲第：参加进士试考了第一等。《新唐书·选举志上》：“凡进士，试时务策五道、帖一大经，经策全通为甲第；策通四、帖过四以上为乙第。”　[28]即目：眼下，目前。寄迹：寄托踪迹，寄身。“即目”，原作“即日”，据弘治本改。　[29]伺（sì）：等候。《说文新附》：“伺，候望也。”　[30]鹣（jiān）鹣：即比翼鸟。《尔雅·释地》：“南方有比翼鸟焉，不比不飞，其名谓之鹣鹣。”郭璞注：“似凫，青赤色，一目一翼，相得乃飞。”常用来比喻夫妻或恋人的形影不离。　[31]邛（qióng）邛：传说中的兽名，据说它腿长善跑，但不善觅食。蛩（jué），兽名，腿短，善于觅食而不善跑。因此二兽并行，蛩觅食供给邛邛，遇有危险则邛邛背负蛩逃跑。（《尔雅·释地》）《经典释文》：“孙（按，指孙炎）云：邛邛岠虚状如马，前足鹿，后足兔，前高不得食而善走；蛩前足鼠，后足兔，善求食，走则倒，故啮甘草则仰食邛邛岠虚。邛邛岠虚负以走。”常用以喻恋人或夫妇。　[32]贪饕（tāo）：贪得无厌。饕，饕餮，传说中贪食的恶兽。《吕氏春秋·先识》：“周鼎著饕餮，有首无身，食人未咽，害及其身。"贪图饮食、货贿不厌之人，亦谓之饕餮。《左传》文公十八年载，缙云氏之子贪于饮食、货贿，不可盈厌，不分孤寡，不恤贫穷，天下之民谓之饕餮。此指贪图功名。　　[33] 请谢：请罪，陪罪。不备：不尽。参见第二本楔子"不宣"注。　　[34] 清照：旧时书信中常用的敬辞，义近于明鉴、雅鉴。　　[35] 玉京：指京城。探花郎：又称探花使，本指进士中最年少者。唐人李淖《秦中岁时记》："进士杏园初宴，谓之探花宴，差少俊二人为探花使，遍游名园。若他人先折花，二使皆受罚。"宋魏泰《东轩笔录》卷六："进士及第后，例期集一月……又选最年少者二人为探花，使赋诗，世谓之探花郎。自唐已来，榜榜有之。"至南宋，进士第三名始称探花。此指前者。　　[36] 衣昼锦：白天穿着锦绣衣裳还乡，又称衣锦还乡，指富贵还乡。《史记·项羽本纪》：项羽攻破秦都咸阳，人劝项羽说，关中形势险要，土地肥饶，可据以称霸。项羽仍欲东归，"曰：'富贵不归故乡，如衣绣夜行，谁知之者？'说者曰：'人言楚人沐猴而冠耳，果然。'"　　[37]"定须"句：意谓自己归来有日，不要过于思念。倚门妆，倚门盼归的样子。　　[38] 琼林宴：皇帝为新进士举行的宴会，筵席曾设于汴京城西的琼林苑，故称琼林宴。《宋会要》第一〇七卷："（太平兴国）八年四月初二日，赐新及第进士宴于琼林苑，自是遂为定制。"南宋宴于贡院，亦称琼林宴。挡（chōu）：王伯良谓："手挡也，以手扶搀人也。言宴之醉而人扶搀之也。"凌濛初曰："挡弄也。"毛西河谓"与'侜'同"。毛说近是。乔吉《杜牧之诗酒扬州梦》第一折："拽扎起太学内体样儿侜。"侜，有体面，漂亮义。此为出风头、露脸面之意。　　[39] 占鳌头：中状元谓之占鳌头。洪亮吉《北江诗话》卷三：鳌为金殿陛石正中之石雕。殿试、赐宴之后，迎殿试榜时，状元比其他人位置稍前，站在石陛正中鳌首处，故称状元为"鳌头""独占鳌头"。　　[40] 至公楼：科举考试试院大堂，见宋洪皓《松漠纪闻》卷下。这里代指公衙。凌濛初曰："'晚妆楼改作至公楼'，犹言私宅今为官衙也。唐人凡官宦所居，皆曰至公，如云公馆、公廨。故既为官，则晚妆楼可为至公楼矣。"　[41] 汗衫：指穿在祭服、朝服里面的中衣，亦称中单。弘治本注引王叡《炙毂子》曰："燕朝衮冕有白纱中单。汉王与项羽战，汗透中单，改名汗衫。"李时珍曰："古者短襦为衫，今谓长衣亦曰衫矣。"（《本草·汗衫》）　[42] 裹肚：一种男女均可穿用的类似围裙的紧身衣。　[43] 斑管：即斑竹所制笔管。斑竹，又名泪竹、湘妃竹，生在湖南宁远苍梧山（即九嶷山）中。梁任昉《述异记》卷上："昔舜南巡而葬于苍梧之野，尧之二女娥皇、女英追之不及，相与恸哭，泪下沾竹，竹上文为之斑斑然。"亦名湘妃竹。　[44] 趁逐：追逐，追随。　[45] 七弦琴：徐士范曰："伏羲作琴以修身理性。舜弹五弦琴，歌《南风》之诗而天下治，五弦象五行也。文武王加二弦象七星，以合君臣之义，大弦为君，小弦为臣，因名七弦琴。"据《礼记·乐记》："昔者舜作五弦之琴，以歌《南风》。"孔颖达疏："五弦，谓无文武二弦，唯宫商等之五弦也。"是五弦为宫、商、角、徵、羽；七弦则再加文弦、武弦（或称少宫、少商）。　[46] "他怎肯"二句：关汉卿《杜蕊娘智赏金线池》第二折："你不肯冷落了杯中物，我怎肯生疏了弦上手？"　[47] 撇人在脑背后：毛西河曰："'撇人脑背后'，犹言撩在一边也。北凡言僻处，皆称脑背后，如《李逵负荆》剧：'把烦恼都丢在脑背后。'此以'脑'字关说耳。"[48] 虞（yú）舜：即舜，远古部落有虞氏的领袖，故称虞舜。　[49] "万古"句：意谓今日莺莺思念张生与古之娥皇女英思念虞舜一样忧愁。　[50] 怨慕：既怨恨又思慕。慕，思慕，怀恋。　[51] "怕油脂"句：王伯良曰："'油脂展污恐难酬'，言展污则难以酬赠人也。"　[52] "情系"句：意谓这种牵肠挂肚的相思何时是了？早晚，犹言何时。李白《长干行》："早晚下三巴，预将书报家。"义与第一本第一折、第二本第三折均有不同。　　[53]"人不见"二句：句本秦观〔江城子〕："犹记多情曾为系归舟。碧野朱桥当日事，人不见，水空流。"　　[54] 啜赚（chuò zuàn）：诳骗哄弄。　　[55] 小春：指旧历十月。陈元靓《岁时广记》卷三十七引《初学记》："冬月之阳，万物归之。以其温暖如春，故谓之小春，亦云小阳春。"阳，十月，《尔雅·释天》："十月为阳。"　　[56] 悔教夫婿觅封侯：觅封侯，典出《后汉书·班超传》，言班超有壮士之志，不安于笔砚。相面的说他的相貌"此万里侯相也"。汉明帝永平十六年（73）班超出使西域三十一年，以功封定远侯。王昌龄《闺怨》诗："闺中少妇不知愁，春日凝妆上翠楼。忽见陌头杨柳色，悔教夫婿觅封侯。"

　　[**点评**]

　　张生与莺莺的两地相思，前已有长亭送别、草桥惊梦，已然抒发得相当充分，再走类似套路便令人生厌，本折则巧借《莺莺传》及《董西厢》里已有的"寄物"情节，把它发挥到极致。

　　本折所演，大体分为四段：别后相思、见信抒怀、托物寄情、嘱仆望归。首先从抒发别后相思开场，这是人情事理必有的程序。莺莺愁思无已却又无处排解，以致花憔月悴，兰消玉损。

　　悲极则欢来，紧接着便是见信抒怀。莺莺没有像《董西厢》里的同名人急切地寻问科第之事，而是见信思人，情重于功名。在《董西厢》里，张生寄书是"报喜"，在《西厢记》里，张生是为免莺莺挂念才寄信以安其心，而非报喜以邀其心。金圣叹批评曰："只如此篇写莺莺，竟忘其为相国小姐，于是于张生半年之别，不胜啧啧怨怒。亦不解三年大比是何事，亦不解礼部放榜在何时，亦不解探花及第（按，金批本依《董西厢》，作张生中第三名探花）为何等大喜，亦不解未经除授应如何候旨，一味纯是空床难守，淫啼浪哭。盖佳人才子，至此一齐扫地矣。""为别不及半年，如此啧啧怨怒，乃至捷书在手，犹不解忧，此真是另从一副肺肝写出来者也。"（金本）金圣叹生当明清之际，早岁应科举，曾以"举拔第一"补吴县庠生，入清之后才绝意仕进。又金氏认为第五本为他人续作，处处痛诋，他对莺莺如此看法是有其原因的。但《西厢记》里的张生就是以重功名薄恩爱为非，而莺莺则不以夺魁之大喜为喜，竟是一对儿礼教控制时代的"不肖种"！这便是《西厢记》所写之人之情与《董西厢》的一大区别。

本折的主体是寄物，所寄的是物，所含的是情，所以李卓吾说寄物都是寄人去。物即人，即一心扑在张生身上（而非功名之上）的莺莺。也正因此才千叮万嘱琴童珍惜所寄，所珍惜的是她的感情，是张生。除此之外，竟无一语及于功名官位。毛西河曰："〔煞曲〕俱拟致生语，妙在全不及得官一句，且结出'悔'字，若反以得官为恨者，一何俊也。"（毛本）这是《西厢记》的思想主旨，并非此折才有。

王世贞首可此折，认为第五本中当以此套为最。王氏只言曲，未言关目，是在赏文，而非看戏。

莺莺是何等聪明之人，何等深心之人！张生能理解她的良苦用心吗？下折便见分晓。

第二折

（末上云）画虎未成君莫笑[1]，安排牙爪始惊人。本是举过便除，奉圣旨，着翰林院编修国史。他每那知我的心，甚么文章做得成！使琴童递佳音，不见回来。这几日睡卧不宁，饮食少进，给假在驿亭中将息。早间太医院着人来看视，下药去了。我这病，卢扁也医不得[2]。自离了小姐，无一日心闲也呵！

【中吕】【粉蝶儿】从到京师，思量心旦夕如是，向心头横躺着俺那莺儿。请医师，看诊罢，一星星说是[3]。本意待推辞，则被他察虚实不须看视[4]。

【醉春风】他道是医杂证有方术[5]，治相思无药饵。莺莺，你若是知我害相思，我甘心儿死、死。四海无家，一身客寄，半年将至。

（仆上云）我则道哥哥除了，元来在驿亭中抱病。须索回书去咱。（见了科）（末云）你回来了也。

【迎仙客】疑怪这噪花枝灵鹊儿，垂帘幕喜蛛儿，正应着短檠上夜来灯爆时。若不是断肠词，决定是断肠诗。

（仆云）小夫人有书至此。（末接科）

徐渭曰："接书喜愁，两地相似，故不禁言之凄凄如也。"（徐音本）

写时管情泪如丝。既不呵，怎生泪点儿封皮上渍[6]？

（末读书科）"薄命妾崔氏拜覆，敬奉才郎君瑞文几：自音容去后，不觉许时[7]，仰敬之心，未尝少怠[8]。纵云日近长安远，何故鳞鸿之杳矣？莫因花柳之心，弃妾恩情之意。正念间，琴童至，得见翰墨，始知中科，使妾喜之如狂。郎之才望，亦不辱相国之家谱也。今因琴童回，无以奉贡[9]，聊有瑶琴一张，玉簪一枚，斑管一枝，裹肚一条，汗衫一领，袜儿一双，权表妾之真诚。匆匆草字欠恭，伏乞情恕不备。谨依来韵，遂继一绝云：阑干倚遍盼才郎，莫恋宸京黄四娘[10]。病里得书知中甲，窗前览镜试新妆。"那风风流流的姐姐！似这等女子，张珙死也死得着了。

【上小楼】这的堪为字史[11]，当为款识[12]，有柳骨颜筋[13]，张旭张芝，羲之献之。此一时，彼一时，佳人才思，俺莺莺世间无二。

【幺篇】俺做经咒般持[14]，符箓般使。高似金章[15]，重似金帛，贵似金赀。这上面若金个押字[16]，使个令史[17]，差个勾使[18]，则是一张忙不及印赴期的咨示[19]。

（末拿汗衫儿科）休说文章，则看他这针黹，人间少有。

【满庭芳】怎不教张生爱尔，堪针工出色，女教为师[20]。几千般用意针针是，可索寻思[21]。长共短又没个样子，窄和宽想象着腰肢，好共歹无人试。想当初做时，用煞那小心儿。

小姐寄来这几件东西，都有缘故，一件件我都猜着。

【白鹤子】这琴，他教我闭门学禁指[22]，留意谱声诗[23]。调养圣贤心，洗荡巢由耳[24]。

【二】这玉簪，纤长如竹笋，细白似葱枝，温润有清香，莹洁无瑕玼[25]。

【三】这斑管，霜枝曾栖凤凰[26]，泪点渍胭脂。当时舜帝恸娥皇，今日淑女思君子[27]。

【四】这裹肚，手中一叶绵[28]，灯下几回丝[29]，表出腹中愁，果称心间事[30]。

【五】这鞋袜儿，针脚儿细似虮子，绢帛儿腻似鹅脂，既知礼不胡行，愿足下当如此。

佑卿曰："看的是物，想的是人。物到人亦到，路遥心不遥。"（徐参本）

琴童，你临行，小夫人对你说什么？（仆云）着哥哥休别继良姻。（末云）小姐，你尚然不知我的心哩！

【快活三】冷清清客店儿，风淅淅雨丝丝，雨儿零风儿细梦回时[31]，多少伤心事！

【朝天子】四肢不能动止，急切里盼不到蒲东寺[32]。小夫人须是你见时[33]，别有甚闲传示？我是个浪子官人，风流学士[34]，怎肯带残花折旧枝[35]。自从、到此[36]，甚的是闲街市[37]。

【贺圣朝】少甚宰相人家，招婿的娇姿？其间或有个人儿似尔，那里取那温柔，这般才思？想莺莺意儿，怎不教人梦想眠思。

此曲结寄物，下一曲申结"归期不应口"之嘱，第三曲则申结"休别继良姻"之嘱。极有章法。

琴童来，将这衣裳东西收拾好者。

【耍孩儿】则在书房中倾倒个藤箱子，向箱子里面铺几张纸。放时节须索用心思[38]，休教藤刺儿抓住绵丝。高抬在衣架上怕吹了颜色[39]，乱穰在包袱中恐剉了褶儿[40]。当如此，切须爱护，勿得因而。

【二煞】恰新婚才燕尔，为功名来到此。长安忆念蒲东寺。昨宵爱春风桃李花开夜[41]，今日愁秋雨梧桐叶落时。愁如是，身遥心迩，坐想行思。

【三煞】这天高地厚情，直到海枯石烂时[42]。此时作念何时止，直到烛灰眼下才无泪[43]，蚕老心中罢却丝。我不比游荡轻薄子，轻夫妇的琴瑟[44]，拆鸳凤的雄雌。

【四煞】不闻黄犬音，难传红叶诗[45]，驿长不遇梅花使[46]。孤身去国三千里[47]，一日归心十二时。凭栏视，听江声浩荡，看山色参差[48]。

【尾】忧则忧我在病中，喜则喜你来到此。投至得引人魂卓氏音书至，险将这害鬼病的相如盼望死[49]。（下）

〔注释〕

[1]"画虎"二句：比喻人未发达时不可取笑他，一旦功成名就便会惊人。为当时成语，白朴《唐明皇秋夜梧桐雨》楔子即有此语。　[2]卢扁：春秋时良医。《史记·扁鹊仓公列传》载：扁鹊者，勃海郡郑人也，姓秦氏，名越人。年轻时遇异人长桑君，给了他一种秘藏药方，服药后能看到墙另一边的人，给人看病："尽见五脏症结，特以诊脉为名耳。为医或在齐，或在赵。在

毛西河曰："言甫婚而即离，则怀归极矣。'昨宵个春风桃李花开夜'，言昨新婚时，秋夕也，而翻似春夜；'今日个秋雨梧桐叶落时'，言今客寄时，正春候也，而翻似秋日。其愁如是。"（毛本）

毛西河曰："'天高地厚'二语，莺情无尽也；'烛灰''蚕老'二句，感莺无尽也。情感如是，而犹疑为弃夫妻继别姻何也？此申结'浪子官人'至〔贺圣朝〕节。"（毛本）

〔四煞〕结寄书，言不闻黄犬、不传红叶因不逢驿使，所以去国之久，归心之切，凭栏眺远也。一气贯注又余音不绝。

赵者名扁鹊。"张守节正义引《黄帝八十一难序》云："秦越人与轩辕时扁鹊相类，仍号之为扁鹊。又家于卢国，因命之曰卢医也。"　[3] 一星星说是：一件件都说得对头。王伯良曰："犹言说得着也。"一星星，犹一件件。　[4] 虚实：本为中医辨别人体正气强弱和病邪盛衰的两个概念。虚证是指正气虚弱不足的证候，实证是指邪气亢盛有余的证候。《素问·通评虚实论》："何谓虚实？……曰：'邪气盛则实，精气夺则虚。'"察虚实，犹言病症看得清清楚楚。王伯良曰："言我待推辞不是此证候，他却察得虚实的确，不须再看视也。"　[5] 杂证：犹言各种病症。方术：方者，一角，药方专治一种病；术，本指路，引申为求通的方法。方术，即治病的方法路数。　[6] 渍（zì）：浸湿，沾染。《说文》段玉裁注谓"浸渍也"。　[7] 许时：许，估量之词；许时，这些时。　[8] 怠：懈怠，松懈。《吕氏春秋·达郁》："壮而怠则失时。"高诱注："怠，懈。"　[9] 奉贡：犹奉献。《广雅·释言》："贡，献也。"　[10] 宸京：宸，北极星所居，用以指帝王宫殿。宸京，即帝京，京城。黄四娘：杜甫《江畔独步寻花七绝句》之六："黄四娘家花满蹊，千朵万朵压枝低。"本指农家妇女，后用以代指美女，也代指娼女。毛西河曰："后凡指狭斜，皆可称黄四娘，犹晚唐人称谢秋娘也。"曲中代指美女。　[11] 堪为字史：是说莺莺的字写得好，她可以做掌管字的官员。王伯良曰："'字史'，掌字之史也。"　[12] 款识（zhì）：本指古代钟鼎彝器上铭刻的文字，《汉书·郊祀志下》："今此鼎细小，又有款识。"颜师古注："款，刻也；识，记也。"又有以字之凹凸分者，陶宗仪《辍耕录·古铜器》："所谓款识，乃分二义：款，谓阴字，是凹入者，刻画成之；识，谓阳字，是挺出者。"（卷十七）也有以在器外内分者、以花纹篆刻分者，见方以智《通雅·器用八》。此言莺字之好，可以刻于器物。　[13] "有柳骨"三句：意谓莺字之好，可以与著名书法家相比。柳，指唐代柳公权；骨，指字的结构。颜，指唐代颜真卿；筋，运笔的方法。苏轼《跋范文正公祭曼卿文》："曼卿之笔，颜筋柳骨，散落人间，实为神物。"张旭，唐代书法家，善草书，有"草圣"之称。《新唐书·李白传》附"张旭传"载："旭，苏州吴人。嗜酒，每大醉，呼叫狂走，乃下笔，或以头濡墨而书。既醒，自视，以为神，不可复得也。世呼'张颠'。"张芝，东汉书法家，善草书。羲之献之，指晋代大书法家王羲之、王献之父子。父子二人草隶正行，诸体备精，世称"二王"。"张芝"，原作"张颠"，据王伯良本、张深之本改。　　[14]做经咒般持：把莺莺的信当作经文、咒文一样对待。咒，梵语陀罗尼之译文，义为能持、能遮。能持，指集种种善法，令不失不散；能遮，指不令恶生，不作恶罪。见《智度论》卷五。就是总持佛法真言保善灭恶之意。　　[15]金章：官员的金印。据《汉书·百官公卿表上》，相国、丞相、太师、太尉等皆佩金印紫绶；《晋书·职官志》：太宰、太傅、太保等开府位从公之文官公及大司马、大将军、太尉等开府位从公之武官公，"文武官公，皆假金章紫绶。"　　[16]金个押字：签字画押。押为古代在公文、书信末尾的签名；花押则为草写的签名。周密《癸辛杂识》后集："古人押字，谓之花押印，是用名字稍花之。"　　[17]令史：汉晋南北朝时，令史为官职，比郎次一等，掌文书；隋唐宋元时为吏职，不在职官之内。此指吏职，即衙门中的文书。　　[18]勾使：衙门里拘捕、提取犯人的差役，这里泛指差役。　　[19]"则是一张"句：就是一张匆忙来不及盖官印、让人赴约会的告示。印，盖印章；咨，公文。　　[20]女教为师：犹言教育女子的师表。　　[21]可索寻思：毛西河曰："'可索寻思'，可推寻其用意处，'长共短'三句是也。"　　[22]闭门学禁指：闭门弹琴，学习禁淫邪、正心术的意旨。《白虎通·礼乐》："琴者，禁也，所以禁止淫邪，正人心也。"禁指，禁止淫邪之意旨。指，意旨，指归。　[23]留意谱声诗：在乐歌所表现的纯正思想上用心。所谓声诗，就是周代经乐工配乐可歌的民歌，《诗经》三百多篇就是入乐民歌的一部总集。《礼记·乐记》孔颖达疏："言君子既闻古乐，近修其身，次及其家，然后平均天下也。"孔子则说："《诗》三百，一言以蔽之，曰：思无邪。"（《论语·为政》）留意于声诗，也就是"学禁指""养圣贤心"，做到"思无邪"。　[24]洗荡巢由耳：巢，指巢父；由，指许由。二人均尧时隐居不仕的高士。晋皇甫谧《高士传》：巢父以树为巢，故名巢父。尧想让天下给许由，许由告诉了巢父。巢父责怪许由未能隐形藏光。"由怅然不自得，乃过清泠之水，洗其耳，拭其目，曰：'向闻贪言，负吾之友矣！'遂去，终身不相见。"《艺文类聚》卷三十六"人部·隐逸上"则称："巢父闻由为尧所让。以为污，乃临池水而洗其耳。池主怒曰：'何以污我水？'由乃退而遁耕于中岳，颍水之阳，箕山之下。"洗荡巢由耳，意即培养高洁情操。　[25]瑕玼（xiá cī）：玉中的红斑。《说文》："瑕，玉小赤。"玼，义同瑕。玉尚洁白，故称有斑点为病。　[26]霜枝曾栖凤凰：《诗经·大雅·卷阿》："凤凰鸣矣，于彼高冈。梧桐生矣，于彼朝阳。"郑玄笺："凤凰之性，非梧桐不栖，非竹实不食。"此云栖竹，盖自食竹实而来。　[27]淑女思君子：意本《诗经·周南·关雎》："窈窕淑女，君子好逑……求之不得，寤寐思服。"诗言君子思淑女，剧反用其事。　[28]一叶绵：谐音"一夜眠"，意谓缝纫时一夜无眠。　[29]丝：谐音"思"，指思念张生。　[30]果称心间事：果，谐音"裹"，是说裹在张生身上，能使他称心如意。　[31]梦回：梦醒。　[32]蒲东寺：即普救寺，寺在蒲之东，故称。　[33]"小夫人"二句：意谓一定是你见小夫人时，传了什么闲话。此应"休别继良姻"而来。　[34]风流学士：陈眉公曰："宋陶榖为翰林学士，时宋太祖即位，命颁诏天下士至江南。

韩熙载因穀骄傲，阴谋诡计，暗使妓女秦弱兰假作驿卒之女，洒扫邮亭。穀见而喜之，遂同枕席，赠一曲，名曰〔风光好〕。次日，熙载设宴，当筵使妓女歌之，穀惭，遂北归。故时人称陶穀为'风流学士'。"按，陶穀，《宋史》有传，不载此事，笔记小说中多有记载，如《侍儿小名录》《玉壶清话》《南唐近事》等，而以皇都风月主人所编之《绿窗新话·陶奉使犯驿卒女》所载为详。元戴善甫《陶学士醉写风光好》杂剧衍其事，今存。但这里仅取其"风流"之意，与陶穀事无涉。　[35]怎肯带残花折旧枝：犹言不肯去歌楼妓馆。残花、旧枝，比喻妓女。毛西河曰："'浪子官人'以下，是答'别继良姻'前一层意，言花柳尚不顾，况继姻耶？"　[36]自从、到此：王伯良曰："'自从、到此'，当各二字成文，上二字省一韵。今本作'自兹、到此'，即叶调，然句殊不妥，不从。"　[37]甚的是闲街市：王伯良曰："言从不曾胡乱行走也。"甚的是，见第一本第二折注。　[38]"须索用心思"，原作"用意取包袱"，凌濛初曰："'袱'字失韵，复与下重，当有误。"据王伯良本改。　[39]高抬：高挂。毛西河曰："北人称挂曰抬。"　[40]穰：《说文》段玉裁注："谓之穰者，茎在皮中，如瓜瓤在瓜皮中也。"穰作动词，即放在内之意。乱穰，即乱放在内。剉（cuò）：《说文》："剉，折伤也。"这里是揉搓的意思。　[41]"昨宵"二句：句本白居易《长恨歌》："春风桃李花开日，秋雨梧桐叶落时。"　[42]海枯石烂：海不可枯，石不能烂，犹言天长地久，永无尽期。常用于誓词。　[43]"直到烛灰"二句：灰，动词，燃烧成灰。泪，双关烛泪与眼泪。蚕老，蚕死。老，死，终老，今犹称送终为送老。丝，谐音"思"，思念。句本李商隐《无题》诗："春蚕到死丝方尽，蜡炬成灰泪始干。"　[44]琴瑟：本为两种乐器名，琴瑟合奏声音和谐，比喻夫妻感情和美。《诗经·周南·关雎》："窈窕淑女，琴瑟友之。"《诗经·小雅·常棣》："妻子好合，如鼓瑟琴。"朱熹曰:"言妻子好合,如琴瑟之和。"　[45]难传红叶诗:难通音讯之意。范摅《云溪友议·题红怨》:唐卢渥应举时从宫中流出的水沟里拾取了一枚红叶,上题绝句一首。后来唐宣宗释放宫女,卢渥得一女,女"睹红叶而吁怨久之,曰:'当时偶题随流,不谓郎君收藏巾箧。'验其书,无不讶焉。诗曰:'水流何太急,深宫尽日闲。殷勤谢红叶,好去到人间。'"这类传说很多,刘斧《青琐高议》载于佑娶韩夫人事;王铚《补侍儿小名录》载唐宫女凤儿与贾全虚故事;《本事诗》有顾况见宫女梧叶题诗故事;孙光宪《北梦琐言》又谓为李茵事等等。　[46]驿长不遇梅花使:犹言无人捎信。梅花使,驿使,代指传书送信之人。南朝宋盛弘之《荆州记》:"陆凯与范晔相善,自江南寄梅花一枝,诣长安与晔,并赠花诗曰:'折梅逢驿使,寄与陇头人。江南无所有,聊赠一枝春。'"(《太平御览》卷九七〇引)按,此系传说,并非事实,故后人多有疑者。明唐汝谔《古诗解》:"晔为江南人,陆凯代北人,当是范寄陆耳。"陆凯年辈小范晔四十来岁,而范享年四十七岁,二人无"相善"之可能。　[47]去国:犹言离乡。国,故国,故乡。此指离开河中府。句本柳宗元《别舍弟宗一》:"一身去国六千里,万死投荒十二年。""去国",原作"去客",据弘治本、王伯良本改。　[48]山色参差:山高低远近不同而呈现出的明暗不同的颜色。　[49]害鬼病的相如:司马相如患消渴疾(糖尿病),又有与卓文君之恋(《史记·司马相如列传》),故称相如害鬼病。鬼病,见第三本第四折注。

[点评]

本折与前折是孪生篇,莺莺寄物,张生猜寄。这两折纯写莺莺与张生,连红娘都退居可有可无的地位,老夫人则仅在琴童口中提了一句"禀过夫人"后便匿迹潜踪了。这两折所要解决的是"拷红""送别"两折提出的悬念：张生能否高中得官，这是老夫人许婚的条件；莺莺则担心张生落第不归和停妻再娶。问题的核心是张生。前折是说张生夺魁之后痴心不改，本折是说他得官之后对莺莺深情依旧。尤其是奉旨翰林院编修国史，这是皇权时代令士子艳羡的美除。元人宫大用《范张鸡黍》写到仕进难求时感叹："只随朝小小的职名，被这大官人家子弟都占去了；赤紧的又有权豪势要之家，三座衙门，把的水泄不通。"这三座"赤紧的"衙门中，就有翰林院。能编修国史，即能立言以成不朽。张生既夺魁状元，又编修国史，可谓志得意满，难怪会有"宰相人家的娇姿"招婿。而张生仍然心心念念钟情莺莺一人，这才称得上是"志诚种"。

莺寄张猜，有否灵犀？徐士范曰："忖度件件，两心如契。"（范本）徐渭曰："前套因物达诚之意，与此套睹物怀人之思，关合不差。是极得'相思'二字深旨而摹之者。"（三合本）这便是心心相印，他们之相爱又岂是"才貌功名"所能涵括！

如果说前四本文词华艳，满目天机云锦，读之则口有余香，案头场上兼美，此二折则以关目胜。毛西河参释："此与前折作对偶，俱用虚写。盖未合以前，则以传书递简为微情；既合以后，又以寄物缄书为余思。皆作者阿堵也。"（毛本）两折戏围绕"物"抒两地情思，切物之理，切人之情，咏物虽同，却各有机杼。徐渭在本折张生上场后评此后三曲云："此后三枝甚切事情。以后三枝虽无甚警语，却铺叙真朴，化俗语为雅调，则时时有之。前曲艳情易动人，后题切事，其措词更难于前也。"
（延阁主人李廷谟订正《徐文长先生批评北西厢记》）一
曲一物，一曲一意，反复缠绵，便是元人本色。

　　至此，围绕张生提出的种种悬念，已然全部解开，
在有情人成眷属的道路上，障碍便只剩郑恒一桩公案了。
也可以说，第五本前两折写的是功名与爱情的矛盾，后
两折便是新旧两种婚姻的冲突了。而旧婚姻的体现者，
便是郑恒。说郑恒，郑恒就到——且看下折。

第三折

（净扮郑恒上开云）自家姓郑，名恒，字伯常。先人拜礼部尚书，不幸早丧。后数年，又丧母。先人在时，曾定下俺姑娘的女孩儿莺莺为妻，不想姑夫亡化，莺莺孝服未满，不曾成亲。俺姑娘将着这灵榇，引着莺莺，回博陵下葬。为因路阻，不能得去。数月前写书来，唤我同扶枢去。因家中无人，来得迟了。我离京师，来到河中府，打听得孙飞虎欲掳莺莺为妻，得一个张君瑞退了贼兵。俺姑娘许了他。我如今到这里，没这个消息便好去见他；既有这个消息，我便撞将去呵，没意思。这一件事，都在红娘身上。我着人去唤他，则说："哥哥从京师来，不敢来见姑娘，着红娘来下处来 [1]，有话去对姑娘行说去。"去的人好一会了，不见来。见姑娘和他有话说。（红上云）郑恒哥哥在下处，不来见夫人，却唤我说话。夫人着我来，看他说甚么。（见净科）哥哥万福。夫

之所以设置张生、郑恒都是父母双亡的身世，是为减少枝蔓，使剧情更集中。张生与莺莺婚事免告父母，而郑恒结局也无须牵涉他人。

人道："哥哥来到呵，怎么不来家里来？"（净云）我有甚颜色见姑娘[2]？我唤你来的缘故是怎生？当日姑夫在时，曾许下这门亲事。我今番到这里，姑夫孝已满了，特地央及你去夫人行说知，拣一个吉日，了这件事，好和小姐一答里下葬去[3]。不争不成合，一答里路上难厮见。若说得肯呵，我重重的相谢你。（红云）这一节话再也休题。莺莺已与了别人了也。（净云）道不得"一马不跨双鞍"[4]！可怎生父在时曾许了我，父丧之后母到悔亲？这个道理那里有！（红云）却非如此说[5]。当日孙飞虎将半万贼兵来时，哥哥你在那里？若不是那生呵，那里得俺一家儿来？今日太平无事，却来争亲；倘被贼人掳去呵，哥哥如何去争？（净云）与了一个富家，也不枉了，却与了这个穷酸饿醋。偏我不如他？我仁者能仁、身里出身的根脚[6]，又是亲上做亲[7]，况兼他父命。（红云）他到不如你？噤声[8]！

【越调】【斗鹌鹑】卖弄你仁者能仁，倚仗你身里出身；至如你官上加官，也不合亲上做亲。又不曾执羔雁邀媒[9]，献币帛问肯[10]。恰洗了尘[11]，便待要过门。枉腌了他金屋银屏[12]，枉污了他锦衾绣裀。

【紫花儿序】枉蠢了他梳云掠月，枉羞了他惜玉怜香[13]，枉村了他殢雨尤云。当日三才始判[14]，两仪初分[15]；乾坤，清者为乾[16]，浊者为坤，人在中间相混。君瑞是君子清贤，郑恒是小人浊民。

（净云）贼来，怎地他一个人退得？都是胡说！（红云）
我对你说。

【天净沙】把河桥飞虎将军，叛蒲东掳掠人民，
半万贼屯合寺门[17]，手横着霜刃，高叫道要莺莺
做压寨夫人。

（净云）半万贼，他一个人济甚么事？（红云）贼围之
甚迫，夫人慌了，和长老商议，拍手高叫："两廊不
问僧俗，如退得贼兵的，便将莺莺与他为妻。"忽
有游客张生，应声而前曰："我有退兵之策，何不问
我？"夫人大喜，就问其计何在。生云："我有一故
人白马将军，见统十万之众，镇守蒲关。我修书一封，
着人寄去，必来救我。"不想书至兵来，其困即解。

着一"忽"字，
红娘隐去多少情
事。机智。

【小桃红】洛阳才子善属文[18]，火急修书信。白
马将军到时分，灭了烟尘[19]。夫人小姐都心顺，
则为他威而不猛[20]，言而有信[21]，因此上不敢慢
于人[22]。

（净云）我自来未尝闻其名，知他会也不会！你这个
小妮子，卖弄他偌多[23]！（红云）便又骂我！

【金蕉叶】他凭着讲性理《齐论》《鲁论》[24]，作词赋韩文柳文[25]，他识道理为人敬人，俺家里有信行知恩报恩。

【调笑令】你值一分，他值百十分，萤火焉能比月轮？高低远近都休论，我拆白道字辩与你个清浑[26]。

（净云）这小妮子省得甚么拆白道字？你拆与我听。（红唱）

君瑞是个"肖"字这壁着个"立人"，你是个"木寸""马户""尸巾"。

（净云）木寸、马户、尸巾，你道我是个"村驴吊"？我祖代是相国之门，到不如你个白衣饿夫穷士？做官的则是做官！（红唱）

【秃厮儿】他凭师友君子务本[27]，你倚父兄仗势欺人。畜盐日月不嫌贫[28]，治百姓新民、传闻[29]。

【圣药王】这厮乔议论[30]，有向顺[31]。你道是官人则合做官人，信口喷，不本分。你道穷民到老是穷民，却不道"将相出寒门"[32]！

（净云）这桩事，都是那长老秃驴弟子孩儿[33]，我明

汤显祖、李卓吾、徐渭三先生曰："'凭着'四句，用得迂，非丫鬟语。但丫鬟硬掉文袋，人情往往如此，反觉有趣。"（三合本）

毛西河曰："郑固瞒张及第，见前宾白，而红又乔为不知，故就宾白中'相门穷士'暗作翻折，非不知张亦宦门之后，非穷民也。"（毛本）

日慢慢的和他说话。（红唱）

【麻郎儿】他出家儿慈悲为本[34]，方便为门[35]。横死眼不识好人[36]，招祸口不知分寸。

（净云）这是姑夫的遗留[37]，我拣日，牵羊担酒[38]，上门去，看姑娘怎么发落我！（红唱）

【幺篇】讪筋[39]，发村[40]，使狠，甚的是软款温存[41]。硬打捱强为眷姻[42]，不睹事强谐秦晋[43]。

（净云）姑娘若不肯，着二三十个伴当[44]，抬上轿子，到下处脱了衣裳，赶将来，还你一个婆娘！（红唱）

【络丝娘】你须是郑相国嫡亲的舍人[45]，须不是孙飞虎家生的莽军[46]。乔嘴脸、腌躯老、死身分[47]，少不得有家难奔。

（净云）兀的那小妮子，眼见得受了招安了也[48]。我也不对你说，明日我要娶，我要娶！（红云）不嫁你，不嫁你！

【收尾】佳人有意郎君俊[49]，我待不喝采其实怎忍。

（净云）你喝一声我听。（红笑云）你这般乔嘴脸，

则好偷韩寿下风_头香^[50]，傅何郎左壁厢粉。（下）

（净脱衣科云）这妮子拟定都和那酸丁演撒！我明日
自上门去见俺姑娘，则做不知。我则道："张生赘在
卫尚书家^[51]，做了女婿。"俺姑娘最听是非，他自
小又爱我，必有话说。休说别个，则这一套衣服也
冲动他。自小京师同住，惯会寻章摘句^[52]。姑夫
许我成亲，谁敢将言相拒？我若放起刁来，且看莺
莺那去！且将压善欺良意，权作尤云殢雨心。（下）
（夫人上云）夜来郑恒至，不来见我，唤红娘去问亲
事。据我的心，则是与孩儿是；况兼相国在时已许
下了。我便是违了先夫的言语^[53]。做我一个主家的
不着^[54]，这厮每做下来。拟定则与郑恒，他有言语，
怪他不得也。料持下酒者，今日他敢来见我也。（净
上云）来到也，不索报覆^[55]，自入去见夫人。（拜夫
人哭科）（夫人云）孩儿，既来到这里，怎么不来见我？
（净云）小孩儿有甚嘴脸来见姑娘！（夫人云）莺莺为
孙飞虎一节，等你不来，无可解危，许张生也。（净
云）那个张生？敢便是状元？我在京师看榜来，年
纪有二十四五岁，洛阳张珙，夸官游街三日。第二
日，头答正来到卫尚书家门首^[56]，尚书的小姐十八
岁也，结着彩楼^[57]，在那御街上，则一球正打着他。
我也骑着马看，险些打着我。他家粗使梅香十余人，
把那张生横拖倒拽入去。他口叫道："我自有妻，我
是崔相国家女婿！"那尚书有权势气象，那里听？

着"我也骑
着马看"二句，便
为郑恒勾魂。此是
顾长康颊上三毛之
笔。

则管拖将入去了^[58]。这个却才便是他本分，出于无奈。尚书说道："我女奉圣旨，结彩楼，你着崔小姐做次妻^[59]。他是先奸后娶的，不应取他^[60]。"闹动京师，因此认得他。（夫人怒云）我道这秀才不中抬举，今日果然负了俺家^[61]。俺相国之家，世无与人做次妻之理。既然张生奉圣旨娶了妻，孩儿，你拣个吉日良辰，依着姑夫的言语，依旧入来做女婿者。（净云）倘或张生有言语，怎生？（夫人云）放着我哩。明日拣个吉日良辰，你便过门来。（下）^[62]（净云）中了我的计策了。准备筵席茶礼花红，克日过门者。（下）^[63]（洁上云）老僧昨日买登科记看来，张生头名状元，授着河中府尹。谁想夫人没主张，又许了郑恒亲事。老夫人不肯去接，我将着肴馔，直至十里长亭，接官走一遭。（下）（杜将军上云）奉圣旨，着小官主兵蒲关，提调河中府事^[64]，上马管军，下马管民。谁想君瑞兄弟一举及第，正授河中府尹，不曾接得。眼见得在老夫人宅里下，拟定乘此机会成亲。小官牵羊担酒，直至老夫人宅上，一来庆贺状元，二来做主亲^[65]，与兄弟成此大事。左右那里^[66]？将马来，到河中府走一遭。（下）

言张生本分，易使人信。郑恒无才，造谣却有本事。

不做次妻，此亦为莺、为门第着想，在情理之中。

郑恒此招儿狠，剧情又起波澜。观剧至此，心弦紧绷。

[注释]

[1]下处：旅店，住处。　[2]颜色：《说文》以颜谓眉目之间，色谓凡见于面者。是颜色即容颜脸色，引申为脸面、面子。　[3]一答里：犹一起，一块儿。　[4]一马不跨双鞍：一匹马身上不能搭两副马鞍，比喻一女不配二夫。　[5]"却非"，"却"原作"即"，

据刘龙田、张深之、王伯良本改。　[6] 仁者能仁:《论语·里仁》:
"仁者安仁,知者利仁。"邢昺曰:"'仁者安仁'者,谓天性仁者
自然安而行之也。"意谓仁德之人才能够行仁。仁,指仁爱忠厚
等儒家提倡的道德标准。身里出身:指能继承父业。郑恒则指出
身于世代相传的高贵门第,即后文所说"祖代是相国之门。"根脚:
根底,出身。　[7] 亲上做亲:中表为婚之禁,金、元二史、《元
典章》《通制条格》均无记载。唐宋皆有中表为婚习俗,《朱子语
类》卷八九《礼六·冠昏丧》:"尧卿问姑舅之子为昏。曰:据律
中不许。然自仁宗之女嫁李玮家乃是姑舅之子,故欧阳公曰,公
私皆已通行……从古已然,只怕未不是。"洪迈《容斋续笔》卷
八"姑舅为婚":"姑舅兄弟为婚,在礼法不禁,而世俗不晓……
断离之者,皆失于不能细读律令也。"《董西厢》卷八:"明存着
法律莫粗疏,姑舅做亲,便不败坏风俗?"元宋梅洞小说《娇红
传》:"朝廷立法,内兄弟不许成婚,似不可违。"可见人们对律文
的理解不同,生活中各行其是,婚与不婚皆有之。故郑恒以亲上
做亲为娶莺之有利条件,而下文红娘则反驳之。　[8] 噤声:犹住
口。《说文》:"噤,口闭也。"　[9] "又不曾"句:意谓又没有请媒
人行行聘之礼。《仪礼·士昏礼》:"下达纳采(按,即行聘),用
雁。"《白虎通·嫁娶》篇则云:"用雁者,取其随时南北,不失
其节,明不夺女子之时也。……又取飞成行,止成列也,明嫁娶
之礼,长幼有序,不相逾越也。"羔,小羊,也是纳采礼物之一。
据《通典》:"羊则牵之,豕雁以笼盛。"聘礼所以用羔者,徐士
范曰:"羔取不失群而自洁。"　[10] 献币帛:纳财礼。《礼记·曲
礼上》:"男女非有行媒,不相知名;非受币,不交不亲。"孔颖达
疏:"非受币不交不亲者,币谓聘之玄纁束帛也,先须礼币,然
后可交亲也。"唐律、元律均有送财礼之规定:《唐律疏义·户婚
门》:"婚礼先以聘财为信……虽无许婚之书,但受聘财亦是。"

《元典章·婚礼·嫁娶写立婚书》："婚姻议定，写立婚书，文约明白，该写原议聘财钱物。"问肯：即遣媒氏问女家许否。　[11]洗尘：即接风。《通俗编·仪节·洗尘》："凡公私值远人初至，或设饮，或馈物，谓之洗尘。"　[12]腌：这里是脏、污的意思。金屋：旧题汉班固《汉武故事》：汉武帝四岁时立为胶东王。胶东王数岁，其姑母长公主把他抱在膝上问他要否娶妇，答曰要。长主指左右长御百余人，皆云不用。末指其女问曰："阿娇好不？"于是乃笑对曰："好。若得阿娇作妇，当作金屋贮之也。"长主大悦，乃苦要上，遂成婚焉。阿娇即汉武帝陈皇后。银屏：银制屏风。　[13]惜玉怜香：对女子爱怜体贴。　[14]三才：亦作"三材"，古以天、地、人为三才。见《易·系辞下》及《易·说卦》。始判：才分。判，分。　[15]两仪：天与地为两仪。《易·系辞上》："易有太极，是生两仪。"孔颖达曰："太极，谓天地未分之前，元气混而为一，即是太初太一也。故老子云道生一，即此太极是也。又谓混元既分，即有天地，故曰太极生两仪，即老子云一生二也。不言天地而言两仪者，指其物体，下与四象相对，故曰两仪，谓两体容仪也。"　[16]"清者为乾"三句：《艺文类聚》卷一引《三五历纪》："天地浑沌如鸡子，盘古生其中。万八千岁，天地开辟，阳清为天，阴浊为地，盘古在其中，一日九变。"《易·说卦》："立天之道曰阴与阳，立地之道曰柔与刚，立人之道曰仁与义。"孔颖达曰："天地既立，人生其间。"　[17]屯合：聚合，犹包围。《广雅·释诂三》："屯，聚也。"　[18]洛阳才子：本指汉代贾谊。《汉书·贾谊传》："贾谊，洛阳人也。年十八，以能诵诗书属文称于郡中。"被称为"洛阳才子"。此指张生。属文：作文章，前引《汉书·贾谊传》颜师古注："属，谓缀辑之也，言其能为文也。"　[19]灭了烟尘：犹言平定了叛乱。烟尘，烽烟与尘土。古代边防报警，夜则举火，叫烽，日则焚狼粪以为烟，叫烟。故以烟尘代指战争、动乱。　[20] 威而不猛：《论语·述而》："子温而厉，威而不猛，恭而安。"邢昺疏："言孔子体貌温和而能严正，俨然人望而畏之而无刚暴。"威即威严；猛，刘宝楠正义："《说文》：猛，健犬也。引申为刚烈之义。"　[21] 言而有信：说话诚实守信用。《论语·学而》："与朋友交，言而有信。"　[22] 不敢慢于人：犹言对张生不敢轻慢。语出《孝经·天子章》："敬亲者，不敢慢于人。"　[23] 卖弄：显白、夸耀。明戴冠《濯缨亭笔记》："吴俗语……谓自夸曰卖弄。"　[24] 性理：人性天理、事物之规律，这里指人情事理、知识学问。齐论鲁论：是《论语》流传中的不同版本。《齐论》，即《齐论语》，是齐国学者所传的《论语》；《鲁论》，即《鲁论语》，为鲁国学者所传的《论语》。《汉书·艺文志》载，《齐论》二十二篇，《鲁论》二十篇传十几篇，且曰："《论语》者，孔子应答弟子时人、及弟子相与言而接闻于夫子之语也。当时弟子各有所记。夫子既卒，门人相与辑而论纂，故谓之'论语'。汉兴，有齐鲁之说……"汉安昌侯张禹擅《齐论》，后又讲《鲁论》，于是以《鲁论》篇目为根据，把齐鲁二论融合为一，号为《张侯论》，即今传本之《论语》。　[25] 韩文柳文：韩，韩愈；柳，柳宗元。韩柳都是唐代大文学家，是古文运动的领导人和创作中坚。这句是夸耀张生词赋文章之好，如韩文柳文。　[26] 拆白道字：拆字格，一种字谜游戏，即把一个字拆开说出，合而成文。如下文"肖字这壁着个立人"，隐"俏"字；"木寸"隐"村"字等等。据《南部烟花记》说，隋炀帝尝为拆字令，如"杏"为"十八日"等。清浑：清浊，这里是贤愚的意思。　[27] 君子务本：《论语·学而》："君子务本，本立而道生。"邢昺疏："君子务修孝弟以为道之基本，基本既立，而后道德生焉。"务，致力，从事；本，基也，基本、基础，《论语》中的本，指治国做人的基本品德，即孝悌。　[28] 齑（jī）盐日月：犹言清贫的读书生活。齑，腌菜。韩愈《送穷文》："太学四年，朝齑暮盐。"　[29]"治百姓"
句：意谓张生为官管理百姓有政绩，被传诵。《尚书·康诰》："亦
惟助王宅天命，作新民。"孔安国传："为民日新之教。"孔颖达疏：
"为民日新之教，谓渐致太平，政教日日益新也。"《礼记·大学》：
"大学之道，在明明德，在亲民，在止于至善。"亲民，亲近、教
养民众。程颐、朱熹认为，"亲民"，当作"新民"，亲、新可通用。
按照朱熹的说法，新民就是所谓齐家治国平天下之事，即教化百
姓日新月异，成为新人。　[30]乔议论：意犹胡说乱道。乔，恶
劣义，与第三本第三折"乔作衙"之"乔"义有不同。　[31]有
向顺：有偏向，不公正。王季思注："有偏向意。《蝴蝶梦》剧楔
子〔赏花时·幺篇〕曲：'我言语从来无向顺。'谓言语无偏向也。
《冤家债主》剧第四折〔水仙子〕曲：'怎做的阎罗王有向顺。'谓
既做阎王，怎有偏向也。"　[32]将相出寒门：意谓贫寒之家的子
弟常有出将入相者。为当时成语。　[33]弟子孩儿：许政扬曰：
"程大昌《演繁露》卷六：'开元二年……又选乐工数百人，自教
法曲于梨园，谓之"皇帝梨园弟子"。至今谓优女为弟子，命伶
魁为乐营将军者，此其始也。'……至元曲所谓'弟子'，大抵专
指娼妇。元人杂剧中又有'弟子孩儿'一语，如无名氏《鸳鸯被》
第二折：'被那巡夜的歹弟子孩儿把我拿到巡铺里。'……'弟子
孩儿'亦作'弟子的孩儿'，见《杀狗劝夫》第二折，犹今俚语
'婊子养的'，盖恶詈也。"（《许政扬文存》）　[34]出家儿：僧家
通称，即出家人。陆游《老学庵笔记》卷六："晋语儿、人二字通
用。"出家，僧尼道士离开家到寺院、道观修行，都叫出家。《释
氏要览·出家·出家由》："《毗婆沙论》云：'家者，是烦恼因缘，
夫出家者，为灭垢累故，宜远离也。'"　[35]方便为门：根据每
个人的不同情况而采取不同措施，使之信奉佛教，就是方便。把
方便作为普济众生的门户、想方设法使众生信佛以脱离苦难，便

是方便为门。见《维摩诘经·法供养品》。 [36]横死：非理为横；横死，不顺理之死，犹言不得好死。《礼记·檀弓上》："死而不吊者三"，孔颖达疏："此一节论非理横死不合吊哭之事。" [37]遗留：遗愿，遗嘱。 [38]牵羊担酒：犹言带着定婚礼物。宋吴自牧《梦粱录》卷二十"嫁娶"："伐柯人通好，议定礼，往女家报定。若丰富之家，以珠翠、首饰、金器、销金裙褶，及缎匹茶饼，加以双羊牵送，以金瓶酒四樽或八樽，装以大花银方胜，红绿销金酒衣簇盖酒上……酒担以红彩缴之。" [39]讪筋：陆澹安《戏曲词语汇释》谓："因暴怒而头面上筋脉偾张。" [40]发村：犹言撒野。村，见第一本第四折注。 [41]软款：温柔爱怜。《广雅·释诂一》："款，爱也。" [42]硬打捱：硬，强行之义。参见第四本第一折"呆答孩"注。 [43]不睹事：不懂事，不识事。 [44]伴当：随从的仆人。《三国演义》第一回："人报有两个客人，引一伙伴当，赶一群马，投庄上来。" [45]舍人：本是官名，宋元以来称官宦人家的子弟为舍人，即公子，可他称，亦可自称。《元典章》卷五二"诈伪"："近来有不畏公法之人，诈为贵势子弟，称曰'舍人'。" [46]家生：卖给主家的奴隶所生之子女仍须为奴，叫"家生"。《汉书·陈胜传》："秦令少府章邯免骊山徒人奴产子。"颜师古注："奴产子，犹今人云家生奴也。"陶宗仪《辍耕录·奴婢》："奴婢所生子，亦曰家生孩儿。"（卷十七）孙飞虎家生莽军，犹言孙飞虎叛军所生之粗野贼兵。 [47]腌躯老：丑恶身躯。腌，此为恶劣义。元人谓身为躯老。 [48]招安：招降，使归顺。 [49]"佳人"二句：凌濛初曰："此皆红娘反语嘲恒也。'佳人有意郎君俊，红粉无情浪子村'，元人谚语。红反言觉恒之俊，忍不住要喝采，下二句正其喝采语。元剧中如此类甚多，如《范张鸡黍》剧中云：'首阳山殷夷齐撑的肥胖，汨罗江楚三闾咮的醉也。'《匹配金钱》剧中云：'五湖内撑翻了范蠡船，东陵门锄荒了邵平瓜。'《舞翠盘》云：'过来波齐管仲郑子产，假忠孝龙逢比干。'今曲有'碎砖儿砌不起阳台，破船儿撑不到蓝桥。'总是反语，一样机括。今人见'俊'字与'喝采'字，以为赞张生佳语，不知其嘲恒。"毛西河曰："元词以称羡为'喝采'。"　[50]"则好偷"二句：王伯良引徐渭云："盖嘲恒纵得莺莺，亦不过拾人之残。言其先已婚张，非处子也。香由风送，故着一'风'字；'左壁厢'，犹言左边，古人尚右而卑左，故曰'左壁厢'。"凌濛初则反对此说，认为：此说"更为谬陋！红娘方极口骂郑恒'小人''浊民''村驴屌''乔嘴脸''腌躯老''死身分''有家难奔'，而暇念及于拾残香耶？且红以为'枉蠢了他梳云掠月'等语，皆是惜莺，以为非恒配，而暇讥恒拾残香耶？红为莺心腹婢，其护张者皆护莺也，而自为此败兴之语，以作嘲耶？措大管窥之见，贻笑大方。"又曰："言其非韩、何一流中人，犹俗云只好做他脚下泥之谓。"凌说是。这里是把韩寿所偷之香，联想为香味之香，香由风送，故云下风头香。下风头、左壁厢，犹言拜下风、不是对手之意。　[51]赘：即作赘，今谓倒插门女婿。《史记·滑稽列传》："淳于髡者，齐之赘婿也。"司马贞索隐："女之夫也，比于子，如人疣赘，是余剩之物也。"　[52]寻章摘句：本指搜寻、摘取文章的语句和片断，来研究文章的义理，此指抓住只言片语不放，即下言"姑夫许亲"之说。　[53]违先夫言语：《元典章》卷十八"户部四·嫁娶"及《元史·刑法志·户婚》都规定，此种情况女家悔婚违法，参见本书"导读·《西厢记》的思想"。这是老夫人一直顾忌郑恒婚约的原因。　[54]做我一个主家的不着：犹言拿我不会主家来怪罪。此盖当时口语说法，《京本通俗小说·菩萨蛮》："他若欺心不招架时，左右做我不着。"言无论如何不能怪罪我。　[55]报覆：报，通报，禀报，言某人至也；覆，答覆，是对通报之答覆。　[56]头答：亦作头达，即头踏，官员出行时，走在前面的仪仗。清朱象贤《闻见偶录》："今见风宪大僚出署，先放炮开门，迨行前列仪仗，元人谓之头达也。" [57]"结着彩楼"三句：古代择婿的一种方式。富贵官宦人家，临街搭起彩楼，小姐站在楼上抛彩球，中者为婿。《敦煌变文集·太子成道经一卷》："大王闻太子奏对，遂遣国门高缚彩楼。召其合国人民，有在室女者，尽令于彩楼下齐集，当合（令）太子，自拣婚对。太子于彩楼上，便私发愿：若是前生眷属者，知我手上有金指环。"其来源或随佛教而入中国者。此习宋已有之。元剧中描写甚详，如乔吉《李太白匹配金钱记》第四折、无名氏《李云英风送梧桐叶》第三折、第四折、王实甫《吕蒙正风雪破窑记》第一折等。惟变文为男招女，剧中为女招男；变文为金环，剧中为绣球。彩楼招婿，多为男子入赘女家。参见第五本第四折"丝鞭"注。 [58]则管拖将入去了：指权贵之家的豪婿行径。北宋人彭乘《墨客挥犀》："今人于榜下择婿，曰豪婿，其语盖本诸袁山松（按，山松或作崧），尤无义理。其间或有不愿就，而为贵势豪族拥逼不得辞者。尝有一新后辈少年，有风姿，为贵族之有势力者所慕，命十数仆拥致其第……"（《说郛》卷二四）沈德符《野获编·蚩鄙·豪婿》谓："榜下豪婿，古已有之，至元时贵戚家遂以成俗。" [59]次妻：即小妻，俗称'侧室'，地位仅次于正妻，即妾。宋赵与时《宾退录》卷九："萧中一次妻耶律氏，制谓'次妻'二字，别无经据，乞改称'小妻'。"《后汉书·赵孝王良传》："赵相奏乾居父丧，私聘小妻。"唐章怀太子李贤注："小妻，妾也。"妾有不同等级，正式的妾是家庭成员，具有名分，须订立婚书、娶良民为之，次妻属此；而倡优妾、奴婢妾则泛称妾、贱妾，娶之则只立"婚契"，有子方可称为妾。（参见窦仪等撰、薛梅卿校点《宋刑统》卷二，法律出版社 1999 年；柳立言《宋代的宗教、身分与司法》，中华书局 2012 年） [60]先奸后娶，不应取他：古有禁先奸后娶之律令。《尚书大传》："男女不以义交者，其刑宫。"宫，即淫刑，男子割势，女子幽闭。宋《庆元条法事类》引《户令》："诸先奸后娶为妻者，离之。"元承旧制，《元典章》中有"通奸成亲者离"的规定，《元史·刑法志二》："诸先通奸，被断，复娶以为妻妾者，虽有所生男女，犹离之。"律文如此，但执法时，仍往往判合为夫妇。郑恒此言，意在指出崔张婚姻之不合法。　[61]负：《广韵》："负，背恩忘德曰负。"　[62]"（下）"，原无，凌本作老夫人与郑恒"同下"。而弘治本、刘龙田本、张深之本、王伯良本俱作老夫人、郑恒先后分下，此处有"（下）"字，可从。　[63]"（下）"，原作"（同下）"，据弘治等诸本改。　[64]提调：管理，指挥。提调河中府事，即掌管河中府事。　[65]主亲：主婚。主婚人应由祖父母、父母充任，张生父母双亡，故得由杜确主婚。　[66]左右：有二义：一为对人的尊称，不直呼其名而称其左右，以表敬意；二是指身边随从。此指后者。

[**点评**]

这是两种婚姻大决战的前夕。

郑恒的出场可谓做足了铺垫，从剧幕拉开，老夫人就提到了他，以后每到剧情转折的关键时刻，他都会被拿来说事，他是影响老夫人行事的关键因素。观众对他的出场充满了期待：此何人哉？作为包办婚姻弊端体现者的郑恒终于千呼万唤出场了。

郑恒在争取与莺莺缔结婚姻的过程中，始终强调的是父母之命和门当户对。他认为只有这样的婚姻才既合法又合礼，因而他撇开莺莺的感情不问，而专用心思去争取握有婚姻决定权的家长老夫人。可见，他所追求的只是婚姻，而无涉爱情。郑恒与老夫人的区别在于，老夫人是真诚信奉并恪守礼教，郑恒则只是把礼教教义挂在嘴上，却并不照此行事。为了达到目的，他既可以穿一套富贵衣服去"冲动"老夫人，又能够不择手段造谣中伤，甚至流氓手段也使得出来：抢。这个官宦门第出身的公子哥儿，其嘴脸多么像元杂剧中经常出现的抢男霸女的花花太岁"衙内"！

郑恒的出现展示了剥夺儿女婚姻自主权的包办婚姻的不合理性，同时也解开了戏剧开场时设置的悬念：衣食无忧的相国千金，何以无端生出"闲愁"，何以在待婚之期，仅一个照面便钟情于张生：匹配郑恒这样口出恶言、粗俗不堪的蠢才，莺莺会有多少难言的痛苦，多么渴望改变这难堪的现状！就是这样一个人，却占据了争夺婚姻的制高点，因为莺莺的家长站在他一边，因而法律也站在他一边。

郑恒是"丑"的化身，从容颜举止到思想品德，这是剧作家告诉我们的生活中的郑恒。表现在舞台上则不然。在20世纪被誉为"当代达·芬奇"的百科全书式的学者、意大利美学家翁贝托·艾柯《美的历史》说："自然中的丑令我们退避，但是，在'美丽地'表现丑的艺术里，丑变成可以接受，甚至可悦。"（该书133页）就是说，现实中的丑被艺术家以美的方式表现出来，"丑"便不再是美的否定。因为艺术家写丑的时候倾注了对美的向往，使丑变为"美的丑"，成为美的另一张脸。舞台上的郑恒，通过服饰、脸谱、表情动作以及语言腔调的和谐搭配，使观众在笑声中欣赏这"丑角美学"。这便是丑角戏也颇受欢迎的原因所在。

老夫人答允了郑恒的婚事，郑恒明日就来娶亲，而张生尚未返回，气氛骤然紧张，风已满楼，只待明日山雨倾泻。

第四折

（夫人上云）谁想张生负了俺家，去卫尚书家做女婿去[1]。今日不负老相公遗言[2]，还招郑恒为婿。今日好个日子，过门者。准备下筵席，郑恒敢待来也。（末上云）小官奉圣旨，正授河中府尹。今日衣锦还乡，小姐的金冠霞帔都将着[3]，若见呵，双手索送过去。谁想有今日也呵！文章旧冠乾坤内，姓字新闻日月边[4]。

误以为张负崔家，非夫人负张生。轻信乃性格弱点，非道德缺失。

【双调】【新水令】玉鞭骄马出皇都，畅风流玉堂人物。今朝三品职，昨日一寒儒。御笔亲除，将名姓翰林注。

【驻马听】张珙如愚[5]，酬志了三尺龙泉万卷书[6]；莺莺有福，稳请了五花官诰七香车[7]。身荣难忘借僧居，愁来犹记题诗处。从应举，梦魂儿不离了

徐渭曰："吐气身显，夸耀内荣，不失措大本色。"（徐音本）

蒲东路。

（末云）接了马者。（见夫人科）新状元河中府尹婿张
珙参见。（夫人云）休拜，休拜！你是奉圣旨的女婿，
我怎消受得你拜！（末唱）

【乔牌儿】我谨躬身问起居[8]，夫人这慈色为谁怒[9]？
我则见丫鬟使数都厮觑[10]，莫不我身边有甚事故？

夫人说理不
差，只是错怪了张
生。

（末云）小生去时，夫人亲自饯行，喜不自胜。今日
中选得官，夫人反行不悦，何也？（夫人云）你如今
那里想着俺家？道不得个"靡不有初，鲜克有终"。
我一个女孩儿，虽然妆残貌陋，他父为前朝相国，
若非贼来，足下甚气力到得俺家？今日一旦置之度
外，却于卫尚书家作婿，岂有是理！（末云）夫人
听谁说？若有此事，天不盖，地不载，害老大小疔
疮[11]！

【雁儿落】若说着丝鞭士女图[12]，端的是塞满章台
路[13]。小生向此间怀旧恩，怎肯别处寻亲去。

【得胜令】岂不闻"君子断其初"[14]，我怎肯忘得有
恩处？那一个贼畜生行嫉妒，走将来老夫人行厮间
阻？不能勾娇姝[15]，早共晚施心数；说来的无徒[16]，
迟和疾上木驴[17]。

（夫人云）是郑恒说来，绣球儿打着马了，做女婿也。你不信呵，唤红娘来问。（红上云）我巴不得见他。元来得官回来，惭愧，这是非对着也。（末背问云）红娘，小姐好么？（红云）为你别做了女婿，俺小姐依旧嫁了郑恒也。（末云）有这般跷蹊的事！

【庆东原】那里有粪堆上_{长出}连枝树，淤泥中_{生出}比目鱼。不明白展污了姻缘簿[18]？莺莺呵，你嫁个油炸猢狲的丈夫[19]；红娘呵，你伏侍个烟薰猫儿的姐夫[20]；张生呵，你撞着个水浸老鼠的姨夫[21]。这厮坏了风俗，伤了时务[22]。（红唱）

【乔木查】妾前来拜覆，省可里心头怒[23]。间别来安乐否？你那新夫人何处居？比俺姐姐是何如？

（末云）和你也葫芦题了也。小生为小姐受过的苦，诸人不知，瞒不得你。不甫能成亲，焉有是理？

【搅筝琶】小生若求了媳妇，_则目下便身殂。怎肯忘得待月回廊，难撇下吹箫伴侣。受了_些活地狱，下了_些死工夫。不甫能_得做妻夫，见将着夫人诰敕[24]，县君名称[25]，怎生待欢天喜地，两只手儿分付与[26]，你划地到把人赃诬[27]。

毛西河引梁伯龙曰："一句一断，咄咄逼人，真元人本色。"（毛本）

金圣叹曰："如闻香口，如见纤腰。古人果有妙文，圣叹决不没也。""然其文一何妙哉！古语细骨轻肌，百琲珍珠，真便欲属之矣。"（金本）

金圣叹曰："此一段，更精妙绝人。又沉着，又悲凉，又顿挫，又爽宕，便使《西厢》为之（按，金氏以第五本为他人续作），亦不复毫厘得过也。古人真有奇绝处，不可埋没。"（金本）

（红对夫人云）我道张生不是这般人，则唤小姐出来自问他。（叫旦科）姐姐，快来问张生。我不信他直恁般薄情。叫见他呵，怒气冲天，实有缘故。（旦见末科）（末云）小姐间别无恙？（旦云）先生万福。（红云）姐姐有的言语，和他说破。（旦长吁云）待说甚么的是！

徐渭曰："欲言不言，若疏若亲，的的真情，亦的的至情。"（徐音本）

【沉醉东风】不见时_{准备着}千言万语，得相逢都变做短叹长吁。他急攘攘却才来，我羞答答怎生觑。将腹中愁恰待伸诉，及至相逢一句_也无。则道个"先生万福"。

莺莺红娘也信假为真，足见裔婿风气之盛，使人不得不信。夫人悔婚情有可原。

（旦云）张生，俺家何负足下？足下见弃妾身，去卫尚书家为婿，此理安在？（末云）谁说来？（旦云）郑恒在夫人行说来。（末云）小姐如何听这厮？张珙之心，惟天可表！

金 圣 叹 曰："此又好，沉着顿挫兼有之。"（金本）

【落梅风】从离了蒲东路，来到京兆府，见个佳人世不曾回顾。硬揣个卫尚书_家女孩儿为了眷属[28]，曾见他影儿的_也教灭门绝户！

责红则似非志诚君子之言。

（末云）这一桩事都在红娘身上，我则将言语傍着他，看他说甚么。红娘，我问人来，说道你与小姐将简帖儿去唤郑恒来。（红云）痴人！我不合与你作成，你便看得我一般了。

【甜水令】君瑞先生，不索踌躇，何须忧虑。那厮本意糊突[29]，俺家世清白，祖宗贤良，相国名誉。我怎肯他根前寄简传书？

【折桂令】那吃敲才怕不口里嚼蛆[30]，那厮待数黑论黄[31]，恶紫夺朱[32]。俺姐姐更做道软弱囊揣[33]，怎嫁那不值钱人样殗驹[34]。你个东君索与莺莺做主[35]，怎肯将嫩枝柯折与樵夫。那厮本意嚣虚[36]，将足下亏图[37]，有口难言，气夯破胸脯。

（红云）张生，你若端的不曾做女婿呵，我去夫人根前一力保你。等那厮来，你和他两个对证。（红见夫人云）张生并不曾人家做女婿，都是郑恒谎。等他两个对证。（夫人云）既然他不曾呵，等郑恒那厮来对证了呵，再做说话[38]。（洁上云）谁想张生一举成名，得了河中府尹。老僧一径到夫人那里庆贺。这门亲事，几时成就？当初也有老僧来，老夫人没主张，便待要与郑恒。若与了他，今日张生来，却怎生？（洁见末叙寒温科）（对夫人云）夫人今日却知老僧的是，张生决不是那一等没行止的秀才。他如何敢忘了夫人？况兼杜将军是证见，如何悔得他这亲事？（旦云）张生此一事，必得杜将军来方可。

【雁儿落】他曾笑孙庞真下愚[39]，若是论贾马非英

"老夫人没主张"是本次婚变之关要，却被方外人一语中的。

物，_{正授着}征西元帅府，_{兼领着}陕右河中路^[40]。

【得胜令】_{是咱}前者护身符^[41]，今日有权术^[42]。

来时节定把先生助，决将贼子诛^[43]。他不识亲疏^[44]，

啜赚良人妇^[45]。你不辨贤愚，无毒不丈夫^[46]。

（夫人云）着小姐去卧房里去者。（旦下）（杜将军上云）下官离了蒲关，到普救寺，第一来庆贺兄弟咱；第二来就与兄弟成就了这亲事。（末对将军云）小弟托兄长虎威，得中一举。今者回来，本待做亲。有夫人的侄儿郑恒，来夫人行说道，你兄弟在卫尚书家作赘了。夫人怒欲悔亲，依旧要将莺莺与郑恒，焉有此理？道不得个"烈女不更二夫"^[47]。（将军云）此事夫人差矣。君瑞也是礼部尚书之子，况兼又得一举。夫人世不招白衣秀士^[48]，今日反欲罢亲，莫非理上不顺？（夫人云）当初夫主在时，曾许下这厮，不想遇此一难。亏张生请将军来，杀退贼众。老身不负前言，欲招他为婿。不想郑恒说道，他在卫尚书家做了女婿也，因此上我怒他，依旧许了郑恒。（将军云）他是贼心，可知道诽谤他。老夫人如何便信得他？（净上云）打扮得整整齐齐的，则等做女婿。今日好日头，牵羊担酒，过门走一遭。（末云）郑恒，你来怎么？（净云）苦也！闻知状元回，特来贺喜。（将军云）你这厮，怎么要诓骗良人的妻子，行不仁之事，我根前有甚么话说？我闻奏朝廷，诛此贼子。（末唱）

郑恒随口转换，也颇识趣，也颇机灵。

【落梅风】你硬撞入桃源路，不言个谁是主，被东君把你个蜜蜂儿拦住。不信呵去那绿杨影里听杜宇，一声声道"不如归去"[49]。

（将军云）那厮若不去呵，祗候拿下[50]。（净云）不必拿，小人自退亲事与张生罢。（夫人云）相公息怒，赶出去便罢。（净云）罢，罢！要这性命怎么，不如触树身死。妻子空争不到头，风流自古恋风流。三寸气在千般用[51]，一日无常万事休。（净倒科）（夫人云）俺不曾逼死他，我是他亲姑娘，他又无父母，我做主葬了者。着唤莺莺出来，今日做个庆喜的茶饭，着他两口儿成合者。（旦红上，末旦拜科）（末唱）

郑恒死得惨，也死得烈。其实，可以不死。

【沽美酒】门迎着驷马车[52]，户列着八椒图[53]，四德三从宰相女，平生愿足，托赖着众亲故。

【太平令】若不是大恩人拔刀相助[54]，怎能勾好夫妻似水如鱼。得意也当时题柱，正酬了今生夫妇。自古、相女、配夫[55]，新状元花生满路[56]。（使臣上科）[57]（末唱）

【锦上花】四海无虞[58]，皆称臣庶；诸国来朝，万岁山呼[59]；行迈羲轩[60]，德过舜禹；圣策神机，仁文义武[61]。朝中宰相贤，天下庶民富；万里河

清[62]，五谷成熟；户户安居，处处乐土[63]；凤凰来仪[64]，麒麟屡出[65]。（众唱）[66]

【清江引】谢当今盛明唐圣主[67]，敕赐为夫妇。永老无别离，万古常完聚，愿普天下有情的都成了眷属[68]。（众唱）[69]

金圣叹曰："结句实乃妙妙。"（金本）

【随尾】则因月底联诗句，成就了怨女旷夫。显得有志的状元能，无情的郑恒苦。（下）

　　题目　小琴童传捷报　崔莺莺寄汗衫
　　正名　郑伯常干舍命　张君瑞庆团圞

　　总目[70]
　　张君瑞要做东床婿
　　法本师住持南赡地[71]
　　老夫人开宴北堂春[72]
　　崔莺莺待月西厢记

　　西厢记五剧第五本终

　　[注释]
　　[1]"卫尚书家"，原无"家"字，据弘治本补。　[2]不负老相公遗言：负乃违背之义，《史记·高祖本纪》："项羽……负约，更立沛公为汉王。"义与前折不同。　[3]金冠霞帔（pèi）：古代皇帝对达官贵人家的妇女给予封号，称为命妇。命妇随品级高低

而有不同的命服，金冠霞帔即是其中一种。冠上以翠为饰名翠冠，以凤为饰名凤冠，以金钗为饰名金冠。帔，即披肩，《释名》云："披之肩背，不及下也。"霞帔为帔的一种，始于晋，宋代霞帔即为命服。《事物纪原·衣裘带服部·帔》："是披帛始于秦，帔始于晋矣。今代帔有二等，霞帔非恩赐不得服，为妇人之命服，而直帔通用于民间也。"霞帔之形制，《格致镜原》卷十六引《名义考》："今命妇衣外以织文一幅，前后如其衣长，中分而前两开之，在肩背之间，谓之霞帔。"其状如两条彩练，绕过头颈，披挂于胸前，下垂颗颗坠子。明代之霞帔蹙金绣云霞翟纹。宋元无考。　[4] 日月：喻帝后。《礼记·昏义》："故天子之与后，犹日之与月、阴之与阳，相须而后成者也。"　[5] 如愚：《论语·为政》："子曰：'吾与回言终日，不违如愚。退而省其私，亦足以发，回也不愚。'"邢昺疏："回，弟子颜渊也；违，犹怪问也；愚，无智之称。孔子言：我与回言终竟一日，亦无所怪问，于我之言默而识之，如无知之愚人也……回既退还，而省察其在私室与二三子说释道义，亦足以发明大体，乃知其回也不愚。"又，苏轼《贺欧阳少师致仕启》："大勇若怯，大智如愚。"此言张生内秀，外不露锋芒而内藏睿智。　[6] "酬志"句：犹言实现了博取功名的志向。龙泉，剑名，王充《论衡·率性》载为剑名，《晋书·张华传》载，张华观天象，见斗牛间有异气，便派术士雷焕任豫章丰城令，焕到任，掘狱基四丈余，得一石函，中有双剑，一名"龙泉"，一名"太阿"。剑长三尺，故以三尺龙泉代指剑。从军、读书是博取功名的两种途径，故以喻壮志。　[7] 请（qíng）：得到，接受。《说文韵谱》："请，受也。"五花官诰（gào）：官诰，为朝廷授官及册封命妇的文书。明徐师曾《文体明辨序说·诰》："按字书云：'诰者，告也，告上曰告，发下曰诰。'……唐世王言，亦不称诰。至宋，始以命庶官，而追赠大臣、贬谪有罪、赠封其祖父妻室，凡不宣于庭者，皆用之。"唐称制，宋称诰。五花官诰，则因用五色绫而称。七香车：用多种香木制成或用多种香料装饰的车。此即指女子所乘华美之车。　[8]躬身：毛西河曰："元词'曲身'为'躬身'。如董词'饮罢躬身向前施礼'类。"弯下身去以表恭敬。起居：本指饮食寝卧之状况，请安问好谓问起居。　[9]慈色：犹慈颜，对尊长的敬称，多指母亲。　[10]使数：仆人。王伯良曰："使数，犹言使用人也，亦系方语，元词屡用。"　[11]大小：偏义复词，义只取大。老大，犹很大。老，副词，极甚之义，如老早、老远。　[12]丝鞭：递接丝鞭是彩楼招亲形式中的一个程序。婚姻女当事人于彩楼抛绣球打中男方后，即由女方向男方递送丝鞭，男子如接了丝鞭，便表示同意了婚事。元剧中之常规，乃女递男接，故石君宝《李亚仙花酒曲江池》第一折，郑元和把马鞭递给李亚仙，李云："更做道如今颠倒颠，落的女娘每倒接了丝鞭。"但也有男递女接者，明丘濬《五伦全备忠孝记》第十出：皇帝赐丝鞭给状元、榜眼，女家允婚，男则将丝鞭递与女家收接。据《武林旧事》卷二、明高启《高青丘集·观顾蕃所藏宋进士丝鞭歌》及清金檀注引《宋状元录》，可知丝鞭在宋代为男方所执者。参见第五本第三折"结彩楼"注。士女：即仕女，为官宦人家女子。士女图，言其美如图画。曲中多以"图"字状妇女之美。　[13]章台路：本为汉代长安街道名，因在战国时秦所建章台宫内章台之下，故名。《汉书·张敞传》，敞"过走马章台街"，唐许尧佐传奇《柳氏传》、孟棨《本事诗·情感》，记韩翃与柳氏相恋，有"章台柳，章台柳，昔日青青今在否"之句，后遂以章台路为风流之地、繁华游乐之处的代称。　[14]君子断其初：当时成语，是说君子在当初一经做了决定，以后便不再改变。断，决断。《礼记·乐记》："临事而屡断"，郑玄注："断，犹决也。"　[15]娇姝：美女。此作动词，得到娇姝之意。　[16]说来的无徒：意谓说起这个无赖来。无徒，无赖之徒。明余继登《典故纪闻》卷十四"无徒"："原其所由，皆无籍之徒，窃假投献，而渔猎其中。"无籍，即无赖。　[17] 迟和疾上木驴：犹早晚要挨千刀万剐。木驴，一种刑具，为带铁刺之木桩，下有四腿，形略同驴。处剐刑时，先把犯人绑上木驴游街示众，然后行刑。关汉卿《感天动地窦娥冤》第四折："张驴儿毒杀亲爷，奸占寡妇，合拟凌迟。押赴市曹中，钉上木驴，剐一百二十刀处死。"　[18] "不明白"句：这不是明明白白地沾污了姻缘簿吗？姻缘簿，注定天下人姻缘的簿籍。唐人韦固少孤，思早娶妇。一日，见月下老人翻检书籍，固问何书，老人答"天下姻牍耳"。老人有囊，中有赤绳，以系夫妻之足，无论是仇敌之家，还是贵贱悬殊，都注定会结为婚姻。（唐李复言《续玄怪录·定昏店》）姻牍，即注定姻缘的书。　[19] 油炸猢狲：比喻轻狂。杨梓《承明殿霍光鬼谏》第一折："似这等油炸猾狲般性轻猖狂，他怎图画作麒麟阁像？"　[20] 烟薰猫儿：比喻面貌污秽不堪。　[21] 水浸老鼠：比喻鄙俗猥琐之状。姨夫：周密《癸辛杂识》续集上"姨夫眼睚"条："北人以两男共狎一妓则称为姨夫。"戏曲中把两男共恋一女也戏称姨夫。　[22] 时务：当世之务，本指重大世事。《三国志·蜀书·诸葛亮传》裴松之注引《襄阳记》："刘备访世事于司马德操，德操曰：'儒生俗士，岂识时务？识时务者在乎俊杰。'"此指习俗风尚。伤时务犹败坏了当时风尚。　[23] 省可里：省得，休要。可里，语助词，无义。　[24] 诰敕（chì）：即指官诰。敕，亦指皇帝诏书。顾炎武《金石文字记》："汉时人，官长行之掾属，祖父行之子孙，皆曰敕……至南北朝以下，则此字惟朝廷专之。"　[25] 县君：古代妇人的封号。据《通典·职官十六》，唐代四品官的母亲与妻子封郡君，五品官的母亲与妻子封县君。据《宋史·职官志十》，翰林学士之妻封郡君，京府少尹、赤县令等，妻封县君。本折既云"三品职"，则当封郡君。此之"县君"，是对妇女封号的泛称。　[26] 分付：交给，两只手儿分付与，犹言亲手交给。　[27] 划（chǎn）地：王伯良曰："'划地'，犹言平白地也。"　[28] 揣：加给，硬揣，犹强加。"硬揣"，"硬"原作"便"，据弘治本、王伯良等本改。　[29] "那厮"四句：言郑恒此番争婚是错打了主意。俺家世如此，我万无上当为他传书之理。毛西河曰："'那厮本意'至'名誉'，一气下，句断而意接。言为此说者，他本意欲涂抹俺门楣也。《薛仁贵》剧：'将别人功绩强糊突'，即涂抹之意。若以'家世清白'三句为起下，'怎肯'便不通矣。"可备一说。　[30] 吃敲才：詈词，犹该死的东西。敲，死刑的一种，即杖杀。《元典章·刑部·延祐新定例》："凡处死罪，仗（按，即杖）杀者皆曰敲。"一说，敲，打，闵寓五谓"吃敲才，犹谚云打杀杯也。或云即乔才、悖才。"　[31] 数黑论黄：意谓说长道短，搬弄是非。数，说也。《礼记·儒行》："遽数之不能终其物。"孔颖达疏："数，说也。"王伯良曰："'数黑论黄'，谓其言之不实，正'嚼蛆'之意。"　[32] 恶紫夺朱：《论语·阳货》："恶紫之夺朱也，恶郑声之乱雅乐也，恶利口之覆邦家者。"恶（wù），动词，是说紫色夺去了大红色的地位，这是以邪夺正，让人憎恶。剧中"恶（è）"为形容词。意谓郑恒与莺成亲，夺去张生地位，是邪恶的紫色侵夺了大红色的地位，是以邪夺正。　[33] 囊揣：软弱，不中用。王伯良曰："'囊揣'，不硬挣之意。马东篱《黄粱梦》剧：'俺如今鬓发苍白，身体囊揣。'……"　[34] 人样猳（jiā）驹：凌濛初曰："'人样猳驹'，即马牛襟裾之意，詈之为畜类也。猳，音加，即猪。"　[35] "你个东君"句：不过言张生当为莺做主之意，只为"莺莺"双关鸟名（即黄鹂），故为此说。东君，春神。《尚书纬·刑德放》："春为东帝，又为青帝。"又，"东君"为日神，屈原《九歌·东君》即祭日神之歌，亦见《汉书·郊祀志》。毛西河谓：

"莺花藉春，日为主人。此以莺字借及之耳。"　[36] 嚣虚：虚伪不实。《广雅·释训》："嚣嚣，虚也。"　[37] 亏图：谓设圈套使人吃亏，图谋陷害之意。　[38] 说话：此为处置之意。　[39] "他曾笑"二句：意谓杜确本领高强，武压孙庞，讥笑孙庞真是下愚之人；文欺贾马，若论贾马，也不是出类拔萃的人物。孙，孙膑；庞，庞涓。孙庞都是战国时有名的军事家。贾，贾谊；马，司马相如。贾马都是汉代大辞赋家。下愚，《论语·阳货》："唯上知与下愚不移。"孙星衍《问字堂集》曰："上知谓生而知之；下愚谓困而不学。"　[40] "兼领"句：即前所谓提调河中府事。陕右，陕西，古以右指西。弘治本批云："陕西即陕右；河中路，即山西蒲州是也。"　[41] 护身符：佛、道、巫师均用之，指以朱笔或墨笔所画佛菩萨鬼神像，或书有咒语符箓的纸牒，带在身边可获保佑，辟邪除灾，谓之护身符。《景德传灯录》卷五"西京光宅寺慧忠国师"："幸自可怜生须要个护身符子作么……"《云笈七签》卷三十六："道家受道，以符箓为要。受道之后，必佩符命，其为镇妖驱邪之符者，曰护身符。凡初入道者必佩之。"　[42] 权术：权谋智巧。《孙子·计篇》："故可与之死，可与之生，而民不畏危。"唐人孟氏注："用兵之妙，以权术为道……故其权术之道，使民上下同进趋，同爱憎，一利害。"　[43] 决：必定。《战国策·秦策四》："寡人决讲矣。"高诱注："决，断也，犹必也。"　[44] 不识亲疏：是说郑恒不顾中表不得为婚的禁忌。　[45] 良人妇：旧以士农工商为良，以倡优隶卒为贱。良人妇，指有正当职业的清白人家的妇女。指莺莺已为张生妇。　[46] 无毒不丈夫：为当时成语。关汉卿《望江亭》、马致远《汉宫秋》、李致远《还牢末》等元杂剧中均有"恨小非君子，无毒不丈夫"，言对仇敌不痛恨、不狠毒就不算是大丈夫。　[47] 烈女不更二夫：即一女不嫁二夫。《仪礼·丧服》："夫者，妻之天也。妇人不贰斩者，犹曰不贰天也，妇人不能贰尊也。"《史记·田单列传》："王蠋曰：'忠臣不事二君，贞女不更二夫。'" [48] "世不招白衣秀士"，"世"原作"一"，据毛西河本改。 [49] 不如归去：《本草·杜鹃》："释名：其鸣，若曰：'不如归去。'"这里是借杜鹃鸣声，促郑恒离开。 [50] 祇（zhī）候：在宋代，祇候为任传宣引赞之事的武官（见《宋史·职官志》）；金代设有祇候郎君管勾官，"掌祇候郎君，谨其出入及差遣之事"（《金史·百官志一》）；在元代，祇候为供奔走服劳的差役，大户人家的仆役领班亦称祇候。剧中指差役。 [51] "三寸气"二句：宋元成语，意谓只要活着就什么事都可以办，一旦死了就什么都完了。三寸气，气息，呼吸。吕岩《七言诗》："解接往年三寸气，还将运动一周天。"无常，梵语意译。世间一切事物都在发生着生灭迁流的变化，没有刹那的停顿，谓之无常。《涅槃经》卷一："是身无常，念念不住，犹如电光暴水幻炎。"《六祖坛经》："生死事大，无常迅速。"道家亦有此语。剧中"无常"，指死。 [52] "门迎"句：有两种含义。一为称颂其家对人有恩德，使子孙发达。《汉书·于定国传》：其先，于定国之父于公闾门坏，乡亲们为其修治，于公让修高大些，能通过驷马高盖车，"我治狱多阴德，未尝有所冤，子孙必有兴者。'至定国为丞相，永（按，定国之子）为御史大夫，封侯传世云。"二是赞扬张生才高志大，一举成名，终为显贵。《太平御览》卷七三引常璩《华阳国志》："升迁（按，"迁"当作"仙"）桥在成都县北十里，即司马相如题桥柱曰：'不乘驷马高车，不过此桥。'"今本《华阳国志·蜀志》作："司马相如初入长安，题市门曰：'不乘赤车驷马，不过汝下也。'"〔太平令〕有"得意题柱"句，此当指后者。驷（sì）马车，四匹马拉的车，达官贵人所乘。 [53] 户列着八椒图：犹言门上刻绘着各种花饰。椒图，本为龙的九子之一，好闭口，用为门上的装饰。见明焦竑《玉堂丛语·文学》卷一。明陆容《菽园杂记》卷二："椒图，其形似螺蛳，性好闭口，故立于门上……如词曲有'门迎四马车，户列八椒图'之句，'八椒图'人皆不能晓，今观椒图之名，义亦有出也。"只有官署的门上才绘有椒图。八椒图，指门饰上的各种螺形花饰。　　[54]拔刀相助：遇有不平而挺身相助之谓。　　[55]自古、相女、配夫：犹言从古以来就是根据女儿的条件来择配相称的丈夫。《尔雅·释诂》："相，视也。"王伯良曰："'自古、相女、配夫'，各二字成句。词隐生（按，沈璟号）云：'相女配夫，盖成语。相，犹视也，视其女而配夫，言佳人必配才子也。'"　[56]花生满路：王季思曰："'花生满路'，《诈妮子》第四折〔阿古令〕：'只得和丈夫、一处、对舞，便是燕燕花生满路。'花生满路，荣耀美满之意。"　　[57]使臣上科：凌濛初曰："旧本有'使臣上科'四字，此必有敕赐常套科分，故后〔清江引〕云然。以常套，故止言科而不详耳。犹前云'发科了'、'双斗医科范了'之类。俗本以'四海无虞'为'使臣上唱'，大非。"后之〔清江引〕曲有"敕赐为夫妇"句，可知使臣必有说白，盖为剧中常套，多不抄刻，致使佚失。　　[58]"四海"二句：意谓天下太平，都称臣民。无虞，没有纷乱，没有二心。《诗经·鲁颂·闳宫》："无贰无虞，上帝临女。"孔颖达释"无虞"曰："无有二心，无有疑误。"　[59]万岁山呼：王伯祥曰："万岁本古人庆贺之辞，犹万福，万幸之类。其始上下通用，后因朝贺时对君主常用'万岁'作颂祷的口号，于是变为帝王的专称，而民间口语，仍相沿未改。"（《史记选·项羽本纪》注）《汉书·武帝纪》：元封元年（前110）汉武帝登上嵩山，庙旁官员吏卒都听到三次呼"万岁"的声音。后以"山呼"或"嵩呼"，代指臣民口呼万岁祝颂皇帝的行动。后来又发展为一种仪式，《元史·礼乐志一·元正受朝仪》："曰跪左膝、三叩头，曰山呼，曰山呼，曰再山呼。"注云："凡传'山呼'，控鹤（按，指近侍）呼噪应和曰：'万岁！'

传'再山呼'，应曰'万万岁！'后仿此。"　[60]行迈羲轩：德行超过了伏羲和轩辕。羲、轩都是传说中的古代圣王。　[61]仁文义武：犹言文治武功都符合儒家的仁义原则。　[62]河清：河，黄河。黄河水浊，古人以河水澄清为祥瑞，是政治开明、太平富庶的象征。《后汉书·襄楷传》："京房《易传》曰：'河水清，天下平。'"王嘉《拾遗记》卷一《高辛》："黄河千年一清，至圣之君以为大瑞。"故以"河清"为太平盛世之颂词。　[63]乐土：《诗经·魏风·硕鼠》："逝将去女，适彼乐土。乐土乐土，爰得我所。"郑玄笺："乐土，有德之国。"朱熹集传："乐土，有道之国也。"意谓行仁政爱黎民的安乐之处。　[64]凤凰来仪：凤凰飞来而有容仪。《尚书·益稷》："《箫韶》九成，凤皇来仪。"言多次演奏舜乐《箫韶》，招来凤凰。孔颖达疏："仪为有容仪。"凤凰飞来而有容仪，是太平盛世之象征。《论语·子罕》："子曰：'凤鸟不至，河不出图，吾已矣夫！'"邢昺疏："言孔子伤时无明君也。圣人受命则凤鸟至。"　[65]麒麟屡出：麒麟，瑞兽。《史记·司马相如列传》载《上林赋》"兽则麒麟角䚡"司马贞索隐："张揖曰：'雄曰麒，雌曰麟。其状麇身，牛尾，狼蹄，一角。'郭璞云：'麒似麟而无角。'"麒麟的出现，也被认为是一种祥瑞，是天下太平的象征。《春秋公羊传》哀公十四年："麟者，仁兽也。有王者则至，无王者则不至。"　[66]"（众唱）"，原无，据徐渭《批点画意北西厢》《魏仲雪批点西厢记》《徐笔峒先生批点西厢记》等本补。　[67]"谢当今"句：为当时颂圣例语。贯云石〔双调新水令·皇都元日〕套："拜舞嵩呼，万万岁当今圣明主。"元剧剧末多用之，白朴《裴少俊墙头马上》作"万万岁当今圣明主"、王实甫《四丞相高会丽春堂》作"四荒八方万邦，齐仰贺当今圣上"。　[68]眷属：本指家眷亲属。《梁书·侯景传》："君门眷属，可以无恙，宠妻爱子，亦送相还。"剧中专指夫妻。　[69]"（众唱)"，原无，据容与堂本、起凤馆本、徐渭《参订西厢记》、陈眉公批评本、汤海若批评本等补。　[70]"总目"及以下四句，原无。此本剧剧名所由来，据王伯良本补。毛西河本亦有"总目"，与王本文字稍异。　[71]南赡：即南赡部洲，佛教认为须弥山四方咸海之中有四洲：东胜神洲、南赡部洲、西牛贺洲、北俱卢洲。南赡部洲产赡部树，又在须弥山之南，故名。中国即在此洲。参见《俱舍论》卷十一及玄奘《大唐西域记》卷一。　[72]北堂：主母所居之处。赵翼《陔余丛考》卷四三"萱堂桂窟"："按古人寝堂之制，前堂后室，其由室而之内寝有侧阶，即所谓北堂也。见《尚书·顾命》注疏及《尔雅·释宫》。凡遇祭祀，主妇位于此。主妇则一家之主母也。北堂者，母之所在也，后人因以北堂为母。而北堂既可树萱，遂称曰萱堂耳。""萱"亦作"谖"。

[点评]

一部五本二十折的《西厢记》收场即在本折。在剧情演进过程中提出的各种悬念，至此全部解决，借用相声的术语，也可谓之"抖包袱"。戏的主要矛盾冲突有了结果，主要悬念已经解开，主题思想宣告完成，最后唱出了"永老无别离，万古常完聚，愿普天下有情的都成了眷属"的婚姻理想，也是对普天下人的祝愿，而不仅仅限于戏剧主人公。这是《西厢记》主题思想的点睛之笔，所以徐士范评曰"大至公好之量"，汤显祖、李贽等评为"大菩萨"，徐渭则曰"好色同民，正合着《西厢》一部传赞"。

同时也完成了对包办婚姻制度和旧伦理道德的批判。这主要体现在老夫人形象的刻画上。老夫人并非如有些论者所说的狡诈、虚伪、世故……她虔诚地恪守礼教，也爱她的女儿，处处为莺莺着想。她之所以不让人待见，在于她要"女教为师"，要"为娘是女模"，用她的道德观念塑造莺莺，违反了正常人情人性，人之自然性、自由性、自主性，这正如《庄子·至乐》中"鲁侯养鸟"的寓言，"此以己养养鸟也，非以鸟养养鸟也"。王实甫并没有从个人品德上对卫道者进行丑化，而是在指出旧伦理道德扼杀人性，即所谓"明乎礼义而陋于知人心"，因此剧作家才颂扬莺莺、张生挣脱礼教束缚的精神，从而重新评估传统伦理道德的价值，这才是更为深刻的笔触。

李渔《闲情偶寄》论戏剧格局曰："全本收场，名为'大收煞'。此折之难，在无包括之痕，而有团圆之趣。如一部之内，要紧脚色共有五人，其先东西南北，各自分开，至此必须会合。此理谁不知之？但其会合之故，须要自然而然。水到渠成，非由车戽。最忌无因而至，突如其来，与勉强生情，拉成一处，令观者识其有心如此，与恕其无可奈何者，皆非此道中绝技，因有包括之痕也。骨肉团聚，不过欢笑一场，以此收锣罢鼓，有何趣味？水穷山尽之处，偏宜突起波澜，或先惊而后喜，或始疑而终信，或喜极、信极而反致惊疑，务使一折之中，七情俱备，始为到底不懈之笔，愈远愈大之才，所谓有团圆之趣者也……收场一出，即勾魂摄魄之具，使人看过数日而犹觉声音在耳、情形在目者，全亏此出撒娇，作'临去秋波那一转'也。"（《中国古典戏曲论著集成》第七集第69页，中国戏剧出版社1959年）

　　以李渔之论衡之,《西厢记》之"大收煞"可谓完美。张生授官到任, 作为好友, 又是同一辖区的同僚, 杜确之来可谓"水到渠成";剧幕拉开即提到去信京师唤郑恒, 其来娶亲也属"自然而然";至于莺莺一家并未离开普救寺。人物聚合合情合理, 剧情之紧张也始终不懈。尤其郑恒争婚一节, 使急转直下的剧情突又扬起, 有如乌龙摆尾, 此即"水穷山尽处, 突起波澜", 所以李卓吾说:"不得郑恒来一搅, 反觉得没兴趣。"(容本)陈眉公也说:"总结处精密工致, 出郑恒来, 更有兴趣。"(陈本)人们的情绪也随剧情的变化而五味杂陈, 此即"团圆之趣"。

　　李渔卖戏为生的经历, 使他谙熟观众的心理。王国维在《红楼梦评论》中对这种"团圆之趣"说得更为深刻:"吾国人之精神, 世间的也, 乐天的也, 故代表其精神之戏曲小说, 无往而不着此乐天之色彩:始于悲者终于欢, 始于离者终于合, 始于困者终于亨。非是而欲餍阅者之心, 难矣。"《西厢记》的团圆结尾符合观众的心理期待, 而且推己及人, 使这种"团圆之趣"更具有了博爱精神。

　　只是这种团圆付出的代价似乎大了点儿。郑恒作为包办婚姻弊端的体现者, 乃是不合理婚姻制度的产物, 他对莺莺有爱的权利, 他的争婚, 在当时乃至在整个皇权社会, 都是既合礼也合法的。只是他的行为违背了当事人的意愿, 莺莺不喜欢他, 使他站到了人情人性的对立面, 成了"反面人物"。作家对他进行了形体上的丑化,《董西厢》尤甚。剧中以净扮, 今天则是丑行应工, 从扮相到语言举止都粗俗不堪。因"无情"而否定固属当然, 但他只是爱情的失败者, 是否一定要置诸死地, 则大可斟酌。郑恒虽然是莺莺、张生爱情的搅局者，却也没有对莺莺采取什么实际的强暴行动，与打死人不偿命的"衙内"毕竟有所不同，与拥兵作乱、掳掠人民的孙飞虎则更为不同，况且是崔家的内亲，孙飞虎只受到"杖一百"的惩处，使郑恒触树身死似有些过分，《曲海总目提要》即认为"似觉过情"。同样是写"三角恋"的唐人温庭筠《干𦠿子》中的传奇小说《华州参军》的写法便别出心裁：柳生、王生都爱恋崔氏，而崔钟情于柳。作家并没有因为崔选择了柳而丑化王，王的爱也是真诚的。崔氏死后柳、王共同埋葬了崔氏便共誓入山修道，表示了对崔的一往情深。柳、王虽为情敌，却并非势不两立。这种超凡脱俗的处理，让人耳目一新。郑恒固然有他的行动逻辑，有"死"的理由，但温庭筠的处理方式似更高一筹。

从本折"大收煞"来看，《西厢记》第五本在关目安排上大有可观。徐渭所谓"真朴切事"可为第五本之确评。

观《西厢》者，每当幕落、掩卷之后，都心潮难平。其文词，余香满口；其情事，萦绕心头；其人物，如在眼前。李渔《闲情偶寄·填词余论》曰："自有《西厢》以迄于今，四百余载，推《西厢》为填词第一者，不知几千万人。"《西厢记》百读不厌，常读常新，也常演常新，是拥有众多读者和观众的原因。

主要参考文献

新刊大字魁本全相参增奇妙注释西厢记　明弘治十一年（1498）金台岳家刻本

重刻元本题评音释西厢记　明万历八年（1580）徐士范刻本（范本）

重校北西厢记　明万历二十六年（1598）继志斋陈邦泰刻本（继本）

李卓吾先生批评北西厢记　明万历三十八年（1610）夏虎林容与堂刻本（容本）

元本出相北西厢记　明万历三十八年（1610）冬起凤馆刻本（起本）

重刻订正元本批点画意北西厢　明万历三十九年（1611）冬王起侯刻本（徐画本）

重刻订正元本批点画意北西厢　（明）诸葛元声序本（徐画诸本）

田水月山房北西厢藏本　明后期刻本（田本）

新订徐文长先生批点音释北西厢　明崇祯间刻本（徐音本）

新刻徐文长公参订西厢记　明崇祯间潭邑书林岁寒友刻本（徐参本）

新校注古本西厢记　明万历四十二年（1614）香雪居刻本（骥本）

鼎镌陈眉公先生批评西厢记　明万历四十六年（1618）萧腾鸿师俭堂刻本（陈本）

新刊考正全像评释北西厢记　明万历后期金陵文秀堂刻本（秀本）

西厢记五剧　明天启间凌濛初朱墨刻本（凌本）

张深之先生正北西厢秘本　明崇祯十二年（1639）刻本（张本）

会真六幻　明崇祯十三年（1640）秋闵寓五校刻本（六幻本）

西厢记会真传　（明）汤显祖评、（明）沈璟订　明崇祯间闵氏刻本（汤沈本）

三先生合评元本北西厢　明崇祯间孔如氏刻本（三合本）

新刻魏仲雪先生批点西厢记　明崇祯间古吴陈长卿存诚堂刻本（魏本）

毛西河论定西厢记　清康熙十五年（1676）学者堂刻本（毛本）

西来意　（清）潘廷章评　清康熙十九年（1680）渚山堂刻本（潘本）

贯华堂第六才子书西厢记　（清）金圣叹批点、傅晓航校点　甘肃人民出版社1985年

西厢记　（元）王实甫著、张燕瑾校注　人民文学出版社1995年

王季思全集（第一卷、第三卷）　王季思著　河北教育出版社2005年

张燕瑾讲西厢记　张燕瑾著　天津古籍出版社2011年

西厢记接受史研究　伏涤修著　黄山书社2008年

情爱论　〔保〕瓦西列夫著，赵永穆、范国恩、陈行慧译　生活·读书·新知三联书店1984年

会校会注会评会图西厢记　张燕瑾、张人和、汪龙麟编纂　学苑出版社2021年

《中华传统文化百部经典》已出版图书

书　　名	解读人	出版时间
周易	余敦康	2017 年 9 月
尚书	钱宗武	2017 年 9 月
诗经（节选）	李　山	2017 年 9 月
论语	钱　逊	2017 年 9 月
孟子	梁　涛	2017 年 9 月
老子	王中江	2017 年 9 月
庄子	陈鼓应	2017 年 9 月
管子（节选）	孙中原	2017 年 9 月
孙子兵法	黄朴民	2017 年 9 月
史记（节选）	张大可	2017 年 9 月
传习录	吴　震	2018 年 11 月
墨子（节选）	姜宝昌	2018 年 12 月
韩非子（节选）	张　觉	2018 年 12 月
左传（节选）	郭　丹	2018 年 12 月
吕氏春秋（节选）	张双棣	2018 年 12 月
荀子（节选）	廖名春	2019 年 6 月
楚辞	赵逵夫	2019 年 6 月
论衡（节选）	邵毅平	2019 年 6 月
史通（节选）	王嘉川	2019 年 6 月
贞观政要	谢保成	2019 年 6 月
战国策（节选）	何　晋	2019 年 12 月
黄帝内经（节选）	柳长华	2019 年 12 月
春秋繁露（节选）	周桂钿	2019 年 12 月
九章算术	郭书春	2019 年 12 月
齐民要术（节选）	惠富平	2019 年 12 月
杜甫集（节选）	张忠纲	2019 年 12 月
韩愈集（节选）	孙昌武	2019 年 12 月
王安石集（节选）	刘成国	2019 年 12 月
西厢记	张燕瑾	2019 年 12 月

书　名	解读人	出版时间
聊斋志异（节选）	马瑞芳	2019 年 12 月
礼记（节选）	郭齐勇	2020 年 12 月
国语（节选）	沈长云	2020 年 12 月
抱朴子（节选）	张松辉	2020 年 12 月
陶渊明集	袁行霈	2020 年 12 月
坛经	洪修平	2020 年 12 月
李白集（节选）	郁贤皓	2020 年 12 月
柳宗元集（节选）	尹占华	2020 年 12 月
辛弃疾集（节选）	王兆鹏	2020 年 12 月
本草纲目（节选）	张瑞贤	2020 年 12 月
曲律	叶长海	2020 年 12 月
孝经	汪受宽	2021 年 6 月
淮南子（节选）	陈　静	2021 年 6 月
太平经（节选）	罗　炽	2021 年 6 月
曹操集	刘运好	2021 年 6 月
世说新语（节选）	王能宪	2021 年 6 月
欧阳修集（节选）	洪本健	2021 年 6 月
梦溪笔谈（节选）	张富祥	2021 年 6 月
牡丹亭	周育德	2021 年 6 月
日知录（节选）	黄　珅	2021 年 6 月
儒林外史（节选）	李汉秋	2021 年 6 月
商君书	蒋重跃	2022 年 6 月
新书	方向东	2022 年 6 月
伤寒论	刘力红	2022 年 6 月
水经注（节选）	李晓杰	2022 年 6 月
王维集（节选）	陈铁民	2022 年 6 月
元好问集（节选）	狄宝心	2022 年 6 月
赵氏孤儿	董上德	2022 年 6 月
王祯农书（节选）	孙显斌	2022 年 6 月
三国演义（节选）	关四平	2022 年 6 月
文史通义（节选）	陈其泰	2022 年 6 月

书　　名	解读人	出版时间
汉书（节选）	许殿才	2022 年 12 月
周易略例	王锦民	2022 年 12 月
后汉书（节选）	王承略	2022 年 12 月
通典（节选）	杜文玉	2022 年 12 月
资治通鉴（节选）	张国刚	2022 年 12 月
张载集（节选）	林乐昌	2022 年 12 月
苏轼集（节选）	周裕锴	2022 年 12 月
陆游集（节选）	欧明俊	2022 年 12 月
徐霞客游记（节选）	赵伯陶	2022 年 12 月
桃花扇	谢雍君	2022 年 12 月
法言	韩敬、梁涛	2023 年 12 月
颜氏家训	杨世文	2023 年 12 月
大唐西域记（节选）	王邦维	2023 年 12 月
法书要录（节选）　历代名画记	祝　帅	2023 年 12 月
耶律楚材集（节选）	刘　晓	2023 年 12 月
水浒传（节选）	黄　霖	2023 年 12 月
西游记（节选）	刘勇强	2023 年 12 月
乐律全书（节选）	李　玫	2023 年 12 月
读通鉴论（节选）	向燕南	2023 年 12 月
孟子字义疏证	徐道彬	2023 年 12 月
嵇康集	崔富章	2024 年 12 月
白居易集（节选）	陈才智	2024 年 12 月
李清照集（节选）	诸葛忆兵	2024 年 12 月
近思录	查洪德	2024 年 12 月
林则徐集	杨国桢	2024 年 12 月